Corina Lendfers

Die Frau im Bus

Bibliografische Information der Deutschen Nationalbibliothek: Die Deutsche Nationalbibliothek verzeichnet diese Publikation in der Deutschen Nationalbibliografie; detaillierte bibliografische Daten sind im Internet über http://dnb.dnb.de abrufbar.

ISBN: 978-3-746-04294-7
© 2018, Corina Lendfers
      Bahnhofstrasse 88
      D-88682 Salem
      www.corinalendfers.com

Covergestaltung: Rainer Wekwerth, www.wekwerth.com
Bildvorlagen Cover: © Thomas Reimer-fotolia.com
                © Thorsten Schmitt-fotolia.com
Foto Autorin: Miriam Lendfers
Herstellung und Verlag: BoD – Books on Demand, Norderstedt.

Teil I

1

Leise grollt der Donner. Regentropfen klatschen gegen die Windschutzscheibe. Ihr Klopfen vermischt sich mit dem Rolling-Stones-Song „Wild Horses". Die Scheinwerfer lassen die Tropfen silbern aufleuchten, Bodennebel zieht über die Straße.

Der Regen wird stärker. Mick Jaggers Stimme kämpft gegen das Prasseln an. Ein Blitz erhellt den Wald. Der Donner kracht über dem Dach des Busses. Unwillkürlich zieht Tabea den Kopf ein. Ihre Hände umklammern das Lenkrad, während sie über die enge, kurvenreiche Straße fährt.

Ein lautes Scheppern unter dem Bus lässt sie zusammenzucken. Was war das? Ein altes Blech auf dem Weg? Das metallene Geräusch bricht nicht ab. Irgendetwas von der Karosserie muss sich gelöst haben. Angestrengt starrt Tabea auf die Fahrbahn. Ihre Augen brennen.

Erschöpft dreht sie den Zündschlüssel. Die verspannten Nackenmuskeln schmerzen. Sie lehnt den Kopf zurück, lässt ihn nach links und rechts rollen.

Hinter dem Regen rauscht das Meer. Der rote Kleinbus steht am Rand einer Sandpiste. Schemenhaft lassen sich andere Busse und Wohnmobile ausmachen. Die Wolken haben sich aufgelockert. Der Mond wirft ein milchiges Licht auf die bewegte See.

Tabea gähnt. Sie löst den Gurt und öffnet die Tür. Die Kälte der Nacht schlägt ihr entgegen. Sie legt einen Schal um die Schultern, füllt ihre Lungen mit der frischen Luft. Das Ziehen im Nacken lässt ein wenig nach. Ein Schatten huscht in einiger Entfernung vorbei. Schnatternd zieht ein Vogel über sie hinweg.

Sie stemmt sich aus ihrem Sitz, macht einige Schritte aufs Meer zu. Nasser Sand drückt sich zwischen ihre Zehen. Ein Schauer jagt über ihren Rücken, sie zieht den Schal enger. In einiger Entfernung schlägt leise eine Tür zu. Eine Wolke schiebt sich vor den Mond, hüllt den Strand fast vollständig in dichtes Schwarz. Aus einem Busch neben ihr ertönt ein Rascheln. Hastig tasten ihre Augen die Dunkelheit ab, ihr Herz klopft schneller. Sie dreht sich um, kehrt mit schnellen Schritten zum Bus zurück. Die Wolken treiben über den Nachthimmel. Rasch schließt sie die Tür.

Sie lässt sich aufs Bett fallen. In ihren Ohren hört sie das Blut pulsieren. Ihre Beine fühlen sich schwer an, die Augenlider fallen zu. Mit einer Hand zieht sie die Bettdecke über sich.

Am nächsten Morgen zeichnet die Sonne glitzernde Streifen auf die spiegelglatte Wasseroberfläche. Tabea tritt aus dem Bus. Eine Kaffeetasse in ihren Händen wärmt die klammen Finger. Der kalte Sand unter ihren nackten Fußsohlen lässt die Zehen taub werden.

Ihr Blick schweift über einen großen, unbefestigten Platz, der von Büschen und Sträuchern gesäumt wird. Sie steht zwischen bunt zusammengewürfelten Wohnmobilen, umgebauten LWKs und Kleinbussen. Hinter einer niedrigen, mit Steinen durchsetzten Anhöhe beginnt der Strand. Die Bucht wird auf der rechten Seite durch eine sanft ansteigende Hochebene, auf der linken durch steile Klippen begrenzt.

Die Straße, über die Tabea gefahren ist, verschwindet in einem dichten Kiefernwald. Ein struppiger, grauer Hund hebt sein Bein an einem Busch. Menschen sind keine zu sehen.

Tabea atmet auf. Die Anspannung, die sie seit ihrer Abreise aus München vor vier Monaten hartnäckig begleitet hat, beginnt sich zu lösen. Zaghaft breitet sich die Wärme des Kaffees in ihrem Körper aus, sein bitterer Geschmack liegt leicht auf ihrer Zunge. Sie bewegt die tauben Zehen, tritt vorsichtig von einem Fuß auf den anderen und bemerkt, dass sie lächelt.

Sie ist dem deutschen Winter entkommen. Dem Winter, dessen Kälte sie 30 Jahre lang ertragen hat. Die sie durchaus auch hat genießen können, dick eingepackt auf der Skipiste oder auf der warmen Ofenbank, Weihnachtsplätzchen in der Hand. Doch in den letzten Monaten ist zur äußeren Kälte eine innere hinzugekommen. Seit jenem Abend, an dem sie die stechenden, siegesgewissen Augen zum ersten Mal ins Visier genommen haben. Seither hat sich langsam, aber unaufhaltsam Kälte in ihr ausgebreitet, hat sich wie eine Hand um ihr Herz gelegt und ihr die Luft zum Atmen geraubt.

Daran hat auch Paolos Liebe nichts ändern können. Tabea hat nicht die Kraft gefunden, sich ihm zu erklären. Hilflos hat er zugesehen, wie sie Anzeigen durchforstet und sich den Bus gekauft hat. Noch immer meint sie seinen letzten Kuss zwischen den braunen Locken auf ihrer Stirn zu spüren. Er ist dazu auf Zehenspitzen gestiegen, und seine Finger haben unablässig ihre Wangen berührt, als wollten sie die Sommersprossen darauf zählen. Es hat sie nie gestört, dass sie ihn mit ihren 1.70m Höhe um einige Zentimeter überragt. Er hat noch kleiner als gewöhnlich gewirkt, wie er in der Tür des Mietshauses gestanden ist, als sie über die Kreuzung gefahren ist, der Freiheit entgegen.

Ein Beben erfasst Tabea und schüttelt sie so sehr, dass Kaffee auf ihre rote Trainingsjacke schwappt. Sie starrt auf den braunen Fleck, der knapp über ihrem Bauch prangt. Sie führt die Tasse an die Lippen, fährt mit der Zunge über das glatte Porzellan und lässt den Rest der inzwischen lauwarmen Flüssigkeit durch ihre Kehle rinnen.

Das Scheppern von gestern Nacht fällt ihr ein. Sie stellt die Tasse in die Tür, legt sich auf den Boden und kriecht ein wenig unter den Bus. Es riecht nach Ruß und feuchter Erde. Sie stößt sich den Kopf an einem Stahlträger, stöhnt unwillig auf.

Das Abgasrohr hängt herunter, es muss gebrochen sein. Überhaupt sieht ihr fahrendes Zuhause von unten ziemlich verrostet aus. Tabea rümpft die Nase und seufzt. Wie soll sie das Rohr bloß reparieren? Es wird wohl geschweißt werden müssen. Vielleicht findet sich hier jemand, der Schweißen kann. Staub kitzelt sie in der Nase, sie niest. Sie schiebt sich zurück, steht auf, klopft die Kleider ab. Die Sonne ist höher gestiegen, ihre Strahlen scheinen auf den kleinen Wellen zu tanzen.

Langsam schlendert sie auf den Wellensaum zu und reibt sich die schmerzende Stelle am Kopf. Nach wenigen Schritten im Wasser kribbeln ihre Füße. Ihr Blick gleitet zum Horizont und verliert sich im zaghaften Blau. Ihr Lächeln kehrt zurück. Sie setzt sich auf einen Stein, schließt die Augen und lauscht dem sanften Rauschen des Atlantiks. Der Geruch nach Seetang dringt in ihre Nase. Sie spürt die Wärme der Sonne auf ihren Wangen.

Eine Tür quietscht. Tabea öffnet die Augen und wendet den Kopf. Aus einem buntbemalten Bus tritt ein Mann mit wilder Haarmähne, streckt sich, gähnt. Sein Blick schweift über den

Strand, fixiert sie einen Moment lang. Dann dreht er sich um, geht auf einem schmalen Sandpfad zwischen kleinen Sträuchern hindurch und verschwindet hinter einem Busch.

Tabea reibt sich die kalten Füße. Ihr Magen zieht sich zusammen. Hungrig kehrt sie zu ihrem Bus zurück. Milch, Haferflocken, Rosinen, Apfelschnitze. Mit einer spiralförmigen Bewegung rührt sie im Topf. Die Flamme des Gasherdes geht aus.

„Mist. Auch das noch."

Aus einer Holzschüssel auf den Knien löffelt sie lauwarmes Porridge mit halbharten Haferflocken, den steifen Rücken an die Wand des Busses gelehnt. Es schmeckt trotzdem. Es schmeckt nach Meer, nach Salz, nach Freiheit. Sie zerkaut eine Rosine. Eigentlich mag sie keine Rosinen. Für Paolo hat sie Porridge immer damit gekocht. Aber Paolo ist weit weg. Er, das Theater, ihr Leben hinter der Bühne. Und die stechenden Augen. Sie werden sie nie mehr erreichen. Tabea schluckt den Rosinenmatsch hinunter.

Während des Abwaschens dringt deutscher Reggae durch die offenen Fenster. Das nasse Geschirr stellt sie zum Trocknen ins Waschbecken, weil in der Küchenzeile kein Platz dafür ist.

Ihre Augen wandern durch ihr kleines Reich. Der Fahrersitz ist gegen die Fahrtrichtung gedreht und weist in die Wohnkabine. Der Klapptisch an der Wand reicht genau bis zum Sitz, wenn er offen ist. Gegenüber befindet sich die Küchenzeile mit Waschbecken und zweiflammigem Gasherd, darüber ein Vorratsschrank. Der Kühlschrank hat unter dem Herd Platz gefunden. Neben dem Klapptisch steht ein schmaler Schrank, zur Hälfte gefüllt mit Kleidern, zur anderen mit allerlei Nützlichem wie Handstaubsauger und Besen. Ins Heck hat sie über die gesamte Breite ein Bett gebaut, das

Herzstück des Busses. Sie liebt es, darin zu liegen, zu lesen, zu träumen. An der Decke über dem Bett klebt ein großes Poster mit einer Schar Möwen. Ihre Flügel sind weit ausgebreitet, sie fliegen schwerelos dem Horizont entgegen.

Sicherheitshalber legt sich Tabea den Schal um die Schultern, bevor sie ins Freie tritt. Die Sonne hat auch im Frühling an der Südküste Portugals Kraft, aber der Wind ist kalt. Er streicht über die blasse Haut auf ihren Armen, die dunklen Härchen richten sich auf.

„Ich seh' die grenzenlose Schönheit", schallt es über den Platz. Der Wind spielt mit den Tönen, lässt sie mal lauter, mal leiser über die freie Fläche wirbeln. Tabea geht dem Klang nach.

Neben der Tür eines alten Wohnmobils findet sie eine schäbige Stereoanlage mit großen Lautsprecherboxen. Auf dem Boden davor stehen Blumentöpfe mit Basilikum, Petersilie, gelben Rosen. Sie nimmt den schwachen Duft nach Weihrauch wahr. In einem Korbsessel vor dem Wohnmobil sitzt aufrecht eine Frau. Graue, schulterlange Haare werden von einem Haarband aus der hohen Stirn gehalten. Eine bordeauxrote Tunika mit filigranen Stickereien umhüllt den zierlichen Körper. Ihre Hände schlagen im Rhythmus der Musik eine Konga und kristallklare Augen mustern Tabea.

„Hallo. Willkommen im Paradies." Die Frau lächelt. Kleine Fältchen bilden sich um Augen und Mundwinkel. „Ich bin Elsie. Komm vorbei, wenn du was brauchst." Die dunkle Stimme klingt sympathisch. Elsie schließt die Augen, wiegt den Oberkörper sanft vor und zurück, während ihre runzligen Hände unablässig weitertrommeln. Eine Sammlung verschiedener Ketten hängt in allen Längen um ihren Hals, Lederbänder, Muscheln, Steine, Federn.

Etwas Feuchtes stupst Tabea am Unterschenkel. Der graue Hund schnüffelt an ihrem Bein, sein langer Schwanz wedelt hin und her.

„Na, wer bist du denn?" Sie bückt sich, berührt vorsichtig seinen Kopf. Das Fell ist dünn und speckig, Staub klebt sich an ihre Finger. Dann durchbricht ein Pfiff den Klangteppich aus Reggae und Trommelschlägen. Der Hund springt davon und verschwindet hinter dem Mann mit der Mähne im bunten Bus. Die Tür bleibt offen.

Tabea reibt sich den Schmutz von den Händen. Ihr Blick trifft auf die Augen eines Mannes. Im Schatten eines weißen Busses mit riesiger Satellitenschüssel sitzt er einige Meter entfernt auf einem Klappstuhl. Sein Körperumfang ist gewaltig. Der Kopf scheint direkt auf den Schultern zu sitzen. Ein großer Bauch prangt in einem weißen T-Shirt, die Beine stecken in bunten Leinenhosen, die Füße in ausgelatschten Flipflops. Auf dem Kopf sitzt eine grüne Häkelmütze. Sie geht auf den Mann zu.

„Hallo. Ich bin Tabea."

„Dennis." Er reicht ihr die Hand. Der kräftige Druck der warmen Finger hält ihren Blick länger auf seinem Gesicht, als sie beabsichtigt hat. Sein Lächeln entblößt eine Reihe blitzend weißer Zähne.

„Weißt du, wo ich hier Gas bekomm'?"

Seine Mütze rutscht in die Stirn. Er lässt ihre Hand los und schiebt sie zurück.

„In Lagos."

Seine dünne Stimme passt nicht zu der mächtigen Erscheinung. Sie klingt, als ob ein Teil des Klanges im Körper gefangen bliebe. Sie zieht die Nase kraus und mustert ihn aufmerksam. Unter der Mütze lugen kurze, schwarze Haare hervor. Über grauen Augen stehen unscheinbare Augenbrauen, darüber liegen Schweißperlen. Die Nase ist klein, die

Spitze weist ein wenig nach links. Volle Wangen verdrängen eine schmale Oberlippe. Quer über die rechte Wange zieht sich eine lange Narbe. In der Mitte des Kinns befindet sich ein kleines Grübchen, das von einem kurzen Bart umgeben wird. Sie schätzt ihn auf Mitte Vierzig. Sein Brustkorb hebt und senkt sich sichtbar. Seine Augen blicken freundlich.

„Kannst du schweißen?"

Er schüttelt den Kopf. „Was ist kaputt?" Er fixiert den Kaffeefleck über ihrem Bauch.

Sie grinst verlegen, streicht sich eine braune Haarsträhne aus dem Gesicht. Sie verfängt sich im Verschluss ihres Ohrrings.

„Das Abgasrohr."

Dennis zeigt in die Richtung eines schmalen Taleinschnittes. „Dort hinten findest du Bill. Ein Amerikaner, der Stahlskulpturen macht. Frag ihn."

„Danke." Erleichterung breitet sich in ihr aus. Sie lacht Dennis an und dreht sich um.

Tabea schlängelt sich zwischen hohen Büschen hindurch. Der schmale Sandweg ist durchsetzt mit Steinen und stacheligen Pflanzen. Kleine, gelbe Blüten säumen den Pfad. Die Luft riecht nach Frühling. Bereits von weitem hört sie ein regelmäßiges, metallisches Geräusch. Es klingt wie das Klopfen auf Stahl.

Hinter einer Wegbiegung taucht ein Wohnmobil auf. Es steht im Schatten einer schiefen Kiefer. Sie bleibt stehen. Links vom Fahrzeug steht ein langer Tisch. Neben dem Stamm der Kiefer gruppieren sich drei weiße Plastikstühle um eine umgedrehte Holzkiste.

Vor dem Tisch, mit dem Rücken zu ihr, steht ein hochgewachsener Mann. Das Blau seines Overalls ist ausgeblichen, der Stoff über dem linken Schulterblatt zerrissen. Schlohweißes Haar leuchtet über breiten Schultern, umrahmt einen schlanken Hals. Sein rechter Arm bewegt sich gleichmäßig in Harmonie mit dem Klopfgeräusch. Vogelgezwitscher schwebt über den Hammerschlägen.

Tabea verharrt schweigend. Fasziniert beobachtet sie das Muskelspiel, wenn der Oberarm in die Höhe gerissen wird und gleich darauf wieder hinuntersaust. Der Mann legt den Hammer auf den Tisch, hält ein halbrundes Stück Stahl in die Sonne. Langsam streicht er mit der Hand darüber, immer wieder, als wolle er der Rundung nachspüren. Seine Bewegung ist geschmeidig, fast zärtlich.

Plötzlich wendet er den Kopf und fixiert Tabea. Sie macht einen Schritt zurück, ihr Herz setzt für einen Schlag aus. Sein Blick ist direkt, struppige Brauen schützen helle, leuchtende Augen mit langen Wimpern. Sorgfältig stellt er das Stahlstück auf den Tisch, klopft sich die Hände an der Hose ab.

„Willst du zu mir?" Seine Stimme klingt warm und tief. Tabea bemerkt, dass sich ihre Finger in den Rand der kurzen Shorts gekrallt haben. Sie öffnet die Hände.

„Bist du Bill?"

„Woher kennst du meinen Namen?" Er zieht die weißen Brauen in die Höhe.

„Dennis hat mich geschickt. Mein Abgasrohr ist gebrochen und ich such' jemanden, der es schweißen kann." Sie steckt die Hände in die Hosentaschen und streckt die Knie durch, bis sie ein Ziehen in den Unterschenkeln spürt.

„Reist du allein?" Sie spürt seinen Blick auf ihren kräftigen Schultern und den auffallend unterschiedlich großen Brüsten.

„Ja. Warum?" Die Schärfe in ihrer Stimme ist nicht zu überhören. Sie ärgert sich über das Verhör.

Bill neigt den Kopf zur Seite. Eine Locke fällt auf seine Stirn. Er führt eine Hand zum Kinn, streicht mit langen, groben Fingern über die grauen Bartstoppeln. Tabea runzelt die Stirn. Ungeduldig fährt sie sich mit einer Hand durch die Haare.

„Dann werd' ich dir Schweißen beibringen. Tee?"

Überrascht lächelt sie. „Ja, gern." Langsam lässt sie die Hand sinken.

„Setz dich." Er weist mit dem Kopf auf die Plastikstühle unter der Kiefer und steigt ins Wohnmobil.

Ein eigentümliches Rauschen wandert durch den Wald, als eine Windbö durch die Äste der Bäume fegt. Tabea legt den Kopf in den Nacken, beobachtet einen Vogel, der sich an einen Ast krallt und sich vom Wind schaukeln lässt. Der Duft feuchter Kiefernnadeln weht um ihre Nase.

Bill stellt zwei Tassen auf den Holzkistentisch. „Zucker?" Er hält ihr eine offene Dose hin.

„Nein, danke."

Er setzt sich, schlägt die langen Beine übereinander. Über dem rechten Knie wird ein weiterer Riss im Overall sichtbar. Seine Augen mustern Tabea. Sie verschluckt sich am heißen Tee. Rasch stellt sie die Tasse auf den Tisch, wischt sich Tropfen vom Kinn. Ihre Kehle brennt.

„Warum willst du mir Schweißen beibringen?" Sie betrachtet seinen Haaransatz. Kurze Locken leuchten in der Sonne. Seine wachen, jungen Augen stehen in scharfem Kontrast zum faltendurchzogenen Gesicht.

Gelassen zuckt Bill die Schultern. „Du bist eine junge Frau. Und du siehst gut aus." Sein Blick scheint sie zu durchdringen. Sie spürt Hitze in sich aufsteigen, die nur teilweise vom heißen Tee herrührt. Der Schwarztee schmeckt bitter. „Ich weiß nicht, wohin du unterwegs bist.

Aber du solltest so viel wie möglich selbst können, wenn du mit deinem Bus reist. Damit du unabhängig bist."

„Unabhängig von Männern?" Ihre flüchtige Beklemmung fällt von ihr ab, sie lacht belustigt auf.

„Ja." Der Klang seiner Stimme ist unerwartet ernst. Ihr Lachen verstummt. „Du bist Freiwild für die Männer."

Ruckartig dreht sie den Kopf zur Seite, als hätte sie eine Ohrfeige bekommen. Ihre Kehle zieht sich zusammen, sie schnappt nach Luft. Verärgert funkelt sie Bill an. „Nur, weil ich als Frau allein reise, bin ich noch lange kein Freiwild." Die Worte klingen schriller, als ihr lieb ist.

„Doch." Bill lehnt sich nach vorne, wirft einen anzüglichen Blick in ihren Ausschnitt.

Die Hitze staut sich in ihrem Kopf, laut pocht das Blut in ihren Ohren. Sie riecht Schweiß und Schwarztee, sein Atem berührt ihren Hals.

Wortlos steht sie auf. Zwischen ihren Augen steht eine steile Falte. Sie presst die Lippen so fest aufeinander, dass sie schmerzen. Er lehnt sich zurück, verschränkt die Arme vor der Brust. Um seine Mundwinkel spielt ein Lächeln.

Tabea wendet den Blick ab. Abrupt dreht sie sich um. Wütend und verwirrt zugleich stapft sie durch den Wald zu ihrem Bus.

Sie wirft sich aufs Bett, dreht das Telefon in der Hand. Der Schweißgeruch haftet in ihrer Nase, vermischt sich mit dem Mief der Theatergarderobe, einer Mischung aus Staub und ungewaschenen Strümpfen. In ihrem Kopf ertönt der Pausengong, ihr Herz klopft schneller.

Vehement setzt sie sich auf. Sie meint, Bills Augen zu spüren. Seinen durchdringenden Blick zwischen ihren Brüsten. Sie legt das Handy hin und steht auf.

Das kühle Meerwasser prickelt auf der Haut und nimmt ihr für einen Moment den Atem. Sie taucht unter einer Welle hindurch, nimmt ihre Haare schwebend neben ihrem Gesicht wahr. Das Salzwasser brennt in den Augen, sie fühlt sich wach. Sie schwimmt mit kräftigen Zügen. Der Ärger über Bill löst sich auf, ihr Atem wird gleichmäßiger. Sie dreht sich auf den Rücken, lässt sich treiben. Lange Wellen schaukeln sie. Zwei Möwen kreisen, schrauben sich mit der Thermik höher. Zerzauste Wolkenfetzen stehen unbeweglich am Himmel. Sie schließt die Augen, spürt, wie die Wellen an ihren Haaren ziehen. Ein Kribbeln läuft über ihre Kopfhaut. Mit einer Hand fühlt sie die Beule, die sie sich unter dem Bus geholt hat.

Sie richtet sich auf und kneift geblendet die Augen zusammen. Das Sonnenlicht spiegelt sich in Tausenden kleinster Wassertröpfchen. Tabea taucht kopfüber in eine Welle hinein. Das klare Wasser gibt die Sicht auf den hellen Sandboden frei. Ein Fischschwarm zieht unter ihr hindurch. Das Brennen in den Augen lässt nach. Langsam stößt sie die Luft aus, beobachtet die Blasen, die an die Wasseroberfläche steigen. Sie taucht auf, krault zurück.

Angenehm erschöpft erreicht sie das Ufer. Sie schnäuzt Salzwasser aus der Nase und lässt sich in den Sand sinken. Die Wärme des Bodens umfängt sie. Ein wohliger Seufzer rutscht über ihre Lippen. Sie fühlt sich geborgen. Über ihr tanzen die Möwen durch den Himmel. Nur das gleichmäßige Rauschen der Wellen durchbricht die Stille. Verschwommen nimmt sie auf halber Höhe zur Küste den Mann mit der Mähne wahr. Unbeweglich ruht sein Blick auf dem Strand.

Es ist windstill. Erste Schweißtropfen formen sich auf ihrer Stirn. Sie setzt sich auf, kehrt zurück zum Bus. Dennis döst auf dem Klappstuhl im Schatten seines Busses. Die Häkelmütze liegt schräg über seinen Augen.

Eingewickelt in ein großes Handtuch greift Tabea erneut zum Handy. Die nassen Badesachen hängen über dem Fahrersitz.

„Sì?"

„Paolo?"

„Hallo, mein Liebling!"

Ein tiefer Seufzer entweicht, als sie seine vertraute Stimme hört. Leise, mit italienischem Akzent und dem vielschichtigen Klang, der weder hoch noch tief oder beides zugleich ist.

„Tabea, ist alles in Ordnung?" Er klingt besorgt.

Sie lächelt, ihre Gesichtszüge entspannen sich. „Ja. Jetzt ist alles in Ordnung."

„Was war los?"

Sie spürt die Anspannung auf der anderen Seite, fast sieht sie die waagrechten Falten, die nun sicherlich auf seiner Stirn stehen. „Ich bin seit gestern an der Südküste Portugals in einer kleinen Traumbucht. Hier stehen noch andere Busse und Wohnmobile. Viele Deutsche, einige Engländer und Franzosen."

„Ja?"

Sie hört, wie er die Luft anhält. Sie starrt zur Decke. „Auf der Fahrt hierher ist mein Abgasrohr gebrochen. Ich muss es schweißen lassen." Ihr Atem fließt gepresst. „Es gibt hier einen älteren Mann, der Stahlskulpturen macht. Er will mein Rohr nicht schweißen, sondern mir Schweißen beibringen."

„Sehr gut. Ich mag Stahlskulpturen." Paolo lacht.

Sie lacht mit. Plötzlich fühlt sie sich leicht. Wäre er hier, würde sie ihn in den Arm nehmen und nie mehr loslassen wollen. Sie würde seinen herben Duft einatmen und ihren Kopf in seinem Kraushaar vergraben.

„Kannst du herkommen?"

Er zögert. „Vielleicht, in zwei Wochen, übers Wochenende. Ich muss warten, bis der Probenplan fix ist."

Ihr Herz klopft rasch, ihre Hände werden feucht, sie spürt Hitze in die Wangen steigen. „Das wär' schön." Sie lächelt. „Wie lang bleibst du dort?"

„Ich weiß nicht. Es ist der schönste Platz, den ich bisher gesehen hab'. Und bevor mein Abgas nicht in Ordnung ist, kann ich eh nicht weiterfahren."

„Alles klar. Ich meld' mich bei dir, sobald ich mehr weiß."

„Gut. Ciao, caro." Noch immer lächelnd legt sie das Handy zur Seite. Merkwürdig. In München hat sie nie das Gefühl gehabt, Paolo zu brauchen. Er ist einfach dagewesen. Er hat sie gebraucht. Aber jetzt, seit sie weg ist, hätte sie ihn gern an ihrer Seite. Nachdenklich schließt Tabea die Augen.

Es klopft. Sie hat geschlafen. Das Handtuch liegt neben ihr. Sie setzt sich auf und wickelt sich ins Tuch. „Ja?"

„Ich bin's, Dennis."

Sie öffnet die Tür. Groß und mächtig steht er vor ihr.

„Stör' ich?" Verlegen blickt er auf das Handtuch, das sie mit den Unterarmen an ihren Körper presst. Sie schüttelt den Kopf. „Magst du bei mir zu Abendessen? Ich dachte, weil dein Gas leer ist." Unbeholfen sucht er nach Worten, knetet seine Finger. Seine Augen huschen an ihr vorbei in den Bus.

Sie nickt erfreut. „Gerne. Wann?"

„Um acht?" Er starrt auf ihre nackten Füße.

„Passt!" Sie strahlt ihn an.

Die Mütze ist schon wieder verrutscht, drückt auf die rechte Augenbraue. „Bis dann!" Rasch dreht er sich um und geht auf seinen Bus zu.

„Danke!" ruft sie ihm hinterher. Er dreht den Kopf, hebt die Hand. Auf seinen Wangen liegen rote Flecken.

Im bunten Bus verschwindet der Mann mit der Mähne.

Tabea steigt in die kurzen Shorts, zieht sich das Top über den Kopf. Sie wirft einen prüfenden Blick in den Spiegel an der Schranktür. Die salzverkrusteten Haare sind ordentlich im Nacken zusammengebunden, die Wangen leuchten rot von Sonne und Meerwasser. Braune Augen blicken ihr fröhlich entgegen. Sie freut sich auf das Abendessen bei Dennis. Darüber, dass ihr jemand unaufgefordert seine Hilfe angeboten hat, einfach so, ohne sie zu kennen. Über diese Spontaneität, die sie in Deutschland selten erfahren hat. Hier scheint nicht nur die Sonne heller, hier sind auch die Menschen unbeschwerter. Sie zieht eine Flasche französischen Weißwein aus dem Vorratsschrank und wirft sich beschwingt ihren Schal über die Schultern. Lächelnd verlässt den Bus.

Es ist kurz nach acht, als sie an Dennis' Tür klopft. „Komm rein!" Seine Stimme klingt dumpf aus dem Innern des Busses. Sie öffnet. Wärme und der Duft nach Basilikum schlagen ihr entgegen. Überrascht bleibt sie auf der Stufe stehen.

„Was ist?" Dennis hält mit Rühren inne und blickt sie fragend an.

„Das ist wunderschön." Sie geht hinein, schließt die Tür. Ihre Hände streichen über das helle Holz, mit dem der Bus ausgekleidet ist. Sauber verarbeitet mit liebevollen Details strahlt es eine warme Eleganz aus.

„Ich bin Zimmermann", murmelt er erklärend und zuckt verlegen mit den Schultern. Der Boden des Busses ist mit hellgrauem Teppich ausgelegt. Die kleine Küchenzeile ist aufgeräumt, auf dem Herd steht der Topf, in dem er mit einem Holzlöffel rührt. An der Wand gegenüber hängt ein großer Flachbildschirm. Den hinteren Teil des Busses füllen eine Eckbank und ein kleiner Tisch aus. Eine Kerze steht darauf.

„Lebst du allein hier?"

„Ja." Geräuschvoll zieht er zwei Teller aus einem Hängeschrank mit Glaseinsatz.

„Tut mir leid. Wollte dir nicht zu nahe treten." Verlegen senkt Tabea den Blick.

Dennis stellt die Teller auf den Tisch.

„Und du?" Er blickt sie an.

„Ich auch." Ihre Worte klingen unbeschwert. „Hier, ich hab' Wein mitgebracht. Trinkst du Weißwein?" Schwungvoll stellt sie die Flasche neben die Kerze. Die Flamme flackert. Er nickt.

„Ich trink' wenig Alkohol, aber zu einem guten Essen gehört ein guter Wein." Er grinst. „Setz dich!" Mit einer Hand wischt er sich über die Stirn, geht auf eine kleine Stereoanlage zu. „Welche Musik magst du?"

„Ich liebe die Rolling Stones. Aber es kann auch jede andere Rockmusik sein." Kurz darauf erklingt Mike Jaggers Stimme aus den Lautsprechern.

„Warum bist du hier?" fragt Tabea zwischen zwei Bissen. Die Tomatensoße ist kräftig mit Ingwer und Basilikum gewürzt, sie spürt dem süßscharfen Geschmack auf ihrer Zunge nach. „In Rente bist du noch nicht, oder?" Sie lacht.

Dennis schüttelt den Kopf. Seine Finger umfassen die Gabel fester, weiß treten die Knöchel hervor. Er zögert, schiebt sich Nudeln in den Mund. „Ich hatte in Deutschland immer wieder Schwierigkeiten." Er kaut. „Viele Menschen scheinen ein Problem mit meiner Figur zu haben."

„Warum?" Soße spritzt auf den Tisch. Rasch wischt sie den Fleck mit der Hand weg.

Dennis starrt in die Flamme. Er öffnet den Mund, schließt ihn wieder, nimmt sein Weinglas. Seine Augen huschen über den Tisch. Nach einem kräftigen Schluck räuspert er sich. „Ich kann Ungerechtigkeit nicht leiden. Das hat mich immer wieder in schwierige Situationen gebracht."

Unverständnis liegt in ihrem Blick. Sie wartet. Der vertraute Klang von Mick Jaggers Stimme aus den Lautsprecherboxen entspannt sie. Sie lehnt sich zurück, nippt an ihrem Glas. Der Wein, den sie selten trinkt, benebelt angenehm die Sinne.

Dennis wirkt unruhig. Seine Füße scharren leise unter dem Tisch, er dreht seine leere Gabel zwischen den Fingern. „Ich schau' nicht weg, wenn ich das Gefühl hab', dass jemand ungerecht behandelt wird."

„Schlägereien?" Sie zieht die Augenbrauen in die Höhe.

„Auch." Erneut hebt er sein Glas, trinkt, wischt sich mit der Hand über die Stirn. „Fünfmal bin ich vor Gericht gesessen. Vor zwei Jahren hab ich die Nase voll gehabt, hab' mir den Bus gekauft und bin hierhergekommen." Düster blickt er auf den leeren Teller. „Hier lässt man mich in Ruhe."

Plötzlich tut er ihr leid. Er wirkt ein wenig wie Paolo, wie er so verloren am Tisch sitzt. So ist Paolo oft gesessen, wenn er mit einer neuen Rolle nicht klar gekommen ist.

Tabea beugt sich vor. Dennis riecht nach Lavendel, der Duft irritiert sie. Mit dem Zeigefinger berührt sie die Narbe auf seiner Wange. Sie beginnt auf dem Wangenknochen und verläuft bis nahe an den Mundwinkel. Sanft fährt sie der Vertiefung auf der weichen Haut nach. Er blickt auf.

„Ist die von einem Messer?" Eine Haarsträhne hängt über ihrer Stirn, sie blickt ernst. Er richtet sich auf. Sie zieht ihre Hand zurück, lehnt sich an die Wand. Ihre Brust hebt und senkt sich rasch. Seine Augen suchen ihren Blick. Sie schaut durch ihn hindurch, streicht sich die Strähne aus dem Gesicht. Er beobachtet ihre Bewegungen. Die Luft erscheint ihr mit einem Mal erdrückend schwül. Schwer lastet die Wärme auf ihrem Körper, die Gerüche drohen sie zu ersticken. Mit den Fingern tastet sie nach der Tischkante. Sie hält sich daran fest, stemmt sich in die Höhe.

„Danke fürs Abendessen." Flüchtig streift ihr Blick sein Gesicht. Sein Lächeln wirkt unsicher. „Ich bin müde." Gierig atmet sie die frische Abendluft ein, die durch die geöffnete Tür strömt. Ein Frösteln zieht über ihren Rücken, als sie an Dennis vorbei ins Freie tritt. Der Mond erscheint soeben über der Hochebene. Der Druck im Kopf lässt nach.

„Schlaf gut." Das Licht, das aus dem Bus in die abendliche Dunkelheit dringt, blendet sie, sie kann Dennis` Gesicht nicht erkennen. Er hebt die Hand, lehnt sich an die Tür. Sie dreht sich um und stößt mit einem Mann zusammen.

„Oh, 'tschuldige." Erschrocken blickt sie in die dunklen Augen des Mannes mit der Mähne. Seine Haut schimmert fahl im schwachen Mondlicht. Lautlos verschwindet er in der Dunkelheit.

2

Tabea öffnet die Augen. Die Sonne scheint bereits durch die Windschutzscheibe. Es muss gegen Mittag sein. Sie streckt sich. Trotz des langen Schlafes fühlt sich ihr Körper müde an. Der Rücken schmerzt, die Haut über der Beule spannt. Die Nackenmuskeln sind noch immer hart. Sie dreht sich zur Seite und lässt sich aus dem Bett rollen. Mit nackten Füßen schlurft sie über den kalten Linoleumboden zum Fenster über dem kleinen Klapptisch. Sie schiebt die braunen Vorhänge zur Seite und lässt die Sonnenstrahlen herein. Der grobe Stoff zwischen ihren Fingern kratzt auf der Haut. Eigentlich hat sie die scheußlichen Vorhänge schon lange ersetzen wollen. Aber dann ist ihr die Zeit davongerannt und sie ist mit den düsteren Stofffetzen vor den Fenstern losgefahren.

Ihr Blick schweift über den Platz. Die Tür von Dennis' Bus ist geschlossen, die Vorhänge sind zugezogen. Es ist schön gewesen gestern Abend. Seine schüchterne Zurückhaltung amüsiert sie, weckt ihren Beschützerinstinkt. Dass er in Raufereien verwickelt gewesen ist, kann sie sich gar nicht vorstellen. Er wirkt so ruhig, behäbig und unsicher. Es muss wohl viel geschehen, um ihn in Rage zu versetzen.

Ein wenig zurückversetzt, schräg hinter Dennis' Bus steht das Fahrzeug mit der wilden Bemalung. Die Tür öffnet sich, der graue Hund schlüpft heraus. Ein seltsamer Mann, der da in diesem fahrenden Kunstwerk mit seinem Hund wohnt. Der Mann mit der Mähne. Tabea grinst. Wie er wohl richtig heißt? Sie öffnet das Schiebefenster und lehnt sich ein wenig heraus. Die Luft ist warm, sie lässt die Sonnenstrahlen über ihre Wangen gleiten.

Hungrig dreht sie sich um. Viel bleibt ihr nicht fürs Frühstück. Ein Glas Wasser, eine Scheibe Brot, ein Apfel. Mit gerunzelter Stirn nimmt sie zur Kenntnis, dass ihre Vorräte beängstigend schrumpfen.

In Shorts und Top läuft sie über den Strand. Vorsichtig durchwatet sie einen kleinen Fluss, der aus dem Tal heraus ins Meer mündet, klettert ein Stück weit die Küste hinauf. Auf einem flachen Felsen lässt sie sich nieder. Ihr Blick schweift über die bewegte Wasserfläche. Kleine Schaumkronen tanzen auf den Wellen. Der Wind treibt die Gischt in Böen vor sich her und zieht an ihren offenen Haaren.

Sie hebt einen Stein auf, wirft ihn über die Klippen. Mit einem leisen „Platsch!" fällt er in die Brandung. Der nächste Stein.

Freiwild. Freiwild.

Hartnäckig klebt das Wort in ihrem Hirn. Sie will kein Freiwild sein. Nicht hier, nicht in der Freiheit, für die sie alles zurückgelassen hat, sogar Paolo.

Platsch. Unablässig wirft Tabea. Vor Bill muss sie sich in Acht nehmen. Er wirkt allzu selbstsicher, überzeugt davon zu bekommen, was er will. Für den Bruchteil einer Sekunde blitzen die stechenden Augen vor ihr auf. Rasch ergreift sie einen weiteren Stein und wirft ihn mit Wucht über die Klippen.

Nein, Angst hat sie nicht vor Bill. Sie fühlt sich von ihm provoziert. Er sieht gut aus, ein alter, aber starker Körper. Sie atmet flacher, ihre Fingernägel drücken sich in die Kerbe eines Steins. Die langen Wimpern über seinen Augen. Sie verleihen ihm einen weiblichen Zug, der so gar nicht zu seiner strotzenden Männlichkeit passt. Warum er wohl hier lebt, in dieser Bucht am Ende der Welt?

Ihre Gedanken kreisen weiter um Bill, während sie zu ihrem Bus zurückläuft. Der Strand ist noch weitgehend leer. Eine junge Frau sitzt auf einem Stein. Sie hebt den Kopf, als Tabea an ihr vorbeischlendert.

„Hi. Ich bin Linda."

Sie bleibt stehen und betrachtet die Frau. Kurze blonde Rastas lugen unter einem rosaroten Schal hervor, der um den Kopf geschlungen ist. Die Haut ist dunkel, ob von der Sonne oder vom Schmutz lässt sich nicht mit Bestimmtheit sagen. Ein Piercing in Form eines kleinen Herzens ziert ihren linken Nasenflügel und bebt bei jedem Atemzug. Ihr buntes T-Shirt ist an der Schulter zerrissen, üppige Brüste drängen darunter hervor. Um ihren Hals hängt eine Kette aus großen Holzperlen. Dunkle, wache Augen huschen unstet umher.

„Hi. Tabea."

„Du bist allein unterwegs, oder?"

Tabea wirft Linda einen irritierten Blick zu. Woher weiß Linda, dass sie allein reist? Ein mulmiges Gefühl schleicht sich in ihre Magengegend, sie fühlt sich beobachtet.

„Ja."

„Find' ich krass. Wie is'n das so?" Linda schiebt sich eine Rastalocke hinters Ohr, die sofort wieder hervorspringt. Um ihr rechtes Handgelenk winden sich unzählige Lederbänder.

„Was?"

„Na, so allein. Hast du kein Problem mit Typen?" Die Worte sprudeln aus ihr heraus. Ihre Stimme klingt nasal und ein bisschen zu laut.

Tabea zuckt die Schultern. Sie hat keine Lust, über Männer zu sprechen. „Als Frau stehst du doch immer irgendwie in der Schusslinie der Männer."

„Naja, mit Partner weniger als ohne." Linda zieht sich das Shirt auf die Schulter. „Ich bin mit 'nem Kumpel unterwegs. Das erspart mir blöde Anmache." Sie lacht hell und laut. Ein kleines Mädchen mit braunem Lockenkopf stolpert auf sie zu.

„Mama, aua!" Sie klettert auf Lindas Schoß, hält ihr zwei schmutzige Händchen vor die Nase. Linda drückt ihr einen Kuss darauf, wiegt sie im Arm. Ihr Shirt rutscht. Die Kleine schmiegt sich an sie.

„Deine Tochter?"

Linda nickt. „Da is n'Mann im Bus zusätzlich praktisch. Als Papa-Ersatz."

„Und der richtige Papa?"

„Wollt' kein Kind." Linda spuckt in den Sand.

„Seit wann seid ihr hier?"

„Keine Ahnung. Seit ein paar Wochen oder so." Sie krault mit einer Hand den Kopf des Kindes.

„Und was habt ihr vor?"

„Wir fahr'n zu 'ner Korkfarm. Hier gibt's viele, die verfallen vor sich hin, das is' echt krass. Da wohnt niemand. Nur die Korkeichen werden alle paar Jahre geschält." Sie schiebt ihr Shirt auf die Schulter. „Wir suchen 'ne Farm, wo wir 'n bisschen Kohle verdienen und pennen können."

„Mama, Hunger!" Das Mädchen zieht an Lindas Haaren. Sie drückt dem Kind einen Kuss auf die Stirn und steht auf. „Tschüss! War cool, dich kennenzulernen!" Sie hebt ihre Hand zum Gruß und stapft mit dem Kind an der Hand über den Strand. Ihre weite Pluderhose mit dem tiefen Schnitt flattert im Wind.

Tabea blickt ihr nach. Also doch Freiwild? Sie schüttelt sich heftig, als könne sie den Gedanken abwerfen.

Sie läuft zurück zum Bus. Dennis sitzt auf seinem Klappstuhl davor. Seine Augen sind hinter einer dunklen Sonnenbrille verborgen.

„Hallo." Seine Stimme klingt rau. „Magst du Kaffee?" Sie nickt. Er zieht eine Thermoskanne unter dem Stuhl hervor. „Hier." Überrascht nimmt sie die Kanne, betritt den Bus, greift nach einer Tasse.

„Du auch?" ruft sie hinaus.

„Ja."

Sie setzt sich zu ihm. Das würzige Aroma des Kaffees aktiviert ihre Lebensgeister. Sie fährt mit der Zunge über den Rand ihrer Tasse, trinkt einen Schluck. „Woher weißt du, dass ich den Kaffee schwarz trinke?"

Er schüttelt den Kopf. „Das weiß ich nicht. Aber ich dachte mir, Milch und Zucker hast du selber." Die hellen Augenbrauen erscheinen über dem Sonnenbrillenrand.

Sie lächelt. „Der Kaffee ist perfekt."

Dennis räuspert sich. „Kommst du heute wieder? Zum Abendessen?"

Sie fährt sich mit der Hand durch die Haare, zuckt zusammen, als sie über die Beule streift. „Ich muss einkaufen. Oder ich fahr nach Lagos und besorg mir Gas. Dann kann ich mir wenigstens wieder Kaffeekochen." Sie grinst ihn schief an.

„Kaffee kriegst du auch bei mir." Heiser dringen die Worte aus dem wuchtigen Körper. Dennis schiebt seine Brille auf die Stirn. Tabea verschluckt sich. Erkennt sie einen Anflug von Verlangen in seinem Blick? Kaffeetropfen fallen auf ihr weißes Top. Seine Augen fixieren die braunen Punkte über ihrer linken Brust.

Hastig trinkt sie aus und steht auf. „Danke für den Kaffee."

„Kommst du?" Seine Hand berührt ihr Bein, als sie in den Bus steigt.

Sie hält inne, ein Fuß auf dem Boden, den anderen bereits auf der Stufe. Die Wärme seiner Finger breitet sich über ihren Oberschenkel aus. Mit der freien Hand tastet sie nach dem Türrahmen, hält sich daran fest. Sie zuckt die Schultern. Lavendelduft steigt in ihre Nase. „Vielleicht." Die Tür fällt mit einem leisen Klicken ins Schloss.

Tabea lehnt sich mit dem Rücken an die Tür und atmet tief ein. Da ist Verlangen in Dennis' Augen gewesen, sie ist sich ganz sicher. Wie kann das sein? Der schüchterne Dennis bittet sie um ein Date? Oder täuscht sie sich? Sehnt er sich vielleicht einfach nur nach Geselligkeit, nach Ablenkung vom Alleinsein?

Freiwild.

Nein, Freiwild ist ganz sicher kein Wort, das in Dennis' Wortschatz vorkommt. *Sein Angebot ist ehrlich. Wahrscheinlich hat er das gemeinsame Abendessen gestern einfach nur genossen, so wie ich auch.*

Mit einer heftigen Bewegung zieht sie das weiße Top aus, legt es in eine Plastikschüssel und lässt Wasser darauf fließen. Die elektrische Wasserpumpe surrt. Sie drückt den Stoff auf den Boden der Schüssel, ergreift ein Stück Gallseife. Kreisend reibt sie über die braunen Flecken, bis sie von einer milchig-weißen, glitschigen Schicht überzogen sind. Ihr fällt ein, dass irgendwo noch die rote Trainingsjacke von gestern liegen muss. Sie findet sie auf dem Bett, reibt die Seife ebenfalls über die Flecken. Sie knüllt die Kleider zusammen und stellt die Schüssel ins Waschbecken.

Tabea drückt den Rücken durch, streckt die Arme in die Höhe. Ihre Schultern knacken. Sie lässt den Oberkörper vornüber fallen, bewegt langsam den Kopf. Es knirscht in der Halswirbelsäule. Als sie sich wieder aufrichtet, pulsiert das Blut in ihren Wangen.

Was ist zu tun? Einkaufen, Gasflasche auffüllen. Für beides braucht sie ein zuverlässig funktionierendes Auto. Also zuerst das Abgasrohr. Durchs Fenster beobachtet sie, wie Dennis zu seinem Bus zurückschlendert, seinen Stuhl unter den Arm geklemmt.

Sie streift sich ein gelbes Shirt über, kramt nach einer Taschenlampe, steigt aus. Sie schiebt sich erneut unter den Bus. Vielleicht gibt es ja doch eine andere Lösung außer Schweißen. Sie hat keine große Lust, Bill aufzusuchen. Lieber wäre ihr, sie könnte das Rohr selbst reparieren. Sie duckt den Kopf, als sie unter dem Stahlträger hindurch rutscht. Ihre Lippen berühren den Boden, Staub setzt sich darauf fest. Sie fährt mit der Zunge darüber und versucht, die trockenen Staubkörner auszuspucken. Als sie den Mund wieder schließt, knirscht der Schmutz zwischen ihren Zähnen.

Der Strahl der Lampe trifft das marode Rohr. Es ist stellenweise durchgerostet. Sie nimmt es zwischen Daumen und

Zeigefinger und versucht, es in seine alte Position zu drücken. Es bricht sofort ab. Tabea schneidet sich an der abgebrochenen Kante in den Daumen, ein scharfes Ziehen läuft durch ihre Hand. Sie seufzt. Hier hilft kein hitzeresistentes Klebeband. Das muss zweifellos geschweißt werden.

Als sie unter dem Bus hervorkriecht, erspäht sie den Mann mit der Mähne. In einiger Entfernung lehnt er an einer kleinen Kiefer, den Kopf in ihre Richtung gewandt. Beobachtet er sie? Der Wind spielt mit den blonden Haarsträhnen. Sie klopft sich Sand von der Hose, nimmt den verletzten Daumen in den Mund. Er schmeckt nach Rost und Erde. Speichel läuft zusammen, sie spuckt das Gemisch aus.

Es ist vier Uhr, die Sonne steht tief. Rötlich leuchten die Felsen, ein sanfter Wind streicht über ihr Haar. ‚Ich seh' die grenzenlose Schönheit'.

Tabea desinfiziert ihren Daumen, drückt ein Pflaster auf die Wunde. Dann stapft sie entschlossen den schmalen Pfad zu Bill hinauf, ihre Schweißmaske in der Hand. Die Tür zum Wohnmobil ist angelehnt.

„Bill?"

Sein weißer Haarschopf erscheint im Türrahmen. Auf seinem Gesicht glitzern Wassertropfen.

„Moment." Er verschwindet, Wasser rauscht. Mit einem Handtuch erscheint er erneut. Forschend wandern seine Augen über Tabea, während er sein Gesicht trockenreibt. Rasch klemmt sie eine der schulterlangen, braunen Strähnen in den flüchtig zusammengebundenen Pferdeschwanz.

„Kenn' ich deinen Namen?" Sein weißes Haar ist ungekämmt, kurze Bartstoppeln stehen in seinem Gesicht.

„Nein."

„Ich hab' dich verärgert, stimmt's?" Seine Augen blitzen. Sie meint, eine leise Genugtuung in seiner Stimme zu hören.

Angestrengt unterdrückt sie den emporsteigenden Ärger und versucht, ihre Stimme gleichgültig klingen zu lassen.

„Eher irritiert. Jedenfalls heiß' ich Tabea."

Ein kurzer Blick streift sie, dann lächelt er. „Magst du was trinken?"

„Kaffee wär' gut."

„Mit Milch und Zucker?"

„Schwarz."

Er zieht die Augenbrauen in die Höhe. „Ich kenn' keine Frau, die den Kaffee schwarz trinkt."

„Jetzt kennst du eine." Sie hält seinem Blick stand. Ein Kribbeln läuft durch ihren Bauch.

Langsam sagt Bill: „Du beginnst mir zu gefallen."

„Sollte mich das beunruhigen?"

„Du meinst, von wegen Freiwild und so?" Er kneift die Augen zusammen. „Vielleicht." Das Wort bleibt in der Luft hängen.

Sie lehnt sich an den langen Tisch und versucht ihren Atem ruhig fließen zu lassen. Ein leichter Windstoß bringt Rauch mit sich, irgendwo macht jemand ein Feuer. Sie lässt ihren Blick über den Tisch wandern. Eigentlich ist es mehr eine große Werkbank. Schmutzig und zerkratzt, übersät mit Stahlstücken unterschiedlicher Form und Größe. In einer gelben Plastikbox mit abgebrochener Ecke tummeln sich Stecker, Winkel, Schraubenzieher und rostige Nägel, daneben liegt eine offene Kartonpackung mit Schweißelektroden. Hammer, Feilen, eine Bohrmaschine und ein Winkelschleifer türmen sich in buntem Durcheinander an einem Ende der Werkbank.

Mit zwei dampfenden Kaffeetassen tritt Bill neben Tabea.

Sie hält das gebogene Stahlstück in der Hand. „Was wird das?"

„Keine Ahnung." Bill zuckt die Schultern. „Der Stahl formt sich selbst. Ich bin nur das Werkzeug dazu. Hier, dein Kaffee." Er reicht ihr eine Tasse und geht zu den Plastikstühlen. Sie setzt sich zu ihm unter die Kiefer.

„Was weißt du übers Schweißen?" Erwartungsvoll schaut er sie an. Die weißen Augenbrauen stehen widerspenstig in alle Richtungen.

„Nicht viel. Dass man nicht in die Stichflamme schauen soll."

„Das ist schon mal ein Anfang. Hast du handwerkliche Erfahrung?"

„Ich denk' schon. Ich hab' die elektrische Verkabelung in meinem Bus gemacht, das Bett gezimmert und kann einen Autoreifen wechseln." Vorsichtig nippt sie am Kaffee. Sie spürt seinen Blick auf ihrem Gesicht. Konzentriert hält sie die Tasse in den Händen, die Augen auf die Holzkiste gerichtet. Sein Blick wandert über ihren Hals auf ihre Schultern, brennt auf ihren Händen.

„Kannst du damit arbeiten?" Abrupt dreht er sich um, greift hinter sich und hält ihr den Winkelschleifer hin.

„Ja."

Er nickt zufrieden. „Gut. Dann lass uns anfangen."

„Jetzt?" Rasch leert sie ihre Tasse. Ein braunes Rinnsal läuft aus ihrem Mundwinkel. Bevor der Kaffee in ihren Ausschnitt tropft, wischt sie ihn mit dem Handrücken fort.

Bill sucht nach zwei passenden Stahlstücken, legt sie neben das Schweißgerät. „Das wollen wir zusammenschweißen. Hier am Gerät wird eine Elektrode angeklemmt. Sie wirkt als Bindeglied. Sie wird am Schluss als Naht zu sehen sein. Klar?" Forschend blickt er sie an. An seiner Nasenspitze glitzert ein Wassertropfen. Auf seinen faltendurchzogenen Wangen liegt ein rosiger Schimmer. Sie nickt. „Geschweißt werden immer nur kurze Strecken. Dann wird die

Naht mit dem Hammer bearbeitet und alles Überschüssige mit dem Winkelschleifer abgeschliffen." Er verschwindet im Wohnmobil, kommt mit einer blauen Arbeitsjacke zurück. „Hier. Bring nächstes Mal eine lange Hose mit."

Verlegen schlüpft sie in die viel zu große Jacke, krempelt die Ärmel zurück. Der Geruch nach Metall und Schweiß dringt in ihre Nase. Er bückt sich. Aus einer Kiste unter dem Tisch zieht er eine Schweißmaske mit dunklem Sichtfenster hervor.

„Maske hab‘ ich leider nur eine."

„Moment." Tabea geht zur Kiefer. Mit ihrer Maske in der Hand kehrt sie zu Bill zurück.

„Du hast eine Schweißmaske?" Ungläubig starrt er auf den Helm in ihrer Hand.

Sie zuckt die Schultern. „Die war schon im Bus."

Bills Mundwinkel zucken. Er macht einen Schritt auf sie zu, nimmt ihr die Maske aus der Hand. Seine rauen Finger berühren kurz ihre Stirn, als er sie langsam über ihr Gesicht zieht. Sie stöhnt leise auf, als sich die Plastikschnalle über ihre Beule legt.

Aufmerksam blickt Bill sie an. „Drückt was?"

Sie winkt ab, fixiert mit den Augen das Schweißgerät. „Nur eine kleine Beule." Seine Augen halten sie fest. Er gibt ihr Arbeitshandschuhe. Dann wendet er sich ab.

„Schau genau zu." Er stülpt sich seine Maske über, zieht den Sichtschutz vor die Augen.

Erleichtert atmet sie auf, als die dunkle Scheibe ihr Gesicht verbirgt. Sie fühlt sich seltsam unter seinen Blicken. Ihr Blut pulsiert wild durch ihren Körper, das Denken bereitet ihr Mühe.

Bill schiebt die Stahlstücke zusammen, fährt mit der Elektrode langsam über die Kante. Ein Zischen ertönt. Durch die dunkle Scheibe ist die Stichflamme als helle Spur zu sehen. Er schiebt den Sichtschutz zurück, reicht ihr den Hammer. Kräftig klopft sie auf die Naht.

„Nun schleifst du diese holprigen Stellen hier ab", fordert er sie auf. Ihr Herz pocht laut. Mit beiden Händen hält sie den Winkelschleifer, führt die Schleifscheibe angestrengt über die Schweißnaht. „Sehr gut." Er streift ihr den Sichtschutz wieder herunter. „Jetzt schweißt du den Rest."

Ein Zittern erfasst sie. Bill steht dicht hinter ihr. Seine rechte Hand liegt auf ihrer. Ihre Brust hebt und senkt sich rasch, vergeblich versucht sie ihren Atem zu kontrollieren. Bill riecht nach Metall und Kaffee. Sein warmer Atem berührt ihr Ohr. Gänsehaut breitet sich über ihrem Kopf aus. Die Stahlstücke beginnen vor ihren Augen zu tanzen. Rasch schließt sie die Augen, presst die Lider aufeinander.

Als sie sie wieder öffnet, sieht sie klarer. Sie umfasst die Elektrodenhalterung fester. Zischend zieht sie die Elektrode über die Kanten. Ihre Zähne beißen sich in ihrer Unterlippe fest.

„Gut." Bill lässt ihre Hand los.

Tabea ergreift den Hammer, er reicht ihr den Winkelschleifer. Er lässt sie nicht aus den Augen, bis das laute Brummen der Schleifmaschine verstummt. Ihre Unterlippe brennt. Mit der Zunge spürt sie die Eindrücke ihrer Zähne, Blutgeschmack breitet sich in ihrem Mund aus. Sie ziehen Masken und Handschuhe aus, die Jacke legt sie über die Werkbank.

Bill ergreift das Stahlstück. Kritisch betrachtet er das Werk. „Nicht schlecht, fürs erste Mal." Er nimmt ihren Zeigefinger. Langsam führt er ihn über die Naht. „Spürst du die Unregelmäßigkeiten?"

Seine Hand ist breit, kräftige Sehnen ziehen sich über den Handrücken. Unter kurzen Fingernägeln drängt sich Schmutz. Am rechten Mittelfinger fehlt der Nagel. Ihre

Hand ist eiskalt. Er verharrt reglos, wartet, bis seine Wärme bei ihr angekommen ist.

Sie räuspert sich. „Aber wie schweiße ich mein Abgasrohr? Das müsste ich ja über Kopf unter dem Bus machen." Bill lässt ihren Finger los. „Kannst du's nicht abmontieren?" Er legt den Stahl auf den Tisch.

„Ich glaub' nicht." Sie fährt mit der Zunge über die Unterlippe, wischt Blut weg.

„Ich komm' morgen vorbei und schau's mir an." Er beginnt die Werkzeuge zu versorgen. Sie schaut zu, wie die Spuren ihrer gemeinsamen Arbeit verschwinden.

„Danke."

Er klopft sich die Hände am Overall ab. „Komm, wann du willst, ich bin hier. Die Maske kannst du hier lassen." Sein Blick ruht in ihren Augen. Die Sonne lässt das Licht in seinen Pupillen tanzen. Tabea verspürt den Drang zu lächeln.

„Dann bis morgen." Sie streckt ihm die Hand hin. Er ergreift sie langsam, drückt sie. Seine Augen halten sie fest. Ein Lächeln huscht über sein Gesicht, dann lässt er ihre Hand los.

Zurück im Bus, betrachtet sie sich im Spiegel. Sie fühlt sich unendlich erschöpft. Ihre Wangen glühen, in den Augen spiegelt sich Verwirrung. Die Unterlippe ist angeschwollen, dünne Blutkrusten kleben daran. Sie wischt sie mit der Hand weg.

Sie ist unschlüssig, was sie von Bill halten soll. Ist es gut, wenn sie ihn regelmäßig besucht, um zu Schweißen? Sie ist sich nicht sicher. Irgendetwas in ihr warnt sie vor ihm. Vielleicht ist es besser, sie bittet ihn das Rohr zu schweißen. Wenn sie ihm genug dafür bezahlt, wird er es wohl machen.

Erleichtert über diese Entscheidung, entspannt sich ihr Gesicht. Sie trinkt einen großen Schluck Wasser, spürt die Kälte durch ihre Kehle prickeln.

Mit neuer Energie sortiert sie ihre Lebensmittel. Jene, die gekocht werden müssen, verstaut sie in einem Schrank weit hinten. Übrig bleiben vier Äpfel, zwei Bananen, ein Sack Karotten, Kartoffelchips, zwei Gläser Oliven, Essiggurken, ein halber Laib Brot.

„Eine magere Sache", murmelt sie. Ihr Magen knurrt. Außer der Scheibe Brot und dem Apfel am Mittag hat sie nichts gegessen. Ein warmes Abendessen bei Dennis lockt. Sie nimmt eine Karotte in die Hand. Legt sie wieder weg. Trinkt ein Glas Wasser. Ein Blick auf die Uhr. Halb sieben. Noch zu früh. Oder doch nicht?

Der Hunger siegt. Sie tauscht die Shorts gegen eine blaue Baumwollhose mit roten Blumen und zieht den Schal um die Schultern.

„Schmeckt köstlich! Vielen Dank, Dennis!" Zufrieden schiebt sich Tabea eine Kartoffelscheibe mit Spiegelei in den Mund. Eigelb rinnt langsam über ihr Kinn.

„Hier." Lächelnd reicht ihr Dennis ein Stück Küchenpapier. „Wenn du magst, kannst du meine Küche benützen, bis dein Auto in Ordnung ist und du wieder Gas hast. Wir können uns auch mit Kochen abwechseln." Seine Wangen leuchten rot. Er öffnet ein Kippfenster.

„Danke." Sie legt das Besteck auf den leeren Teller. Der Gedanke an regelmäßige warme Mahlzeiten ist verlockend, und gemeinsames Kochen mit Dennis stellt sie sich eigentlich ganz lustig vor. Aber verpflichten will sie sich nicht. „Ich überleg's mir." Sie lehnt sich zurück und betrachtet den behäbigen Mann, der ihr gegenübersitzt. „Warum reist du allein?"

Dennis steht auf, stellt die Teller zusammen. „Ich bin mit meiner Freundin gestartet. Aber die Enge im Bus war zu viel. Nach zwei Monaten ist sie zurück nach Deutschland gefahren. Magst du ein Bier?"

Sie nickt. Er stellt die Teller in die Spüle. Mit zwei Bierflaschen kommt er zurück an den Tisch, setzt sich neben sie. Ihre Beine berühren sich.

„Cheers!" Er hält ihr eine Flasche hin.

„Cheers!" Glas klirrt. Tabea lehnt den Kopf an die Wand. Auf dem Tisch brennt die Kerze. Zwei kleine LED-Spots werfen Lichtkreise an die Decke. „Strangers in the night". Frank Sinatra lullt sie mit seiner charmanten Bassstimme aus den Lautsprechern ein. Sie schließt die Augen.

„Bist du weitergekommen mit deinem Abgasrohr?"

„Bill will es nicht tun. Er bringt mir stattdessen Schweißen bei, damit ich es selber machen kann."

„Keine schlechte Idee. Wenn ich es könnte, würde ich es dir beibringen."

Die Luft im Bus ist warm, sie riecht nach Zwiebeln, Bratkartoffeln und Rosmarin.

„Du bist schön." Dennis' Stimme klingt heiser. „Ich hab' dich gestern in deinem Bus gesehen. Du hast geschlafen."

Gestern? Was ist gestern gewesen? Sie ist nach dem Baden eingeschlafen. Erschrocken öffnet sie die Augen.

„Du bist wunderschön." Dennis flüstert. Er führt seinen Zeigefinger zu ihrer Unterlippe. „Was ist mit deiner Lippe?"

„Hab' aus Versehen draufgebissen."

Sein Mund schiebt sich ganz nahe zu ihrem. Ein Hauch von Lavendel streift ihre Nase.

Tabea weicht zurück. *Keine Affären mehr.*

Dennis richtet sich auf. „Sorry." Tiefe Röte legt sich über seine Wangen.

Die Beule pocht. *Keine Affären mehr.* Die Worte, die sie sich vor über vier Monaten eingetrichtert hat, als sie in ihrem Bus München verlassen hat, hämmern in ihrem Kopf.

Ihre Augen gleiten über Dennis' runde Wangen, seinen kurzen Hals. Sie möchte die Haut berühren. Warm und weich muss sie sein, wie Paolos. Ob man bei diesem Körperumfang auch die Muskeln spürt? Behutsam legt sie ihre Hand auf seinen Oberschenkel.

Sein Atem streichelt ihre Wangen. Sachte tasten sich seine Lippen erneut vorwärts. Ein Kribbeln entsteht in ihrem Bauch, breitet sich aus bis in die Fingerspitzen. Er legt seine Hände um ihren Kopf, zieht sie langsam zu sich. Ihre Finger berühren die heißen Wangen. Die Haut ist weich. Seine Hand gleitet unter ihr Top, schiebt es hinauf, berührt ihre Brust. Sie zuckt zusammen.

Eine Bierflasche kippt um. Sprudelnd ergießt sich Bier über den Tisch, tropft auf Tabeas Oberschenkel.

Dennis springt auf und greift nach der Rolle Küchenpapier. „Hier."

Sie stellt die Flasche auf, begräbt die Pfütze auf dem Tisch unter einem Berg Papier, tupft sich das Bein trocken.

„Magst du noch ein Bier?" Dennis stopft den Papierhaufen in den Abfalleimer. Flüchtig streift sie sein Blick.

„Nein danke, ich hab' genug Bier für heute." Sie fährt sich mit den Händen durch die Haare und grinst schief. Der bittere Geruch dringt in jeden Winkel des kleinen Raumes, haftet an ihrem Oberschenkel.

„Wasser?"

Sie nickt. Er setzt sich mit einem Glas neben sie. Seine Finger drücken den Wachsrand der Kerze zusammen. Eine kleine Ritze öffnet sich, Wachs läuft auf den Kerzenständer.

Er dreht den Kopf. „Und du? Warum bist du allein unterwegs?"

Sie holt hörbar Luft und räuspert sich: „Paolo muss arbeiten."

Dennis' Finger verharren an der Kerze. „Paolo?"

„Mein Freund."

Er hustet, richtet sich auf. Seine Augen funkeln sie an. Abrupt erhebt er sich, öffnet die Bustür. Kühle Luft strömt herein. Schweigend steht er an der Treppe.

Als er sich umdreht, sitzt sie halb liegend, an die Wand gelehnt. Durch leicht geöffnete Augen beobachtet sie ihn. Sein linker Fuß scharrt unruhig an der Türschwelle, seine rechte Hand öffnet und schließt sich abwechselnd.

Bleierne Müdigkeit lähmt ihre Gedanken. Am liebsten würde sie so einschlafen.

Dennis räuspert sich. „Sorry, Tabea. Ich hab' das nicht gewusst."

Lächelnd blickt sie ihn an. „Ist das wichtig?" Ihre Stimme klingt dunkel.

„Für mich schon." Vehement wendet er sich ab und verlässt den Bus.

.

3

Am nächsten Mittag begegnet Tabea Dennis, als sie einen Busch für ihre Morgentoilette aufsucht.

„Hallo."

„Hi." Er senkt den Blick, geht rasch weiter.

Sie blickt ihm nach. Der Rücken ist gebeugt, die Häkelmütze fehlt. Ein dunkler Haarkranz liegt über dem Hinterkopf.

Ist es ein Fehler gewesen, ihm von Paolo zu erzählen? Sie hat sich das gestern nicht überlegt. Ihre Beziehung zu Paolo ist für sie so allgegenwärtig wie die Sonne, die bereits wieder über der Hochebene steht und die kalte Haut auf ihrem Gesicht wärmt. Sie hat ihre Liebe zu ihm keine Sekunde lang in Frage gestellt. Irgendwie hat sie nichts mit der Romantik in Dennis' Bus zu tun.

Eine Gruppe junger Kitesufer zieht mit ihren Brettern über den Platz, ein Auto hupt. Sie stolpert über einen abgebrochenen Ast, fängt sich gerade noch, bevor sie mit dem Knie in einem Kothaufen landet. Angewidert richtet sie sich auf und sucht sich einen anderen Busch.

Nach einem kurzen Frühstück, bestehend aus einer Banane und zwei Stück Brot, schlendert Tabea über den Platz in Richtung Hochebene. Ein Trampelpfad schlängelt sich den Hügel hinauf. Sie ist barfuß unterwegs. Sie liebt das Gefühl, den Boden unmittelbar unter ihren Füßen zu spüren. Unter einer dünnen Sandschicht nimmt sie kühle Erde wahr. Sorgsam setzt sie einen Fuß vor den nächsten, aufmerksam darauf bedacht, nicht auf spitzige Steine oder Dornen zu treten.

Nach kurzer Zeit jucken ihre Füße. Sie bleibt stehen. Ihr Magen rumort, sie bereut, keinen Apfel gegessen zu haben. Sie blickt hinunter in die Bucht. Das blauschimmernde Wasser des Meeres mit den weißen Schaumkronen setzt sich deutlich vom hellbraunen Strand ab. Ein feuchter Wind weht vom Meer hinauf, sie riecht Salz und Tang. Bunte Punkte im Wasser entpuppen sich als Kitesurfer.

Sie nimmt die Wanderung wieder auf und erreicht kurz darauf das Hochplateau. Ein wenig zurückversetzt ragen die Mauern einer Ruine in den Himmel. Der Blick reicht weit ins portugiesische Hinterland. Braune und hellgrüne Farben wechseln sich ab, nur selten durchbrochen von den weißen

Fassaden kleiner Häuser. Stille umschließt sie. Das Rauschen der Wellen endet an der Kante der Ebene.

Tabea lacht laut auf. Sie fühlt sich frei. Sie streckt die Arme in den Himmel, dreht sich im Kreis, immer schneller, bis sie das Gleichgewicht verliert. Mit einem lauten Jauchzer lässt sie sich auf den Boden fallen, bleibt auf dem Rücken liegen. Die Wolkenhäufchen drehen sich.

Aus den Augenwinkeln nimmt sie eine Bewegung wahr. Sie wendet den Kopf.

Lächelnd setzt sich Elsie neben sie auf den Boden. „Hallo." Tiefblaue Augen mustern Tabea interessiert. Die Nasenflügel beben leicht. Die Haut über den vollen Lippen schimmert rot.

Tabea setzt sich auf. „Hallo Elsie. Ich bin Tabea." Sie reicht der alten Frau die Hand. Die Finger, die ihre Haut umschließen, sind lang und knochig, der Druck ist fest.

„Ich weiß." Elsie lächelt noch immer.

Tabea runzelt die Stirn. Wer redet hinter ihrem Rücken über sie? Das passt ihr gar nicht. Sie hat bisher nur mit Dennis und Bill Kontakt gehabt. Bill wohnt abseits von den andern im Wald. Sollte Dennis mit Elsie über sie gesprochen haben? Die junge Frau vom Strand fällt ihr ein. Wie war ihr Name? Linda.

Elsie muss den Ärger spüren, der sich in der tiefen Falte zwischen Tabeas Augenbrauen manifestiert. „Wir sind eine große Gemeinschaft in der Bucht."

Ihre unbekümmerten Worte treffen Tabea auf eine eigenartige Weise. Gemeinschaft. Das Wort fühlt sich fremd an, der Klang ist ihr nicht vertraut. Oder nicht mehr. Seit sie Paolo getroffen hat, ist Gemeinschaft für sie immer unwichtiger geworden. Paolo hat sich zum Zentrum ihres Lebens entwickelt, ist ihr Gemeinschaft genug gewesen.

Sie verspürt Lust, mehr über Elsie zu erfahren. „Seit wann bist du unterwegs?"

Ein Windstoß fährt durch Elsies Haar und wirbelt die silbernen Strähnen durcheinander. Tabea dreht den Kopf in den Wind, lässt sich von ihm übers Gesicht streichen. „Im zweiten Weltkrieg hab' ich meine Familie verloren, seither reise ich in der Welt umher."

Wie alt ist Elsie? Wenn sie den zweiten Weltkrieg miterlebt hat, muss sie mindestens 80 Jahre alt sein, eher älter. „Bist du immer allein gereist?"

Elsie zuckt die Schultern. „Mal allein, mal mit Männern, mal mit Frauen. Warum?"

Tabea legt zwei Steine aufeinander. „Hast du nie Probleme gehabt mit Männern?"

Elsie zieht die Augenbrauen hoch. „Soll ich dir aus meinem Sexleben erzählen?"

Rasch schüttelt Tabea den Kopf und spürt, wie ihr das Blut ins Gesicht schießt. „Nein, nein, das will ich nicht." Sie legt einen weiteren Stein auf den Turm, kaut auf der wunden Unterlippe.

„Was dann?" Elsies gutmütige Augen ruhen auf ihr.

Tabea kommt sich plötzlich klein vor. „Das Leben im Bus ist ein Leben unter Männern", nimmt sie einen neuen Anlauf, gräbt einen flachen Stein aus dem Sand.

„Und Männer sind sexgeil, meinst du? Willst du darauf hinaus?" Elsie lacht amüsiert.

„Naja, das sind deine Worte. Aber hattest du nie das Gefühl, Freiwild für die Männer zu sein?" Jetzt hat sie das Wort selbst benützt, für das sie Bill verabscheut. Ihr Steintürmchen stürzt ein. Warum zum Teufel hat sie Elsie auf dieses Thema angesprochen? Es interessiert sie doch gar nicht. Oder doch? Zähneknirschend gesteht sie sich ein, dass sie Bills Worte noch immer nicht verdaut hat.

Elsie lacht gutmütig. „Ich bin ein Kind der 68er-Bewegung. Es gab keine Tabus, die menschliche Sexualität war praktisches Forschungsobjekt. Jeder war Freiwild für den anderen." Plötzlich verändert sich ihr Ausdruck. Ihre Augen scheinen sich nach innen zu richten. Ihre Stimme klingt dunkler, als sie weiterspricht. „Wir haben erst sehr viel später verstanden, dass das wilde Sexleben die Gefahr in sich birgt, die Beziehung zum eigenen Körper zu verlieren. Dass man Körper und Seele nicht trennen kann."

Tabea nickt nachdenklich. Ihre Gedanken schweifen nach München. Applaus hüllt sie ein, ein dumpfer Schrei. Sie hat sich am Kleiderständer gestoßen, an dem das Jackett des Kostüms hängt. Der Rest liegt auf dem Boden verteilt, Kostümteile und Alltagskleider in wirrem Durcheinander. Hört er den Applaus nicht? Gleich wird die Tür aufgehen. Er zuckt zusammen. Ihre Hände werden feucht.

Elsies Stimme mischt sich in den Beifall. „Und dass die Seele mit dem hohen Tempo, mit der wir die Sexualität gelebt haben, nicht mitgekommen ist." Ihre Finger trommeln auf den Boden.

Ein leiser Schauer zieht über Tabeas Rücken. Sie fröstelt trotz der Wärme, die über der Hochebene liegt. Unwillig schüttelt sie die Erinnerung ab. „Und seit du im Bus lebst? Wie erlebst du die Beziehung zwischen Männern und Frauen jetzt?" Sie schichtet die Steine erneut auf.

Elsie stützt sich mit den Händen auf dem Boden ab, lehnt sich zurück. Ihr Blick schweift zum Horizont. „Die unterschiedlichen sexuellen Bedürfnisse von Männern und Frauen sind bereits eine Herausforderung für jede gewöhnliche Partnerschaft. Auf Reisen fällt die Kontrolle der Gesellschaft weg. Das birgt zusätzliche Gefahren."

„Was meinst du damit?"

„Als Frau allein in einem Bus kannst du jeden Tag, jede Nacht einen anderen Sexpartner haben, ohne dass du deswegen als Hure abgestempelt wirst. Du ziehst weiter, wann und wohin du willst." Tabea nickt. *Die große Freiheit.*

Elsie räuspert sich. „Als Frau allein in einem Bus kannst du zu Handlungen gezwungen werden, die du nicht möchtest. Du kannst von der engagierten Sexpartnerin zum Opfer werden, ohne dass jemand etwas merkt oder du den Täter rächen kannst. Nicht immer gelingt es, den Partner richtig einzuschätzen." Elsies zusammengekniffene Augen richten sich auf den Horizont.

Tabea lässt einen Stein fallen. „Na, zur Polizei kann ich ja auch auf Reisen gehen."

„Pah!" Mit einer abschätzigen Handbewegung wischt Elsie die Steine weg. „Was meinst du, was passiert, wenn du auf einem Polizeiposten einen sexuellen Übergriff meldest und als Wohnadresse deine Autonummer angibst?"

Das Schweigen schmerzt in Tabeas Ohren. Das Hungergefühl weicht einer schwachen Übelkeit. Sie spürt, wie Schweißperlen auf ihre Stirn drängen. Ihr Mund fühlt sich trocken an, sie versucht zu schlucken. Aufmerksam forscht sie in Elsies Gesicht.

„Hast du das selbst schon erlebt?"

Elsie schließt die Augen. Ihre Haut wirkt plötzlich grau. Langsam hebt und senkt sich ihre Brust. Ein durchdringender Blick heftet sich an Tabea, als Elsie die Augen wieder öffnet.

„Tabea, du musst eins wissen: Vergiss alles, was du über soziale Sicherheit gelernt hast. Hier gelten die Gesetze der Straße, auch im Bereich der Sexualität." Sie seufzt, greift nach einem Stein. „Hier gibt es keine Sicherheit. Insofern hast du recht: Jeder, der auf der Straße, lebt ist letztlich Freiwild."

Sie wirft den Stein über den Abgrund. Dann nimmt sie Tabeas Hände in ihre. Eindringlich schaut sie in ihre Augen.

„Welchen Weg du auch immer mit den vielen sexuellen Möglichkeiten als Frau allein im Bus gehen willst: Finde deinen Weg und geh' ihn konsequent."

Tabea zieht ihre Hände zurück. Sie lässt sich auf den Rücken fallen. Die Wolkenhaufen haben sich aufgelöst, ziehen als ausgefranste Fäden über den Himmel.

Warum muss das alles so kompliziert sein? Sie will doch einfach nur Freiheit. *Welchen Preis hat die Freiheit?* Der Gedanke trifft sie unerwartet, sie zuckt zusammen. Die Übelkeit wird stärker. Sie dreht sich zur Seite. Die Frage fühlt sich unangenehm an, dumpf und schwer liegt sie direkt hinter ihrer Stirn. Ein Stein drückt gegen ihre Hüfte. Ist ihr Aufbruch am Ende umsonst gewesen? Sie hat nicht flüchten wollen, sondern ihr Leben wieder selbst in die Hand nehmen. Wieder eigene Entscheidungen treffen, selbstbestimmt und rücksichtslos, ja, vielleicht auch egoistisch. Darauf hat sie ein Recht, davon ist sie überzeugt. Was Elsie sagt, klingt allerdings nicht gerade nach der großen Freiheit.

Die alte Frau erhebt sich, streckt die Arme in die Höhe und schüttelt ihre langen Haare. Die bordeauxrote Tunika flattert im Wind. Wortlos dreht sie sich um. Zielsicher lenkt sie ihre Schritte in Richtung Bucht.

Tabea setzt sich auf. Ihre Augen folgen Elsie über die Ebene. Sie ist alt, aber ihre aufrechte Haltung und der trittsichere Gang zeugen von einer starken Persönlichkeit. Von einem Menschen, der weiß, was er will. Tabea spürt den intensiven Drang, in ihrer Nähe zu bleiben. Rasch steht sie auf. Sie folgt ihr, so schnell es ihre nackten Füße zulassen. Dürre Grashalme wiegen sich im Wind, kitzeln die nackte Haut ihrer Unterschenkel.

Schweigend kehren sie in die Bucht zurück. Bevor sie geht, legt ihr Elsie die Hände auf die Schultern. „Pass auf dich auf, Mädchen." Ohne sich noch einmal umzudrehen verschwindet sie in ihrem Wohnmobil.

Tabea steht, die Augen in die Richtung gewendet, in die Elsie verschwunden ist. Da spürt sie einen scharfen Blick zwischen ihren Schulterblättern. Ihr Atem stockt. Langsam dreht sie sich um. Keine Armlänge von ihr entfernt steht der Mann mit der Mähne. Er öffnet den Mund, schließt ihn wieder, weicht zurück. Unfähig, etwas zu sagen, fixiert sie ihren Bus. Mechanisch geht sie darauf zu und schließt die Tür.

Aufgewühlt tigert Tabea durch den Bus. Sie braucht Zeit, um ihr Gespräch mit Elsie zu verarbeiten, aber der Hunger fordert ihre ganze Konzentration. Ihre Hände zittern, als sie nach dem Olivenglas sucht. Sie kaut eine Karotte, schiebt sich eine Olive in den Mund und weiß, dass sie davon nicht satt werden wird. Irgendwie muss sie an Lebensmittel oder Gas kommen.

Dennis hat einen Motorroller. Sie blickt aus dem Fenster. Ihr Atem geht rascher, wenn sie an Dennis denkt. Warum? Irgendetwas lässt ihr Blut pulsieren. Ob es das Wissen ist, dass er sie nackt gesehen hat, als sie geschlafen hat? Sie stellt sich vor, wie er am Fenster ihres Busses steht und ihren Körper betrachtet. Ihre Fingerspitzen werden feucht. Sie schraubt den Deckel aufs Olivenglas, ergreift die Kapuzenjacke und schließt den Bus.

Dennis' Tür ist angelehnt.

„Dennis?" Vorsichtig stößt Tabea sie auf. Er liegt ausgestreckt auf seinem Bett. Sein großer Brustkorb hebt und senkt sich regelmäßig unter einem grauen T-Shirt mit roten Kreismustern. Ein leises Pfeifgeräusch schwebt durch die

Luft. Seine Augen sind geschlossen. Der Geruch nach gebratenen Pilzen entlockt ihrem Magen ein lautes Grummeln. Sie zieht den Kopf zurück, steigt die Stufen hinunter. Sie knarren. Der Pfeifton bricht ab. Eine Matratze quietscht. Tabea wartet.

Sein Kopf erscheint in der Tür. „Hast du mich gesucht?" Seine Stimme klingt voller als gewöhnlich.

„Ich wollt' dich fragen, ob ich mir deinen Motorroller ausleihen darf. Ich muss einkaufen." Der Wind bläst ihre langen Haare über die Schulter.

Dennis streckt sich, lehnt sich an den Türrahmen. „Brauchst du einen Kaffee?"

„Nein, danke."

„*Lass die Probleme sein. Du bist stark!*" Fetzen von Elsies Reggae treiben herüber. Dennis verschwindet im Bus.

„Ich komm' mit." Mit zwei Motorradhelmen erscheint er vor ihr. Sie schweigt und weiß nicht, ob ihr das passt. Er schiebt das Motorrad vor den Bus, sie steigt hinten auf. Ihr Blick streift den Mann mit der Mähne. Er sitzt im Schatten vor seinem Bus und blickt zu ihnen herüber.

Dennis' warmer Rücken liegt an Tabeas Brust, während der Motorroller über die kurvenreiche Straße tuckert. Aller Verwirrung zum Trotz kann sie der Versuchung nicht widerstehen, ihre Hände unter sein T-Shirt zu führen, um die weiche Haut zu streicheln. Sein Blick ist auf die Fahrbahn gerichtet. Sie führt ihre Finger über seinen Bauch, unablässig streicht sie über die unzähligen Hautfalten. Ihre Finger verschwinden darin, um sofort wieder hervorzukommen. *Warum tue ich das?* Ist es Einsamkeit, nach bald fünf Monaten Alleinsein? Das menschliche Bedürfnis nach Nähe? Ihre Nase berührt seinen Nacken. Die Haut hat einen ungewöhnlichen Duft nach Holzkohle und Seife. Sie spürt, wie sich seine Nackenhaare aufstellen.

Vollbepackt mit zwei großen Plastiktüten und einem Rucksack verlassen sie eine Stunde später den Supermarkt.

„Hier, diese Taschen können wir im Sitz verstauen. Den Rucksack schnallen wir hinten fest. Magst du fahren?" Sein Blick wandert vom Motorroller über ihre Beine und Brüste zu ihren Augen. Schweigend nimmt sie den Schlüssel und steigt auf. Das heiße Leder des Sitzes brennt auf der nackten Haut ihrer Oberschenkel. Sie spürt seine Hände an ihrer Taille.

Der Weg zurück führt über die schmale, von hohen Schilfrohren gesäumte Straße. Langsam steuert Tabea den Motorroller um die Kurven. Dennis` Finger wandern an den Rand ihrer Shorts, schieben ihn hinauf, ziehen daran, massieren die warme Haut. Sie spürt Feuchtigkeit zwischen ihren Beinen, drückt ihr Schambein fest in den Sitz des Rollers. Seine Finger schieben sich unter die Shorts, verharren am Rand ihrer Pobacken. Der Motor brummt laut.

Tabea schwankt, als sie vor ihrem Bus absteigt. Rasch hält sie sich am Spiegel fest und beißt sich auf die Unterlippe. „Danke für den Taxiservice."

Dennis nimmt die Taschen mit den Einkäufen aus dem Sitz, stellt sie in die Küche ihres Busses.

„Kaffee?" Sie legt ihre Hand an seinen Oberarm.

Kleine Schweißperlen glitzern an seinem Haaransatz. Er schüttelt den Kopf. „Ciao." Ohne sie anzusehen steigt er aus ihrem Bus.

Sie blickt ihm nach und spürt, wie sich ein Lächeln über ihrem Gesicht ausbreitet. Sie fühlt sich gut, trotz allem. Sie öffnet den Rucksack, zieht eine Tüte Kartoffelchips heraus. Sie drückt sie zusammen, und mit einem lauten Knall platzt sie unten auf. Paprikachips ergießen sich ins Waschbecken.

Tabea zieht die Nase kraus. „Das wär auch ein bisschen eleganter gegangen", seufzt sie, noch immer lächelnd. Sie lehnt sich ans Waschbecken, angelt zwischen einer Tasse und dem Frühstücksbrettchen nach den Chips.

4

Das Klingeln ihres Handys weckt sie aus einem unruhigen Schlaf. Sie tastet nach dem Mobiltelefon. Mit zusammengekniffenen Augen wirft sie einen Blick auf die Uhr. Zwanzig Minuten vor acht.

„Hallo?" Ihre Stimme klingt rau und tief.

„Tabea? Bist du das?"

„Paolo!" Sie setzt sich im Bett auf. Die Müdigkeit ist fort, ihre Stimme um eine Oktave höher. „Paolo! Ich freu' mich, dass du anrufst!"

„Hab' ich dich geweckt?"

„Ja. Macht nichts."

„Kannst gleich weiterschlafen. Ich wollt' dir nur sagen, dass ich am kommenden Freitag um 19.48 auf dem Flughafen in Faro lande."

„Du bist großartig!" Ihre Stimme überschlägt sich, sie ringt nach Atem. „Ich freu' mich!" Sie ballt eine Hand zur Faust, spürt die Energie, die durch die Finger fließt.

„Ich mich auch. Bis bald!"

Ergriffen legt sie das Telefon zur Seite. Paolo. Nach dem gestrigen Gespräch mit Elsie sehnt sie sich nach Sicherheit, nach Vertrautem. Nach Armen, die sie halten.

Der kommende Freitag ist in einer Woche. Das heißt, dass das Abgasrohr bis dann geschweißt sein muss. Ihr fällt ein, dass Bill gestern vorbeikommen wollte, um sich das Rohr anzuschauen. Wahrscheinlich ist er hier gewesen, während sie mit Elsie auf der Hochebene gesessen oder Dennis ins Dorf gefahren ist. Er wird wohl heute nochmal kommen.

Energisch schlägt Tabea die Bettdecke zurück. Um richtig wach zu werden, schlüpft sie in ihr Bikini, läuft zum Meer. Kalter Sand klatscht an ihre Fußsohlen. Millionen kleiner Lichtpunkte flimmern auf der gekräuselten Wasseroberfläche. Die Luft ist feucht, sie atmet sie ein, bis ihre Lungen schmerzen. Sie stürmt ins Wasser, die Wellen schlagen an ihre Oberschenkel, ihren Bauch. Sie hält die Luft an, taucht ins blassgraue Meer ein. Sie spürt, wie sich die Poren der Haut zusammenziehen, wie ihr müder Körper an Spannung gewinnt. Ein starkes Brennen auf der Unterlippe breitet sich über ihren Kiefer aus. Mit kräftigen Zügen taucht und schwimmt sie sich wach. Pausenlos schlagen ihre Arme ins Wasser, öffnen und schließen sich ihre Beine. Ein lautes Brausen lässt sie aufschauen. Nicht weit von ihr entfernt ragt ein Felsen aus dem Wasser. Sie blickt zum Ufer zurück. So weit draußen ist sie noch nie gewesen. Undeutlich nimmt sie einen schwachen Zug an ihren Beinen wahr. Ihr Herz klopft stärker, sie taucht ab, strampelt kräftig und krault zurück.

Atemlos stapft sie auf den Strand, legt sie sich bäuchlings in den Sand. Der Wind trocknet ihren Körper und hinterlässt salzige Spuren auf ihrer Haut.

Ihre Gedanken fliegen zu Paolo. Ihre große Liebe. Ihr Blut jagt durch die Adern, als sie sich an den Moment erinnert, als sie ihn vor acht Jahren zum ersten Mal auf der Bühne erlebt hat. Unscheinbar hat sein gedrungener Körper neben seiner damaligen Schauspielpartnerin gewirkt, einer großen, korpulenten Person. Er hat die Rolle des Dieners Jean im Stück „Fräulein Julie" von August Strindberg gespielt, hat in dem Drei-Personen-Stück als eiskalt planender, manipulierender Liebhaber brilliert. Als sie ihm nach der Aufführung begegnet ist, hat sie sich selbst wie Fräulein Julie gefühlt, magisch angezogen von seinem ruhigen, erotischen Charme.

Tabea nimmt Schritte im Sand wahr. Das Keuchen kennt sie. Sie merkt, wie Dennis sich neben sie setzt. Eine kurze Weile geschieht nichts, dann fühlt sie seine Finger auf ihrem Rücken. Sie gleiten zwischen ihre Schulterblätter, fahren über die Wirbelsäule nach unten, ziehen die Konturen ihres Badeslips nach. Gänsehaut kriecht über ihre Haut. Die Finger streichen über die Außenseiten der Oberschenkel, machen in den Kniekehlen kehrt, ziehen langsam nach oben. Sie hält den Atem an. Mit sanftem Druck schiebt Dennis ihre Beine ein wenig auseinander, seine Finger schlüpfen unter ihren Slip. Überrascht bewegt sie ihr Becken sanft auf und ab. Ihr Bauch reibt im Sand. Die Finger verharren zwischen den Beinen, dringen tiefer ein, ermöglichen eine intensive, leise schmatzende Reibung. Ihre Muskeln spannen sich, sie drückt das Gesicht auf den Boden. Ihre Unterlippe platzt auf, Feuchtigkeit rinnt über ihr Kinn. Ein Stöhnen entfährt ihr.

Erschrocken dreht sie sich zur Seite. Ihr Atem geht heftig, ihre Stirn pocht. Die Schwellung zwischen ihren Beinen schmerzt. Mit einer Hand wischt sie sich übers Kinn. Der graue Hund streunt über den Strand.

Dennis schlägt seine Beine übereinander. Es gelingt ihm nicht, die Beule in seiner Hose zu verbergen. Tabeas Augen werden davon angezogen. Sie rutscht näher, schiebt ihre Hand unter seine Shorts, berührt die heiße Haut. Erregt versuchen ihre Finger, die Beine auseinanderzuschieben. Er packt ihr Handgelenk.

„Aua!" Verwirrt blickt sie ihn an.

Er zieht ihre Hand aus seiner Hose. „Sorry, ich wollt' dir nicht wehtun."

Zwei kleine Kinder stolpern mit grellorangen Schwimmflügeln an den Armen auf sie zu, gefolgt von heftig diskutierenden Eltern. Ein Teenager zieht sein Surfbrett hinter sich her.

„Wir bleiben hier." Der Mann hält an, ein grünes Badetuch landet wenige Meter von Tabea und Dennis entfernt im Sand.

„Lass uns in deinen Bus gehen." Ihre weiche Stimme flüstert neben seinem Ohr. Er steht auf, schüttelt den Kopf. Irritiert runzelt sie die Stirn. „Warum nicht?" Sie erhebt sich. Sie blickt ihm in die Augen und nimmt die Hitze in ihren Wangen wahr.

Er wendet den Blick ab. „Ich konnte deinem Anblick nicht widerstehen. Nervös knetet er seine Finger. Rasch dreht er sich um und geht.

Verwirrt läuft Tabea zurück zum Meer. Ihr Körper schreit, jeder Schritt tut weh. Nach einem kurzen zweiten Bad kehrt sie erschöpft zum Bus zurück. Sie legt sich aufs Bett und schließt die Augen.

Nach dem Frühstück tritt sie in den Sonnenschein. Große Unruhe wühlt in ihr. Soll sie heut Abend einfach bei Dennis anklopfen? Eine Begegnung provozieren? Sie spürt unbändiges Verlangen nach Zärtlichkeit, nach Intimität. Die einsame Reise scheint erste Spuren in ihr hinterlassen zu haben.

Bill kommt in seinem blauen Overall auf sie zu. „Hi, Tabea." Er lächelt. „Wo ist denn nun dein Abgasrohr?"

Bill. Ausgerechnet Bill, und ausgerechnet jetzt. Sie schließt die Augen und versucht ihre Gedanken zu sammeln, sie auf ihr Abgasrohr zu fokussieren. Als sie ihren Blick hebt, hängen seine Augen an ihrer Unterlippe. Unwillkürlich fährt sie mit der Zunge darüber.

„Komm." Sie führt ihn hinter den Bus.

Bill rümpft die Nase. „Hast du einen Wagenheber?"

„Ja."

„Hol ihn bitte. So können wir nicht arbeiten."

Im Dämmerlicht des Busses entspannt sie sich. Sie trinkt Wasser, wäscht sich das Gesicht. Im Schrank kramt sie nach dem Wagenheber. Ihr Blick fällt auf ein weites, graues T-Shirt. Vielleicht sollte sie das anziehen. Sie streift das ärmellose, enganliegende Top über den Kopf und schlüpft in das Shirt. Mit dem Wagenheber bewaffnet, kehrt sie zurück zu Bill.

„Das reicht." Er steht neben ihr und beurteilt die Höhe des linken Hinterrades. Er kniet nieder. Tabea legt sich auf den Rücken, schiebt sich Kopf voran unter den Bus. Mit einer Taschenlampe beleuchtet sie das Rohr. Sie spürt Bill neben sich. Ein warmer Luftzug streift ihren Hals. Sein Geruch nach Metall vermischt sich mit dem Geruch nach Erde und Abgas.

„Das ist seltsam." Bills Finger fährt über das Rohr, rüttelt daran.

„Was?"

„Eigentlich lässt sich jedes Abgasrohr ausbauen. Aber hier hat schon mal jemand daran gebastelt. Das geht nicht weg."

„Naja, der Bus ist alt, ich hab' ihn durch eine Anzeige gefunden. Keine Ahnung, was daran schon alles gemacht worden ist." Sie zieht die Nase kraus.

„Tja, das musst du so schweißen."

„Was? Ich soll das liegend schweißen? Ich hab' ja kaum Platz für das Schweißgerät hier unten!" Entgeistert dreht sie den Kopf zu ihm. Sie erkennt graue Härchen in seinem Ohr. Das Ohrläppchen scheint in direkter Linie mit der Haut oberhalb des Kieferknochens verwachsen zu sein.

„Keine Angst, das passt schon." Er dreht seinen Kopf zu ihr. Seine Augen liegen direkt vor ihrem Gesicht. „Ich hab' euch am Strand gesehen. Dich und Dennis." Das Geräusch seines Atems hallt in der stählernen Karosserie wider. Seine leise Stimme durchdringt mühelos ihren Körper. Ein Schauer erfasst sie. Das Shirt rutscht über die rechte Schulter, entblößt helle Haut. Seine Lippen sind nur wenige Zentimeter davon entfernt. Die Wärme seines Atems legt sich darüber. Sie schweigt. Zwischen Bills dichtstehenden Augenbrauen ist Platz für eine schmale Falte. Ein trockenes Stückchen Lehm fällt auf sein Haar.

„Was findest du an ihm?"

Sie kneift die Augen zusammen. „Das ist meine Sache." Ihre Stimme bricht, sie räuspert sich. Die Enge unter dem Bus schnürt ihr die Kehle zu. Sie stemmt die Hände gegen den Stahlträger über sich, atmet tief ein.

Bill wendet sich ab, schiebt sich unter dem Bus hervor. Sie folgt ihm. Er reibt mit der Hand über die Augen und streckt sich. Unter dem Riss im Overall blitzt die weiße Haut seines Rückens hervor.

Tabea klopft sich Staub von der Hose. Sie schüttelt die langen Haare, dann fasst sie ihn am Oberarm. „Bill, ich trau mir die Schweißarbeit dort unten nicht zu. Kannst du das bitte für mich machen? Ich zahl' dir natürlich auch was dafür."

Er lacht. „Nein. Das machst du selbst.

„In sechs Tagen muss ich meinen Freund in Faro abholen. Dazu brauch' ich den Bus." Eindringlich blickt sie ihn an. Sie spürt Panik in sich aufsteigen.

Er zuckt gelassen mit den Schultern. Groß und unnahbar steht er vor ihr. „Du kannst jederzeit mein Schweißgerät benützen um zu üben. Stahlreste hab' ich genug, Elektroden kann ich besorgen."

Sie meint, einen hellen Blitz durch seine Augen zucken zu sehen. Wut steigt in ihr auf, hilflose, aufgestaute Wut. Sie ballt die Fäuste, senkt die Stimme. „Das würd' dir so passen", faucht sie ihn an, „dass ich jeden Tag bei dir oben sitz' und dir als Gegenleistung die Eier massiere!" Die Anspannung bricht aus ihr heraus, sie spuckt vor Bill auf den Boden. Plötzlich spürt sie seinen harten Griff an ihren Schultern.

„Jetzt mach aber einen Punkt, junge Frau. Ja, du siehst gut aus, aber ich träume nicht Tag und Nacht davon dich zu ficken." Sein Blick durchbohrt sie. Sie hält den Atem an. Seine Stimme wird ganz leise. „Ich will, dass du nie dazu gezwungen sein wirst, einem Mann den Schwanz zu wichsen, damit er dir deinen Bus repariert. Kapierst du das endlich?"

Seine Worte klingen wie Schläge. Erschrocken neigt sie den Kopf zur Seite, zieht schützend die Schultern in die Höhe. Ihre Blicke verkeilen sich ineinander. Ihr Herz pocht bis zum Hals, sie bekommt keine Luft. Sie fühlt sich gleichzeitig angeekelt und erregt bis in die Haarspitzen. In seinen Augen erblickt sie weder Ärger noch Wut, sondern pure Lust. *Was bereitet ihm eine solche Genugtuung? Mich wütend zu sehen? Das Wissen, dass ich gar nicht anders kann, als seinen Vorschlag anzunehmen? Das Gefühl, Macht über mich zu haben? Oder doch die Vorstellung, mich täglich bei sich zu haben für wer weiß was?*

Sie spürt ein Gefühl in sich aufsteigen, das ihr Angst macht. Tief im Innern schwingt eine Seite, deren Klang ihr das Blut in den Kopf presst. Ihre Unterlippe platzt auf, Blutgeschmack dringt in ihren Mund.

Mit einem lauten Stöhnen zieht sie den Blick von Bills Gesicht ab. Er lässt er sie los, sie taumelt, ringt nach Luft. Zitternd steigt sie in den Bus, ohne sich umzudrehen. Sie weiß, dass der Mann mit der Mähne sie anschaut. Sie weiß, dass er die Szene mit Bill beobachtet hat.

Tabea drückt das Gesicht ins Kissen. Die Stellen an den Schultern, an denen Bill sie festgehalten hat, fühlen sich wund an. Sie vermisst Paolo. Wenn er hier wäre, wäre alles viel einfacher. Ihr fehlt die Klarheit, in der sie sich bewegt, wenn sie mit ihm zusammen ist. Zum ersten Mal seit ihrem Aufbruch fühlt sie sich in der Freiheit gefangen.

Sie dreht sich auf den Rücken. Ihre Füße sind eiskalt. Sie bewegt die Zehen. Die Möwen, die über ihr an der Decke kreisen, versprechen Trost. Sie betrachtet die weit ausgebreiteten Flügel, die weiß-graue Zeichnung des Federkleids. Die Leichtigkeit des Bildes entschärft den pulsierenden Druck in ihrem Kopf.

Hunger treibt sie aus dem Bett. Der Spiegel präsentiert ihr ein um Jahre gealtertes Gesicht. Dunkle Augenringe, die gebräunte Haut wirkt leblos, fahl. Die Funken, die gewöhnlich in ihren Augen tanzen, sind verschwunden. Lustlos löffelt sie Joghurt, schiebt eine Banane nach.

Ihr Blick fällt auf den großen Platz vor ihrem Fenster. Da fehlt etwas. Da war etwas, das jetzt fort ist. Sie runzelt die Stirn. *Dennis` Bus.* Sie schluckt leer. Nein, Dennis darf nicht fort sein! Sie braucht ihn. Wer sonst kocht ihr Kaffee, lässt sie bei sich zu Abend essen?

Unruhig verlässt sie den Bus. Elsies Trommelschläge dringen an ihr Ohr. Sie folgt dem Klang. Elsie schlägt die Konga mit geschlossenen Augen, auf ihrem Gesicht ruht Friede. Tabea bleibt stehen.

„Weißt du, wo Dennis ist?"

Elsie schüttelt den Kopf. „Er hält es nie lange am selben Ort aus. Mal steht er hier, mal im Wald, mal in einer anderen

Bucht." Sie öffnet die Augen. Ein Lächeln liegt darin. „Bisher ist er immer wieder gekommen."

Schweigend dreht sich Tabea um.

„Tabea." Das Trommeln bricht ab.

„Ja?"

„Meine Kühlbox kühlt nicht mehr. Vielleicht ist etwas mit dem Solarpanel nicht in Ordnung. Kannst du bitte mal nachschauen? Ich bin zu alt, um aufs Dach zu klettern." Wehmut schwingt in Elsies Worten.

Tabeas Blick wandert aufs Dach des Wohnmobils, wo ein großes Solarpanel prangt. „Klar. Ich zieh mich kurz um, bin gleich wieder da." Die Vorstellung, in der Mittagshitze auf ein Wohnmobildach zu klettern, entlockt ihr einen stummen Seufzer.

Sie fühlt sich schlapp. Mit Mühe zieht sie den Pullover über den Kopf, legt die Hose aufs Bett. Sie steigt in eine kurze Jogginghose. Aus der hinteren Ecke des Schrankes zieht sie ein verfärbtes Arbeitsshirt. Es kostet sie große Anstrengung, die Haare zusammenzubinden. Mit Werkzeugtasche und Multimeter bewaffnet, kehrt sie zurück zu Elsie. Die Unterlippe brennt, hinter ihren Augen liegt ein stechender Schmerz.

„Komm rein." Elsie hält die Perlenschnüre vor dem Eingang zur Seite. Dichter Rauch umfängt sie, der Geruch nach Myrrhe dringt in alle Poren. Sie wedelt mit der Hand vor den Augen, um den Rauch zu vertreiben.

„Warte." Elsie schiebt einen Topf mit Cherrytomaten zur Seite und öffnet ein Fenster. Der Rauch verflüchtigt sich. In einer ovalen Schale auf dem Tisch liegen kandierte Ingwerwürfel. Elsie hält sie ihr hin.

„Magst du? Sie sind scharf, aber sie klären den Geist."

Tabea sucht in Elsies Augen nach einer Gefühlsregung, aber die alte Frau steht einfach nur da, die Schale in der ausgestreckten Hand. Das Ingwerstück schmeckt süß, vorsichtig zerbeißt es Tabea. Die Schärfe explodiert in ihrem Mund. Sie stößt Luft aus, kaut langsam, schluckt. Feuchtigkeit bildet sich in ihrer Nase und den Augenwinkeln. Elsie stellt die Schale zurück auf den Tisch.

Tabea blickt sich um. Vom Bett im Alkoven hängt eine abgewetzte Wolldecke herunter. An den Wänden leuchtet ein Wirrwarr aus Fotos und Postkarten. Hängepflanzen baumeln vor den Fenstern, auf dem kleinen Tisch stapeln sich Bücher und Zeitschriften zwischen Kräutertöpfen. Neben dem Spülbecken auf dem Herd steht ein großer Topf, aus dem dampfend der Geruch nach Hühnchen steigt.

„Wo ist deine Verbraucherbatterie?"

„Hier." Elsies Hand zeigt auf den Boden. Mit dem Fuß schiebt sie einen bunten Webteppich zur Seite. Eine Klappe kommt zum Vorschein. Tabea kniet nieder und öffnet das Bodenbrett. Mit gezielten Handgriffen überprüft sie Batteriepolklemmen. Sie sitzen fest auf den Polen der Batterie. Auch die Kabelschuhe sind in Ordnung. Sie zieht eine Schraubenmutter nach, mit der das Pluskabel an der Klemme befestigt ist. Mit dem Multimeter misst sie die Batteriespannung. 12.2V. Sie legt das Brett zurück.

„Hier ist alles in Ordnung. Die Batteriespannung ist tief, aber noch okay. Der Fehler muss an der Solarzelle liegen." Es ist früher Nachmittag, die Sonne brennt vom wolkenlosen Himmel. „Hast du eine alte Decke, die ich aufs Dach legen kann?" Elsie nickt und zieht die Wolldecke vom Bett. Tabea wirft sie aufs Dach des Wohnmobils, gefolgt von den Werkzeugen. Angestrengt zieht sie sich über den Vorderspiegel hinauf. Die Hitze flimmert. Schützend hält sie sich die Hand vor die Augen. Ihre Sonnenbrille liegt auf ihrem Tisch.

Vor dem bunten Bus sitzt der Mann mit der Mähne. Seine Augen folgen ihr.

Erste Schweißperlen dringen auf ihre Stirn. Sie zieht das Multimeter aus der Tasche, misst den Stromfluss am Kabel. Nichts. Sorgfältig löst sie die Verschraubung des Panels, hebt es ein wenig an. Aus dem Augenwinkel sieht sie Bill auf ihren Bus zugehen. Schweiß bricht aus allen Poren. Was will er noch? Sie fixiert mit den Augen die Solarzelle, beugt sich nach vorne, um die Steckverbindungen der Kabel zu kontrollieren. Ihre Hände zittern.

Bill bleibt vor ihrem Bus stehen. Er klopft ans Fenster. „Tabea?"

„Tabea ist hier!", ruft Elsie ihm zu.

Er wendet den Kopf, seine Augen schweifen über den Platz. Als er sie erblickt, geht er auf Elsie zu. „Hi, Elsie."

Die alte Frau lächelt. „Bill. Schön, dich mal wieder hier unten zu sehen." Sie klopft ihm auf die Schulter.

„Was tut sie da?"

„Meine Solarzelle liefert keinen Strom. Tabea ist so nett und kümmert sich drum."

Sachte zieht Tabea am Minuskabel und hält es gleich darauf in der Hand. Das Kabel hat sich vom Stecker gelöst. Mit einer kleinen Zange zieht sie ihn heraus.

„Elsie, hast du neue Steckverbindungen?" Elsie schüttelt den Kopf. „Kannst du mir bitte aus meinem Bus die gelbe Box mit den Kabelverbindungen holen? Du findest sie im Kasten unter dem Bett."

„Ich hol' sie." Bill nickt Elsie zu und wendet sich ab. Tabea öffnet den Mund. Sie will ihm hinterherrufen, er solle es nicht wagen, einen Fuß in ihren Bus zu setzen, als Elsies raue Stimme zu ihr heraufdringt.

„Danke, mein Lieber."

Tabea verharrt auf dem Dach. Nachdenklich betrachtet sie die alte Frau. Sie spürt eine Vertrautheit zwischen ihr und Bill, eine Sympathie, und bemerkt, dass sie sich darüber wundert. Es erscheint ihr unvorstellbar, dass man Bill mögen kann.

Als er die Schachtel hinaufreicht, rinnt ihr der Schweiß übers Gesicht. Schweigend nimmt sie die Box entgegen. Sie meidet seinen Blick. Mit Seitenschneider und Krimpzange bearbeitet sie das Kabel. Der abschließende Messtest liefert 2.6 Ampere. Erleichtert legt sie das Werkzeug zurück in die Tasche.

„Fängst du?", ruft sie Elsie zu. Behände springt sie vom Dach.

„Funktioniert es wieder?" Elsie reicht ihr das Werkzeug.

Tabea nickt. Ihr T-Shirt klebt an ihrer heißen Haut. „Ja. Ein Anschluss hatte sich gelöst. Jetzt sitzt alles wieder fest. Es wird aber eine Weile dauern, bis deine Box richtig runtergekühlt hat. Magst du deine Sachen solange in meinen Kühlschrank stellen?" Sie wischt sich mit dem Handrücken über die Stirn.

Elsie schüttelt den Kopf. „Danke für deine Hilfe."

„Gern geschehen! Jetzt brauch' ich ein Bad." Sie hebt die Hand zum Gruß, dreht sich um.

„Bitte warte." Bill legt seine Hand auf ihre Schulter. Seine Stimme klingt weich, ihr Atem stockt. Sie schüttelt ihn ab, macht einen großen Schritt auf ihren Bus zu. Bill berührt sie erneut und stellt sich ihr in den Weg. Sie spürt seine Hand wie glühende Kohle auf ihrem Arm.

„Lass mich los." Zischend schießt sie die Worte zwischen zusammengebissenen Zähnen auf seine Füße. Er lässt seine Hand sinken.

„Ich hab' was im Aug und krieg's nicht raus. Kannst du bitte mal versuchen?"

Sie hebt den Kopf. Abrupt fällt die Spannung von ihr ab. Spöttisch zieht sie die Mundwinkel nach unten. „Warum kommst du zu mir? Frag' Elsie." Ihr Blick ist feindselig, ihre

Stimme klingt schneidend. Sie macht einen Schritt zur Seite. Er folgt ihr.

„Elsies Augen sind nicht mehr so gut. Bitte, Tabea." Sie spürt seinen eindringlichen Blick an ihrer Wange. Seine Finger liegen wieder auf ihrer Schulter. Vom harten Griff am Vormittag spürt sie nichts mehr. Sie nimmt nur einen leichten Druck wahr, dennoch schmerzt die Berührung. Sie kneift die Augen zusammen. Ist das Angst in Bills Blick? Frohlockend gleitet der Hauch eines Lächelns über ihr Gesicht. Er soll leiden, wie sie gelitten hat.

Langsam schüttelt sie den Kopf. Sein linkes Aug tränt. Eine feuchte Spur läuft über seine eingefallene Wange, verfängt sich in den unregelmäßigen Bartstoppeln. Er senkt den Blick. Seine Finger gleiten von ihrer Schulter. Er macht einen Schritt zur Seite, gibt den Weg frei. Tabeas Herzschlag beschleunigt sich. *Was soll das?* Sie hat Kampf erwartet, keine Kapitulation.

Er muss sich ernsthaft um sein Aug sorgen. Und er respektiert ihren Willen. Das hier ist kein Spiel. Sie sollte ihm helfen.

Sie schluckt. Ihr Mund fühlt sich trocken an. „Komm."

Unwirsch dreht sie sich um. Sie hört das Knirschen seiner Schritte auf den Steinen hinter sich. Sie öffnet die Tür zu ihrem Bus und lässt ihn eintreten.

„Setz dich."

Bill nimmt auf der einen Seite des kleinen Tisches Platz, Tabea auf der anderen. Er streckt ihr den Kopf entgegen. Sie legt eine Hand unter sein Kinn. Die Bartstoppeln kratzen, die Haut ist warm und feucht, riecht nach Seife. Vorsichtig zieht sie das Lid nach unten.

„Schau rauf." Ein kleines, graues Etwas liegt in der Falte. „Hast du mit Stahl gearbeitet?"

„Ja."

„Geschliffen?"

„Ja."

„Mit Brille?"

„Nein."

„Kann es ein Metallsplitter sein?"

„Ja."

„Gut gemacht." Sie kann sich leisen Spott nicht verkneifen. Sie lässt das Lid los.

„Nicht berühren!" Rasch packt sie sein Handgelenk, bevor er übers Aug reiben kann. „Er ist noch drin. Wenn du reibst, verletzt du dich ernsthaft." Sie steht auf und kramt in ihrem Schrank.

Verstohlen betrachtet sie Bill. Gebeugt sitzt er am Tisch, die Ellbogen aufgestützt. Er trägt ein weißes T-Shirt und eine ausgewaschene Jeans. Sie stutzt. Seine Gegenwart in ihrem Bus fühlt sich gut an. Widerwillig schüttelt sie sich.

Mit einer kleinen Erste-Hilfe-Tasche tritt sie vor ihn. Sie zieht eine spitze Pinzette heraus.

„Du willst mit dem Ding in mein Aug?" Zweifelnd betrachtet er die Pinzette.

„Ja." Ungerührt zuckt Tabea die Schultern. „Du kannst dir auch jemand anderen suchen, der dir den Splitter rausholt."

Rasch schüttelt er den Kopf. Erneut legt sie eine Hand unter sein Kinn, zieht seinen Kopf zu sich.

„Schau dort auf den Knauf der Schranktür und halt das Aug still." Seine Wimpern berühren die Augenbrauen. Sie fixiert den Splitter, führt die Pinzette langsam ans Aug. Ihre Hand bewegt sich vollkommen ruhig. Ihr Atem fließt, die Füße stehen fest auf dem Boden.

„Nicht zwinkern!" Bill zuckt zusammen. „Er ist draußen." Sie hält ihm einen gut zwei Millimeter langen, spitzen Splitter hin.

„Darf ich reiben?"

„Nein. Die Hornhaut ist verletzt, das muss erst heilen. Wisch dir nur die Haut trocken." Sie drückt ihm ein Blatt Küchenpapier in die Hand. Vorsichtig tupft er die Tränen weg. Sie greift nach einem Badetuch.

„Danke." Offen blickt er sie an. Sie kann sich der ehrlichen Dankbarkeit in seiner Stimme nicht verschließen. Rasch versorgt sie die Pinzette in der Tasche, stopft sie zurück in den Schrank, schwingt sich das Badetuch über die Schulter und stapft zum Strand, während sie seine Blick auf ihrem Rücken spürt.

Nach dem Baden liegt Tabea im Sand. Ihre Gedanken kreisen. Sie sitzt in einer Sackgasse. Sie braucht Bill. Wenn sie Paolo am Freitag abholen will, wenn sie ihm die Strände und Buchten hier zeigen möchte, muss sie dieses blöde Rohr schweißen. Ihre Finger graben sich in den Sand, kleine Körner schieben sich unter ihre Fingernägel.

„He, lass das, das ist meine Schaufel!"

„Gar nicht wahr, meine!"

„Nein, meine, gib her!"

Eine gelbe Plastikschaufel landet vor Tabeas Händen. Sie blickt auf. Ein Mädchen in grellrosa Badehose stapft auf sie zu, bleibt stehen, stemmt die Hände in die Hüfte.

„Das ist meine Schaufel. Gibst du mir sie bitte wieder?"

Ein kleiner Junge stürzt auf das Mädchen zu und stößt es zur Seite.

„Das ist nicht ihre, das ist meine!" Er ergreift das Objekt der Begierde und rennt davon. Heulend läuft das Mädchen hinter ihm her.

Tabeas Gedanken kehren zurück zu ihrem Bus. Was wäre, wenn sie das Rohr alleine schweißen würde? Sie besitzt alles, was sie zum Schweißen braucht und weiß nun auch, wie es geht. Bloß, auf dem engen Raum unter dem Bus, mit einer

Stromleistung von zigtausend Watt über dem Kopf? Sie schüttelt sich. Seufzend setzt sie sich auf, hält sich die Hand vor die Augen. Das Licht kommt ihr heute besonders hell vor. Kein Windhauch bewegt die Luft, die nach Fisch riecht. Ihre Füße wühlen im Sand.

Im Bus wirft sie das Handtuch über den Fahrersessel. Sie zieht das Handy aus der Küchenschublade und wählt Paolos Nummer. Sie lächelt. Sie freut sich auf seine Stimme. Ihr Blick streift über den Platz, während sie auf den regelmäßigen Piepston im Hörer lauscht. Eine Frau läuft vorbei, zieht ein schreiendes Kind an der Hand hinter sich her.

Tabeas Finger fahren den staubigen Spuren getrockneter Regentropfen an der Fensterscheibe nach. Sie runzelt die Stirn. Warum nimmt er nicht ab? Die Nachmittagsproben sind längst vorbei, bis zur Abendvorstellung dauert es noch über eine Stunde. Ihr linker Daumen trommelt an die Fensterscheibe. Die Frau hat ihr schreiendes Kind auf der Rückbank eines roten VW Golfs versorgt und knallt die Autotür zu. Die Frequenz des Piepens an Tabeas Ohr steigert sich und mündet in einem langgezogenen Ton.

Enttäuscht legt sie das Telefon zur Seite. Müde Leere breitet sich in ihr aus. Sie hätte Paolos Stimme hören wollen. Unschlüssig steht sie am Fenster. Der Strand leert sich, die Sonne nimmt Kurs auf den Horizont.

Ein leichter Schwindel erfasst sie. Ihr wird klar, dass sie seit heute Morgen keinen Schluck getrunken und ebenso wenig gegessen hat. Ein gutes Mahl stärkt Körper und Geist, hat ihr Vater immer gesagt. Sie strafft die Schultern und stellt sich vor den Kühlschrank.

Nach einer Portion Tomaten-Mozzarella-Salat mit Brot kuschelt sie sich mit einem Buch ins Bett. So viel Zeit zum Lesen hat sie seit ihrer Schulzeit nicht mehr gehabt. Sie schiebt sich ein Kissen in den Nacken, seufzt zufrieden.

Plötzlich ist es wieder da, das intensive Gefühl der Freiheit. Die Freiheit, tun und lassen zu können, was sie will, ohne Rücksicht auf Termine oder Personen nehmen zu müssen. Nur sich selbst gegenüber verantwortlich zu sein. Es fühlt sich unheimlich gut an. Ein angenehmes Kribbeln läuft durch ihren Körper.

5

Die Sonne schickt die ersten Strahlen durch die offenen Vorhänge. Tabea gähnt, steigt in die lange Baumwollhose und streift sich einen weiten Pullover über.

Mit dem Schal um die Schultern läuft sie zum Fluss. Sie könnte jeden Knochen ihres Körpers einzeln zählen. Die Nacht ist unruhig gewesen, mehrmals ist sie aufgewacht, schweißgebadet von wilden Träumen. Einmal ist Bill auf ihr gelegen, die Hände um ihren Hals gepresst. Ein andermal hat sie ein Messer in sein Aug gestoßen. Blut ist auf ihr Shirt gespritzt, aber sein höhnisches Lachen hat sich verstärkt. Dann ist sie auf dem Dach eines Hochhauses gesessen, hat die Arme ausgebreitet und ist mit den Möwen zur Sonne geflogen.

Tabea watet in den Fluss. Das Wasser fließt um ihre Füße, Kälte steigt über ihre Beine in den Körper hinauf. Ein Schaudern erfasst sie, breitet sich über ihre Schultern aus und läuft über ihre Arme. Sie lässt den Oberkörper vornüber fallen. Die Hände berühren das plätschernde Nass, sie spritzt es sich ins Gesicht. Die Bilder der Nacht verblassen.

Schwacher Uringeruch dringt in ihre Nase. Sie dreht sich um. Der Mann mit der Mähne verschwindet hinter einem

Busch. Ihre Augen suchen den Hund, er ist nirgends zu sehen. Ein kleiner, brauner Vogel hüpft neben ihr auf einen Stein, legt den Kopf schief, zwitschert zweimal und fliegt über den Fluss.

Der Strand ist menschenleer, nur eine Schar Möwen tummelt sich am Wellensaum und blickt aufs Wasser. Auf einem Felsen weit draußen in der Brandung steht ein Fischer. Die Luft ist erfüllt vom Plätschern des Flusses und dem Rauschen der Wellen.

Der Wald liegt noch im Schatten, als Tabea zwischen den hohen Büschen den Weg zu Bills Wohnmobil entlang geht. Es riecht nach feuchter Erde und Kiefernnadeln. Die gelben Blüten der kleinen Blumen am Wegrand sind geschlossen. Vereinzelt zwitschert ein früher Vogel.

Sie fröstelt. Die Wärme des Tages lässt auf sich warten. Ob Bill schon wach ist? Vermutlich, ältere Menschen schlafen nicht mehr so viel, das hat sie bei ihren Eltern erlebt. Sie will das Schweißen heute so rasch wie möglich hinter sich bringen.

Das Zischen des Schweißgerätes lässt sie anhalten, bevor sie das Wohnmobil erblickt. Als es verstummt, läuft sie um die Kurve. Ihr Herz klopft laut. Bill hält das gebogene Stück Stahl in der Hand. Er hat es um ein flaches Stück an einem Ende ergänzt. Mit dem Winkelschleifer bearbeitet er die Schweißnaht. Die Form erinnert an einen Körper, der sich weit nach hinten beugt.

Sie bleibt hinter Bill stehen und starrt auf die Stahlskulptur. Ein fauliger Geschmack liegt auf ihrer Zunge, sie versucht ihn hinunter zu schlucken.

„Was willst du?" Er muss ihre Anwesenheit gespürt haben, denn seine Augen sind noch immer auf den Stahl gerichtet.

„Steht dein Angebot noch?" Ihre Stimme versagt. Sie stützt sich am Tisch ab.

Ein flüchtiger Blick streift sie. Wortlos zieht er ihre Maske aus der Kiste, legt ihr die Handschuhe hin. Rasch versteckt sie ihr Gesicht hinter der dunklen Scheibe.

Seine Hand liegt wie glühendes Eisen auf ihrer, während sie die Schweißnaht zieht. Sein warmer Atem streift ihr Ohr. Der Geruch nach Kaffee fehlt. Seine Brust berührt ihren Rücken. Ihre Knie werden weich, plötzlich ist ihr heiß. Sie spürt seine Augen auf ihren Händen, solange sie mit dem Winkelschleifer arbeitet. Als sie die Maschine zur Seite legt, nimmt er ihren Zeigefinger, führt ihn über die Naht. Ihre Hand zuckt. Sie schluckt und dreht den Kopf zur Seite. Das Blut pocht in ihren Ohren, ihr Atem geht rasch. Er lässt ihren Finger los. Schweigend legt sie Maske und Handschuhe auf die Werkbank.

„Kaffee?" Ohne ihre Antwort abzuwarten, steigt er ins Wohnmobil.

Tabea stemmt die Ellbogen auf den Tisch und stützt den Kopf mit den Händen. Was nun? Weglaufen? Wenn sie bleibt, muss sie ihm in die Augen schauen. Allein die Vorstellung jagt ihr Gänsehaut über den Rücken. Sie versucht auf ihren Bauch zu hören, aber der schweigt. Kaffeeduft steigt in ihre Nase und bricht ihren Widerstand.

Bill stellt zwei Tassen auf die Kiste. Sie tritt zu ihm. Er hält ihr eine offene Dose hin. „Keks?"

„Zum Frühstück? Warum nicht. Wie geht's deinem Aug?" Angestrengt bemüht sie sich, ihrer Stimme dieselbe Leichtigkeit zu verleihen wie sie in seiner zu hören meint.

„Es brennt noch ein wenig."

„Schau mich an." Er zieht eine Augenbraue in die Höhe. Der Hauch eines Lächelns huscht über sein Gesicht. Er streckt den Kopf in ihre Richtung. Sie legt den Zeigefinger an seinen linken Wangenknochen und zieht die Haut ein wenig herunter. Sie ist kalt. Die Bindehaut ist gerötet.

„Du musst aufpassen, dass sich die Bindehaut nicht entzündet. In der Apotheke bekommst du desinfizierende Augentropfen." Sie setzt sich auf einen Stuhl. „Welcher Kaffee ist für mich?" Fragend blickt sie ihn an. Lächelnd zeigt er auf die linke Tasse.

Tabea schließt die Augen. Der Duft des Kaffee raubt ihr die Sinne. Wie lange ist es her, seit sie den letzten Kaffee getrunken hat? Es kommt ihr vor wie eine Ewigkeit. Ganz langsam öffnet sie den Mund, fährt mit der Zunge über den glatten Rand der Tasse und lässt die warme Flüssigkeit durch die Kehle fließen. Der bittere Geschmack entlockt ihr ein versonnenes Lächeln. Entspannt lehnt sie sich zurück. Der Plastikstuhl schwankt. Ehe sie reagieren kann, findet sie sich auf dem Boden wieder. Ein Bein des Stuhls ist abgebrochen.

„Autsch!" Sie reibt sich den linken Ellbogen.

Erschrocken ist Bill aufgesprungen. „Hast du dich verletzt?" Er reicht ihr eine Hand, zieht sie in die Höhe.

Sie zieht die Nase kraus, versucht, einen Blick auf den brennenden Ellbogen zu werfen. „Hier hab' ich eine Schürfung."

„Warte, ich hol Wasser."

„Lass, ist nicht schlimm." Mit dem Fuß schiebt sie die Teile des Stuhls zur Seite. Vom Kaffee ist eine braune Pfütze am Boden übriggeblieben. Bill hebt die Tasse vom Boden auf, stellt Tabea den dritten Stuhl hin, nicht ohne ihn vorher auf seine Standfestigkeit überprüft zu haben. Vorsichtig setzt sie sich.

„Hier, ein Keks auf den Schreck hin. Tut mir leid." Betreten blickt er sie an. Sie kann sich ein amüsiertes Lächeln nicht verkneifen.

„Ist nichts passiert." Sie nimmt einen Keks, knabbert den Rand ab. Krümel bröseln in ihren Ausschnitt, der Schokoladenüberzug klebt in den Zähnen. Mit der Zunge versucht sie ihn aufzulösen.

Sie wagt einen Blick in Bills Augen. Er betrachtet sie interessiert. Sie kann die Frage spüren, die auf seinen Lippen brennt. Ruhig hält sie seinem Blick stand, kaut.

„Warum bist du hier?"

Sie ist vorbereitet. „Ich wollte was anderes sehen als nur meinen Job. Drum hab' ich mir den Bus gekauft."

Bill schlägt die Beine übereinander. Der Riss über seinem Knie öffnet sich.

„Und du? Warum stehst du hier oben und nicht unten am Strand?" Verstohlen versucht sie, die piksenden Krümel zwischen ihren Brüsten loszuwerden. Belustigt zieht er eine Augenbraue in die Höhe, als er eine Hand in ihrem Ausschnitt entdeckt. Sie zupft am Top, lässt die Keksreste herausrieseln. Mit einem schrägen Grinsen zuckt sie die Schultern. Er fährt sich mit einer Hand übers Kinn.

„Was wolltest du wissen? Ach ja. Als ich hier angekommen bin, war das Wohnmobil in schlechtem Zustand. Eigentlich stand es kurz vor dem Auseinanderfallen. Ich hab' neue GFK-Schichten aufgezogen, lackiert, verrottete und durchgerostete Stellen ersetzt." Er führt die Kaffeetasse an die Lippen, trinkt. „Das hat Lärm und Schmutz gemacht. Darum hab' ich mich hierher gestellt. Und jetzt fühl ich mich hier wohl." Er lächelt. In seinen blauen Augen spiegelt sich die Sonne. Sie steht knapp über den Baumwipfeln.

Tabea nimmt einen neuen Keks aus der Dose, steckt ihn als Ganzes in den Mund. „Seit wann bist du hier?"

Der trockene Keks in ihrem Mund fühlt sich staubig an. Sie hustet, greift nach ihrer leeren Kaffeetasse. Er grinst, hält ihr seine Tasse hin. Dankbar trinkt sie einen Schluck und verzieht das Gesicht.

„Puh, ist der süß! Trinkst du deinen Kaffee immer so?" Sie schüttelt sich. Er zwinkert ihr zu.

„Ich weiß nicht mehr, wann ich hierhergekommen bin. Irgendwann hab' ich aufgehört die Jahre zu zählen." Er steht auf, nimmt ihr die Tasse ab und bringt sie ins Wohnmobil.

Als Bill aus der Tür tritt, geht Tabea auf ihn zu. „Ich hab' mich gestern blöd benommen. Es tut mir leid." Er betrachtet sie nachdenklich. Sie kann den Blick in seinen Augen nicht deuten. Freude? Besorgnis? Zweifel? Nach einer langen Weile nickt er. Wortlos dreht er sich um. Sie macht einen Schritt hinter ihm her.

„Bill."

Er dreht sich um, zieht die Augenbrauen hoch.

Sie zögert, beißt auf die Unterlippe, die sofort mit einem brennenden Ziehen aufplatzt. Sie ärgert sich. „Mein Gas ist leer. Ich hab' seit drei Tagen nichts mehr Warmes gegessen."

„Komm um sechs."

Auf Dennis' Platz steht ein Bus. Alt. Bunt angemalt. Davor sitzt der Mann mit der Mähne. Tabea bleibt stehen. Seine Augen sind auf ihren Bus gerichtet. Er sitzt reglos, die Hände auf den Knien, die Augen auf ihrem Bus.

Langsam geht sie rückwärts. Ihr Herz pocht heftig, sie spürt den Pulsschlag am Hals. Vorsichtig bewegt sie sich, bis der Mann aus ihrem Blickfeld verschwunden ist. Sie dreht sich um, rennt. Sie wählt einen Pfad rechts von Bills Wohnmobil in Richtung Wald. Sie rennt, bis sie kaum mehr Luft bekommt, lehnt sich an einen dicken Baumstamm. Ihre Hände zittern, die Bäume um sie herum beginnen zu schwanken. Angestrengt versucht sie, ihren Atem unter Kontrolle zu bringen.

Ihre Gedanken fahren Achterbahn. *Was will der Mann von mir? Warum beobachtet er mich? Vielleicht bilde ich mir das nur ein.* *Wahrscheinlich hat er sich zufällig auf Dennis' Platz gestellt, ohne besonderen Grund.* Es gelingt ihr nicht sich zu beruhigen. Die grauen Augen scheinen sie zwischen den Bäumen anzustarren. Sie umklammert den Baumstamm, ihr Blick huscht gehetzt umher. *Warum spricht er mich nicht an? Stellt sich vor, redet.* Sie stutzt, als sie sich überlegt, warum sie selbst ihn nicht anspricht. Einfach hingeht: „Hallo, ich bin Tabea. Wer bist du?"

Ein Rascheln hinter ihrem Rücken lässt ihren Atem stocken. Sie wirbelt herum. Gebannt fixieren ihre Augen ein Gebüsch. Der struppige graue Hund schlüpft zwischen den Ästen hindurch.

„Ach, du bist es." Erleichtert krault sie den schlanken Hals. „Wenn du nur sprechen könntest. Dann würd' ich mich hier nicht so allein fühlen." Seufzend richtet sie sich auf. Der Hund wedelt mit dem Schwanz und verschwindet im Dickicht. Tabea nimmt sich fest vor, morgen beim Mann mit der Mähne vorbeizugehen.

Ein Windstoß schüttelt die Baumkronen, sanftes Rauschen erfasst den Wald. Der Geruch von gebratenem Fisch steigt in ihre Nase. Plötzlich spürt sie Hunger und erinnert sich, dass sie ohne Frühstück zu Bill gegangen ist. Sie versucht die Richtung des Duftes zu bestimmen. Sie folgt dem Pfad, der tiefer in den Wald hineinführt. Stellenweise ist der Weg von Gestrüpp überwuchert. Vorsichtig schiebt Tabea die wirren Äste zur Seite, um sich nicht zu verletzen. Mit dem rechten Unterschenkel streift sie eine hervorstehende Brennnessel. Das Gift brennt auf ihrer Haut. Sie bleibt stehen und presst die Hand auf die Stelle, auf der innert kurzer Zeit kleine rote Blasen entstehen.

Sie hat Durst. Irgendwo hier muss der Fluss sein, der in die Bucht mündet. Sie lauscht nach dem Plätschern von Wasser, vernimmt aber nur das heisere Rufen eines Kauzes und das Klopfen eines Spechts an einem hohlen Stamm. Sie legt den Kopf in den Nacken. Über den hohen Stämmen der Kiefern leuchtet ein Stück hellblauer Himmel.

Ein weiterer Windstoß fegt zwischen den Bäumen hindurch, trägt den intensiven Fischgeruch mit sich, begleitet vom Rauch eines Feuers. Weit kann die Stelle nicht mehr sein, an der das so verführerisch duftende Essen zubereitet wird. Sie blickt sich um. Der Pfad ist kaum mehr zu sehen, hier ist bestimmt schon lange niemand mehr gewandert. Sie kommt langsam voran, hält Äste aus dem Weg und weicht Brennnesseln und Dornen aus.

Dann vernimmt sie Kinderlachen. Sie wendet den Kopf nach rechts und macht eine Lichtung zwischen den Baumstämmen aus. Erleichtert geht sie darauf zu. Zwischen locker wachsenden Kiefern stehen mehrere Holztische und Bänke. Um einen der Tische gruppieren sich Frauen und Männer, Kinder sitzen auf dem mit rotbraunen Kiefernnadeln bedeckten Waldboden. Ein wenig abseits des Tisches steht ein kleiner, tiefer Grill. Ein älterer Mann mit grauem Vollbart steht davor, eine grüne Plastikflasche in der Hand.

Tabea betritt die Lichtung. Dankbar spürt sie die Sonnenstrahlen auf ihren Wangen. Die Wärme entspannt sie nach der frischen Kühle des Waldes.

Das schrille Weinen eines kleinen Jungen durchbricht die friedliche Ruhe, die über der Lichtung liegt. Das Kind ist von einem Baumstamm gerutscht. Ein junger Mann erhebt sich, kauert sich neben den kleinen Kerl. Beruhigend streicht er ihm über den Rücken und spricht leise auf ihn ein. Mit einem lauten Schniefen wischt sich das Kind mit dem Handgelenk über die Nase und fährt mit seiner Entdeckungstour fort.

Der junge Mann richtet sich auf. Auf dem Weg zum Tisch fällt sein Blick auf Tabea.

„Olà!" Freundlich hebt er die Hand zum Gruß. Sie grüßt lächelnd zurück. Der Mann geht zum Grill, begutachtet offensichtlich das Grillgut. Er sagt etwas zu den Menschen am Tisch. Bewegung kommt in die Gruppe. Frauen stehen auf, bringen Teller zum Grill und wieder zurück zum Tisch. Der junge Mann tritt auf Tabea zu.

„Do you speak English?" Seine Stimme klingt leicht, sie schwebt über der Lichtung.

Sie nickt. „English or German."

„Oh, Deutsch ist besser. Möchtest du mit uns essen?"

Überrascht lächelt sie ihn an. Um seine Augen spielen kleine Lachfältchen, kurze schwarze Haare liegen dicht an seinem Kopf.

„Komm." Er geht voran, bleibt vor dem Tisch stehen. Eine weiße Tischdecke mit blauem Blümchenmuster liegt über der Holzfläche. Darauf stehen Porzellanteller, ein Korb mit Weißbrot, Platten mit Schinken und Melone, eine Schüssel Thunfischsalat und ein großer Teller mit gegrillten Sardinen. In bauchigen Gläsern leuchtet Rotwein.

„Wir haben einen Gast." Drei Männer und fünf Frauen blicken Tabea neugierig an.

„Olà. Ich bin Tabea."

Ein vielleicht zweijähriges Mädchen auf dem Schoß einer grauhaarigen Frau klatscht mit den Händchen auf den Tisch.

„Baba. Baba." Ihr helles Lachen tanzt über die Lichtung. Die Männer und Frauen stimmen mit ein. Eine Frau rutscht zur Seite, zieht Tabea neben sich. Ehe sie etwas sagen oder tun kann, steht ein voller Teller vor ihr, jemand drückt ihr ein Weinglas in die Hand. Überwältigt von so viel Gastfreundschaft, spürt sie ein Kribbeln in der Nase. Rasch trinkt sie einen Schluck Wein. Wie ein Lauffeuer breitet sich wohlige Wärme in ihrem Körper aus. Sie kann sich nicht erinnern, jemals ein schmackhafteres Essen genossen zu haben. Das zarte Fleisch der Sardinen zergeht auf der Zunge, die Haut ist knusprig geröstet. Selbst das Weißbrot, das sie sonst lieber meidet, schmeckt in Gemeinschaft dieser fremden Menschen.

Die Kinder sind auf Tabea aufmerksam geworden und drängen sich neugierig um den Tisch. Der Junge, der vorhin auf dem Baumstamm balanciert ist, klettert vertrauensvoll auf ihren Schoß und lässt sich mit Melonenstückchen füttern.

„João, was tust du denn?"

Mit erhobenem Zeigefinger und einem strahlenden Lachen im Gesicht spricht ihn eine junge Frau mit einem schwarzen Zopf an. Er strampelt munter mit den Beinen und öffnet den Mund in Erwartung einer weiteren Melone.

Es fühlt sich seltsam an, ein Kind auf dem Schoß zu haben. In ihrem Leben gibt es keine Kinder. Ihr älterer Bruder Hannes hat eine Tochter, aber die Familie wohnt im Norden Deutschlands und der Kontakt ist sehr lose. Tabea hat ihre Nichte in den 14 Jahren ihres Lebens keine Dutzend Mal gesehen.

„Warum sprecht ihr Deutsch?", wundert sie sich.

„Wir arbeiten in der Schweiz. Von Mai bis Oktober sind wir dort. Wir arbeiten in einem Hotel. José ist Kellner, Martim Hausmeister, Tiago Nachtportier und ich arbeite als Koch. Julia, Maria und Fernanda sind Zimmermädchen und Ana arbeitet in der Lingerie."

„Und ich halte hier die Stellung, wenn die Familie im Winter wieder nach Hause kommt." Der ältere Mann am Grill winkt heftig mit der verrußten Zange.

„Richtig, Pedro ist unsere gute Seele in der Heimat. Er und Teresa kümmern sich um unser Haus und um die jüngeren Kinder, die wir nicht mitnehmen können." Tiefe Zuneigung liegt in den Worten des jungen Mannes. „Mein Name ist übrigens Rui." Lächelnd blickt er Tabea an. „Willkommen in unserer großen Familie!" Er hebt sein Glas, die anderen stimmen mit ein. Munteres Klirren schwingt durch die Luft.

Eine große Familie. Davon hatte sie als Kind geträumt. Aber sie ist mit ihrem älteren Bruder allein gewesen. Ihre Eltern sind als junges Paar unmittelbar vor der Grenzschließung von Ostdeutschland in den Westen geflüchtet, haben einen kleinen Bauernhof übernehmen können. Seit Tabea denken kann, haben sie immer gearbeitet. Ihre Verwandten aus dem Osten hat sie erst kennengelernt, als sie bereits erwachsen gewesen ist.

„Komm, spiel mit uns Verstecken!" Ein hübsches Mädchen mit großen, dunklen Augen zupft an Tabeas Top.

„Oh ja, spiel mit uns Verstecken!" Rasch schwellen die Worte der Kinder zu einem Sprechchor an. Lächelnd hebt sie den Jungen von ihrem Schoß.

Die Sonne steht noch am Himmel, aber die Schatten sind lang, als Tabea glücklich und erschöpft vom wilden Spiel mit den Kindern die Lichtung verlässt. Sie hat sich seit Ewigkeiten nicht mehr so lebendig gefühlt wie an diesem Nachmittag.

Sie hat keine Ahnung, wie spät es ist. Ihr Handy liegt im Bus. Im Wald ist es kalt. Nach kurzer Zeit friert sie im sommerlichen Top und den kurzen Shorts. Soll sie in die Bucht hinunter gehen um sich umzuziehen? Beim Gedanken an den Mann mit der Mähne wird ihr flau im Magen. Sie spürt, wie das Blut aus ihrem Gesicht weicht, ihre Finger krampfen sich zusammen.

Entschlossen geht sie den Weg zu Bills Wohnmobil. Der Wald schweigt. Hin und wieder knackt es im Unterholz. Sie beschleunigt ihren Schritt, sieht sich immer wieder hastig um.

Bills Tür steht offen. Er sitzt am Tisch, einen Laptop vor sich. Sie klopft.

„Bin ich zu früh?" Atemlos steht sie auf der Schwelle.

Er klappt den Laptop zu, steht auf, betrachtet sie. „Was ist los?"

„Nichts." Sie versucht zu lächeln.

Sein Gesicht schiebt sich ganz nah vor ihres. Seine Augen halten ihren Blick fest. „Tabea. Ich bin ehrlich zu dir, und ich möchte, dass du ehrlich bist zu mir." Er fasst nach ihren Händen und sagt eindringlich: „Vertrau mir."

„Warum sollte ich?" Laut bahnt sich die Angst einen Weg an die Oberfläche.

Er lässt ihre Hände los. „Ich bin bald siebzig und hab' meine Abenteuer gehabt. Ich mag dich und will nicht, dass dir was zustößt."

Ihre Augen lösen sich von seinem Blick. Sie gleiten über sein schlohweißes Haar und das markante Kinn hinunter zu den muskulösen Armen.

„Dass du so alt bist, hab' ich nicht gewusst." Sie lässt sich auf eine Couchbank fallen.

„Alter ist relativ", meint Bill gelassen. Er stellt ihr ein Glas Wasser auf den Tisch. „Du bist so alt, wie du dich fühlst. Ich fühl' mich nicht wesentlich anders als vor 20, 30 Jahren." Sie glaubt ihm.

Das Innere des Wohnmobiles ist geräumig. Um einen Tisch in der Mitte gruppieren sich zwei Bänke, eine u-förmige Küche im Heck bietet viel Platz. Eine schmale Leiter führt zum Alkoven. Alles ist sauber und aufgeräumt. Sie schweigt. Bill stellt einen Kochtopf auf den Herd, setzt Wasser auf. Er lehnt sich ans Waschbecken, betrachtet sie. Ihr Kopf liegt auf der Rückenlehne der Bank und trifft seinen Blick. Er wendet sich ab, lässt Wasser über seine Unterarme fließen.

„Achtung, heiß." Er stellt einen Teller mit dampfendem Reis und einer süßlich riechenden Soße vor sie hin.

„Wie hast du das denn so schnell gezaubert?" Sie ist eingenickt gewesen.

„So!" Grinsend zieht Bill eine leere Verpackung aus dem Müll. „Nasi Goreng" steht darauf. Tabea lächelt. Sie essen schweigend. Überrascht stellt sie fest, dass sie schon wieder Hunger hat. Die Soße ist ein wenig zu süß und das Gemüse verkocht, aber die Wärme in ihrem Bauch tut gut.

Als sie das Besteck zur Seite legt, fragt er freundlich: „Besser?"

Sie nickt, lehnt sich zurück. Ein tiefer Seufzer hebt ihre Brust. Die ausgelassene Stimmung des Nachmittags kehrt zurück. Sie verspürt Lust zu plaudern.

„Ich hab' gehofft Freiheit zu finden, wenn ich mit dem Bus durch die Welt zieh'. Ich wollt' den gesellschaftlichen Zwängen entfliehen, wollt' mich frei entwickeln, mein Leben selbstbestimmt leben." Bill sitzt ihr aufmerksam gegenüber. „Aber irgendwie find' ich diese Freiheit nicht, von der ich träum'."

Er steht auf und setzt sich neben sie. „Du bist so frei wie deine Gedanken. Wohin auch immer du gehst, du nimmst dich selbst mit. Wenn du wirklich frei sein willst, befreie deine Gedanken." Seine ruhigen Worte klingen in ihrem Kopf nach.

„Aber meine Freiheit hört an den Grenzen meiner Mitmenschen auf." Paolos Gesicht erscheint vor ihrem inneren Auge. Sein bittender, kindlich-flehender Blick, wenn es um eine neue Rolle gegangen ist, die er gerne bekommen wollte. „Nicht unbedingt." Bill lehnt seinen Kopf an die Wand. Die Haut seines Halses schimmert hell, seine Nasenflügel beben leicht. Seine langen Wimpern werfen Schatten auf die Augenlider.

„Warum nicht?" Ein Gedanke durchzuckt sie. „Wenn ich mit meinem Partner schlafen will, er aber nicht mit mir, bin ich nicht mehr frei." Herausfordernd blickt sie ihn an. Seine Augen blitzen auf. Sofort bereut sie ihren Wagemut. Verärgert runzelt sie die Stirn, hofft, dass er nicht darauf eingehen wird.

„Warum nicht?" gibt Bill die Frage zurück. Er legt seinen Arm um ihre Schulter. „Darf ich?" Sie nickt mechanisch, spürt den Schweiß unter ihren Achseln. „Du kannst seine Entscheidung respektieren und deine sexuellen Bedürfnisse anpassen. Oder du suchst einen anderen Weg, sie zu befriedigen." Sie spürt seinen Atem an ihrer Wange. Die Wärme seiner Hand auf ihrem Arm. Angestrengt versucht sie, langsam zu atmen.

„Ich will gehen."

Bill steht auf. Tabea rutscht aus der Bank.

„Du wirst frieren", meint er mit einem Blick auf ihr dünnes Top. „Hier, nimm die mit." Er legt ihr seine Strickjacke um die Schultern. Die Wolle kratzt auf ihrer Haut.

Sie zögert. „Kommst du mit?"

Er zieht die Augenbrauen hoch. „Warum?"

„Freiwild?" antwortet sie leise.

Er schiebt sie aus der Tür. Draußen legt er erneut den Arm um ihre Schulter. Zaghafte Geborgenheit keimt in ihr auf.

Schweigend stapfen sie durch den Wald hinunter zum Strand. Der Mond schickt sein milchiges Licht durch die Baumwipfel. Ein Käuzchen schreit. Aufgeschreckt flattert ein Vogel aus dem Gebüsch neben ihnen auf. In der Bucht blickt sie sich um. Bill hat den bunten Bus auf Dennis' Platz auch bemerkt.

„Geh rein." Er wartet, bis sich die Tür geschlossen hat. Durchs Fenster sieht sie, wie ihn die Dunkelheit verschluckt.

6

Tabea dreht sich auf die Seite und stößt die Decke weg. Sie fühlt sich ausgeruht. Draußen vertreibt das erste Tageslicht die Nacht. Im Bikini, das Badetuch über den Schultern, verlässt sie den Bus. Der Wind hat aufgefrischt, die klebrige Hitze der letzten Tage ist einer luftigen Wärme gewichen. Wolkenbüschel ziehen rasch über den Himmel. Der Mond steht knapp über dem Horizont.

Sie taucht ein in das morgendliche Grau des Atlantiks. Die Wellen sind kurz, unruhig spritzen sie in ihr Gesicht. Das kalte Wasser jagt belebt ihren Körper. Sie streckt die Arme aus, lässt sich von den Wellen schaukeln. Ihre Haut prickelt, sie fühlt sich lebendig und frisch. Ein einzelner Sonnenstrahl leuchtet übers Wasser. Tropfen spritzen glitzernd in die Höhe. Immer schneller breitet sich das Licht in der Bucht aus. Majestätisch erscheint die Sonne über dem Hügel.

Sie verlässt das Wasser, klettert ein Stück weit die Küste hinauf. Auf einem flachen Felsen breitet sie ihr Handtuch aus, legt sich darauf. Der Wind bläst Wassertropfen von ihrem Bauch. Die Sonne wärmt ihre Haut. Wohlig räkelt sie sich und schließt die Augen.

Als sie wieder erwacht, hat sich der Strand gefüllt. Bunte Tücher liegen im Sand verteilt. Eine Gruppe junger Leute versucht sich im Wellenreiten.

Sie setzt sich auf. Ihr Kopf ist heiß. Sie schüttelt die salzverkrusteten Haare und betastet vorsichtig ihre Unterlippe. Die Schwellung ist zurückgegangen. Ihr Magen knurrt. Sie rappelt sich auf, wirft sich das Handtuch über die Schulter.

Als sie zum Strand hinunterklettern will, fällt ihr ein einzelnes Wellenbrett auf, das auf dem Wasser treibt. Mit den Augen sucht sie die Wellen ab. Sie meint, für einen kurzen Moment einen Kopf zu erkennen, der gleich darauf wieder verschwindet. Ihr Puls beginnt zu rasen. Die jungen Leute haben das Brett auch bemerkt. Aufgeregte Rufe schallen durch die Bucht.

Tabea springt über die Felsen. Flink sucht sie mit den Augen die Steine ab, setzt ihre nackten Füße zielsicher zwischen die scharfen Kanten. Nahe am Strand sind die Steine glitschig. Sie rutscht ab, spürt einen Schmerz im linken Unterschenkel. Sie springt in den Sand, die Augen aufs Meer gerichtet.

Als sie am Wasser ankommt, ziehen zwei Männer einen leblosen Körper auf den Strand. Eine Frau schreit hysterisch.

Einer der Männer kniet sich neben den Körper, beugt sich darüber. „Sie atmet nicht."

Augenblicklich breitet sich eisige Stille über den Strand aus. Tabea drängt sich zwischen zwei Menschen hindurch. Sie kniet nieder, zieht der Frau das Bikini weg, stemmt ihre Hände auf die Brust der Schwimmerin, drückt sie kräftig hinunter, lässt los, drückt erneut. Rhythmisch fährt sie mit der Herzmassage fort.

Sie nimmt den Atem des Mannes neben sich wahr. Seine Hand liegt an der Halsschlagader der Frau. Tabea keucht. Das morgendliche Schwimmen, die Sonne, der leere Magen. Sie spürt, wie ihre Kräfte nachlassen.

„Mach du weiter." Sie blickt den Mann an.

Der Mann mit der Mähne. Nasse Haare hängen über unergründlich grauen Augen, ein braunes Shirt klebt an seiner Brust. Das Blut weicht aus Tabeas Gesicht. Er legt seine Hände über ihre. Nach zwei gemeinsamen Stößen lässt sie los. Sie drückt die Fäuste in den Sand, lehnt sich zurück. Die Wolken über ihr beginnen sich zu drehen.

Die rhythmischen Stoßbewegungen brechen nicht ab. Schweiß tropft. Die blonden Haare fliegen vor und zurück. Der Mann mit der Mähne blickt kurz auf. Ein Wassertropfen glitzert an seiner Nasenspitze.

„Soll ich wieder?" Ihre Stimme klingt heiser.

Er nickt. Sie spürt weiche Handrücken, als ihre Hände auf seinen liegen. Nach zwei Stößen arbeitet sie alleine weiter. Die Haut unter ihren Händen fühlt sich leblos und kalt an. Lange, braune Locken umrahmen ein junges Gesicht. *Komm schon, du schaffst das! Du darfst nicht sterben!* Mechanisch bewegt sie ihren Oberkörper auf und ab. Sie spürt ein Ziehen in Rücken und Oberschenkeln.

Plötzlich hustet die Frau. Tabea lässt von ihr ab, legt eine Hand unter ihren Kopf, stemmt den Oberkörper in die Höhe. Sie stützt den Rücken der Frau, die Wasser erbricht. Der Mann mit der Mähne steht auf.

In die jungen Leute, die bisher wie gelähmt um sie herumgestanden sind, kehrt Leben zurück. Eine Frau legt der Schwimmerin ein Tuch über die Brust, ein Mann nimmt ihren Kopf in seine Hände und küsst sie. Tränen laufen über seine Wangen.

Tabea erhebt sich langsam. Sie taumelt. Der Mann mit der Mähne packt sie an den Schultern, führt sie über den Strand. Ihre Beine drohen zu versagen. Durch einen Schleier erkennt sie seinen Bus. Er drückt sie auf den Boden, lehnt ihren Rücken an die Wand des Fahrzeugs. Ihr Kopf ist schwer, unkontrolliert schlägt er gegen das heiße Blech. Sie schließt die Augen.

Der Mann schiebt ihr ein Stück Würfelzucker in den Mund. Sie saugt, ihre Zunge gräbt sich in den Würfel, der sich aufzulösen beginnt. Süße flutet ihren Mund. Als sie die Augen öffnet, hält ihr der Mann mit der Mähne eine Banane hin.

„Iss."

Sie kaut langsam. Er zieht sein Shirt über den Kopf, hängt es über eine Stuhllehne. Die Haut seines Oberkörpers ist hell und nahezu unbehaart. Die nasse Hose legt er daneben. Unfähig zu denken oder sich zu rühren, folgen ihre Augen seinen Bewegungen. Er verschwindet im Bus, kehrt mit einem Becher zurück. Er stellt ihn neben sie auf den Boden. Ihre Augen fallen zu.

Tabea erwacht, als es klopft. Verwirrt setzt sie sich auf. Etwas ist geschehen, aber was? Es klopft erneut. Sie öffnet die Tür ihres Busses und bemerkt verwundert ein schwammiges Gefühl in ihren Beinen.

„Hallo. Ich bin Hannelore. Das ist Max." Eine Frau mit langen, braunen Locken und ein Mann mit schmalen Lippen stehen vor dem Bus.

„Danke." Die Frau streckt ihr die Hand hin. Die Erinnerung kehrt zurück. Es ist die Frau aus dem Wasser. „Ich weiß, ein Leben ist unbezahlbar. Aber wir möchten uns bei dir bedanken. Können wir dir etwas schenken? Brauchst du Geld?"

„Du meinst, weil ich im Bus leb'?" Tabea schüttelt den Kopf. „Nein. Ich bin froh, dass du lebst."

„Hast du dich verletzt? Sollen wir dich zum Arzt bringen?" Max deutet auf ein Küchentuch an Tabeas Unterschenkel.

Überrascht blickt sie auf ihr Bein. „Nein, alles in Ordnung. Wirklich."

„Kannst du uns deine Adresse oder Telefonnummer geben? Irgendetwas, worüber wir in Kontakt bleiben können?" Erwartungsvoll blickt Hannelore sie an.

„Adresse hab' ich keine, aber meine Telefonnummer kann ich euch aufschreiben." Sie reißt ein Stück von ihrem Einkaufszettel ab, kritzelt ihren Namen und ihre Nummer darauf. Max reicht ihr eine Visitenkarte.

„Hier. Bitte melde dich, falls du irgendwann einmal Hilfe brauchen solltest."

Tabea nickt. Die beiden winken und gehen davon. Sie steckt die Karte in die Küchenschublade, setzt sich auf die Treppe und betrachtet ihr Bein. Sie kann sich nicht daran erinnern sich verletzt zu haben. Wie kommt das Küchentuch um ihren Unterschenkel? Und wie kommt sie überhaupt in ihren Bus?

Sie erschrickt. Das letzte, woran sie sich erinnert, ist, dass der Mann mit der Mähne sie vor seinen Bus geschleppt hat. Er hat ihr eine Banane gegeben. Dann muss sie eingeschlafen sein.

Reglos bleibt sie sitzen. Was ist dann passiert? Panik kriecht in ihr hoch. Sie trägt noch immer ihr Bikini. Sie fühlt sich, als ob eine Hand ihre Kehle zudrückt. Der Platz vor ihr beginnt sich zu drehen. Sie schließt die Augen.

Ein Schrei entweicht ihr, als sie eine Hand am Oberarm berührt.

„'Sorry, ich wollt' dich nicht erschrecken!"

Dennis. Er klappt seinen Stuhl auf, setzt sich besorgt zu ihr.

Sie lehnt den Kopf an sein Knie und beginnt zu schluchzen. Behutsam streicht er über ihren nackten Rücken. Er zieht ein Taschentuch aus seiner Hosentasche und reicht es ihr. Dankbar wischt sie die Tränen weg.

„Es ist viel passiert, während du weg warst." Heftig atmet sie ein. „Und ich kann mich nicht an alles erinnern. Das macht mir Angst."

„Meinst du das hier?" Vorsichtig berührt er das Küchentuch.

Sie nickt. „Ja. Auch."

„Das ist eine Schnittwunde. Wir haben sie gesäubert und desinfiziert. Erinnerst du dich, wie du dich verletzt hast?"

Tabea seufzt. „Bin mir nicht sicher. Als ich das Wellenbrett allein auf dem Wasser gesehen hab', bin ich über die Felsen zum Strand hinuntergesprungen. Dabei muss ich einen Stein gestreift haben. Es ging so schnell. Ich hab' nur den leblosen Körper vor Augen gehabt."

Die Wunde pocht. Sie bindet das Küchentuch los. Die Wundränder sind heiß und rot.

„Ich will sie kleben. Hilfst du mir?"

Dennis nickt. Tabea zieht scharf die Luft ein, als er die Wunde erneut desinfiziert. Es fühlt sich, als ob er ein brennendes Streichholz über ihren Unterschenkel ziehen würde. Sie trocknet die Haut ab.

„Wenn du die Ränder zusammenschiebst, kann ich die Streifen drüber kleben." Sie hält eine Packung Klammerpflaster in der Hand. Er nimmt die Haut links und rechts des Schnittes zwischen Daumen und Zeigefinger. Breite Finger mit kurzen Nägeln schieben die Wundränder sorgfältig zusammen, bis nur noch eine schmale Linie zu sehen ist. Ihr wird schwindlig, sie hält sich an Dennis` Arm fest. Mit zitternden Fingern klebt sie drei Pflaster über den Schnitt. Sein Daumen streicht mit sanftem Druck über die Pflasterenden. Sie atmet erleichtert auf, als er seine Hand von ihrem Bein nimmt.

„Kaffee?"

Sie nickt, lehnt sich an den Türrahmen. Ihre Augen folgen ihm, als er zu seinem Bus läuft. Er steht direkt neben dem buntbemalten Fahrzeug. Sein Oberkörper schwingt mit jedem Schritt hin und her.

Er ist wieder hier. Dennis ist zurückgekommen. Sie ist glücklich, dass er wieder für sie Kaffee kocht. Dass er sich um sie sorgt. Eine Welle der Zärtlichkeit erfasst sie.

Lächelnd reicht er ihr die Tasse.

„Danke." Ihre Finger berühren seine Hand. „Wo warst du?"

Er setzt sich auf seinen Klappstuhl. „In Olhão."

Schweigend trinkt er seinen Kaffee. Seine Finger kreisen über dem Rand der Tasse. Die grüne Häkelmütze hat er weit aus der Stirn geschoben. Seine Haut schimmert feucht.

Tabea legt den Kopf in den Nacken, lässt den letzten Tropfen über die Zungenspitze zum Gaumen wandern. Mit einem wohligen Seufzer erhebt sie sich und reicht Dennis die Tasse.

Er blickt auf. „Wohin gehst du?"

„Zu Bill."

Dennis runzelt die Stirn. „Was machst du bei Bill?"

„Schweißen üben." Sie lacht.

„Bist du sicher, dass das heute noch sein muss?"

„Ja. In zwei Tagen kommt Paolo. Bis dann muss ich das Rohr geschweißt haben."

Kopfschüttelnd, mit leiser Enttäuschung in den Augen, zuckt Dennis die Schultern.

Das vertraute Geräusch des Winkelschleifers begrüßt Tabea. „Weißt du nun, was es wird?" Sie betrachtet das gebogene Stück Stahl in Bills Hand.

„Noch nicht sicher." Zu der Rundung mit dem flachen Stück ist eine Art Kopf hinzugekommen. Tabeas Augen blitzen. Sie sucht nach zwei dreieckigen Stückchen Stahl.

„Darf ich?"

„Hier." Er reicht ihr das Objekt.

Sie klappt das Schutzglas der Schweißmaske über die Augen und wartet. Bill steht gelassen neben ihr.

„Was ist?"

„Du kannst es jetzt allein." Etwas Merkwürdiges liegt in seinem Blick, sie vermag es nicht zu deuten. Ist es Stolz? Oder Wehmut? Oder beides? Sie schluckt. Es fühlt sich seltsam an, die Elektrode ohne seine Hilfe zu führen. Anfangs zittert ihre Hand. Sie blinzelt, um die helle Spur schärfer sehen zu können. Das zweite Stückchen gelingt ihr besser. Mit dem Winkelschleifer verleiht sie ihren Spitzen den letzten Schliff. Sie atmet auf, als sie sich die Maske vom Kopf hebt.

„Und? Was hältst du davon?" Eine Frauenfigur ist erkennbar. Sie kniet, lehnt den Oberkörper weit zurück. Zwei spitze Brüste ragen gen Himmel.

Bill stellt die Figur auf den Tisch. Seine Hände umfassen Tabeas Taille, er zieht sie an sich. Sie spürt einen harten Druck an ihrem Schambein. „Auf das Risiko hin, dass du mich gleich verabscheuen wirst: Ich will mit dir schlafen." Seine Worte klingen ganz nah an ihrem Ohr. Ihre Brust hebt und senkt sich rasch. Er reibt sich an ihrem Schambein. Seine Lippen suchen ihren Mund. Ein heißer Schauer jagt über ihren Rücken. Sie hebt das Kinn, biegt den Kopf zurück.

„Ich hab' einen Freund."

Er küsst ihren Hals. „Ich weiß." Begierig fährt seine Zunge über ihre Haut. Sie drückt ihn von sich.

„Ich liebe Paolo."

Er umfasst sie fester. Eine Hand legt sich an ihren Hinterkopf, zieht ihn nach vorne. Seine Lippen sind dicht vor ihren. Sie riecht seinen Atem, ein undefinierbares Gemisch an Gerüchen dringt in ihre Nase. Sie dreht den Kopf so weit wie möglich zur Seite, presst ihre Hände gegen seine Brust.

„Bill. Ich will nicht." Ihre Stimme klingt laut, Wut kriecht in ihr hoch. Er krallt seine Finger in ihren Rücken.

„Bill!" Sie stößt ihn mit aller Kraft ab. Er taumelt, fängt sich am Tisch auf.

Sie fährt sich mit beiden Händen durch die Haare. Wütendes Schnauben quillt aus ihrem Mund. Aufrecht steht sie vor ihm. „Kann ich mein Rohr morgen schweißen?" Ihre Augen sind zu schmalen Schlitzen verengt, die Stimme ist kalt.

Er nickt. „Nimm den Winkelschleifer mit und schleif das abgebrochene Stück sauber ab. Es darf kein Rost dran sein." Sein Versuch, sachlich zu klingen, misslingt. Seine Stimme zittert.

Sie nimmt die Schleifmaschine vom Tisch, klemmt sich ihre Schweißmaske unter den Arm und dreht sich um. Sie spürt seinen Blick wie ein Messer im Rücken.

Kochend vor Wut stapft sie durch die Büsche zum Strand. Am Rande des Platzes stößt sie auf Dennis.

„Tabea, was ist los?" Mit weit aufgerissenen Augen betrachtet er ihre zusammengezogenen Augenbrauen, die erhitzten Wangen, die geballten Fäuste. Wortlos läuft sie an ihm vorbei. Er folgt ihr. Ihr Schritt ist steif, rasch schreitet sie voran, auf den Wellensaum zu. Sie hört sein Keuchen neben sich.

„Dieser verdammte Kerl!" Zischend schimpft sie vor sich hin. „Er nutzt seine Situation aus. Er weiß, dass ich ihn brauch', um dieses bescheuerte Abgasrohr zu schweißen. Wenn ich eine Alternative hätte, würd' ich ihm sein Schweißgerät an den Schädel schmeißen!"

Fast wäre sie über ein Liebespärchen gestolpert, das selbstvergessen im Sand liegt. Sie stoppt abrupt, Dennis rempelt sie in die Seite.

„Hoppla, sorry", murmelt er.

Am Wasser angekommen wirft sie mit ausholenden Bewegungen ihre Flipflops hinter sich, stampft mit den nackten Füßen in die flachen Wellen. Das Wasser spritzt an Dennis' Hose.

„Bill?" Forschend schaut er sie an.

„Ja, dieser Dreckskerl." Sie spuckt vor sich ins Wasser.

„Was hat er getan?" Dennis' Stimme klingt dünn und hoch. Er lässt Tabea nicht aus den Augen.

„Ach..." Sie macht eine wegwerfende Handbewegung, stampft weiter in die Wellen. „Er hält sich für unwiderstehlich. Meint, mich mit seinen Muskeln beeindrucken zu können. Trottel."

Sie hört, wie er scharf die Luft einzieht. Sie beugt sich vornüber, spritzt sich Wasser ins Gesicht.

„Der kann mich mal kreuzweise."

Als sie von Kopf bis Fuß nass ist, lässt sie sich in den Sand fallen. Sie verschränkt die Arme hinter dem Kopf, betrachtet die Wolken und spürt, wie ihre Wut verpufft. Unwillkürlich legt sie eine Hand auf ihr Schambein, meint, seinen Druck darauf zu fühlen. Sie spürt seine Zunge an ihrem Hals. Ein Kribbeln kriecht durch ihr Rückenmark.

Dennis setzt sich neben sie. Unruhig zupfen seine Hände am nassen Saum seiner Hose.

Plötzlich dreht sie den Kopf, schaut ihm direkt in die Augen. „Kennst du Bill?"

Er wiegt den Kopf. „Naja, nicht wirklich. Er ist ja ein Urgestein hier. Er ist sehr gesellig, bei jeder Party dabei. Oft hat er selbst Grillabende im Wald veranstaltet. Er ist immer gut gelaunt, ich hab' ihn nie niedergeschlagen oder wütend erlebt." Nachdenklich schiebt er Sand hin und her. „Er ist immer freundlich, witzig, zuvorkommend, sehr aufmerksam."

Eine seltsam geformte Wolke schiebt sich in Tabeas Blickfeld. Sie erinnert an ein Schaf mit zwei Köpfen. Rasch verändert sie ihre Form, wird länger, teilt sich in zwei schmale Streifen.

„Vielleicht ist er einfach nur einsam." Dennis' Worte schweben gen Himmel. Einer der Streifen löst sich auf, der andere rollt sich zusammen. „Die Einsamkeit ist eine starke Triebkraft. Sie formt die Menschen."

Tabea spürt seinen Blick auf ihrem Gesicht. Die Hitze in ihren Wangen hat zugenommen, die Falte zwischen ihren Augenbrauen ist verschwunden. Ihre Augen blicken ruhig, verträumt. Ein leichtes Zittern zieht über ihren Körper. Sie setzt sich auf. „Ich bin müde."

Dennis erhebt sich und reicht ihr die Hand. Sie zieht sich hoch.

„Schön, dass du wieder hier bist." Lächelnd drückt sie seine Hand. Er lächelt zurück, schiebt die Häkelmütze ein wenig zurück.

7

„Wie geht's deiner Wunde?" Dennis steht am offenen Fenster vor Tabeas Bus, den Stuhl unter dem Arm geklemmt. „Guten Morgen. Keine Ahnung, hab' noch nicht nachgesehen." Sie streckt sich, lässt sich vornüber fallen, berührt mit den Fingerspitzen den Boden. Ihre Wirbelsäule knackt. „Hier. Kaffee." Strahlend richtet sie sich auf. „Du bist ein Engel." Gemeinsam schlendern sie zum Strand. Der Himmel ist wolkenverhangen, das Meer schimmert grau. Kein Windhauch regt sich, schwüle Wärme liegt über der Bucht. „Warum bist du weggefahren?" Neugierig schaut sie ihn von der Seite an. Dennis klappt seinen Stuhl auf, setzt sich. Seine Füße zucken unruhig im Sand. „Ich wollt' keinen Sex." Er wirft ihr einen raschen Blick zu. Sie wischt Sand von einem großen Stein, lässt sich darauf nieder. „Ich will eine Freundin. Eine Partnerin, mit der ich meinen Weg gemeinsam gehen kann." Er dreht seine Tasse in den Händen. Leise fährt er fort: „Als ich dich in deinem Bus gesehen hab', da ging plötzlich nichts mehr. Ich hab' dich vor mir gesehen, wenn ich die Augen geschlossen hab', ich hab' von deinem Körper geträumt. Ich wollte dich. Ganz. Für immer. Bis ich erfahren hab', dass du einen Freund hast. Und konnte trotzdem nicht genug von dir kriegen." Er knetet seine Finger. „Ich hab' Abstand gebraucht."

Ihr ist heiß. Die Erinnerung an ihre gemeinsamen Abende in seinem Bus wird lebendig. Was wäre damals wohl geschehen, wenn die Bierflasche nicht umgekippt wäre? Wenn er nicht danach gefragt hätte, warum sie alleine reist?

Sie beugt sich ein wenig vor. „Lass mich wissen, wenn dir nach Nähe zumute ist", sagt sie leise. Sie meidet seinen Blick. Rasch steht sie auf und reicht ihm die Kaffeetasse.

Unruhig geht sie über den Strand zum kleinen Fluss, um sich zu waschen. Hinter einer kleinen Kurve, ein wenig zurückversetzt zum Strand, zieht sich aus, kniet im flachen Wasser nieder, fährt eilig mit der Hand über ihren Körper. Das Wasser ist deutlich kälter als im Meer, es prickelt auf ihrer Haut. Sie fröstelt. Rasch steigt sie aus dem Fluss, streift sich die Tropfen von der Haut und schlüpft in ihre Kleider. Am Rand des Flusses kniet sie nieder, biegt den Oberkörper weit nach vorne, bis sie die Kälte an ihrer Kopfhaut spürt. Immer wieder schöpft sie mit den Händen Wasser über ihre Haare, um das Salz auszuwaschen, das seit Tagen das Kämmen erschwert. Als ihr Rücken steif ist und die Knie schmerzen, richtet sie sich auf.

In einiger Entfernung erblickt sie Linda. Die junge Frau steht bis zu den Knien im Wasser und versucht verzweifelt, mit einer Hand ein davonschwimmendes Shirt zu fassen und mit der anderen ein Plastikbecken festzuhalten. Tabea schüttelt ihre Haare, schnappt sich das Shirt und reicht es Linda.

„Was tust du denn hier?" Verwundert blickt sie auf Lindas nasse Hose und die Wäsche, die sie umgibt.

„Nach was sieht's denn aus?" grummelt Linda mürrisch.

„Nach Wäschewaschen?"

„Bingo! Hier, fass' mal mit an." Keuchend bückt sie sich. Tabea ergreift einen der Griffe des Plastikbeckens. Gemeinsam zerren sie das schwere Becken auf den Sand. Linda schiebt sich ihre Rastas aus dem Gesicht und stemmt die Hände in die kräftige Taille. Ihr großer Busen hebt und senkt sich rasch, während sie die Wäsche stampft. Tabea wirft ihr einen Blick zu. Eine steile Falte steht auf Lindas Stirn.

„Was ist los?" Sie ergreift ein gelbes Shirt, dreht es ein, drückt das Wasser heraus.

„Nichts." Schwungvoll leert Linda das Wasser aus dem Becken in den Fluss. Auf einem großen Stein stapelt sich die nasse Wäsche.

Tabea zuckt die Schultern. „Dann eben nicht." Sie richtet sich auf, streckt sich, bewegt die Hüfte.

Linda verharrt kauernd. Plötzlich gibt sie sich einen Ruck und blickt Tabea an. „Luna ist krank. Sie hat Fieber und isst nicht mehr." Rastas hängen in ihrem vor Anstrengung geröteten Gesicht. Angst spiegelt sich in ihren Augen.

Tabea runzelt die Stirn. Sie möchte Linda beruhigen. „Kommt das bei kleinen Kindern nicht immer mal wieder vor?"

„Ich glaub' schon. Sie war halt noch nie krank." Linda zuckt die Schultern.

„Verstehe. Ich hab' zwar keine Ahnung von Kindern, aber soweit ich weiß, ist Fieber gut, wenn's nicht zu lang dauert. Mach dir mal nicht zu viele Sorgen." Sie legt Linda einen Arm um die Schulter.

Die junge Frau versucht zu lächeln. Mechanisch schichtet sie die Wäsche ins Becken. Gemeinsam tragen sie es zu Lindas Bus. „Danke." Linda versucht zu lächeln.

Vor Tabeas Bus steht der Mann mit der Mähne. Abrupt bleibt sie stehen.

„Brauchst du mein Küchentuch noch?" Seine Stimme klingt angenehm klar.

Ihr Herz pocht. Sie geht an ihm vorbei. Er riecht nach Rauch, Rasierwasser und Bratspeck. Sie reicht ihm das Tuch durch die Tür. In seinem Gesicht sucht sie nach einem Hinweis auf das, was geschehen ist, als sie vor seinem Bus eingeschlafen ist. Eine blonde Locke tanzt über der rechten

Augenbraue, streift über dunkle Wimpern. Sie öffnet den Mund, aber kein Ton verlässt ihren Körper. Graue Augen blicken sie ruhig an. Ein Lächeln huscht über sein Gesicht. Dann dreht er sich um und geht.

Tabea ärgert sich. Warum ist sie bei diesem Mann so sprachlos? Sie setzt sich vor ihren Bus, beißt in einen Apfel. Saft spritzt auf ihre Wangen.

Bill taucht auf dem großen Platz auf. „Hi." Er bleibt vor ihr stehen. Sie mustert ihn prüfend. Professionelle Ernsthaftigkeit liegt in seinem Blick. Er stellt das Schweißgerät vor sie hin.

Musik dringt aus ihrem Bus. Er zieht die Augenbrauen zusammen, führt den Zeigefinger an seine Nasenspitze. „Frank Sinatra?" Sie nickt. Sein Zeigefinger massiert den Nasenrücken. „Witchcraft?"

„The lady is a tramp."

„Wie passend." Gelassen lehnt er sich an die Bustür, stützt sich mit einem Arm am Türrahmen ab.

Sie wirft ihm einen scharfen Blick zu. „Bist du hier, um Sprüche zu klopfen oder um zu Schweißen?"

„Weder noch. Du schweißt."

Seufzend erhebt sie sich, wirft den Apfelstiel in den Sand. „Kommst du mit runter?"

Bill nickt gutmütig. „Hast du die Batterien abgehängt?"

Tabea nickt. Sie verschwindet im Bus. Mangels Alternative zwängt sie sich in ihre Jeanshose und nimmt unmittelbar den Schweiß wahr, der auf ihre Stirn tritt. Im Schrank wühlt sie nach einer orangefarbenen, abgetragenen Jacke. Sie muffelt nach Mottenkugeln und Waschnüssen. Die Bündchen an den Ärmeln sind ausgefranst, der Reißverschluss lässt sich nicht mehr schließen. Die grünen Arbeitshandschuhe stammen aus der Gärtnerschublade ihrer Mutter. Immerhin sind sie enganliegend und gummiert, so wird ihr hoffentlich keine Maschine aus der Hand rutschen.

Sie ist nervös. Unruhig fährt sie mit den Händen durch die Haare, bindet sie halbwegs ordentlich im Nacken zusammen. Fehlt etwas? Angestrengt versucht sie sich auf die bevorstehende Schweißarbeit zu konzentrieren. Das Rohrstück. Mitten in der Nacht ist sie aufgewacht, hat den Rost abgeschliffen und die Bruchkante sauber geschnitten. Unschlüssig nimmt sie es in die Hand. Es kostet sie Überwindung, den Bus zu verlassen und zu Bill zu gehen. Schwer liegt ihre Hand auf der Türklinke, schleppen sich die Beine hinter den Bus. Bill lehnt am Heck, den rechten Ellbogen ans Fenster gestützt. Er richtet sich auf.

„Ready?"

Tabea nickt. Ihr Mund ist trocken, die Augen brennen. Unaufhaltsam rinnt Schweiß vom Haaransatz über ihre Schläfen und Wangen zum Kinn. Sie bückt sich, wirft einen Blick unter den Bus. Das Schweißgerät und der Winkelschleifer stehen bereits dort.

„Den Hammer können wir hier nicht brauchen." Bill ist ihrem Blick gefolgt. „Du hast zu wenig Platz zum Ausholen."

Sie setzt sich die Maske auf den Kopf und legt sich auf den Rücken. Langsam schiebt sie sich unter dem ersten Stahlträger hindurch. Gleich darauf liegt Bill neben ihr.

„Leuchtest du? Mit dem Sichtschutz vor den Augen seh' ich hier unten gar nichts mehr."

Er zielt mit dem Strahl der Taschenlampe auf den Rohrstummel. „Am besten beginnst du oben, dort, wo du am schlechtesten drankommst", instruiert er sie.

„Ich schwitz' schon, bevor ich überhaupt mit Schweißen begonnen habe", stöhnt Tabea.

„Von mir aus kannst du auch nackt schweißen."

Sie blickt ihn an. Unfähig, sich zu rühren, liegt sie neben ihm, die rechte Hand um die Elektrodenhalterung geklammert. Sein Gesicht liegt ganz nah bei ihrem. In kurzen Abständen streift sie sein Atem. Sein Mund ist leicht geöffnet, gibt den Blick auf eine unregelmäßige Zahnreihe frei. Zwischen den beiden Vorderzähnen entdeckt sie eine kleine Spalte. Das leise Geräusch seines Atems hallt in ihren Ohren. Seine Wangen sind gerötet, Schweißperlen sprenkeln seine Stirn. Unter der Jacke klebt ihr Shirt auf der Haut.

Sie zieht den Sichtschutz herunter, zwingt ihren Blick auf das abgebrochene Rohr. Der Lichtkegel ist verrutscht, fokussiert die Mitte der Radachse. Tabea stemmt das abgebrochene Rohrstück in die Höhe, hält es an den Rohrstummel. Bill zieht seinen Blick von ihr ab, dreht den Kopf zur Karosserie. Sein Gesicht verschwindet hinter dem schwarzen Glas der Maske. Der Lichtstrahl trifft auf ihre Hand. Zitternd führt sie die Elektrode an die beiden Rohrteile. Sie rutscht ab, platziert sie erneut. Ungeduldig stöhnt sie auf.

Plötzlich fühlt sie das Gewicht seiner Hand auf ihrer. Fest umfasst er ihr Handgelenk, führt sie ruhig und sicher. Die Elektrode trifft auf den Stahl, ein helles Licht flutet die Unterseite des Busses. Der Geruch nach Metall und Rauch steigt in ihre Nase, sie unterdrückt ein Niesen. Das Licht erlischt, Tabea sieht Schwarz. Stille dröhnt in ihren Ohren. Vorsichtig lässt sie das Rohrstück los. Es hält bereits, wenn auch nur an einer kleinen Stelle. Sie schiebt den Sichtschutz hinauf, greift zum Winkelschleifer.

„Dreh ihn um." Bills dunkle Stimme vibriert an ihrer Wange. Sie runzelt die Stirn. Dann versteht sie. Sie dreht die Maschine um 180 Grad. So kommt sie mit der Scheibe an die geschweißte Stelle, ohne den Stahlträger zu berühren. Das laute Surren des Winkelschleifers schnellt in alle Winkel, hallt von den Blechplatten wider. Gelbe Funken fliegen in einem gebündelten Strahl dicht neben Bill auf den Boden. Rasch löst sie den Finger vom Anschaltknopf. Der Lärm verstummt. Er reicht ihr die Elektrode. Sie zielt damit auf das gegenüberliegende Rohrstückchen. Als sie kurz davor ist, zittert ihre Hand. Die Elektrode berührt den Stahlträger. Ein lautes Zischen ertönt, der unerwartete Lichtblitz lässt Tabea zusammenzucken. Sofort ergreift Bill ihr Handgelenk. Er dreht den Kopf zu ihr. Ihr Atem geht flach und rasch, weiße Punkte erscheinen am Rande ihres Blickfeldes. Er legt eine Hand auf ihren Bauch. „Atme hierher. Nicht zur Brust, atme in deinen Bauch."

Sie wagt nicht, die Augen zu schließen. Sie fixiert das Rohr, richtet ihre Konzentration auf Bills Hand auf ihrem Bauch. Er wartet, bis ihr Atem bei ihm ankommt. Als sich die Bauchdecke regelmäßig hebt und senkt, löst er die Hand. Sein Zeigefinger deutet auf eine Stelle am Rohr.

„Mach hier weiter."

Er lässt ihr Handgelenk nicht los. Mit eisernem Griff hält er sie fest. Sie fühlt sich sicher. Plötzlich entspannt sie seine Nähe. Sie spürt seine Wärme an ihrer Seite. Stück für Stück schweißen sie gemeinsam das Rohr. Vorsichtig schleift sie die Naht glatt, sorgfältig darauf bedacht, den Funkenstrahl weder auf Bill noch auf sich selbst zu richten.

Der Winkelschleifer verstummt. Bills Hand tastet nach dem Schalter des Schweißgerätes, drückt darauf. Der dumpfe Brummton verliert sich unter dem Bus. Tabea lässt die Hand mit der Elektrode sinken. Zutiefst erleichtert schließt sie die Augen.

Geschafft.

Sie hat es geschafft. Das Rohr ist geschweißt, ihr Bus kann wieder fahren. Eine Hitzewelle schwappt durch ihren Körper. Sie streift die Handschuhe ab, zerrt die Jacke zur Seite. Ihre Hand schlägt auf Bills Brust.

„'tschuldige."

Erschrocken blickt sie ihn an. Er legt seine Finger auf ihre Hand. Langsam streicht er über die Innenseite. Seine Fingerkuppen sind spröde, kratzen kitzelnd über ihre Haut.

Sie blickt in seine Augen. Ein diffuses Gefühl von Zuneigung, Unsicherheit und Lust breitet sich in ihr aus. Sie ist ihm nicht mehr ausgeliefert. Nicht mehr von ihm abhängig. Diese Gewissheit entspannt sie. Ihre Augen gleiten über die markanten Wangenknochen, die grauen Bartstoppeln. Lächelnd wendet sie sich von ihm ab und greift nach den Handschuhen.

Er schiebt sich unter dem Bus hervor. „Reichst du mir die Maschinen?" Zuerst erscheint der Winkelschleifer, gefolgt vom Schweißgerät. Zum Schluss erscheint Tabeas Kopf. Er greift nach ihrer Hand, zieht sie hervor.

„Autsch!"

„Was ist passiert?"

„Ich weiß nicht. Ich kann den Kopf nicht mehr bewegen." Sie setzt sich auf, verzieht das Gesicht. „Hier, zwischen den Schulterblättern blockiert was." Vorsichtig dreht sie den Kopf nach links, nach rechts. „Tut weh."

„Komm vorbei, wenn ich dich massieren soll." Er bückt sich, greift nach dem Winkelschleifer. Sie beobachtet, wie er ihn sich unter den Arm klemmt, das Schweißgerät packt. Sein Gesicht glänzt in der Sonne.

„Soll ich dir helfen?" Sie streckt sich.

„Nein. Kümmre dich lieber um deinen Rücken."

„Danke, dass du mir geholfen hast. Allein wär das nichts geworden." Sie legt den Kopf schief.

Bill grinst. „Abgasrohrschweißen ist ja auch was vom Schwierigsten überhaupt." Abrupt dreht er sich um, stapft durchs Gebüsch.

Tabea blickt ihm nach. Soll sie wieder wütend werden auf ihn? Weil er gewusst hat, dass sie es allein nicht schaffen kann? Doch da ist keine Wut, kein Ärger. Nur Dankbarkeit. Sie kneift die Augen zusammen. Nach dem Dämmerlicht unter dem Bus schmerzt die Sonne in ihren Augen. Der Wind weht kräftig aus dem Kiefernwald, er trocknet ihre nasse Stirn. Sie schält sich aus ihrer Jacke und der klebrigen Jeans. In Shirt und Slip steigt sie in den Bus.

‚*Auf dem Weg ins Universum begann ich mich dem Licht hinzugeben..*‘ Für einmal sitzt Elsie nicht in ihrem Korbsessel, als Tabea zu ihrem Wohnmobil kommt. Sie ist dabei, im Rhythmus des Reggaes ihre Pflanzen zu gießen.

„Hallo, Elsie."

„Na, Mädel, ist die Welt wieder in Ordnung?" Sie zwinkert Tabea zu.

„Naja, halbwegs. Ich hab‘ mir irgendwas verzogen am Rücken. Jedenfalls kann ich den Kopf kaum mehr bewegen. Kennst du ein Zaubermittel dagegen?"

„Wärme hilft. Und Massage auch. Setz dich." Sie drückt Tabea in den Sessel, verschwindet im Wohnmobil. Als sie zurückkommt, verströmt sie einen Duft nach Lavendel und Melisse. „Zieh mal die Träger da weg. Gut."

Tabea spürt einen kräftigen Druck auf dem Nacken. Elsie verteilt großzügig Öl, reibt es ein. Wärme breitet sich auf der Haut aus.

„Massieren kann ich dich nicht. Das lässt mein Rheuma nicht mehr zu. Am besten legst du dich so in den warmen Sand und suchst dir nachher einen kräftigen Mann für eine Massage. Wie geht's deinem Bein?" Sie wirft einen Blick auf die Wunde. „Sieht nicht gut aus." Ihre Stimme klingt besorgt. Die Wundränder sind gerötet, die Wunde sondert Flüssigkeit ab. Erneut verschwindet die alte Frau im Wohnmobil. Mit einem Glasröhrchen kommt sie zurück und drückt es Tabea in die Hand. „Homöopathische Globuli. Nimm jede Stunde eins, bis die Rötung weg ist."

Tabea steht auf. Vorsichtig bewegt sie den Kopf, zieht die Schultern in die Höhe, lässt sie fallen. „Danke. Werd' ich machen."

Die Schmerzen im Nacken haben auch nach einem Nickerchen im warmen Sand nicht merklich nachgelassen. Tabea seufzt. Unruhe erfasst sie. Ihr Blick schweift über den Platz und bleibt einen Moment lang an Dennis' Bus hängen. *Soll ich Dennis fragen?* Sie zögert. Dann rappelt sie sich auf und macht sich auf den Weg zu Bill.

Ihr Herz klopft als sie an seinem Wohnwagen ankommt.

„Bill?"

Er öffnet sofort. Sein Oberkörper ist nackt. Helle Haut spannt sich über runden Muskeln, weiße Härchen kringeln sich auf der Brust. Die Beine stecken in einer grauen Trainerhose.

„Massage?" Seine dunkle Stimme klingt angespannt. Sie nickt und tritt ein. Sorgfältig schließt er die Tür. Auf seiner linken Schulter prangt ein faustgroßes Tattoo. Es muss alt sein, Tabea kann nicht erkennen, was es darstellt.

Der Tisch zwischen den Couchbänken ist abgesenkt, darauf liegt ein Polster passender Größe. Die ganze Liegefläche ist mit einer Decke überzogen. Auf einer kleinen Ablage steht eine Flasche Massageöl.

„Hast du mich erwartet?"

Bill lächelt. „Zieh dich aus."

Sie rührt sich nicht. Groß und schlank steht er vor ihr. Die weißen Locken umringen das Gesicht mit den klaren Augen. Seine Schultern, seine Arme, seine Brust strotzen vor Kraft.

Tabea hat das Gefühl, den Boden unter den Füßen zu verlieren. Das Blut pocht in ihren Adern. Ihr Atem fließt flach.

„Zieh dich aus."

Die Luft im kleinen Wohnraum ist warm. Ein einziger LED-Spot wirft weiches Licht auf die Bettfläche. Langsam zieht sie das Top über den Kopf. Sie trägt keinen BH. Er steht da, betrachtet sie. Sein Brustkorb hebt und senkt sich rasch. Sie legt den Kopf ein wenig in den Nacken, richtet sich auf. Sein Blick jagt ihr Schauer über den Rücken.

„Leg dich hin."

Sie öffnet den Knopf ihrer Hose, legt sie sich bäuchlings auf das Bett. Sein Blick brennt auf ihrer Haut. Sie spürt, wie er sich auf sie setzt. Der Verschluss der Ölflasche klickt. Schmatzend verreibt er Öl zwischen seinen Händen. Warm legen sie sich auf ihre Schultern. Eine schwere Süße breitet sich in der Luft aus. Er massiert mit Druck, knetet die harten Muskeln.

„Au!"

„Sag mir, wenn's zu sehr schmerzt."

Sie gibt ein grunzendes Geräusch von sich. Er streicht über ihren Rücken, bis sich die Haut heiß anfühlt. Dann werden seine Berührungen sanfter. Sein Zeigefinger streicht auf ihrer Wirbelsäule entlang. Seine Finger fassen den Saum der Shorts, ziehen sie ein Stück herunter. Ein wohliger Seufzer entweicht seinen Lippen. Er nimmt mehr Öl, klatscht es auf die Pobacken, verreibt es. Seine Bewegungen werden schneller, heftiger. Ihr Körper brennt.

Tabea spürt, dass Bill aufsteht. Sie hält den Atem an, horcht. Seine Hose fällt zu Boden, ihre Shorts folgen. Sanft spreizt er ihre Beine. Mit den Händen streichelt er die Innenseiten der Oberschenkel. Sie stöhnt auf. Ein Kribbeln erfasst sie, fließt von ihrem Bauch in die Fingerspitzen. Sie bewegt ihre Hüfte. Er legt sich, sie spürt ihn hart auf sich. Er reibt sich zwischen ihren Beinen. Sein Atem geht schwer.

„Du bist die heißeste Frau der Welt!" Sein Mund berührt ihr Ohr. Sie bewegt ihre Hüfte schneller. „Ich will dich!"

Sie stöhnt laut. „Nicht ohne Gummi."

Er atmet schneller, hält in der Bewegung inne. Aus dem Augenwinkel nimmt sie wahr, wie seine Hand die Ablage abtastet und nach einem Kondom greift. Tabea erkennt, dass es bereits ausgepackt ist.

„Du hast alles geplant." Beim Gedanken, dass er sich diesen Moment bis ins Detail vorgestellt haben muss, wird ihr schwindlig. Seine Hände graben sich unter ihren Oberkörper, umfassen ihre Brüste. Kräftig drückt er die Brustwarzen zusammen, sie schreit gedämpft auf. Eine Welle der Lust benebelt ihre Gedanken. Sie bewegt ihre Hüfte und spürt, wie seine Knie ihre Beine weiter auseinander drücken. Dann nimmt sie einen harten Druck auf ihre Schamlippen wahr. Als er in sie eindringt, breiten sich kleinste Explosionen in ihrem Unterleib aus, und sie verliert sich in seinen rhythmischen Stößen. Seine feuchte Brust klatscht auf ihre Schulterblätter. Sie spürt seine Zunge in ihrem Ohr, während er sich immer heftiger in ihr bewegt. Sein Schrei dröhnt in ihrem Kopf, zuckend klammert er sich an sie. Sie ringt nach Atem, hart wie Stahl liegen seine Arme um ihrem Körper, drücken ihren Brustkorb zusammen. Dann entlädt sich ihre Spannung in einem Orgasmus, der sich langsam über ihren Körper ausbreitet und sie die Nägel tief in seine Oberarme krallen lässt.

Als die Spannung von Bill abfällt, rollt sich Tabea zur Seite. Er rutscht auf die Matratze, seine Finger in ihre Brüste vergraben. Ihr Atem geht heftig, sie schließt die Augen. Tiefe Entspannung breitet sich in ihr aus. Sie legt ihre Hände auf seine und drückt sie an sich. Es fühlt sich gut an, gehalten zu werden. Nicht allein zu sein. Zufrieden schiebt sie ein Bein zwischen seine Knie.

8

Tabea blinzelt. Die Dunkelheit der Nacht ist gewichen. Ein silberner Schimmer drängt ins Wohnmobil. Sie atmet den süßen Geruch von Öl, Rasierwasser und Schweiß ein. Ihr Kopf liegt auf Bills Schulter, seine Haare berühren ihre Stirn.

Sie setzt sich auf. Seine Hand rutscht von ihrer Hüfte. Die Ölflasche steht offen auf der kleinen Ablage neben dem Bett.

Sie schluckt. Der schale Geschmack in ihrem Mund bleibt. Sie presst die Hände gegen den Magen, um die aufkommende Übelkeit zu unterdrücken. Wie konnte ihr das passieren? Ausgerechnet mit Bill? Leise zieht sie sich an.

„Du gehst?" Bill stützt den Oberkörper auf die Ellbogen. Seine Brustmuskeln zucken. In seinem Blick vermischen sich Bedauern und Verständnis. Sie nickt, lässt ihre Augen durchs Wohnmobil schweifen. Ein eigentümliches Gefühl von Wehmut umfängt sie. Verwirrt zieht sie die Tür hinter sich zu.

„Nein. Sie schläft noch. Ich werd's ihr ausrichten." Dennis' Stimme dringt gedämpft herein. Tabea reibt sich die Augen. Die Bilder der Nacht halten sie gefangen. Sie meint, Bills Atem zu spüren. Zum ersten Mal mischt sich Beklemmung in ihre Vorfreude auf Paolo. Beunruhigt nimmt sie sie zur Kenntnis. Sie ist zu verschlafen, um einen klaren Gedanken zu fassen.

Kaffeeduft steigt in ihre Nase. *Dennis.* Sie schält sich aus ihrer Decke, steht auf. Die Schmerzen im Nacken haben nachgelassen, sie spürt ein leichtes Ziehen. Sie spritzt sich Wasser ins Gesicht und lässt es über die Arme laufen. Ein angenehmes Schaudern erfasst sie.

Mit einem Honigbrot in der Hand tritt sie vor den Bus. Der Strand ist voller Menschen, die Luft riecht nach Sonnencreme. Am Horizont zieht ein Boot mit weißen Segeln vorbei. Dennis sitzt auf seinem Stuhl vor ihrem Fenster und hält ihr eine Tasse hin.

„Perfekt! Magst du auch ein Honigbrot? Guten Morgen übrigens." Schmatzend beißt sie ab. Honig tropft auf ihr Shirt.

Er lacht. „Ich hab' soeben zu Mittag gegessen. Es ist drei Uhr."

„Oh." Ungerührt lehnt sich Tabea an seinen Stuhl. Die Erinnerung an die Nacht verblasst.

„Was macht dein Bein?"

Sie stellt fest, dass die Rötung zurückgegangen ist. Die Wundränder liegen sauber nebeneinander. Vorsichtig drückt sie darauf. „Es scheint, Elsies Globuli haben gewirkt." Eine Möwe fliegt kreischend über ihre Köpfe hinweg.

„Heut' Abend gibt es ein Lagerfeuer am Strand", informiert Dennis.

Sie strahlt. „Schön! Ich liebe Lagerfeuer!" Unvermittelt fügt sie hinzu, einen Bissen Honigbrot im Mund: „Ich muss einkaufen. Ein Lagerfeuer ohne Würste ist kein richtiges Lagerfeuer."

Auf seinem Gesicht erscheint ein frohlockendes Grinsen. Seine runden Wangen sind gerötet.

„Du meinst Schweinsbratwürste? So richtig dicke, fette Schweinsbratwürste?" Sie nickt begeistert. „Solche hier?"

verschmitzt zieht er eine Packung Würste aus einem Beutel neben der Stuhllehne. Ihre Augen werden kugelrund.

„Wo hast du die denn her?" Sie verschluckt sich und hustet.

„Tja. Ich wollt' dich heut' Morgen abholen zum Einkaufen. Aber du warst nicht wachzukriegen. Da bin ich allein gefahren."

Sie zieht die Augenbrauen hoch. „Sind denn jetzt diese Würste für dich oder für mich?"

„Nein, die sind für mich." Blitzschnell lässt er sie in der Tasche verschwinden, bevor sie ihre Hand danach ausstrecken kann. „Aber diese hier sind für dich." Mit einer schwungvollen Bewegung zieht er eine zweite Packung aus der Tasche. Sie landet an Tabeas Stirn. „Hoppla, ,Sorry!" Erschrocken springt er auf.

„Na warte, du Wurstschmeißer!" Sie stopft sich das letzte Stück Brot in den Mund. Lachend schwingt sie ihre Würste durch die Luft und jagt hinter Dennis her, vorbei am Mann mit der Mähne. Aus den Augenwinkeln sieht sie, wie er sie anschaut. Er schiebt sich eine Locke aus der Stirn. Die Hände in den Taschen seiner weiten Hose, schlendert er zwischen den Büschen hindurch zum Strand.

Als die Sonne hinter dem Horizont verschwindet und sich der Strand geleert hat, ziehen die Bewohner der Busse und Wohnwagen durch die Büsche an den Rand des Strandes. Einige schleppen Getränke, andere balancieren Schüsseln und Teller vor sich her.

Dort, wo der große Platz endet und der Strand beginnt, nahe dem Pfad, der zur Hochebene hinaufführt, bieten fünf schulterhohe Steinkreise Schutz vor dem Wind. Im größten der Kreise lodert ein Feuer. Der Himmel färbt sich orange, dann rot. Einsame Wolken treiben auf den Horizont zu. Tanzende Rauchschwaden verbreiten den Duft nach verbranntem Holz.

Tabea blickt sich um. Die meisten der Männer und Frauen kennt sie nicht. Es sind Menschen unterschiedlichen Alters. Ein Pärchen mit einem Baby, eine Familie mit zwei kleinen Jungen, ein Mann mit Gitarre, eine Gruppe Hippies, dazwischen Linda mit Luna auf dem Arm. Offenbar geht es dem Mädchen wieder besser. Von den Besitzern der eleganten Wohnmobile sieht sie keinen. Auch Bill fehlt.

Sie stellt eine Schüssel mit Gurkensalat in eine Nische in der Mauer des großen Kreises und setzt sich in den Sand. Stimmengewirr dringt an ihr Ohr. Die Klänge unterschiedlicher Sprachen treffen aufeinander. Viel Deutsch, Englisch, ein wenig Portugiesisch, Spanisch. Sie lächelt. So fühlt sie sich wohl, umgeben von Menschen, die genauso freiheitsliebend sind wie sie selbst. Ein hagerer, hochgewachsener Mann mit Rastaturban wirft ein Holzscheit ins Feuer, weißer Rauch wirbelt auf. Der Wind trägt ihn zu Tabea, beißend treibt er ihr Tränen in die Augen. Sie verbirgt den Kopf hinter den Knien. Als wieder klare Luft ihre Lungen füllt, richtet sie sich auf. Der Wind hat gedreht.

„Hallo." Dennis lehnt seinen Klappstuhl an die Steinmauer und legt ihr die Hand auf die Schulter. „Deine Würstchen kommen!"

Die Dämmerung senkt sich auf die Bucht. Die Konturen der umliegenden Hügel beginnen zu verschwimmen, der Schimmer auf dem Meer verblasst.

Dennis drückt Tabea einen langen, spitzen Stock in die Hand. „Hier, für deine Wurst. Halt still." Er spießt die Wurst auf, dann positioniert er seinen Stuhl in perfekter Distanz zum Feuer. Sie setzt sich neben ihn auf den Boden und hält ihre Wurst über die Glut. Ein verkohltes Gitter hängt eingeklemmt zwischen Steinen, darauf liegen Fleischstücke und halbierte Paprika.

Der Geruch nach Knoblauch dringt in ihre Nase, sie wendet den Kopf. Einige Meter neben ihr sitzt ein Mann mit einem breitkrempigen Strohhut. Auf den Knien hält er eine Schüssel, aus der er eine helle Paste löffelt.

Als er ihren Blick bemerkt, hält er ihr die volle Gabel hin. „Tsatsiki. Magst du?"

Sie lacht auf. „Nein danke! Guten Appetit!"

„Danke", raunt er und schiebt sich die Gabel in den Mund.

Tabea begutachtet ihre Wurst. „Perfekt!" Sie hält sie Dennis unter die Nase. „Deine auch?" fragt sie neckisch.

„Aber klar doch!"

Samt Klappstuhl ziehen sie sich zur Steinmauer zurück. Sie hält ihm die Salatschüssel hin. „Magst du Gurkensalat?"

„Danke, gern. Lust auf ein Bier?" Ohne ihre Antwort abzuwarten, reicht ihr eine Flasche. Sie sucht eine scharfe Kante in der Steinmauer, legt den Deckel der Flasche daran und zieht die Flasche einem kräftigen Ruck nach unten. Der Deckel fliegt in den Sand. Sie führt die Flasche zum Mund und lässt das kühle Bier durch die Kehle hinabprickeln.

Tabea lehnt sich mit dem Rücken an die Mauer und beißt in die Wurst. Die Haut platzt knackend auf, ihre Zähne graben sich ins Fleisch. Hastig schiebt sie die heißen Wurststücke mit der Zunge hin und her in der Hoffnung, dass sie dadurch schneller abkühlen. Ihre Zungenspitze brennt, dann fühlt sie sich taub an. Sie schluckt, greift zur Bierflasche und löscht den Brand in ihrem Mund.

„Heiß?" Dennis hat sie beobachtet und grinst unverhohlen.

„Nein. Woher auch?". Sie widmet sich dem Gurkensalat, den Stock mit der angebissenen Wurst zwischen ihre Knie geklemmt.

„Warum bist du allein unterwegs?" Sein Blick ruht auf ihrem Gesicht.

„Das hast du mich schon mal gefragt."

„Ja. Aber du hast mir keine richtige Antwort gegeben. Dein Freund muss arbeiten, okay. Aber warum reist du durch die Welt, wenn du einen Freund hast, der nicht mitkommen kann? Warum bleibst du nicht bei ihm und arbeitest auch?"

Sie kann die vielen Fragezeichen in seinem Gesicht förmlich sehen. Seine Nase wirft eine langen Schatten auf seine Wange.

Tabea zieht mit dem Fuß Kreise in den Sand. Sie sieht ihre gemeinsame Wohnung in München vor sich. Die Probebühne, das Theater. Paolos Gesicht. Die stechenden Augen, die irgendwie nicht mehr so bedrohlich wirken.

„Ich hab' Germanistik studiert und viele Jahre lang in einem Marketingbüro gearbeitet. Hab' Werbeslogans entworfen. Paolo ist Schauspieler. Er liebt seine Arbeit, findet darin volle Befriedigung. Ich hab' ihn unterstützt, mit seinen Rollen, dem Auswendiglernen." Sie zögert. Unruhe erfasst sie. Sie beißt in die Wurst, kaut. Paolo ist plötzlich so nah. Es kommt ihr vor, als würde er gleich in den Steinkreis treten. Sie schluckt die zerkaute Wurst hinunter und starrt ins Feuer, das wieder hell lodert. „Ich weiß nicht recht. Irgendwann drehte sich alles nur noch um Paolo, um seine Rollen. Es war mir zu eng. Zudem macht mir das Marketing zwar Spaß, aber es füllt mich nicht aus. Ich sehn' mich nach einer Arbeit, die mich erfüllt. Mit der ich wirklich leben kann."

Dennis unterbricht ihr nachdenkliches Schweigen. „Wollt ihr keine Kinder?"

Sie zuckt zusammen. „Paolo schon. Ich nicht."

Sein überraschter Blick trifft sie. Er öffnet den Mund, schließt ihn wieder. Seine Augen bleiben am dunklen Honigklecks auf ihrem Shirt hängen.

„Ich eigne mich nicht als Mutter." Sie trinkt einen Schluck, stellt die Flasche neben sich auf die Mauer. Er runzelt verständnislos die Stirn. Sie zuckt die Schultern. „Nur, weil ich eine Frau bin, muss ich doch nicht auch Mutter werden. Ich interessier' mich nicht für Kinder. Warum soll ich einen Job ausüben, für den ich nicht tauge? Es gibt genügend Frauen, die das ausgezeichnet machen."

Er interveniert heftig. „Ich glaube, dass Schwangerschaft und Geburt und das Elternsein an sich Ereignisse oder Prozesse sind, die einen Menschen verändern. Du kannst doch jetzt gar nicht wissen, ob du dich in der Funktion als Mutter nicht wohlfühlen würdest." Im Schein des Feuers erkennt sie rote Flecken auf seinen Wangen. Er knetet seine Finger.

Sie löffelt Gurkensalat. „Das stimmt schon", stimmt sie ihm mit vollem Mund zu. „Nur: Ausprobieren kann ich das nicht. Ich kann das Kind nicht zurückgeben, wenn ich merk': Hoppla, das war nichts!"

„Nein. Aber genau diese Ausweglosigkeit ist eine große Chance zum Reifen. Wenn du nicht einfach alles hinschmeißen kannst, sondern dich durchbeißen und Lösungen suchen musst."

Tabea ergreift die Flasche, nimmt einen Schluck Bier. Der Alkohol rauscht durch ihren Körper. Dennis' Leidenschaft, die plötzlich aus seinem ganzen Wesen spricht, verblüfft sie. Sie denkt über seine Worte nach.

„Ausweglosigkeit ist eine Chance zum Reifen, einverstanden. Aber sie birgt auch ein hohes Risiko zu Scheitern. Reifen kann ich auch in der Begegnung mit erwachsenen Menschen, und erst noch mit weniger Risiko."

„Schon." Ungeduldig stellt er seine Bierflasche auf den Boden, nimmt die Häkelmütze vom Kopf. „Aber da kannst du jederzeit gehn, wenn's dir nicht mehr passt. Und verpasst dabei vielleicht den größten Schritt in der Reifung." Rasch dreht er die Mütze zwischen den Fingern.

Ihr der Kopf schwirrt. „'tschuldige, Dennis, ich muss mal austreten." Mit der Bierflasche in der Hand klettert sie über die Mauer.

Diese Diskussion ist nichts für sie. Sie hat sie mit Paolo immer wieder geführt mit dem Ergebnis, dass sie sich am Ende jedes Mal beide verbissen und desillusioniert angestarrt haben. In dieser Frage würden sie sich nie einig werden.

Tabea füllt ihre Lunge mit der kühlen Abendluft. Die schwarze Nacht hat den Strand erobert, flackernde Schatten tanzen über die Menschen. Der Mond steht als schmale Sichel über dem Hügel.

Sie denkt an Paolo. Morgen Abend wird er hier sein. Sie fühlt sich unwohl bei dem Gedanken. Die Bucht hier hat eine Geschichte bekommen. Sie ist nicht mehr einfach nur wunderschön, sondern sie lebt. Sie erzählt von den vergangenen Tagen. Von Menschen. Von Erlebnissen. Von Gefühlen. Es sind ihre persönlichen Geschichten, die sie berührt und vielleicht auch ein wenig verändert haben. Und seltsamerweise widerstrebt es ihr, sie mit Paolo zu teilen.

„Holà chica!"

Sie schreckt aus ihren Gedanken auf. Sie hat den Mann nicht bemerkt, der hinter sie getreten ist. Eine Alkoholfahne schlägt ihr ins Gesicht, als er seinen Kopf an ihren Hals drückt. Angewidert dreht sie den Kopf zur Seite.

„Quieres acostarte conmigo?" Kräftige Hände umfassen ihre Hüfte, drücken sie an seinen Unterleib.

„Lass mich los, du Arschloch! Lass mich los!" Tabea schreit, so laut sie kann, windet sich und schlägt dem Mann die Bierflasche an den Kopf. Bier läuft über ihre Hand. Er taumelt, versucht sich an ihr festzuhalten, dann stürzt er ins Gebüsch.

„Tabea! Brauchst du Hilfe?" Bill steht neben ihr und blickt sich um. Wenige Meter entfernt taucht Dennis aus der Dunkelheit auf. Er bleibt stehen. Hinter ihm erblickt sie den Mann mit der Mähne.

„Was ist passiert? Du bist blass." Bill packt sie an den Schultern und schüttelt sie leicht.

„Irgendein Arschloch hat sich an mir vergriffen." Sie zittert. Ihr Herz klopft bis zum Hals, ihre Hände sind eiskalt.

„Wo ist er?" Bill ballt die Fäuste. Sie zeigt auf das Gebüsch, aus dem leises Stöhnen dringt.

„Dort irgendwo. Ich hab' ihm die Bierflasche an den Schädel gehauen." Sie spürt seinen bewundernden Blick.

„Komm, du frierst." Er zieht seinen Pullover aus und reicht ihn ihr.

„Ich frier' nicht. Das ist der Schreck."

Sie wehrt sich nicht, als er ihn über ihren Rücken legt. Er führt sie auf den Strand, den Arm fest um ihre Schulter gedrückt. Tabea blickt zurück. Dennis und der Mann mit der Mähne sind verschwunden.

Sie laufen durch den Sand, bis sie aufhört zu zittern. Das gleichmäßige Rauschen der Wellen wird lauter. Das Meer glitzert silbern. Bill bleibt stehen und schaut sie an.

„Was hat er dir getan?" Seine Augen glänzen.

Sie schüttelt den Kopf. „Nicht viel. Er hat mich von hinten gepackt und sich an mich gedrückt. Allerdings war ich froh um die Bierflasche. Er war betrunken, aber er hatte Kraft." Ein Schauer jagt über ihren Rücken.

Er nimmt ihre Hand, drückt sie fest.

„Es war schön, gestern Nacht." Seine Stimme klingt weich. „Danke. Für diese Nacht. Und für dein Vertrauen." Er klingt ernst.

„Ich möchte dir danken. Dafür, dass du mich gezwungen hast, mein Abgasrohr selbst zu schweißen." Sie lächelt. Seine Stirnfalte liegt dunkel im schwachen Mondlicht. Sie zieht sie mit dem Zeigefinger nach.

„Kennst du dich mit dem Motor aus? Willst du nicht noch lernen, wie man einen Motor zusammenbaut?" Bittend blickt er sie an. Sie legt die Arme um seine Taille, drückt den Kopf an seinen Hals. Bartstoppeln berühren ihre Stirn. Er hält sie fest. Für einen Moment der Ewigkeit gehören sie zusammen.

„Pass auf dich auf." Seine Lippen streifen ihre Wange. Dann verschluckt ihn die Dunkelheit.

Vom Lagerfeuer her dringen Trommelschläge an Tabeas Ohr. Sie verharrt reglos, lauscht auf Bills knirschende Schritte, die sich langsam entfernen. Als sie verklungen sind, stapft sie über den Strand, die Bierflasche fest im Griff.

Der Kreis der Menschen ist kleiner geworden. Grüppchen haben sich aufgelöst, Männer und Frauen sitzen nebeneinander ums Feuer. Tabea setzt sich dazwischen. Der graue Hund schnüffelt herum auf der Suche nach Essensresten. Elsie hockt auf einem Stein, die Konga zwischen den Beinen. Ein junger Mann zupft auf einer Gitarre Harmonien zu ihren Rhythmen.

Neben dem Feuer steht ein großer Kessel. Jemand schöpft eine Flüssigkeit in Pappbecher und reicht sie in die Runde. Sangría. Tabea mag die spanisch-portugiesische Bowle. Der süße Duft nach Orange, Zitrone und Rotwein vermischt sich mit dem Geruch von Haschisch. Eine dünne Zigarillo macht die Runde ums Feuer. Tabea gibt sie weiter. Sie raucht nicht.

Im flackernden Feuerschein erkennt sie Dennis. Seine Augen blicken unbeweglich in die Flammen. Neben ihm sitzt der Mann mit der Mähne. Schatten tanzen auf ihren Gesichtern. Fasziniert beobachtet sie den rasch wechselnden Ausdruck.

Nach der zweiten Runde Sangría legt sie sich auf den Rücken, verschränkt die Hände hinter dem Kopf. Ihr ist wohlig warm. Ihr Blick schweift über den Himmel, an dem Millionen Sterne leuchten. Glücklich schließt sie die Augen.

Sie erwacht von einer Berührung auf ihrer Brustwarze. Ein Strom durchzuckt sie heftig bis in die Zehenspitzen. Sie blinzelt und erkennt Dennis. Er kauert neben ihr. Sein Zeigefinger zieht Kreise über ihre Brust, immer größere, dann kleinere, die auf der Brustwarze innehalten.

Tabea stützt den Oberkörper auf den Ellbogen ab. Das Feuer brennt noch. Gegenüber lehnt der Mann mit der Mähne an Elsies Konga. Sonst ist niemand zu sehen. Sie spürt die Wärme des Feuers auf ihrem Gesicht. Ihr Körper kribbelt, aus ihrem Bauch heraus überrollt sie heiße Lust. Sie zieht ihr Shirt über den Kopf. Die weiße Haut ihrer Brüste schimmert im rötlichen Lichtschein. Langsam lässt sie sich auf den Boden zurücksinken.

Sofort spürt sie Dennis' Finger wieder an ihrer Brust. Als er ihre Brustwarze berührt, entfährt ihr ein wohliges Brummen. Sein T-Shirt berührt ihren Bauch. Die zweite Hand legt sich auf ihren Oberschenkel. Sanft streichelt sie die zarte Haut hinauf bis zu den Shorts. Geschickte Finger öffnen den Knopf. Eine Hand gleitet von oben in die Hose hinein. Dennis seufzt auf, als er sie zwischen den Beinen berührt. Tabea stemmt die Hüfte ein wenig in die Höhe und er zieht die Shorts aus. Sie hält den Atem an.

Nackt liegt sie vor dem Lagerfeuer im Sand. Ein Windstoß fährt über ihre Haut, lässt ihren Körper erzittern. Die feinen Härchen stellen sich auf. Sie spürt keinerlei Berührung mehr.

Liegt nur da. Blicke gleiten über ihren nackten Körper, nehmen ihn auf, verzehren ihn. Sie spürt sie, als ob sie Hände wären. Feuchtigkeit dringt zwischen ihre Beine. Die Luft knistert, riecht nach verbranntem Holz und Salz.

Sie hört Dennis leise keuchen, als er ihre Beine spreizt. Seine Finger fahren an den Innenseiten der Oberschenkel hinauf, berühren kurz die Schamlippen. Tabea zuckt zusammen. Seine Fingerkuppen kehren zu den Knien zurück, um sich erneut auf den Weg zu machen. Jede Faser ihres Körpers vibriert. Als die Finger das nächste Mal bei den Schamlippen ankommen, schiebt sie sich ihnen entgegen. Ihre Hände krallen sich in den weichen Sandboden, kleine Steinchen kratzen an ihren Nägeln. Seine Finger kreisen in ihr, lösen kleine und kleinste Erschütterungen in ihrem Innern aus. Die Spannung wird unerträglich. Tabea schreit auf, zuckt zusammen. Eine Welle der Erregung reißt ihren Oberkörper in die Höhe, wirft ihn zurück, ihr Hinterkopf schlägt auf dem Boden auf. Ein dumpfer Schmerz rast durch ihre Stirn. Sie keucht, windet sich und drückt die Beine fest zusammen.

Dennis richtet sich auf, lässt seine Hand auf ihr ruhen. Helle Sternchen flimmern vor ihren Augen, sie wartet, bis ihr Atem ruhiger fließt.

Sie öffnet die Augen. Unmittelbar neben ihr steht der Mann mit der Mähne. Er ist nackt. In seinen Augen brennt ein eigentümliches Flackern.

Tabea zuckt zusammen. Ihre Augen wollen Dennis suchen, aber der Blick des Mannes mit der Mähne hält sie fest. Pure Lust dringt aus seinem Gesicht und erfasst sie. Ihre Muskeln beginnen erneut zu vibrieren, und noch bevor er sich neben sie niederkniet und seine Hände sie mit vollendeter Zärtlichkeit liebkosen, stöhnt sie erregt auf. Dann spürt sie seine Küsse in ihrer Armbeuge, und seine Locken streichen kitzelnd über die erhitzte Haut. In Zeitlupentempo streichen seine Hände über ihren Bauch, so sanft, dass sich die Haut zum Zerreißen spannt.

Tabea hält den Atem an und starrt auf die Mähne, die sich über sie beugt und den Blick auf den Sternenhimmel verdeckt. Die Fingerkuppen ziehen Kreise, wandern über die Hüftknochen, kehren zurück zum Bauchnabel, wo sie verharren. Sie schiebt ihre Hand zwischen seine Beine und umfasst seine pralle Männlichkeit. Langsam reibt sie die heiße Haut.

Der Mann mit der Mähne erstarrt. Seine Hände liegen auf ihrer Brust. Sein Atem geht rasch, leises Keuchen vermischt sich mit dem Knistern des Feuers. Unentwegt bewegt Tabea ihre Hand zwischen seinen Beinen. Ihre Augen suchen Dennis. Mit gespreizten Beinen sitzt er neben ihr, seine Hände sind unter dem Saum seiner weiten Pluderhose verschwunden.

Plötzlich bäumt sich der Mann mit der Mähne auf. Er packt ihren rechten Oberarm. Bevor sie versteht, was geschieht, spürt sie sein ganzes Gewicht auf sich. Sein Mund ist über ihrem Gesicht, seine Augen brennen vor unkontrollierbarem Verlangen. Er drückt seine Lippen mit solcher Wucht auf ihre, dass sie unterdrückt aufstöhnt. Seine Zunge schiebt ihre Zähne auseinander. Der bittere Geschmack von Tabak erfüllt ihren Mund. Sie dreht den Kopf heftig zur Seite. Sie erblickt Dennis vor sich kniend, die Hose ein wenig hinuntergeschoben, beide Hände zwischen den Beinen, mit hochrotem Kopf. Die Augäpfel scheinen aus den Höhlen zu quellen.

Der Mann mit der Mähne packt ihren Kopf, dreht ihn zu sich zurück. Haarsträhnen fallen auf ihr Gesicht. Seine Augen blicken unmenschlich, voller Lust und Schmerz. Panik kriecht in ihr hoch. Sie stemmt ihre Hände gegen seine Schultern, hält ihn wenige Zentimeter von sich fort.

„Ich hab' Angst." Ihre Worte sind nicht mehr als ein Flüstern.

Abrupt hält er inne. Seine Brust hebt und senkt sich rasch. Er starrt sie an, den Mund leicht geöffnet. Der Ausdruck in seinen Augen verändert sich. Wird weich. Er lässt den Kopf auf ihre Schulter sinken, vergräbt das Gesicht in ihrem Hals.

„Das will ich nicht." Seine Worte klingen rau und dunkel.

Sie liegt reglos, die Hitze seines Körpers durchdringt sie. Ihre Beine sind leicht gespreizt, sie spürt ihn hart dazwischen. Ihr Atem geht flach, sein Gewicht presst ihren Brustkorb zusammen. Aus den Augenwinkeln sieht sie Dennis. Er kauert neben ihr, ebenso unbeweglich. Die Flammen werfen zuckende Schatten auf sein Gesicht. Schweißperlen glitzern auf seiner Stirn.

Vorsichtig legt Tabea ihre Hände auf den Rücken über sich. Mit den Fingern fährt sie über die Wirbelsäule, malt Sterne und Kreise. Die feuchte Haut unter ihren Händen zieht sich zusammen. Das Haar auf ihrem Gesicht riecht nach Rauch.

Ihre Hände streicheln über Beckenknochen, über weiche Pobacken. Der Körper auf ihr verharrt schweigend, scheint zu lauschen. Ihre Finger erzählen ihm von Zärtlichkeit, von Lust, von ihren Wünschen. Sie öffnet den Mund. Ihre Zunge fährt über die trockenen Lippen. Ihr Becken bewegt sich, fast unmerklich, dann immer stärker. Sie spürt seinen Schwanz an ihren Schamlippen, sie reibt sich an ihm, nimmt seine Schwellung wahr. Langsam spreizt sie die Beine.

Der Mann mit der Mähne hebt den Kopf und schüttelt ihn sanft. „Bleib so."

Sie runzelt die Stirn. *Warum? Was willst du?* Sie schweigt, presst die Beine wieder zusammen. Die Erregung nimmt ihr den Atem. Sie schließt die Augen, spürt zwischen ihren Beinen einen Reiz, der immer intensiver wird. Ein Ziehen breitet sich über ihre Wirbelsäule aus, ein langgezogenes Seufzen verfängt sich in der Mähne auf ihrem Gesicht. Der Körper auf ihr beginnt sich zu bewegen, sanft und rhythmisch. Sie antwortet, krallt die Hände in seinen Rücken, führt ihn.

Dennis kauert neben ihr, den Kopf weit hinab zu den Knien gezogen, die Hände im Schoß zusammengepresst. Das Beben, das durch seinen Körper fließt, erfasst Tabea und überträgt sich auf den Mann mit der Mähne. Sie stöhnt auf, reißt den Kopf in die Höhe, stößt sich an seiner Stirn, fällt zurück. Seine Hände ziehen heftig an ihren Haaren, er erzittert, atmet keuchend aus. Die Muskeln unter ihren Händen werden hart, er krümmt sich, ein unmenschliches Geräusch dringt aus der Tiefe seines Innern und verliert sich in der Stille der Nacht.

Langsam weicht die Spannung aus seinem Körper. Er lässt den Kopf auf ihre Schulter sinken. Zwischen seinen Haaren hindurch erblickt sie die Sterne. Kleine Wolken schieben sich über den Himmel.

Dennis` Augen sind geschlossen, er sitzt unbeweglich in gekrümmter Haltung im Sand. Tabea streckt ihre Hand aus, berührt seinen Arm. Er hebt den Kopf. Ein entrücktes Lächeln liegt in seinem Gesicht. Er lässt sich niedersinken, streckt sich neben ihr aus. Sie hält seinen Arm fest. Ein wohliger Schauer erfasst sie, und sie schließt seufzend die Augen.

9

Tabea erwacht. Ihr Rücken schmerzt, der rechte Arm ist eingeschlafen. Sie spürt ein Brennen zwischen den Beinen. Kalter Rauch haftet an den Haaren neben ihrem Gesicht, ein Bein liegt schwer über ihrem Oberschenkel. Kälte kriecht über ihre nackte Haut, die Härchen auf ihren Armen richten sich auf.

Sie öffnet die Augen. Verschwommen erkennt sie eine Möwe, die anmutig durch die Luft schwebt. Allmählich wird ihr Blick klarer. Sie wendet den Kopf. Das Feuer ist erloschen. Der Tag kündigt sich mit einem Silberstreifen über den Hügeln an.

Schritte knirschen. Elsie tritt in den Steinkreis. Sie nimmt ihre Konga, setzt sich auf die Mauer, zieht ihren Schal um die Schultern.

Dennis bewegt sich. Seine Hand liegt auf Tabeas Bauch. Vorsichtig zieht er sein Bein zwischen den anderen heraus, streicht eine braune Strähne aus ihrem Gesicht. Er steht auf und sucht seine Kleider. Ihre Augen folgen seinen Bewegungen. Elsie lächelt nachdenklich. Mit Klappstuhl und Konga verlassen sie gemeinsam den Strand. Tabea blickt ihnen nach.

Sie spürt warmen Atem an ihrem Hals. Widerspenstige Augenbrauen stehen in alle Richtungen ab. Eine schmale Nase steht über kurzen, hellen Bartstoppeln auf den Wangen. Sie streicht mit dem Zeigefinger über weiche Lippen.

Der Mann mit der Mähne öffnet lächelnd die Augen. Es sind seine Augen, die sie in den Bann ziehen. Grau und unergründlich ruhig. Sie verliert sich in seinem Blick. Seine Hand liegt zwischen ihren Beinen.

„Wer bist du?" Ihre Stimme klingt rau.

Er lässt sich mit der Antwort Zeit, scheint die Stille zu genießen, die sie umschließt.

„Hier nennen sie mich ‚den Maler‘. Mein Name ist Greg." In seiner Stimme liegt dieselbe Ruhe wie in seinem Blick.

„Greg?"

„Von Gregor." Er schiebt sich eine Haarsträhne aus der Stirn. Seine Nase ist klein, die Flügel beben fast unmerklich. Über der Oberlippe schimmert rechts ein ovaler Leberfleck. Eine kleine Grube spaltet das Kinn. Die Haut ist sonnengebräunt und glattrasiert.

„Für mich warst du der Mann mit der Mähne." Sie lächelt ernst. Aufmerksam studiert er ihr Gesicht.

Sie setzt sich auf. Er zieht seine Hand zurück. Sie sammelt ihre Kleider ein und läuft zum Meer. Das Wasser umspült ihre kalten Füße. Sie geht weiter ins Meer hinein, lässt es an ihre Unterschenkel und Knie klatschen. Mit den Händen formt sie eine Schale, fängt das salzige Nass auf, spritzt es sich auf den Bauch. Scharf zieht sie die Luft ein. Dann springt sie auf und stürzt sich kopfüber ins Wasser. Sie hält den Atem an, stößt die Luft gleich darauf prustend wieder aus. Mit kräftigen Zügen schwimmt sie sich wach. Nasse Haare kleben in ihrem Gesicht, sie streicht sie mit einer Hand zur Seite. Dicht vor sich nimmt sie einen großen Fisch wahr, der langsam an ihr vorbeizieht. Das goldene Schuppenkleid schimmert im Morgenlicht.

Hat sie geträumt, oder ist das alles tatsächlich passiert am Lagerfeuer? Sie ist sich nicht sicher. Die Kälte klärt ihren trägen Geist. Sie fährt mit der Zunge über die Lippen, die sich geschwollen anfühlen. Plötzlich erinnert sie sich in aller Deutlichkeit an den schmerzhaften Kuss, mit dem der Mann mit der Mähne in sie eingedrungen ist. An den unmenschlichen Ausdruck in seinen Augen, als er mit seinem ganzen Gewicht auf ihr gelegen ist. Ein Schauer jagt über ihren Rücken. Greg, der Mann mit der Mähne. Ihr Herz klopft rascher.

Sie dreht sich auf den Rücken, lässt sich von den kleinen Wellen treiben. Ihre Gedanken schweifen zu Dennis. Er hat gesagt, er wolle keinen Sex. Aber wieder ist er es gewesen, der den ersten Schritt gemacht hat. Wie er nun damit umgehen wird? Ob er wieder verschwindet wie vor einigen Tagen?

Ein beklemmendes Gefühl drückt in ihrem Magen, sie dreht sich um. Sie taucht, sieht den mit dunklen Steinen durchsetzten Sandboden unter sich vorbeiziehen. Ein scharfes Brennen fährt durch ihre Augen und die Wangenknochen. Geläutert taucht sie auf. Das dumpfe Gefühl verstärkt sich, wie ein unverdauter Teigklumpen wiegt es schwer im Magen. Sie ist unschlüssig, ob sie ihr eigenes Verhalten in der vergangenen Nacht befürworten oder ablehnen soll. Sie hat sich verführen lassen, gleich mehrmals, unersättlich. Oder ist sie es selbst gewesen, die verführt hat? Die Erinnerung entzieht sich ihr, verschwimmt, als sie danach zu greifen versucht.

Eine Möwe sticht unmittelbar vor ihr ins Wasser und taucht gleich darauf wieder auf, einen zappelnden Fisch im langen Schnabel. Tabea erschrickt, schluckt Wasser. Salzgeschmack frisst sich in Mund und Rachen, sie hustet. Unerträglicher Durst breitet sich aus. Sie schwimmt zurück zum Ufer.

Als sie zur Feuerstelle zurückkehrt, sitzt Greg auf der Mauer. Aus dem Ausschnitt seines weiten Hemdes lugen vereinzelte blonde Härchen hervor. Sie bleibt vor ihm stehen. Der Wind fährt durch ihre nassen Haare.

„Ich bin Tabea."

Er lächelt. „Ich weiß." Sein Ausdruck wird wieder ernst. „Der Mann mit der Mähne." Nachdenklich formt er die Worte in seinem Mund. „Warum hast du mich nie angesprochen? Hab' ich dir Angst gemacht?" Forschend blickt er in ihre Augen.

Sie zögert. „Am Anfang nicht. Aber dann hab' ich das Gefühl bekommen, dass du mich beobachtest. Das hat mir Angst gemacht." Sie zögert erneut. Dann blickt sie ihm fest in die Augen. „Was hast du mit mir gemacht, als ich vor deinem Bus eingeschlafen bin?"

Ruhig hält er ihrem Blick stand. Eine Fliege klettert über seine Wange. Behutsam scheucht er sie weg. „Die Sonne brannte auf die Stelle, auf der du gelegen bist. Ich hab' dich in den Schatten gezogen und deine Wunde am Unterschenkel ausgewaschen. Mit Dennis zusammen hab' ich sie desinfiziert, und wir haben dich in deinen Bus getragen." Greg lehnt sich zurück.

„Das war alles?" Ungläubig schüttelt Tabea den Kopf. Erleichterung macht sich in ihr breit.

„Ja. Was hast du gedacht?" Seine Frage klingt so ernst wie der Blick in seinen Augen. Er beugt sich nach vorne, stützt die Hände auf den Knien ab. Eine steile Falte steht zwischen seinen Augen.

„Ich möchte mich bei dir entschuldigen. Ich wollte dich nicht ängstigen."

„Warum hast du mich beobachtet?" Die Frage brennt ihr auf der Zunge, zusammen mit dem Salzgeschmack. Sie stemmt die Hände auf die Mauer und setzt sich neben Greg.

„Ich bin Maler. Meine Bilder werden am besten, wenn ich die Menschen nicht kenne, die ich male. Dann bekommt die Hand nur Informationen vom Aug und nicht vom Verstand oder von der Phantasie." Er holt aus, wirft den Stein vor sich in den Sand. „Dich mit meinen Augen in deinem Alltag begleiten zu können, war ein großes Geschenk für mich." Das warme Lächeln, das unvermittelt auf seinem Gesicht erscheint, fasziniert sie.

„Zeigst du mir die Bilder?"

Er nickt langsam. „Komm."

Als sie auf dem großen Platz ankommen, ist Dennis' Bus fort. Tabea schluckt. Ihr bleibt keine Zeit, um darüber nachzudenken. Greg öffnet die Tür des bunten Busses. Stickige Luft schlägt ihr entgegen, es riecht nach muffiger Wäsche und Räucherstäbchen. Greg schiebt einen leeren Weinkarton zur Seite. Vorsichtig steigt Tabea ins Halbdunkel. Sie schaut sich um.

Der Beifahrersitz ist ausgebaut, über der Fahrerlehne hängen Kleider. Im Waschbecken steht Geschirr. Die Wände sind mit schwarzen Netzen überzogen, darin hängen und stecken Postkarten, Kochlöffel, Schraubenzieher, Bücher. Auf einem kleinen Klapptisch liegt sauber zusammengeschoben ein Stapel Papier. Greg reicht ihr die Blätter.

Sie setzt sich aufs Bett und zieht die Beine auf die Matratze. Ergriffen legt sie Blatt für Blatt zur Seite. Die Kohlestriche sind sorgfältig gesetzt, deuten die Szenen nur an, lassen Raum für eigene Gedanken. Dennoch erkennt sich Tabea auf jedem Bild wieder. Greg hat ihre Bewegungen, ihre Körperhaltung minuziös eingefangen. Sie sieht sich im Sand liegend, auf dem Autodach, auf Dennis' Motorroller, unter dem Bus, mit einer Kaffeetasse in der Hand, im Streit mit Bill, über die Felsen kletternd. Die Bilder besitzen die Kraft, die Vergangenheit aufleben zu lassen.

Tabea sitzt schweigend. Die Intensität der Erinnerung raubt ihr den Atem. Als sie Greg die Blätter zurückgibt, zittern ihre Hände. Ihre Augen begegnen sich.

„Woher kennst du mich so gut?" Ihre Stimme ist belegt, sie räuspert sich. Mit der Zunge fährt sie über die spröden Lippen.

Greg schüttelt den Kopf. „Ich kenne dich nicht. Ich hab' nur gemalt, was ich gesehen hab'."

„Die Bilder sind wunderschön." Die Stille im Bus schmerzt in den Ohren. Ihr Mund ist trocken.

Leise sagt Greg: „Es tut mir leid wegen gestern Nacht." Überrascht blickt sie ihn an. „Was?"

Er dreht eine Haarsträhne zwischen den Fingern, lässt sie los, dreht sie erneut.

„Ich wollt' dich mit den Augen berühren, nicht mit den Händen." Sein Blick ist auf die Zeichnungen gerichtet.

„Und warum hast du's getan?" Seine Worte verwirren sie.

Er lehnt sich an den Fahrersitz, kneift die Augen zusammen. „Dein Körper hat danach geschrien. Und ich konnte nicht widerstehen. Das tut mir leid." Sein Blick streift sie.

Mit den Fingern umfasst sie ihren rechten Daumen, drückt auf den Nagel. Sie senkt ihren Blick, starrt durch die Zeichnungen hindurch. Kleine Falten bilden sich auf ihrer Stirn. Langsam schüttelt sie den Kopf. „Ich hab' nicht die Absicht gehabt, dich zu verführen. Dich nicht und Dennis auch nicht. Es - es waren das Feuer, der Sangría, die Nacht, die Stimmung. Ich hab' mich gefühlt, als ob mich eine gewaltige Energie überrollte, die ich nicht kontrollieren konnte." Sie schluckt. Schweißperlen bilden sich auf ihrer Stirn.

Greg nickt nachdenklich. Seine blonde Mähne ist zerzaust, das schwarze T-Shirt hängt zerknittert über seinem Oberkörper. Er geht zum Waschbecken, spült zwei Gläser ab. „Wasser?"

„Ja, gern." Das Wasser, das durch ihre Kehle rinnt, klärt ein wenig ihre Gedanken. Ihr Magen krampft sich zusammen. Tabea steht auf. Ihr Blick streift Greg, sie zögert. „In sechs Stunden hol' ich meinen Freund am Flughafen ab. Ich hab' Angst davor."

Aufmerksam mustert er sie. „Warum?"

Sie sucht nach Worten. „Es fühlt sich an..." Hastig streicht sie sich eine Strähne aus dem Gesicht und räuspert sich. „Es fühlt sich an, als ob ihr auf meinen Körper geschrieben hättet. Die Haut erzählt von euren Berührungen, von unsrem Feuer, von meinen Emotionen." Sie schweigt. Greg wartet schweigend. „Ich will nicht, dass Paolo das liest", fährt sie leise fort. Sie hebt den Blick und forscht in Gregs Augen, die mit wachem Interesse auf ihr ruhen.

„Liebst du Paolo?" Seine klare Frage bringt eine Seite in ihr zum Klingen. Sie nickt ohne zu zögern. Er lächelt. „Dann wirst du einen Weg finden, damit umzugehen."

Sie füllt ihre Lungen mit Luft, bis sie schmerzen. Langsam lässt sie sie durch ihre halb geöffneten Lippen wieder entweichen.

„Ich weiß nicht, ob ich wiederkommen werde." Sie blickt in die unendliche Tiefe seiner Augen.

„Geh. Du wirst spüren, was gut für dich ist." Er erhebt sich und steigt aus dem Bus.

Tabea stapft zurück. Noch fünf Stunden. Es ist Mittag, der Strand füllt sich. Die Sonnenstrahlen wärmen den Sand, junge und alte Menschen räkeln sich darin.

In ihrem Körper wühlt Unruhe. Sie treibt ihr gleichzeitig den Schweiß auf die Stirn und lässt sie frösteln. Was wird passieren, wenn sie Paolo erblickt? Was wird sie empfinden? Wird sie in der Lage sein, sich auf ihn einzulassen? Wird er spüren, was sie erlebt hat? Sie zieht den Zündschlüssel aus der Küchenschublade und dreht ihn zwischen den Fingern.

10

Es ist, als ob Tabea in eine andere Welt eintaucht, als sie Paolo in der Menschenmenge erblickt. Es sind sein vertrauter Gang, sein gedrungener Körperbau, die ihr Gesicht erstrahlen lassen. Seine Augen leuchten auf, als er sie erblickt. Er lässt seine Tasche fallen. Wortlos umschlingen sie sich. Stehen reglos im wogenden Passagierstrom, der sich den Ausgängen des Flughafens zu wälzt. Sein Geruch betäubt ihre Sinne. Er vergräbt seinen Kopf in ihrem Hals. Sie verspürt keinerlei Erregung, nur ein tiefes, alles durchdringendes Glücksgefühl. Sie ist angekommen. In der Umarmung, die ihr vertraut ist. Bei dem Menschen, den sie liebt.

„Schön, dass du da bist." Zärtlich streichen ihre Finger über seine Stirn, seine Augenbrauen, die hängenden Augenlider, unter welchen sich die Wimpern verstecken, seine Wangen, die mit einem weichen Vollbart bedeckt sind, zupfen am omnipräsenten Schal, der Paolo überall hin begleitet. München ist weit weg. Vielleicht lässt sich ihre Partnerschaft ja doch leben? Zumindest, solange sie nicht nach Deutschland zurückkehrt. Sie zieht seinen Kopf näher, verschließt mit ihren Lippen seinen Mund.

„Du siehst gut aus!" Er legt den Kopf zurück, betrachtet lächelnd ihr Gesicht. „Entspannt. Die Reise scheint dir gut zu tun." Sie lächelt schweigend, bückt sich nach seiner Tasche. Sie spürt seinen Blick auf ihrem Rücken.

„Was möchtest du? Hast du Hunger? Möchtest du etwas trinken?" Tabea hält seine Hand, als sie über den Parkplatz zum Bus laufen.

Er bleibt stehen, zieht sie dicht an sich. „Ich will mit dir schlafen. Sofort", raunt er. Sie fährt mit den Fingern durch sein dichtes, schwarzes Kraushaar.

„Das lässt sich machen." Ihre Stimme klingt dunkel. Sie schält sich aus seiner Umarmung, ergreift seine Hand. Willig lässt er sich von ihr zu ihrem Bus ziehen.

Die ungezählten Momente gemeinsamer Berührung, eingespielter Bewegungen und vertrauter Reaktionen sind stärker als die Erinnerung an die erotischen Erlebnisse der letzten Tage. Sie lässt sich fallen.

Tabeas Herz klopft, als sie den Motor abstellt. In der Bucht hat sich kaum etwas verändert. Und doch fühlt es sich anders an als gestern, als sie aufgebrochen ist, um Paolo abzuholen.

Er steigt aus. „Wow!" Beeindruckt lässt er seinen Blick über Klippen, Strand und Meer schweifen. „Du hast dir einen schönen Platz ausgesucht!" Er küsst sie. Aus den Augenwinkeln nimmt sie Greg wahr. Er sitzt in einer Art rotbraunen Tunika mit weiten Ärmeln vor seinem Bus.

Sie weiß nicht, warum sie mit Paolo hergekommen ist. Es gibt viele schöne Plätze hier, sie hätte mit ihm in eine andere Bucht fahren können. Aber irgendetwas hat sie hierher zurückgeführt. Sie nimmt ihn an der Hand, zieht ihn zum Meer. Übermütig lässt sie ihre Flipflops im Sand liegen und stürmt aufs Wasser zu. Die Wellen umspülen ihre Beine. Sie wirft die Arme in die Luft. Paolo steht am Strand. Sein liebevoller Blick verfolgt ihre Bewegungen.

„Komm, lass uns was essen. Jetzt kann ich ja wieder kochen!" Sie wirbelt um Paolo herum, ergreift seine Hand und zieht ihn mit sich.

„Warum? War was mit deinem Herd?"

Sie legt den Kopf schief, grinst ihn an. „Das Gas war leer. Und mit dem abgebrochenen Abgasrohr konnte ich die Flasche nicht umtauschen."

Paolo lacht herzlich. „Typisch Tabea! Wie lange denn?"

Sie legt die Stirn in Falten. „Rund eine Woche."

„Du hast eine Woche lang auf Kaffee und warmes Essen verzichtet? Du Ärmste!" Sein Tonfall klingt neckisch.

„Nein. Dennis und Bill haben mich damit versorgt." Herausfordernd blinzelt sie in an.

„Du Luder!" Liebevoll knufft er sie in die Seite.

„Wie geht's dir?" Tabea wirft Paolo einen Blick von der Seite zu, während sie eine Gurke schält.

Er nickt. „Ganz ordentlich. Das Stück kommt endlich ins Rollen. Irgendwie hatten wir mit Peter Startschwierigkeiten. Die auch?" Er deutet auf eine Büchse Mais.

„Ja. Und sonst?" Prüfend ruhen ihre Augen auf seinem Gesicht.

„Was sonst? Wo ist der Büchsenöffner?" Er öffnet eine Schublade.

„Hier. Wie geht's dir abgesehen vom Stück?" Sie schneidet die Gurke in kleine Stücke, schiebt sie in eine Schüssel.

Sie spürt ein kurzes Zögern, bevor Paolo antwortet.

„Dave hat nach dir gefragt. Und Alfred." Langsam lässt er das Salzwasser aus der Maisdose ins Waschbecken laufen. Dann schüttet er den Mais zu den Gurken.

Tabeas Messer rutscht aus. „Autsch!" Aus einem glatten Schnitt quillt Blut. Rasch steckt sie den Zeigefinger in den Mund.

„Hast du dich geschnitten?" Er blickt ihr über die Schulter.

„Geht schon, nur ein kleiner Schnitt." Sie begutachtet ihren Finger. „Was hast du mit Alfred denn noch zu tun?" Angestrengt versucht sie, die Frage belanglos klingen zu lassen.

Er zuckt die Schultern. „Ach, der hat doch überall seine Finger drin." Er blickt sich um. „Sonst noch was?"

„Eine Paprika können wir noch reinschnippeln." Sie zieht eine rote Paprika aus der Kühlbox und schiebt sie ihm hin.

„Aber alles in allem läuft es gut." Er schneidet die Paprika längs entzwei, entfernt die Kerne.

„Besser als vorher?" Tabea steckt sich den Zeigefinger wieder in den Mund, lehnt sich an die Kochzeile. Auf dem Herd zischt der Kaffeekocher.

Paolo hält mit Schneiden inne. Er kneift die Augen zusammen. „Vielleicht stressfreier. Fokussierter."

Nachdenklich mischt sie den Salat. Paolo lehnt sich ans Waschbecken. Seine Augen suchen ihren Blick. „Wann kommst du zurück?"

Die Hoffnung in seinen Worten versetzt ihr einen Stich. Langsam schüttelt sie den Kopf, blickt auf. „Ich weiß es nicht. Hier fühl' ich mich frei."

Ein Schatten legt sich über sein Gesicht. Seine linke Augenbraue zuckt. Er legt seine Arme um ihre Taille.

Es klopft.

„Ja?"

„Hi, Tabea!"

Zwei Augenpaare wandern zur Tür. Bill schiebt seinen Kopf herein.

„Hallo, Bill. Das ist Paolo."

„Hi." Paolo grüßt, ohne sie loszulassen. Die Männer mustern sich gegenseitig.

„Magst du auch einen Kaffee?" Sie löst sich aus der Umarmung und holt drei Tassen aus dem Schrank.

„Gern."

Vor dem Bus stehen zwei Campingstühle. „Hier." Sie schiebt Bill einen Stuhl hin und setzt sich auf Paolos Schoß. Ein Wohnmobil fährt über den Platz, hinterlässt eine Staubwolke. Paolo hält sich hustend seinen Schal vor den Mund.

„Hält dein Abgasrohr?" Bill schaut Tabea fragend an.

Sie zuckt die Schultern. „Hab' noch nicht nachgesehen."

„Ah, dann bist du der Schweißer." Paolos Augen ruhen auf Bill.

„Ja." Bill nimmt einen Schluck Kaffee. „Bleibst du hier?" Seine Augen streifen den kleinen Mann mit den schwarzen Haaren.

„Leider nicht." Paolo seufzt. „Ich flieg' morgen wieder zurück. Obwohl ich grad überhaupt keine Lust dazu hab'." Er drückt Tabea an sich.

Bill dreht seine Tasse in den Händen. Er öffnet den Mund, schließt ihn wieder. Tabea spürt Unruhe in sich aufsteigen. Bill fixiert Paolo. „Und warum bleibst du dann nicht?" In seiner Stimme liegt ein Unterton, der Tabea aufhorchen lässt.

„Ich muss arbeiten."

Bills linker Fuß trommelt auf den Boden. Nach längerem Schweigen schüttelt er den Kopf. „Das versteh ich nicht. Du bist mit einer solchen Frau zusammen und bleibst nicht bei ihr. Ist dir deine Arbeit so wichtig?"

Paolos schwarze Augen blitzen auf. „Ich kann es mir leider nicht leisten, nicht zu arbeiten. So alt bin ich noch nicht."

Bill nimmt den Hieb gelassen hin. Er bleibt hartnäckig. „Was ist denn das Wichtigste im Leben? Geld oder der Mensch, den man liebt?" Seine Worte klingen in der Stille des Platzes nach.

Paolo spricht leise. „Ohne Geld geht's nicht." Seine Hand streicht über Tabeas Knie. Sie dreht unruhig ihre Tasse in den Händen. Der Kaffeegeschmack liegt ungewöhnlich bitter in ihrem Mund.

„Nein. Aber irgendwie kann man sich immer durchschlagen. Mit einem starken Partner an der Seite geht alles leichter."

„Schon. Aber bei aller Liebe hat doch jeder sein eignes Leben. Und das reduziert sich nicht nur auf den Partner. Ich liebe auch meine Arbeit."

Tabea steht auf. „Mag jemand Kekse?" Rasch schlüpft sie in den Bus.

In Bills Stimme liegt Nachdruck, als er sich nach vorne lehnt und zu Paolo sagt: „Du solltest Tabea nicht allein lassen. Das Leben im Bus ist nichts für eine Frau allein."

Tabea springt aus der Tür. „Bitte, Bill. Das ist meine Entscheidung. Keks?" Sie hält ihm die offene Dose hin.

Er schiebt ihre Hand zur Seite. „In einer Partnerschaft trägt jeder auch ein Stück Verantwortung für den anderen. Du solltest deine Verantwortung wahrnehmen." Seine Augen bohren sich in Paolos Hände, die sich um die Tasse krallen. Über Paolos Augen legt sich ein Schatten. Tabea spürt, dass er innerlich kocht.

Seine Stimme klingt schneidend. „Was willst du von mir? Du bist doch ganz froh, wenn ich wieder weg bin."

Bill steht auf. Herablassend meint er: „Einer muss sich ja um Tabea kümmern." Paolo stellt seine Tasse auf den Boden, ballt seine Hände zu Fäusten. Er atmet rasch und bemüht sich sichtlich um Fassung. Bill legt seinen Arm um Tabeas Taille. „Auch eine Frau hat ihre Bedürfnisse."

Bevor sein Blick in ihrem Ausschnitt landen kann, schallt das laute Klatschen einer Ohrfeige über den Platz. Scheppernd fällt die Dose mit den Keksen zu Boden.

Bill reibt sich die Wange.

„Hau ab, Bill. Lass uns in Ruhe. Das alles geht dich einen Scheißdreck an!" Tabeas Wangen glühen, Blitze schießen aus ihren Augen.

Bill stellt die Kaffeetasse auf den Boden. Er geht.

Mit zitternden Händen sammelt Tabea die Kekse auf und steigt in den Bus. Sie versucht zu verstehen, was Bill beabsichtigt hat. Dass er Paolo provozieren wollte, passt nicht zu ihm. Auch nicht, dass er den Macho raushängen wollte. Die Tassen klirren im Waschbecken. Paolo kommt herein und schließt sorgfältig die Tür. Er geht zum Tisch, macht kehrt. Läuft zu Tabea, wieder zurück zur Tür, lockert den Schal um seinem Hals. Die Spannung, die von ihm ausgeht, nimmt ihr den Atem.

„Ist er wenigstens gut im Bett?"

Sie erstarrt. Ihr Herzschlag klopft in ihren Ohren. Langsam lässt sie die Tasse ins Becken zurückgleiten. Wut kriecht in ihr hoch, schnürt ihre Kehle zu. Sie dreht sich um. Paolo lehnt am Tisch. Sein Atem geht ruhig, aber die Augen verraten seine Erregung.

„Das ist nicht fair. Du lässt dich von Bill provozieren und benützt mich als Ventil für deine Wut. Ich frag' dich auch nicht nach deinen Bettgenossinnen!"

Die lauten Worte tun ihr leid, noch bevor sie verklungen sind. Paolo schließt die Augen und stützt die Hände auf den Tisch. Tabea stürmt an ihm vorbei ins Freie. Eine Möwe fliegt erschrocken auf. Durch den Schleier ihrer Tränen sieht sie Greg vor seinem Bus. Sie hält auf die Klippen zu, rennt stolpernd zwischen Handtüchern, Sonnenschirmen und sonnenbadenden Touristen hindurch und verlangsamt ihren Schritt erst, nachdem sie die ersten Felsblöcke erklommen hat. Im Schutz eines hervorstehenden Steines stoppt sie ab, lehnt sich an den kühlen Fels.

Schweiß rinnt in kleinen Bächen über ihr Gesicht. Sie bemerkt, dass ihre Hände zu Fäusten geballt sind. Sie öffnet sie, fährt sich über die Augen. Das zischende Geräusch ihres Atems wird durch das Gurgeln des Wassers unter den Felsvorsprüngen unterbrochen. Der modrige Geruch nach Muscheln und Tang spendet ein wenig Trost. Ihr Kopf ist leer. Langsam lässt sie sich auf den Steinboden sinken. Sie schließt die Augen und spürt die Kühle in ihrem Rücken. Der linke Träger ihres Tops ist auf die Schulter gerutscht. Ihr Blut pulsiert in ihren Fingerspitzen.

Sie ist wütend auf Bill. So wütend, dass sich ihre Hände wieder zu Fäusten ballen. Ihre Nägel graben sich in die Handballen. Warum ist er gekommen? Wie konnte er sich das Recht herausnehmen, sich in ihre Beziehung einzumischen? Konnte er nicht einfach damit zufrieden sein, dass sie mit ihm geschlafen hat? Was nützt es ihm, dass Paolo nun davon weiß?

Tabeas Rücken beginnt zu schmerzen, die unregelmäßige Beschaffenheit des Felsens drückt in die Wirbelsäule. Sie rutscht ein wenig nach vorne, legt sich mit angewinkelten Beinen auf den Stein. Direkt über ihr wölbt sich eine dunkle Felsdecke, an der sich Feuchtigkeit sammelt. Sie beobachtet einen kleinen Tropfen, der langsam wächst und neben ihrer Schulter zu Boden fällt. Ihr Nacken schmerzt, sie versucht die Muskeln zu entspannen. Es gelingt ihr halbwegs. Erschöpfung breitet sich über ihren Körper aus. Die Gedanken, die noch immer durch ihren Kopf kreisen, werden langsamer. Sie schließt die Augen.

Als Tabea erwacht, dämmert es. Erschrocken setzt sie sich auf. Paolo! Ihre Auseinandersetzung kommt ihr plötzlich unsinnig vor. Paolo ist hier, nach vier Monaten Trennung sind sie wieder zusammen, und sie verschwenden ihre gemeinsame Zeit mit Streiten. Sie springt auf und sackt sogleich wieder in die Knie. Die Felsdecke ist so tief, dass sie sich den Kopf angeschlagen hat. Verärgert reibt sie über die schmerzende Schädeldecke.

Rasch, die Augen konzentriert auf die Felsblöcke gerichtet, kehrt sie zurück in die Bucht. Ihr Blick fixiert ihren Bus. Kein Licht dringt aus den Fenstern, die sie wie große, dunkle

Augen anstarren. Tabeas Herz beginnt zu rasen. Wo ist Paolo? Ist er wieder fortgegangen? Ihre Augen fliegen über den Platz, den die Dunkelheit langsam in sich aufnimmt. Aus Gregs Bus dringt ein schwacher Lichtschein. Sie hastet auf die Tür zu und schlägt die Knöchel ihrer Hand an das Blech, als ob ihr Leben davon abhängen würde. Greg öffnet.

„Ist Paolo bei dir?" Besorgnis schwingt in ihrer Stimme, ihr Blick drängt an ihm vorbei ins Innere des Busses. Greg tritt zur Seite.

Paolo sitzt auf dem Bett. Der gelbe Schein der kleinen Lampe fällt auf einen Stapel Blätter in seiner Hand. *Die Zeichnungen!* Vor Tabeas Augen beginnt sich der Bus zu drehen, ihre Beine fühlen sich plötzlich an, als wären sie aus Gummi. Sie schwankt, hält sich an der Lehne des Beifahrersitzes fest und lässt sich langsam auf ein zerknittertes T-Shirt nieder, das auf der Sitzfläche liegt. Greg hält ihr ein Glas Tee hin. Stumm nimmt sie es, trinkt. Der frische Geschmack von Zitronenmelisse belebt ihre Sinne. Sie hebt die Augen. Die Männer blicken sich an. Paolo steht auf.

„Danke, Greg." Er umarmt ihn. Greg erwidert den Druck.

An Tabea vorbei steigt Paolo Freie. Sie erhebt sich und steigt aus, ohne Greg anzusehen. Dunkelheit umfängt sie. Sie bemerkt, wie Paolo seinen Schal fester um den Hals zieht. Dann spürt sie seinen Atem in ihrem Nacken. Die feinen Härchen stellen sich auf. Er legt seinen Arm um ihre Schulter. Ein Zittern erfasst ihren Körper.

Langsam führt er sie über den Platz. Am Rande des Strandes lässt er sich auf einen Stein nieder. Der Mond steht schmal am Himmel, sein schwaches Licht lässt den verlassenen Strand gespenstisch wirken. Leise rauschen die Wellen in der Ferne. Sie setzt sich neben ihn in den kalten Sand.

Paolo räuspert sich. „Es tut mir leid, Tabea. Ich wollte dich nicht verletzen." Seine Stimme klingt laut in der Stille des Abends. „Ich hab' das Verlangen in Bill gespürt und konnte nicht damit umgehen." Sie spürt seinen Blick auf ihrem Rücken. Sie kauert auf dem Boden, zieht Kreise in den Sand.

„Tabea."

Etwas in seiner Stimme lässt sie den Kopf heben. Ihre Kehle wird eng.

„Wie gehst du mit deinen sexuellen Bedürfnissen um, wenn wir getrennt sind?"

Sie zieht scharf die Luft ein, dann hält sie den Atem an. Es kommt ihr ungeheuerlich vor, dass er sie fragt. So ungeheuerlich, dass sie für einen Moment um Fassung ringt. Unzählige Antworten wirbeln durch ihren Kopf. Paolos Füße scharren unruhig im Sand. Eine Weile verharrt sie reglos, wartet, bis sich der Gedankensturm gelegt hat. Dann dreht sie sich um. Ihr Gesicht schimmert blass im Mondlicht.

„Ich hab' meinen Weg noch nicht gefunden." Sie zögert. „Ich find's schwierig. Ich spür' das Verlangen der Männer auch, und manchmal gibt es Situationen, in denen es mir schwer fällt zu widerstehen." Sie spricht leise, starrt auf ihre Finger, die in ihrem Schoß liegen. Durch zusammengepresste Lippen lässt er die Luft zischend entweichen. Sie hebt den Kopf, sucht seine Augen. Der Mond verschwindet hinter einer Wolke.

„Und du?"

Paolo steht auf, geht einige Schritte aufs Meer zu. In seinem schwarzen T-Shirt und der langen Jeanshose verschwindet er fast vollständig in der Dunkelheit. Was wird er ihr antworten? Sie bemerkt, dass sie nun vollkommen ruhig ist. Sie weiß, er wird ihr die Wahrheit sagen. Er ist zwar ein guter Schauspieler, aber ein miserabler Lügner.

Nach einer Weile dreht er sich um, setzt sich zu Tabea in den Sand. Er sucht nach Worten, knetet seine Finger, fährt sich mit der Hand durchs Haar.

„Tabea, ich... Ich... Ich schaff' es nicht, nach einer guten Vorstellung allein nach Hause zu gehen."

Sie schließt die Augen. Wartet. Auf irgendeine Reaktion aus ihrem Innern. Dass sie anfängt zu weinen. Oder ihm mit den Fäusten den Schädel zertrümmert. Nichts geschieht. Einzig ihr eigener Puls hämmert in ihrem Kopf. Sie öffnet die Augen, legt ihre Hände offen vor sich hin. Paolo legt seine hinein. Sofort spürt sie seinen warmen Druck. Sie halten sich fest. Heftig stoßen ihre Lippen aufeinander. Ihre Zungen suchen sich, ihre Finger wühlen sich unter die Kleider. Ihr Körper brennt, als sie innig vereint im Sand liegen. Das Mondlicht glitzert auf den Wellen.

11

Paolo ist fort. Tabea fühlt sich leer, als sie den Bus auf ihrem Platz parkt. Sie legt den Zündschlüssel in die Küchenschublade und lässt sich aufs Bett fallen. Sie spürt Tränen aufsteigen, holt tief Luft, schluckt sie hinunter. Wie verlockend es ist, die Augen zu schließen und den Alltag auszublenden. Wenn Paolo doch immer hier bei ihr bleiben könnte, weg von München, weg vom Theater. Nur sie beide hier, in ihrem Bus, in den schönsten Buchten der Welt. Wie viel einfacher wäre auch der Kontakt zu den anderen Männern hier. Wenn die Fronten klar wären und sie wüsste, wohin sie gehört. Klar, sie fühlt sich noch immer zugehörig zu Paolo, das hat sie gerade wieder deutlich gespürt. Noch schmeckt sie ihn auf der Zunge, hängt sein Duft in den Härchen ihrer Nase, spürt sie seine Wärme an ihrem Körper. Aber bald wird die Erinnerung verblassen, und er ist so furchtbar weit weg in München, so unerreichbar, wenn die Sehnsucht oder die Einsamkeit sie überfallen. Sie dreht sich zur Seite, starrt auf einen kreisrunden Kleks Möwenkacke auf der Windschutzscheibe.

Sie weiß, dass es Paolo ohne das Theater nicht gibt. Genauso wenig wie Greg ohne seine Bilder, Bill ohne Stahlskulpturen und Dennis ohne seinen Campingstuhl und die Thermoskanne Kaffee. Und sie weiß, dass sie nicht mehr nach München zurückkehren wird.

‚Ich schaff‘ es nicht, nach einer guten Vorstellung allein nach Hause zu gehen‘. Mit wem er wohl dann Zeit verbringt? Immer mit derselben Frau? Oder mit verschiedenen? Ob ich sie kenne? Tabeas Magen krampft sich zusammen, ihr wird übel. Sie steht auf, betrachtet sich im Spiegel. Nachdenkliche Augen blicken ihr entgegen. Die Augenbrauen zucken.

„Ja, ja, ich weiß, ich lass mich auch mit anderen ein, warum soll Paolo dann nicht auch dürfen?", grummelt sie ihr Spiegelbild an. Sie runzelt die Stirn, zieht die Nase kraus. Die eigene Situation ist eben immer etwas anderes als die der Mitmenschen. Seufzend wendet sie sich ab. Der Klumpen in ihrem Magen will sich nicht auflösen.

Als sie ihren Bus verlässt, scheint die Sonne heller als gewöhnlich. Sie hält die Hand vor die Augen, greift nach ihrer Sonnenbrille. Sie steigt den schmalen Pfad zu Bills Bus hinauf. Sie will verstehen, was er mit der Szene mit Paolo beabsichtigen wollte. Dass er sie hat ärgern wollen, glaubt sie nicht mehr, seit sie ihm nahe gekommen ist. Viel zu sehr begehrt er ihren Körper und vielleicht auch ein bisschen den Menschen, der darin steckt.

Sie wischt sich mit der Hand über die schweißnasse Stirn, als sie um die letzte Kurve biegt. Während sich in der Bucht die Mittagshitze staut, ist es angenehm kühl hier oben. Ein sanfter Wind streicht über ihr Gesicht, trocknet die feuchte Haut. Es riecht nach Sauerkraut. Die Werkbank ist aufgeräumt, die Frauenfigur steht darauf, streckt ihre Brüste gen Himmel. Die Tür zum Wohnmobil steht offen. Tabea tritt davor, klopft, wartet.

„Ja?"

Sie lehnt sich vor, späht hinein. Bill liegt ausgestreckt auf dem Bett. Helle Haare locken sich auf seiner Brust. Rasch setzt er sich auf, als er sie erblickt. Das kurze, weiße Haar steht in alle Richtungen vom Kopf ab.

„Tabea."

Sie bleibt in der Tür stehen, stemmt die Hände in die Hüfte. „Ich find', du bist mir eine Erklärung schuldig." Ihre Augen fixieren ihn.

Er steht auf, streift sich ein T-Shirt über. „Kaffee?"

Sie schüttelt den Kopf. Er stützt sich mit einer Hand am Türrahmen ab. Sein Gesicht befindet sich direkt vor ihrem. Rasierwasserduft steigt in ihre Nase. Die ungewöhnlich glatte Haut seiner Wangen schimmert. Ihre Handflächen kribbeln. Sie weicht fast unmerklich zurück.

„Was willst du wissen?" Gelassen wandert sein Blick von ihren Augen über die Nase und den Mund zu ihren Brüsten. Unwillig verschränkt sie die Arme davor.

„Was sollte die Szene mit Paolo?"

Bill stößt sich ab, steht aufrecht vor ihr. „Das war keine Szene. Ich empfind' es so, wie ich es gesagt hab'. Dein Freund ist ein Trottel, dass er dich ziehen lässt." Weich gleiten seine Lippen über die unregelmäßig stehenden Zahnreihen.

Tabea lächelt. Sie spürt, dass Bill seine Worte ernst meint. Sie konzentriert sich auf die Falte zwischen seinen Augenbrauen.

„Paolo hat seinen Weg gefunden. Er weiß, was er will, was ihn glücklich macht. Ich nicht. Ich weiß nur, was ich nicht mehr will. Aber ich muss das selber herausfinden. Er kann mir dabei nicht helfen." Als sich die Falte auf seiner Stirn vertieft, fügt sie hinzu: „Und du auch nicht."

Bill seufzt. Wehmütig sieht er sie an. „Darf ich dich küssen?" Lächelnd legt sie den Kopf in den Nacken. Sie spürt seine Lippen auf ihrem Mund. Zwei, drei, vier, fünf Sekunden lang. Dann dreht sie den Kopf zur Seite. Er richtet sich auf. Sie wendet sich ab und schreitet auf den Pfad zu. Geräuschvoll hört sie Bill hinter sich ausatmen.

Auf dem Weg zwischen zwei Büschen verharrt eine Eidechse. Tabea erwartet, dass sie forthuschen wird, sobald sie ihren Fuß neben sie setzt, so, wie all die anderen zahllosen Krabbeltiere hier auch. Aber diese Eidechse bleibt sitzen. Sie zuckt den Kopf in Tabeas Richtung. Langsam bückt sich Tabea. Ein braunes Muster zieht sich vom Kopf über den Rücken bis zur Schwanzspitze durch das Grün der restlichen Lederhaut. Links und rechts am Hals leuchten zwei hellblaue Flecken. Zwei kleine Augen huschen umher. Tabea hebt eine Hand, hält den Atem an, streckt ganz langsam den Zeigefinger aus. Das Tier zuckt noch einmal mit dem Kopf, um gleich darauf blitzartig unter einem Busch zu verschwinden. Ein brauner Käfer krabbelt hinter ihm her.

Tabea steht auf, streckt sich, kreist mit dem Kopf. Ihr Nacken ist noch nicht ganz wieder in Ordnung, ein leichtes Ziehen erinnert an die anstrengende Schweißarbeit unter ihrem Bus. Ihre Gedanken kehren zurück zu Bill. Ein wenig tut er ihr leid. Er würde ihr wohl das Universum zu Füßen legen, wenn sie sich auf eine ernste Beziehung mit ihm einlassen würde. Aber genau das schreckt sie ab. Allein beim Gedanken an ‚du bist mein, ich bin dein in alle Ewigkeit' krampft sich ihr Magen zusammen. Darüber helfen auch sein betörendes Muskelspiel und der Schalk in seinen Augen nicht hinweg. Und außerdem gehört sie zu Paolo.

Der Strand ist heute besonders voll. Sonntag. Familien mit Kindern und überdimensionalen Plastiktieren drängen sich Tuch an Tuch, bunte Sonnenschirme sprenkeln den braunen Sand.

Mit einer Tasse Kaffee in der Hand setzt sich Tabea zu Greg. Gemeinsam beobachten sie zwei Möwen, die aufgeregt hintereinander herfliegen. Als sie über dem Hügel verschwunden sind, fragt sie: „Hast du was von Dennis gehört?"

Mit einem Süßholzstängel im Mundwinkel meint Greg: „Er wollte nach Thailand."

„Nach Thailand?" Überrascht blickt sie ihn an. Sie hat gehofft, dass Dennis bald wieder hierher zurückkehren wird. Sie spürt, wie etwas in ihrem Innern zerplatzt. Sie schluckt. Ihre Kehle kratzt.

„Er ist immer mal wieder dort. Er hat die Hoffnung auf eine Partnerin noch nicht aufgegeben." Greg lächelt.

„Kennst du ihn näher?" Sie trinkt, dreht die Tasse in den Händen. Ein kleiner Schwall heißer Kaffee schwappt über den Rand auf ihren Oberschenkel. „Autsch!" Rasch wischt sie die braune Flüssigkeit weg, drückt die Hand auf die brennende Stelle.

„Er ist irgendwann hier aufgetaucht und hat seinen Bus neben meinen gestellt. Das ist wohl etwa zwei Jahre her. Wir kommen gut miteinander aus." Greg spuckt in den Sand. „Er hält es nie lang hier aus, geht, kommt wieder."

Sie schweigen. Tabea betrachtet sein sonnengebräuntes Gesicht. Das Süßholz hängt im linken Mundwinkel, bewegt sich hin und wieder ein wenig. Im Grau seiner Augen entdeckt sie unterschiedliche Schattierungen von hell bis dunkel.

„Bist du angekommen?"

Er schaut sie an. „Wie meinst du das?"

Tabea zieht die Nase kraus. „Du machst auf mich einen ruhigen, entspannten Eindruck. So, als ob du mit dir selbst im Reinen bist."

Er lächelt, zuckt die Schultern unter dem kurzärmligen schwarzen T-Shirt. „Es geht mir gut. Ich fühl' mich wohl hier."

„Warum bist du hergekommen?" Sie trinkt einen letzten Schluck Kaffee, stellt die leere Tasse vor sich in den Sand. Seine kurze Jeans im Militärlook franst knapp unterhalb der Knie aus. Ein langer Kratzer zieht sich über den Unterschenkel auf den Knöchel des rechten Fußes.

„Das ist eine längere Geschichte." Er hält inne. Sie blickt ihn auffordernd an.

Greg lehnt sich zurück und schließt die Augen. Es scheint ihr, als ob er weit in die Vergangenheit dringen würde. Seine Nasenflügel beben leicht, ein Windstoß weht eine Locke in sein Gesicht. Als er zu sprechen beginnt, ist seine Stimme belegt.

„Ich hab' in einer Bank gearbeitet, guter Job. Meine Freundin ist schwanger geworden, wir haben uns gefreut. Dann hat sie einen autistischen Jungen geboren. Sie ist damit nicht klar gekommen."

Er öffnet die Augen, starrt in den Himmel. Vier lange Falten laufen quer über seine Stirn. Tabea kramt in den Winkeln ihres Gehirns nach Informationen über Autismus.

„Autistische Menschen haben Probleme in der Wahrnehmung von Emotionen, richtig?" Sie runzelt die Stirn.

Er nickt. „Sie können soziale und emotionale Informationen nicht korrekt verarbeiten. Dadurch sind sie meistens nicht in der Lage, mit anderen Menschen zusammenzuleben. Sie brauchen ein Leben lang intensive Betreuung." Er streicht sich die Haarsträhne aus dem Gesicht. Kleine Schweißperlen erscheinen an seinem Haaransatz. Seine feuchte Stirn schimmert im Sonnenschein.

Nachdenklich meint er: „Meine Freundin wollte ihr Leben nicht unserem Sohn schenken. Als er zwei Jahre alt war, hab' ich mit ihm Deutschland verlassen. Damals sind wir zum ersten Mal hierhergekommen."

Greg steht auf und kommt mit einem Apfel zurück. Er kaut. Tabea schaut ihm zu. Sie versucht ihn sich als Vater eines kleinen Jungen vorzustellen. Es gelingt ihr mühelos, wenngleich sie die Nachricht überrascht, dass er ein Kind hat. Greg schnippt den Apfelstil über seine Schulter.

„Irgendwann ist mir das Geld ausgegangen und ich bin nach Deutschland zurückgekehrt. Ich hab' mich selbständig gemacht als Galerist, hab' meinen Jungen immer bei mir gehabt. Das Geschäft ist gut gelaufen, und als ich genug Geld gespart hatte, bin ich wieder hergekommen."

Bewunderung steigt in Tabea auf. Sie bewundert grundsätzlichen jeden, der mit Kindern umgehen kann. Sie selbst fühlt sich sofort hilflos, wenn ihr ein Kind begegnet. Sie hat nicht die geringste Idee, wie sie mit diesen kleinen Menschen umgehen soll.

Ihr Blick fällt auf die Süßholzstange in Gregs Schoß. „Darf ich auch?"

„Ist meine letzte. Warte, ich schneid' sie auseinander."
Kurz darauf kauen sie gemeinsam. Greg kneift die Augen
zusammen. Die Augenbrauen bilden eine gerade Linie, be-
rühren sich fast über seiner Nase. „Als Ted fünfzehn war, hat sich unsere Beziehung verändert. Er wurde zusehends unzufrieden, wollte eine Beschäf-
tigung, eine Aufgabe. Ich bin ein zweites Mal nach Deutschland gefahren und hab' versucht, eine Ausbildungsstelle für
ihn zu finden."

Ein Auto rast vorbei, hüllt sie in eine dichte Staubwolke.
Tabea hustet.

„Idiot!" Staub knirscht zwischen ihren Zähnen, vermischt
sich mit Speichel. Ein herber, erdiger Geschmack breitet sich
in ihrem Mund aus. Sie spuckt auf die Seite. Greg klopft sich
Staub von der Hose. Sie sucht seinen Blick.

„Hast du eine Arbeit für ihn gefunden?" Ted ist also inzwischen erwachsen. *Wie alt Greg wohl gewesen ist, als er
Vater geworden ist? Wie alt ist er eigentlich jetzt?* Tabea
kann ihn schlecht einschätzen. Die sonnengebräunte Haut
wirkt ledern, die hellblonden Haare verleihen ihm einen
wilden Ausdruck, seine grauen Augen blicken lebhaft. *40?
Älter? Oder doch etwa in meinem Alter, vielleicht 35?* Seine
Stimme unterbricht ihre Gedanken.

„Auf dem normalen Arbeitsmarkt ist er nicht klar gekommen. Schließlich hat er sich für eine Einrichtung für
Menschen mit Autismus entschieden. Sie können verschiedene Ausbildungen machen und Berufe ausüben, werden
aber stets von medizinischen Fachkräften betreut und begleitet."

Tabea umfasst die Kaffeetasse, fährt mit dem Zeigefinger
über die Rundung des Henkels. „Wie finanzierst du das?"

„Zum Glück übernimmt die Invalidenversicherung die
Kosten, ich könnt' das nicht stemmen." Er dreht den Kopf

und richtet die Augen auf den Horizont. Seine Hände liegen entspannt in seinem Schoß. Der Süßholzstängel zuckt in seinem Mundwinkel.

„Warum bist du jetzt wieder hier?"

Greg wendet den Kopf zu ihr, blickt durch sie hindurch.

„Ich hab' mich in Deutschland nicht mehr zurecht gefunden. Zulange hab' ich in Freiheit gelebt. Die vielen sozialen und rechtlichen Schranken hätten mich erstickt. Ich gehör' hierher. Hier bin ich frei." Er spuckt ein zerkautes Stück Süßholz in den Sand.

Tabea spürt eine große Kraft in seinen Worten. Sie spürt warme Energie wie einen Ball in ihrem Bauch, ein Ball, der aufsteigt, größer wird, sich auflöst und ihren Körper flutet. Ihr Atem beschleunigt sich, ihre Hände beginnen zu zittern. Sie führt die leere Tasse an die Lippen, stellt sie wieder ab.

„Wie hast du herausgefunden, dass du malen kannst?"

„Du meinst, wie ich meine Begabung gefunden hab'?" fragt Greg nach. Sie nickt. Er legt den Kopf in den Nacken. Aufmerksam verfolgen seine Augen den Zug der Wolken. Mit leiser Stimme fährt er fort.

„Nachdem Ted fort war, bin ich in ein Loch gefallen. Fünfzehn Jahre lang hat sich meine Welt um ihn gedreht. Er hat alles von mir gefordert. Meine einzigen Sorgen sind stets gewesen einerseits zu verhindern, dass er durch sein Verhalten Probleme bekommen hat und andererseits dafür zu sorgen, dass mein Konto nie ganz leer war." Der Klang seiner Stimme hat sich verändert. Sie klingt weich, ein Hauch Wehmut schwingt mit. Greg lächelt, streckt seine Beine. Tabea würde gerne seine Hand drücken. „Als ich plötzlich allein war, hab ich nicht gewusst, was ich mit mir anfangen sollte. Ich war blockiert. Dann hab' ich mich daran erinnert, was ich als Kind gern gemacht hab'. Und hab' so das Malen wiederentdeckt."

Heftig kaut Tabea auf ihrem Stängel herum. Die letzten Sätze sind ohne Wirkung an ihr vorbeigezogen. Eine andere Frage dominiert in ihrem Kopf, drängt über die Lippen, bevor sie sie aufhalten kann.

„Hat's andere Frauen in deinem Leben gegeben?"

Greg zieht die Augenbrauen hoch, fixiert sie mit seinen Augen. Sie senkt den Blick. „Tut mir leid." Sie steht auf. „Hast du Wasser?"

„Neben dem Waschbecken steht eine Flasche." Mit der Wasserflasche in der Hand setzt sie sich ihm gegenüber. Sie trinkt, hält ihm die Flasche hin.

„Danke." Seine kurzen Finger berühren ihre Hand, als er sie annimmt. Offen schaut sie ihm in die Augen. Das Sonnenlicht spiegelt sich in seiner Pupille. Er hält die Flasche an die Lippen. Sie beobachtet, wie sich sein Kehlkopf bei jedem Schluck hebt und senkt. Dann lässt er die Flasche sinken, massiert den linken großen Zeh.

„Solange Ted bei mir war, hab' ich weder Gelegenheit noch Kraft für eine Partnerschaft gehabt."

„Und jetzt?" Ihre Augen halten ihn fest.

„Ich hab' mich ans Alleinsein gewöhnt. Ich fühl' mich wohl allein." Sie schweigt. Mit dem Zeigefinger zeichnet sie eine Spirale in den staubigen Sand.

„Frag."

Sie kann den Ausdruck in seinen Augen nicht deuten. „Was?" Sie fährt sich mit der Hand durch die Haare, hustet, knetet ihre Finger.

„Du willst wissen, ob ich nie das Bedürfnis nach Sex hab', stimmt's?"

Sie hält in der Bewegung inne, blickt ihm in die Augen. Greg lächelt. „Ich hab' mir angewöhnt, sexuelle Energie in kreative Schaffenskraft umzulenken. Das kommt meinen Bildern zugute. Es gelingt mir in den allermeisten Fällen."

Ihr wird heiß. Die Erinnerung ans Lagerfeuer steigt in ihr auf, lähmt ihre Gedanken. Sie verspürt einen unwiderstehlichen Drang nach seinen Berührungen. Nach seiner Haut, seinem Geruch. Sie beugt sich nach vorne. Ihre Lippen suchen sein Gesicht. Er nimmt ihren Kopf in seine Hände. „Bitte nicht, Tabea." Eindringlich blickt er sie an. „Die Nacht war wunderschön. Lass der Erinnerung ihre Kraft. Ich schöpfe daraus. Du gehörst zu Paolo. Versuch deine Energie darauf zu konzentrieren, deine Begabung zu finden. Verschwende sie nicht an flüchtige Erlebnisse."

Seine Worte finden tropfenweise den Weg in ihr Bewusstsein. In ihrem Innern lodert ein Feuer, ihre Haut brennt. Die Sehnsucht nach Zärtlichkeit ist so übermächtig, dass ihre Beine wie gelähmt sind. Sie spürt weder ihre Finger noch ihre Füße, nur Gregs Hände an ihren Wangen. Das laute Rauschen in ihren Ohren stammt nicht von den Wellen, sondern vom Blut, das sich in ihrem Kopf staut. Ihre Gedanken sind zäh wie alter Kaugummi. Wonach genau sehnt sie sich wirklich? Nach Zärtlichkeit? Nach Paolo, der zu weit weg ist? Oder nach Greg, diesem Menschen, der sie fasziniert und auf eine Weise berührt, die sie nicht zu fassen vermag?

Greg löst die Hände von ihrem Kopf. Sie bewegt ihre Füße, stemmt die Fäuste auf den Boden, richtet sich langsam auf. Ihr Rücken schmerzt vom gekrümmten Sitzen im Sand.

Ohne Greg nochmals anzusehen, schreitet sie zum Fluss. Sie bückt sich, lässt das kalte Wasser über ihre Arme fließen, spritzt es sich ins Gesicht. Ihre Lungen füllen sich mit der salzigen Atlantikluft. Mit den Händen formt sie ein Gefäß, füllt es mit Wasser, wirft es in Richtung Sonne. Unzählige Wassertropfen fliegen glitzernd durch die Luft. Sie wiederholt die Bewegungen, bis sich ein Lächeln auf ihrem Gesicht ausbreitet. *„Gib niemals auf, solang du daran glaubst. Gib* *niemals auf, solang du daran glaubst.*" Mit Elsies Reggae im Ohr klettert sie in ihren Bus.

Ihr Blick gleitet aus dem Fenster. Die Zweige der umliegenden Sträucher wiegen sich im Wind. Das gleißende Licht der Nachmittagssonne wird von den hellen Felswänden zurückgeworfen. Ein Hitzeflimmer liegt über dem Sand. Sie lässt sich rückwärts aufs Bett fallen. Sie denkt an Paolo. Er ist in seinen Alltag zurückgekehrt, ist mit jeder Faser seines Wesens in die neue Produktion eingetaucht. Solange sie zusammen gewohnt haben, hat er alles mit ihr geteilt, hat ihr von den großen und kleinen Begebenheiten erzählt, sie teilhaben lassen an seinen Gefühlen und Emotionen. Oftmals hat sie weite Passagen seiner Rollen auswendig gekannt, nachdem er sie zuhause gelernt hat. Ganze Theaterstücke hat sie mit ihm gemeinsam improvisiert, um ihm bei der Einstudierung seiner Figur zu helfen. Sie ist weit mehr Teil seines Lebens gewesen als er von ihrem.

Seit sie losgezogen ist, bekommt sie immer weniger mit. Anfangs haben sie versucht, den Austausch über e-mail aufrechtzuerhalten. Aber die Unmittelbarkeit des Augenblicks fehlt. Dadurch wirken die Buchstaben leblos. So vieles müsste aufgeschrieben werden, was im direkten Zusammenleben einfach nur gespürt, gesehen oder gehört, aber niemals ausgesprochen wird. Keiner von beiden ist in der Lage, sein Leben mit dem anderen auf elektronischem Weg zu teilen. So beschränkt sich ihr Austausch zwischenzeitlich darauf, sich gegenseitig mitzuteilen was aktuell produziert wird oder wo man gerade ist. Selbst Aussagen über die persönliche Befindlichkeit fehlen in den e-mails. Tabea hat sich an den spärlichen Informationsfluss gewöhnt. Sie verspürt nur selten das Bedürfnis, Paolo Erlebnisse, Gedanken oder Gefühle mitzuteilen. So sehr sie die enge Verbundenheit in Deutschland genossen hat, so intensiv lebt sie nun ihre Freiheit.

Tabea seufzt. Sie vermisst Dennis, seine stille Fürsorge, die Thermoskanne Kaffee. Wo er wohl jetzt ist? Ob er wieder hierher zurückkehren wird?

Sie gibt sich einen Ruck, setzt sich auf. Schwimmen hilft gegen Einsamkeit und trübe Gedanken.

12

Auf dem Weg zum Meer sieht sie eine Gestalt im Sand kauern. Beim Näherkommen erkennt sie Linda. Mit gekreuzten Beinen sitzt sie vornübergebeugt. In ihrem Schoß liegt ihr kleines Mädchen. Lindas Rastas berühren den Kopf des Kindes.

„Hallo Linda." Ein Zucken läuft über den gekrümmten Rücken. Tabea bleibt vor den beiden stehen. Langsam hebt Linda den Kopf. Tabea erschrickt. Lindas Haut ist blassgrau, schwarze Ringe liegen tief unter ihren Augen. Die vollen Lippen sind zu einem dünnen Strich zusammengepresst. Angst jagt durch ihren Blick.

„Wie geht's Luna?" Tabea kniet nieder. Linda schüttelt den Kopf. Vorsichtig schiebt Tabea die blonden Löckchen zur Seite und berührt die kleine Stirn. „Sie hat noch immer Fieber."

Linda nickt. Ihre Hände streichen unablässig über die blassen Augenlider, die heiße Stirn. „Ich weiß nicht, was ich tun soll."

Tabea beugt sich weiter nach unten, um die leisen Worte verstehen zu können, die gepresst aus Lindas Mund geschoben werden. Sandkörner drücken sich in die dünne Haut über ihren Knien. Lindas Hände zittern, eine Träne tropft auf Lunas Kinn.

„Komm." Sie fasst Linda am Arm.

„Wohin?" Unbeweglich sitzt Linda, den Blick starr auf ihr Kind gerichtet.

„Zu Elsie." Tabeas Stimme klingt fest und lässt keinen Widerspruch zu. Linda hebt den Kopf. Mit Mühe stützt Tabea die rundliche Frau mit Luna im Arm, als sie aufsteht.

Der Korbsessel ist leer, die Tür angelehnt. Aus dem Innern ertönt das Klappern von Geschirr. Tabea klopft.

„Elsie?" Die Tür öffnet sich, das runzlige Gesicht erscheint.

„Hallo Tabea."

„Kannst du uns helfen? Luna ist krank."

Die blauen Augen fixieren erst Linda, dann Luna.

„Wartet hier." Sie verschwindet im Bus. Wasser rauscht, ein Topfdeckel scheppert. Elsie erscheint erneut. Mit leisem Stöhnen steigt sie aus dem Bus, stemmt dabei die linke Hand in die Hüfte.

Tabea runzelt die Stirn. „Hast du Schmerzen?"

Elsie macht eine heftige Handbewegung und geht auf Linda zu. Ihre wachen Augen mustern Luna aufmerksam. Die kleinen Wangen sind aufgedunsen und rotglühend. Trotz des Fiebers ist die Haut vollkommen trocken.

„Wie alt ist sie?"

„Zwei."

„Seit wann hat sie Fieber?"

„Seit Donnerstag."

„Dann ist das der fünfte Tag heute. Trinkt sie?"

„Ne."

„Scheidet sie aus?" Linda blickt Elsie verständnislos an.

„Wann hast du die letzte Windel gewechselt?"

„Luna hat keine Windel." Ungeduldig schiebt sich Linda eine Locke hinters Ohr.

„Okay. Macht sie Pipi oder Kacka?"

Linda schüttelt den Kopf, die Locke springt ihr in die Augen. „Was soll diese doofe Fragerei? Mach doch endlich was gegen das Fieber!" Linda stampft mit dem Fuß auf. Ihre Hände sind zu Fäusten geballt, ihre laute Stimme klingt schrill.

Ungerührt legt Elsie Luna die Hand auf die Stirn.

„Schläft sie?" Ihre Augen ruhen auf Linda.

„Keine Ahnung." Linda schiebt sich die Rastalocke erneut hinters Ohr. „Gestern hat sie viel geschlafen und ist manchmal aufgewacht. Heut Morgen ist sie eine Weile mit offenen Augen dagelegen. Ich weiß nicht, ob sie jetzt schläft." Die Worte platzen hastig und leise aus Lindas Mund heraus. Plötzlich durchbricht unbeherrschtes Schluchzen die Stille. Sie drückt ihren Kopf an Elsies Schulter und ein heftiges Beben erfasst ihren Körper.

„Ich will nicht, dass sie stirbt!" Sie reißt den Kopf zurück. Ihr Schrei schießt über den Platz, hallt an den Felswänden wider.

Elsie legt einen Arm um ihre Schulter, streicht über ihren Rücken. In den Augen der alten Frau ist keinerlei Gefühlsregung zu erkennen. Die Ruhe, die sie ausstrahlt, scheint sogar auf Linda zu wirken. Ihr Atmen fließt ein wenig langsamer, die verkrampften Fäuste öffnen sich. Elsie drückt Linda in den Korbsessel.

„In welchem Bus wohnst du?" Linda zeigt mit der Hand auf einen blauen Bus mit grünen Schnörkeln. Davor sitzt eine Gruppe junger Menschen. Elsie verschwindet, kommt kurz darauf mit einer Tasse zurück. Sie reicht sie Linda. „Trink."

Linda leert die Tasse in einem Zug. Sie verzieht das Gesicht und blickt Elsie irritiert an. „Iiih, was war das denn?"

„Kamillentee mit Bachblüten." Ungerührt nimmt sie Linda die Tasse ab. „Luna muss raus aus der Sonne. Wir bringen sie in deinen Bus. Das Fieber ist zu hoch, es muss runter. Tabea, hol Wasser aus dem Fluss." Elsie reicht Tabea einen alten Holzbottich.

„Brauchst du ein Fieberthermometer?" fragt Tabea. Ohne eine Antwort abzuwarten, stürmt sie los in Richtung Fluss, den Bottich fest unter einen Arm geklemmt. Ein Flipflop fliegt von ihrem rechten Fuß. Sie stoppt ab, hebt ihn auf, zieht den zweiten aus, um rascher vorwärts zu kommen. Der glühende Sand brennt unter ihren nackten Fußsohlen. Im Zickzack jagt sie zwischen den sonnenbadenden Touristen hindurch. Heiße Luft droht ihre Lungen zu sprengen, sie hustet, stolpert über eine Plastikschaufel, rempelt einen älteren Herrn mit Bierbauch an.

„'tschuldigung!", japst sie und hüpft weiter auf den glitzernden Fluss zu. Der Mann schimpft in üblen Worten hinter ihr her. Fast hört sie ihre Füße zischen, als sie endlich das kühle Wasser erreicht. Keuchend beugt sie sich vornüber, drückt den Bottich auf den Grund des Flusses. Rasch läuft er mit Wasser voll. Tabea richtet sich auf, stemmt ihn in die Höhe und staunt über sein Gewicht. Vorsichtig schiebt sie ihn auf ihren Kopf, nachdem sie in die Flipflops geschlüpft ist. Ein Schwall Wasser ergießt sich über ihre rechte Schulter, sie erschaudert.

Vorsichtig balanciert sie die Fracht zu ihrem Bus. Sie spürt, wie der Bottich auf ihrem Kopf die Halswirbel zusammenstaucht, ihr Hals muss mindestens zwei Zentimeter kürzer sein. Vor ihrem Bus stellt sie ihre Last ab, sucht in den Tiefen ihres Schrankes nach dem Fieberthermometer und nimmt das letzte Stück Weg zu Lindas Bus in Angriff.

Ihr Top klebt an ihrem Körper, Schweiß rinnt in kleinen Bächen über die Schläfen und tropft von ihrem Kinn.

Als sie Lindas Bus betritt, bleibt sie überrascht stehen. Rund ein halbes Dutzend Menschen drängen sich in dem kleinen Raum. Sie sitzen in der Fahrerkabine, auf dem Bett im Heck, auf dem Boden, lehnen an der Kochstelle. Die Luft ist erfüllt von Schweiß, kaltem Rauch und einem süßlichen Parfüm, das Tabea Wasser in die Nase treibt. Luna liegt, auf Kissen gebettet, auf einem kleinen Tisch an der Längsseite des Busses. Linda hält ihren Kopf in den Händen. Elsie steht daneben, eine Hand an der Halsschlagader des Kindes, die Augen geschlossen.

Kein Geräusch ist zu hören. Tabea spürt die Härchen in ihrer Nase vibrieren. Ihr Blick trifft flüchtig auf die hellen Augen eines Mannes, die im Halbdunkel aufblitzen. Seine Hände ruhen auf den Schultern einer hübschen Frau mit ebenmäßigem Gesicht.

Elsie öffnet die Augen.

„Ihr Puls geht rasch, ist nur schwach spürbar." Mit einem Blick auf den Holzbottich, den Tabea noch in den Händen hält, sagt sie zu Linda: „Tauche zwei Küchentücher ins Wasser und binde sie Luna um die Waden." Tabea balanciert den Bottich zum Tisch. Die Menschen rücken enger zusammen.

„Hier, ein Fieberthermometer." Tabea hält ihn Elsie hin.

„Den brauchen wir nicht."

Tabea zieht die Augenbrauen in die Höhe.

Elsie lächelt. „Das Fieber ist irgendwo um 41 Grad."

„Darf ich nachmessen?"

Elsie nickt, noch immer lächelnd. Sie taucht Tücher ins Wasser, drückt blubbernd die Luft heraus. Kurz darauf hält Tabea das Fieberthermometer in der Hand. „41,2. Woher wusstest du das?" Bewundernd blickt sie Elsie an. Das Lächeln auf dem runzligen Gesicht vertieft sich, die Fältchen um die Mundwinkel dehnen sich aus.

„Jetzt kannst du Luna die Wickel anlegen", sagt sie zu Linda gewandt. Als die nassen Tücher die glühenden Beinchen berühren, zuckt Luna zusammen. „Das Fieber muss auf 39 Grad runter."

Die kleinen Augen öffnen sich. Mit glasigem Blick fixieren sie die Decke des Busses. Linda beugt sich über das Kind.

„Luna! Luna, hörst du mich? Luna, meine Kleine!" Die Augen wandern zu Lindas Kopf. Der Gesichtsausdruck des Mädchens bleibt vollkommen reglos. „Luna, bitte bleib bei mir! Bitte geh nicht weg!" Lindas Mund ist dicht über Lunas Gesicht. Eine Träne tropft auf die kleine Stirn.

„Lass die Wickel zwei Minuten drauf, dann tauchst du sie ins Wasser und legst sie ihr erneut an. Mach so weiter, bis du spürst, dass das Fieber gesunken ist. Ich bin gleich wieder da." Langsam erhebt sich Elsie. Eine schmale Menschengasse bildet sich bis zur Tür, durch die sie ins Freie tritt.

Tabea hockt sich zwischen zwei Frauen auf den Boden neben dem Tisch. Sie nimmt die Tischkante in ihrem Nacken wahr. Sie betrachtet Linda. Das Gesicht der jungen Frau wirkt angespannt, aber die Panik von vorhin ist gewichen. Besorgnis liegt in ihrem Blick, die zusammengekniffenen Augen weichen keinen Moment von Luna. Helle Tränenspuren ziehen sich durch den Schmutz ihres Gesichtes über die Wangen zum Hals und verlieren sich im weiten Ausschnitt des T-Shirts.

„Bleib bei mir, Luna, geh nicht weg!" Sie wiederholt die Worte, hält sich daran fest, verfällt in eine Art Singsang. Behutsam zieht Linda die fleckigen Küchentücher von den Beinen ihrer Tochter, wäscht sie aus. Ihre Bewegungen werden mit jedem Mal bestimmter. Je öfter sie die Wickel wechselt, desto aufrechter wird ihre Haltung. Ihre Schultern straffen sich.

Tabea schlingt die Arme um die Knie. Sie meint eine starke Energie zu spüren, die fast sichtbar zwischen Mutter und Tochter fließt. Lindas Liebe erscheint ihr greifbar, umfassend, überwältigend. Ihr Herz zieht sich zu einem harten Klumpen zusammen, schmerzt in ihrer Brust. Sie schließt die Augen und kämpft mit den Tränen. Ihre Stirn schlägt auf die Knie, der flache Atem streift über ihre Oberschenkel. Die kalte Hand der Einsamkeit greift unbarmherzig nach ihr.

Es ist still im Bus. Das regelmäßige Plätschern des Wassers vermischt sich mit Lindas monotonem Gesang.

„Hier, Linda, gib das Luna." Tabea hat nicht bemerkt, wie Elsie in den Bus zurückgekehrt ist. Der Singsang bricht ab. Die Menschen um sie herum verharren bewegungslos. Einige haben die Augen geschlossen, andere beobachten Mutter und Kind.

Elsie hält ein kleines Glasröhrchen in der Hand.

„Homöopathische Globuli. Sie werden Luna helfen, sich gegen die Krankheit zu wehren", erläutert sie Linda auf ihren fragenden Blick hin. Sie berührt Lunas Stirn. Zufrieden nickt sie. „Wechsel die Wickel noch viermal, dann sollte es gut sein. Gib ihr in einer Viertelstunde wieder drei Globuli und dann in 30 Minuten nochmal. In spätestens einer Stunde sollte Luna wieder ansprechbar sein und im besten Fall Durst bekommen."

„Danke." Linda drückt Elsies Hand. „Aber..."

„...wenn es nicht besser ist, holst du mich wieder." Elsie lächelt Linda aufmunternd zu, dreht sich um und verlässt den Bus.

Das Plätschern erfüllt die Stille. Eine Frau neben Tabea hustet. Knoblauchgeruch dringt in ihre Nase. Sie drückt den Rücken durch, nimmt ein Ziehen im Gesäß wahr.

Linda zieht die Tücher zum letzten Mal von den kleinen Beinen, lässt sie in den Bottich fallen. Bewegung kommt in die Gruppe. Die Frau neben Tabea steht auf, streckt sich. Ein Mann stellt sich neben Linda, legt ihr den Arm um die Schulter.

„Luna schafft das!" Seine bestimmten Worte zaubern ein erschöpftes Lächeln auf Lindas Gesicht. Sie nickt.

„Ich glaub' auch. Jetzt glaub' ich es auch."

Vor dem Bus bleibt Tabeas Blick an denselben hellen Augen hängen, die sie aus dem Halbdunkel angeblitzt haben. Sie gehören einem hageren jungen Mann mit einem Turban aus dunklen Rastas. Seine kurze Hose ist ausgefranst. An den Gelenken der nackten Füße hängen kleine Lederbänder mit Silberanhängern.

„Hi." Ein Lächeln huscht über sein Gesicht, das von einer langen Nase dominiert wird.

„Hi." Tabea versucht ein Lächeln, das nicht gelingen will. Er geht einige Schritte, setzt sich auf einen großen Stein ein wenig abseits des Busses. Sie setzt sich daneben. Sie mag jetzt nicht allein sein. Der Mann neben ihr dreht eine Zigarillo, zündet sie an, zieht. Eine schmale Rauchfahne sucht sich ihren Weg über ihre Köpfe hinweg. Sie stemmt die Hände auf den Boden hinter sich, streckt die Beine aus und lehnt sich zurück. Unaufhaltsam kriecht die Einsamkeit in ihr hoch. Der Mann hält ihr die Zigarillo hin. Sie nimmt, zieht, legt den Kopf in den Nacken, schaut den Rauchwölkchen nach. Der Rauch auf ihrer Zunge brennt, Speichel schießt in ihren Mund. Sie schluckt ihn hinunter. Sofort spürt sie die berauschende Wirkung des Tabaks. Der Druck in ihrem Kopf lässt nach, sie bemerkt, wie sich ihre zusammengekniffenen Augen entspannen.

Die Zigarillo wandert zwischen ihnen hin und her. Sie klammert sich an das Gefühl der Gemeinsamkeit, um nicht im Meer der Einsamkeit zu ertrinken. Nie war die Sehnsucht stärker als in diesem Moment, die Sehnsucht nach einer universellen Liebe, die alles in sich aufnimmt, die tiefe Geborgenheit schenkt ohne Gegenleistung.

Sie betrachtet den Mann neben sich von der Seite. Alles an ihm ist lang und braun. Feingliedrige Finger halten die Zigarillo, berühren ihre Hand, wenn er sie ihr reicht. Die Wangenknochen stehen markant im Gesicht, getrennt durch eine lange, gerade Nase. Das kantige Kinn untermalt schmale, dunkle Lippen. Die Farben der weiten Kleider sind nicht mehr zu erkennen, es reiht sich Braunton an Braunton. In bemerkenswertem Kontrast zu dieser Einheitsfarbe stehen die hellen Augen, die, katzengleich, niemals stillzustehen scheinen und wohl auch nachts scharf sehen.

„Glaubst du an die universelle Liebe?" Die Frage schwebt über ihnen, ohne dass Tabea weiß, wie sie über ihre Lippen gekommen ist. Spiritualität ist nicht ihr Ding, Fragen nach der Liebe schon gar nicht. Das Gefühl der Liebe ist undefinierbar, ist entweder da oder nicht. Davon ist sie überzeugt. Sie versteht sich gerade selbst nicht.

Der Mann neben ihr wirft ihr einen kurzen Blick zu. Das Lächeln huscht wieder über sein Gesicht. Er steht auf, setzt sich hinter sie. Sie spürt seine Schienbeine an ihrem Rücken und lehnt sich an. Sie schließt die Augen. Fühlt sich ganz plötzlich geborgen. Die Tränen, gegen die sie angekämpft hat, lösen sich auf. Ihre Brust wird freier, ihr Atem geht tiefer. Die Luft riecht nach süßen Blüten und Eukalyptus.

„Na, alles in Ordnung?" Tabea öffnet die Augen. Eine große Frau in Shorts und einem langen, rotbraunen Strickmantel steht vor ihnen. Dunkle Locken umrahmen dezent geschminkte Augen, eine kleine Nase, sorgsam gezeichnete Lippen. Ihr Blick ist mitfühlend.

Tabea richtet sich auf. „Hi."

Die Frau lächelt ihr zu und wendet sich an den Mann.

„Luna ist aufgewacht. Sie trinkt und fragt nach dir." Ihre Stimme klingt voll und dunkel. Er steht auf, klopft sich den Staub von der Hose und verschwindet mit der Frau in Lindas Bus.

Ein wenig benommen steht Tabea auf. Ihr Rücken schmerzt, der rechte Fuß ist eingeschlafen. Sie streckt sich, bewegt die kribbelnden Zehen. Die Sonne ist längst im Meer untergegangen, das letzte Tageslicht verabschiedet sich. Müde klettert sie in ihren Bus.

13

„Tabea, bist du da?" Lindas laute Stimme, begleitet von donnerndem Poltern an der Bustür, reißt Tabea aus einem langen, traumlosen Schlaf.

„Ich komm' schon!" Sie streckt sich, klettert im kurzen Pyjama aus dem Bett. Verschlafen öffnet sie die Tür, hält sich geblendet die Hand vor die Augen.

„Komm rein." Rasch kehrt sie ins angenehme Dunkel des Busses zurück. Linda lässt sich aufs zerwühlte Bett fallen. Der rosa Schal, den sie sich um ihren Lockenkopf geschlungen hat, löst sich.

„Kaffee?"

„Klar." Sie grinst Tabea schräg an.

Tabea sucht nach dem Espressokocher, der noch ungewaschen im Waschbecken steht.

„Du warst gestern plötzlich weg." Linda knetet ihre Zehen. „Danke, dass du mich zu Elsie geschleppt hast."

„Elsie ist gut. Sie weiß für alles einen Rat." Tabea spritzt sich Wasser ins Gesicht, füllt den Espressokocher. Der Schnitt am Zeigefinger brennt.

„Wie geht's Luna?" Sie betrachtet Linda. Ihr Gesicht ist sauber gewaschen, ein rosiger Schimmer liegt auf den sonnengebräunten Wangen. Liebe liegt in ihrem Blick und spricht aus ihren Worten.

„Das Fieber ist weg, sie isst und trinkt. Sie wird nur schneller müde als sonst." Lindas helles Lachen erfüllt den Bus. Tabea dreht den Kocher zu und zündet das Gas an. Mit hochgezogenen Beinen setzt sie sich zu Linda aufs Bett.

„Ist sie jetzt allein?"

„Ne. Sie schläft, Nick ist bei ihr."

„Nick? Dein Kumpel?"

„Nicht der, mit dem ich unterwegs bin." Linda schiebt die Locke erfolglos hinters Ohr. „Nick und Angelika haben wir hier getroffen. Nick versteht sich echt krass mit Luna, die Kleine liebt ihn."

„Ist das der Lange mit den hellen Augen?"

„Genau der. Kommt aus einer Zigeunerfamilie, trampt seit er zwölf ist. Guter Typ, den haut nichts um." Sie lacht.

„Und Angelika?"

Ihr Lachen bricht ab. „Hat er irgendwo kennengelernt. Künstlerin. Finanziert ihn." Linda zieht scharf die Luft ein.

„Du magst sie nicht?"

Linda schüttelt vehement den Kopf. Ihre Rastas fliegen in alle Richtungen. „Sie ist eine Pseudo-Aussteigerin. Der ist in Deutschland einfach nur langweilig. Wenn's ihr nicht mehr passt, haut sie wieder ab." Ihre Stimme klingt schrill.

„Tun wir das nicht alle?" wirft Tabea ein. Sie kann sich zwar im Moment eine Rückkehr nach Deutschland überhaupt nicht vorstellen, aber irgendwann wird ihr Erspartes aufgebraucht sein und sie wird heimfahren müssen.

Lindas Haltung versteift sich. „Ich kann nicht zurück nach Deutschland. Als Alleinerziehende mit abgebrochener Ausbildung und ohne Job bist du dort nicht mehr wert als 'ne Ratte." Ihr Lachen klingt gepresst. Sie zuckt die Schultern. „Was soll's. Wär' das nicht so, hätt' ich all die Kumpels hier nie getroffen. Alles wird gut." Sie trommelt mit den Füßen aufs Bett.

Der Kaffee brodelt, Tabea steht auf.

„Milch?"

„Ja, wenig. Und Zucker."

Mit zwei Tassen setzt sie sich wieder aufs Bett. „Was tust du nun? Bleibt ihr noch länger?" Tabea nippt am Kaffee. Ein Blitz zieht durch ihre Zunge, der Kaffee ist heiß. Ihre Zungenspitze fühlt sich taub an. Vorsichtig beißt sie mit den Zähnen darauf, um die Taubheit zu vertreiben. Es nützt nichts.

Linda schüttelt den Kopf. „Mein Geld ist alle. Ich hätt' mit Luna nicht mal zum Arzt gehen können. Das bisschen, das mir meine Eltern für Luna bezahlen, reicht nicht. Ich brauch' dringend 'nen Job. Wir ziehen morgen weiter."

Tabea schluckt. Es scheint ein ungeschriebenes Gesetz unter Reisenden zu sein, dass man verschwindet, kaum dass man sich ein wenig kennengelernt hat. Lindas frische, energievolle Art tut ihr gut, sie belebt und lenkt von der Sehnsucht nach Paolo ab. Vielleicht sollte sie mitfahren?

„Wohin?"

„Rob, der Holländer, hat uns Adressen von Korkfarmen gegeben. Die klappern wir ab."

Nachdenklich nippt Tabea an ihrem Kaffee. Er ist ein bisschen zu stark geraten. Der bittere Geschmack liegt wie eine Folie über ihrer Zunge. Sie betrachtet Linda von der Seite. Buschige Augenbrauen stehen über kurzen, hellen Wimpern.

„Warum hast du deine Ausbildung abgebrochen?"

Linda zupft Haare aus einer Locke. „Ich hatte die Schnauze voll, dauernd das Vorzeigepüppchen meiner Alten spielen zu müssen. Hab' das nicht mehr ausgehalten. So konnt' ich sie am härtesten treffen." Abrupt steht sie auf, stellt die Tasse ins Waschbecken. „Kommst du mit zu Elsie? Ich will mich bei ihr bedanken." Auffordernd schaut sie Tabea an.

„Klar." Tabea streift sich ein Top über, schlüpft in die Shorts. Gemeinsam mit Linda verlässt sie den Bus.

„Das ist einfach nur n'Song, auf 'nem einfachen Beat. Meine Antwort auf den Unsinn, den es gibt." Elsie sitzt vor ihrer Konga im Korbsessel, die Augen geschlossen. Linda und Tabea setzen sich zu ihr auf den Boden.

Als die alte Frau die Augen öffnet, sagt Tabea: „Hallo, Elsie."

„Hallo ihr beiden. Wie geht es Luna?" Sie richtet ihren Blick auf Linda. Das Strahlen im Gesicht der jungen Frau ist ihr Antwort genug. Sie nickt, schließt die Augen wieder. *„Wir sollten alle mal abhäng'n, cool down, cool down."* Der Beat des Reggaes frisst sich in Tabeas Kopf. Ihre Füße klopfen rhythmisch auf den Sandboden.

„Danke, Elsie." Linda steht auf und legt ihre Hand auf die knochigen Finger der alten Frau.

„Kommst du mit ins Wasser?" Tabea gähnt. Der Schlaf will noch nicht so recht aus ihren Knochen weichen.

Linda nickt. „Ich schau kurz nach Luna."

„Ich zieh' mich um und wart' am Strand!"

Im Bikini läuft Tabea zum Wasser. Der Sand brennt unter ihren Fußsohlen. Linda erscheint, zieht ihr T-Shirt über den Kopf, lässt die weite Hose in den Sand fallen. „Kommst du?"

Tabea zögert. „Schwimmst du so?" Ungläubig starrt sie auf den nackten Busen und den schwarzen Slip.

Linda lacht. „Warum denn nicht?" Sie schlägt ein Rad und stürmt ins Wasser. Der üppige Bauch und die kräftigen Oberschenkel hüpfen bei jedem Schritt. Kopfschüttelnd folgt ihr Tabea, hastig von einem Fuß auf den andern hopsend. Lindas Zug ist kräftig, Tabea kommt rasch außer Atem. Die Frauen tauchen und kraulen immer weiter hinaus. Das kühle Meerwasser treibt die Müdigkeit aus Tabeas Gliedern. Sie spürt regelrecht, wie die Energie des Meeres sie durchdringt. Ihre Handflächen kribbeln. Sie lässt Wasser in den Mund fließen, spuckt es prustend wieder aus. Ein salziger, leicht metallischer Geschmack bleibt zurück.

„Halt, nicht weiter!" Tabea hört Lindas Ruf gedämpft zwischen zwei Zügen. Sie dreht den Kopf in ihre Richtung. „Nicht weiter! Dort beginnt eine gefährliche Strömung, die dich krass nach unten zieht und voll gegen die Felsen knallt!"

Erschrocken wendet Tabea und schwimmt zu Linda zurück. „Woher weißt du das?" Eine Welle überrollt sie von hinten, sie versteht Lindas Antwort nicht.

Als sie wieder nebeneinander schwimmen, keucht Linda: „Kennst du den alten Fischer, der morgens immer dort drüben steht?" Ihr Kopf weist auf einen ausgesetzten Felsen in der Brandung. Tabea erinnert sich schwach daran, dort hin und wieder einen Mann gesehen zu haben.

„Er fischt seit tausend Jahren hier. Er hat uns vor dieser Strömung gewarnt. Immer wieder verschwinden hier Menschen. Bis zu der Felsnase ist es sicher, dahinter beginnt die Strömung." Linda dreht sich auf den Rücken und lässt sich treiben. Tabea macht es ihr nach. Wassertropfen glitzern auf Lindas Brust.

„Wenn ich dran denk', wie oft ich hier schon allein geschwommen bin, ohne dass ich das gewusst hab', wird mir ganz mulmig." Tabea schüttelt sich. Das Meerwasser fühlt sich auf einmal kälter an. Die Frauen lassen sich von den Wellen zum Strand schieben.

Im Sand sitzt ein schlanker Mann mit einem Kind.

„Mama!" Luna fuchtelt mit ihren Ärmchen in der Luft herum, als sie Linda entdeckt. Linda ergreift sie, wirbelt sie durch die Luft. Tabea setzt sich neben Nick. Gemeinsam schauen sie dem ausgelassenen Treiben zu.

Nick vergräbt seine Hand in einer riesigen Hosentasche, zieht einen braunen Lederbeutel mit einer verdrückten Packung Tabak darin hervor, dreht eine Zigarillo. Tabea schaut ihm zu. Der Tabak verschwindet in der Monstertasche. Nick zündet die Zigarillo an, zieht, reicht sie Tabea. Sie bläst den Rauch mit einem tiefen Seufzer aus, lässt sich rittlings in den Sand fallen. Sie spürt dem Tabakgeschmack im Mund nach. Er erinnert an Fenchel, Lagerfeuer und Süßholz. Sie ist unschlüssig, ob sie ihn mag oder nicht.

„Fährst du morgen auch?" Die Frage ist gen Himmel gerichtet.

Nick nimmt sie auf und schüttelt den Kopf.

„Du?" Seine Augen fixieren den Horizont.

„Nein."

Auf dem Weg zurück zum Bus begegnet Tabea Greg.

„Kommst du mit? Ich fahr ins übernächste Dorf zum Flohmarkt." Er wischt sich Schweiß von der Stirn.

„Klingt gut. Wann fährst du?" Sie wirft sich das Handtuch über die Schulter.

„Ungefähr in einer halben Stunde."

„Ja, das passt, ich komm' gern! Wie fahren wir hin?"

„Auf meinem Motorrad – wenn du magst."

Sie nickt, schenkt ihm ein strahlendes Lächeln und steigt rasch in ihren Bus. Aus dem Spiegel blickt sie ein fröhliches Gesicht an. Die Wangen sind gerötet von der Kühle des

Wassers, der Anstrengung und der Aufregung. Sie fährt mit den Fingern durch die nassen Haare, schüttelt sie durcheinander. Einzelne Strähnen fallen in ihre Stirn, sie bläst sie weg. Schwungvoll wirft sie das Handtuch über die Lehne des Beifahrersitzes, wirbelt durch den Bus und hält sich schwankend am Griff des Schrankes fest.

Die Aussicht auf einen gemeinsamen Ausflug mit Greg beflügelt sie. Sie schlendert gern über Flohmärkte, aber noch mehr befeuert sie der Gedanke, Zeit mit Greg verbringen zu können. Mit diesem Mann, der so fest verankert im Leben steht, der sie so deutlich zurückgewiesen hat und dessen Augen doch eine so andere Sprache sprechen. Er verwirrt und fasziniert sie gleichermaßen. Ein Schauer jagt über ihren Rücken, als sie an die Zeichnungen denkt, die er von ihr angefertigt hat. So genau hat sie wohl noch kein Mensch in ihrem Leben beobachtet. Außer vielleicht Paolo. Aber er ist mehr in sich selbst und in seinen Rollen verhaftet gewesen. Manchmal hat er ihre Anwesenheit gar nicht wahrgenommen und ist zusammengezuckt, wenn sie ihn angesprochen hat. Nur wenn sie miteinander geschlafen haben, ist er ganz präsent gewesen. Dann hat er jeden Millimeter ihres Körper untersucht, liebkost und in sich aufgenommen.

Energisch zieht Tabea ein ärmelloses Shirt aus dem Schrank, weiß mit dem zartroten Aufdruck einer Rose. Die Shorts liegen auf dem Tisch. Es sind die einzigen, die sie hat, und der Stoff unterhalb der Gesäßtaschen ist bereits ziemlich dünn. Sie wird sich auf dem Markt nach Ersatz umschauen.

Nach einem schnellen späten Frühstück steht sie vor Gregs Bus. Er drückt ihr einen Helm in die Hand.

„Danke. Nimmst du Bilder mit?"

Greg schüttelt den Kopf.

„Warum nicht?"

„Ach, ich weiß nicht recht." Er zögert.

„Hast du denn keine mehr, die du verkaufen möchtest?" Die Hitze des Mittags umschließt ihren Körper, dringt langsam in ihn ein. Sie schiebt sich die feuchten Haare aus der Stirn und bereut, dass sie sie nicht zusammengebunden hat. „Es gibt vielleicht schon das eine oder andere Bild." Greg dreht den Schlüssel in den Händen. „Bitte, zeig sie mir." Tabea lässt nicht locker. Er hängt den Helm an den Lenker des Motorrades, steigt in den Bus. Sie folgt ihm. Er schiebt einen Eimer mit Farbtöpfen zur Seite, zieht eine Kartonschachtel unter dem Bett hervor. „Darf ich?" Sie blickt ihn fragend an.

„Bitte."

Neugierig nimmt sie eine der kleinen Leinwände heraus. Überrascht stößt sie die Luft zwischen den Zähnen hervor. Das Bild ist das pure Gegenteil jener Bilder, die sie bisher von Greg gesehen hat. Bunt, in allen Farben leuchtend, ohne eindeutig erkennbares Motiv. Hier wirken Farben, ziehen den Betrachter in ihren Bann. Sie holt weitere Bilder aus der Schachtel, alle im selben Stil gemalt.

„Warum willst du die nicht verkaufen?" Begeistert blättert sie durch die kleinen Kunstwerke.

„Ich weiß nicht. Ich finde sie nicht mehr so gut wie damals, als ich sie gemalt hab'." Zweifelnd fährt sich Greg mit dem Zeigefinger übers Kinn. Die kurzen Bartstoppeln geben ein kratzendes Geräusch von sich.

„Na und? Nur, weil du gerade in einer anderen künstlerischen Phase steckst, heißt das doch nicht, dass es keine Käufer für deine früheren Bilder gibt. Komm, lass es uns versuchen!" Ihre Augen leuchten. Sie ergreift seine Hand. Er lässt sich von ihrem Eifer anstecken.

„Okay, pack sie in diese Tasche dort ein."

Vollbepackt mit rund einem Dutzend kleiner Leinwände steigt Tabea aufs Motorrad. Greg dreht sich zu ihr um. „Halt dich gut fest, die Straße ist kurvig."

„Mach ich gern!" Sie grinst und schlingt ihre Arme um seine Taille. Seine Augen blitzen kurz auf, dann tritt er aufs Gas.

Tabea vergräbt ihr Gesicht in seiner Jacke, nimmt den Geruch von Leder und Räucherstäbchen in sich auf. Das gleichmäßige Rattern des Motors in ihren Ohren betäubt ihre Gedanken. Sie schwingt von links nach rechts, je nach Kurve, eng an Greg geschmiegt. Seine wehenden Haare streifen über ihre Stirn. Sie fühlt sich geborgen. Ihre Hände graben sich tief in den glatten Lederstoff, der sich unter ihren Fingern wärmt. Nur festhalten, ohne denken, entscheiden, planen zu müssen.

Mit Bedauern steigt Tabea ab, als er das Motorrad am Rand eines Dorfplatzes parkiert. Sie blickt sich um. Der Platz ist nicht groß. Zahlreiche kleine Marktstände stehen in Reihen, ziehen sich weiter durch enge Gassen. Zweistöckige Häuser mit weißem Putz und kleinen Fenstern ragen gedrungen in den stahlblauen Himmel. Vereinzelt zieren Blumentöpfe die Simse, aus einem geöffneten Fenster klingen repetitive Klavierklänge. Ein lebhaftes Flimmern liegt in der Luft. Der Duft von gebratenem Fisch kitzelt Tabeas Nase.

Auf Gregs Gesicht liegt ein zufriedenes Lächeln. Er hat den Helm ans Motorrad gehängt und geht von einem Stand zum nächsten. Er schüttelt Hände, wechselt hier und da einige Worte. Tabea schlendert mit freudiger Erregung hinter ihm her. Immer wieder zwängen sich Menschen an ihnen vorbei, Eltern mit kleinen Kindern an der Hand, ältere Menschen mit Gehstöcken, elegante Damen mit gepflegten Schoßhunden an der straff gespannten Leine.

An einem langen Tisch, der sich unter der Last bunt gemischter Dinge biegt, wird Tabeas Blick von einer kleinen Kaffeemühle angezogen. Sie steht, halb verborgen, zwischen Kochtöpfen, Schüsseln, Häkeldecken und Mausefallen. Die Mühle ist kaum größer als ihre Hand, sorgfältig gearbeitet aus dunklem Nussbaum.

„Posso?" Fragend blickt Tabea die kleine Marktfrau mit dem bunten Kopftuch an.

„Sim." Geschäftig holt sie die Mühle hervor, bläst kräftig darüber. Eine Staubwolke wirbelt über den Tisch. Tabea muss niesen. Die Verkäuferin reicht ihr die Mühle. Schwer liegt sie in Tabeas Hand. Der quadratische Trichter fasst nicht mehr als eine Handvoll Kaffeebohnen. Die Handkurbel ist mit einem grün angelaufenen, runden Messingknauf versehen. Vorsichtig zieht sie die Schublade heraus. Ein kleines Steinmahlwerk wird sichtbar, sauber, gut gepflegt. Sie dreht an der Kurbel und beobachtet die Bewegung des Mahlsteins. Ein leises Knarren erklingt. Tabea lächelt. Die Mühle erinnert sie an ihre Großmutter. Oft ist sie an kalten Wintertagen bei ihr gesessen, hat für sie mit einer solchen Mühle Kaffee gemahlen. Sie wird sich mit der Verkäuferin rasch einig. Kurz darauf verstaut sie die kleine Kaffeemühle sorgfältig in ihrer Umhängetasche.

Sie blickt sich nach Greg um. Sie findet ihn neben einem Stand mit Töpferware.

„Hast du einen Platz für deine Bilder gefunden?" Interessiert mustert sie den kleinen Mann, der gebückt hinter der Töpferware steht.

„Das ist João. João, das ist Tabea." Tabea drückt die sehnige Hand und schenkt dem Verkäufer ein fröhliches Lächeln. „João stellt mir einen Teil seines Tisches für meine Bilder zur Verfügung."

„Sehr gut. Dann lass uns gleich anfangen." Tabea misst die Tischfläche mit den Augen. Auf rund einem Quadratmeter drapiert sie Bild um Bild, arrangiert, stellt wieder um, sucht nach Verpackungsmaterial, das sie hinter die Bilder stellen kann. Sie vergisst die Menschen um sich herum, taucht ein in das Zusammenspiel von Formen und Farben. Greg schaut ihr belustigt zu. Nach rund zehn Minuten ist sie fertig. Zufrieden betrachtet sie ihr Werk. Die kleinen Bilder setzen einen kraftvollen Akzent neben der terracottafarbenen Töpferware.

„Mama, schau mal, die Bilder sind schön! Darf ich eins haben?" Ein Mädchen mit braunen Zöpfen steht staunend davor. Die Mutter stellt sich dazu. „Das hier, das gefällt mir am allerbesten!" Begeistert zeigt das Mädchen auf eine mittelgroße Leinwand. In der Mitte prangt eine rote Kugel, die sich rasch zu drehen scheint und aus der unzählige Farben in alle Richtungen fliegen.

„Du hast einen sehr guten Geschmack!" Tabea zwinkert ihr zu. „Das ist nämlich auch mein Lieblingsbild."

Die Kleine strahlt sie an.

„Wie viel möchten Sie denn für das Bild?" Die Mutter zögert.

„Greg?" Tabea gibt die Frage weiter.

„Die mittleren Bilder kosten 40 Euro."

„Ui, das ist viel." Die Mutter wiegt ihren Oberkörper vor und zurück, lässt die Augen über die Nachbarstände schweifen, als suche sie nach etwas Günstigerem.

„Dann wünsche ich es mir zum Geburtstag, der ist ja schon bald!" Die Stimme des Mädchens klingt glockenhell durch die enge Gasse.

„Wenn du bald Geburtstag hast, dann bekommst du das Bild für 35", sagt Tabea rasch mit einem verstohlenen Blick zu Greg. Er lächelt.

„Einverstanden. Aber dafür gibt's dann keine neue DVD." Das Mädchen fällt der Mutter um den Hals und Tabea wickelt die Leinwand in Seidenpapier, das sie in einer Kartonschachtel bei den Töpferwaren entdeckt hat. Glücklich hüpfend entfernt sich das Mädchen an der Hand ihrer Mutter.

„Respekt, du hast Talent als Verkäuferin!" Anerkennend legt ihr Greg die Hand auf die Schulter. Seine Stimme erklingt dicht neben ihrem Ohr.

„Das ist nicht besonders schwer bei deinen Bildern", gibt sie das Kompliment zurück. Die Wärme seiner Hand breitet sich als feines Kribbeln über ihrem Rücken aus. Sein Gesicht ist ganz nah an ihrem. Ein kleiner Leberfleck klebt zwischen der rechten Nasenöffnung und der Oberlippe. Helle, kurze Wimpern umrahmen die kleinen Augen mit der unergründlichen Tiefe.

Zwei Stunden später und nochmals um 30 Euro reicher packen Greg und Tabea die Leinwände ein. Ihr Magen knurrt, der Fischgeruch lässt ihn rebellieren.

„Tabea, ich hab' Lust zum Feiern. Komm, lass uns einen guten Wein kaufen."

Bei einem Stand mit portugiesischen Spezialitäten machen sie Halt, decken sich mit zwei Flaschen Rotwein aus dem Alentejo und zwei süßen Pastel Natas ein. Die Vanilletörtchen in Blätterteig passen zwar überhaupt nicht zum Fischgeruch, aber sie schmecken vorzüglich und verdrängen den Hunger. Mit den letzten Sonnenstrahlen kehren Greg und Tabea in die Bucht zurück.

„Was hältst du von einem Lagerfeuer? Ich bereite einen Teig vor und wir backen Stockbrot über dem Feuer. Dazu der Wein. Oliven hab' ich auch noch." Tabea schwingt ihr Bein über den Sitz des Motorrads, hält sich an Gregs Arm fest. Ihre Wangen glühen. Der Strand ist leer, der graue

Hund hebt sein Bein an einem Stein. Eine Möwe stolziert vor ihm auf und ab.

Greg nickt bedächtig. Seine blonden Locken stehen von der luftigen Fahrt in alle Richtungen ab. Er streicht sie mit einer Hand nach hinten.

„Ja, das könnt heut passen." Der Hund stürzt sich auf die Möwe, die mit lautem Kreischen ihre Flügel ausbreitet und mit drei kräftigen Schlägen über dem Hund aufsteigt. Sein wütendes Bellen erfüllt die Stille des Abends.

„Dann bis später!" Tabea verschwindet fröhlich winkend in ihrem Bus.

Während der Hefeteig geht, legt sie sich aufs Bett und schließt die Augen. Sie fühlt sich gut. Die Aktivität auf dem Markt hat sie belebt. Plötzlich verspürt sie Lust wieder zu arbeiten. Den Blick an die Wand geheftet, ziehen die Markt-stände an ihr vorbei. Sie hört das Gemurmel der Menschen, die durch die Gassen schlendern, sieht das geschäftige Trei-ben der Verkäufer. Ihre Augen fallen zu.

Als sie erwacht, ist es dunkel. Verschlafen tastet sie nach dem Handy. Fast zehn Uhr. Durch das Fenster des Busses leuchtet der unregelmäßige Schein eines Feuers. Sie steht auf, hebt das Küchentuch von der Schüssel. Der Teig ist prächtig aufgegangen. Rasch zieht sie das Glas mit den Oli-ven aus dem Küchenschrank und verlässt den Bus.

Um ein kleines, kräftiges Feuer unmittelbar vor Gregs Bus sitzen drei Leute. Elsie, die Konga zwischen den Beinen, Greg und ein kleiner Mann mit einer Art riesigen umgedreh-ten Schüssel auf dem Schoß. Seine Hände fliegen über das blecherne Etwas, entlocken ihm Klänge in unterschiedlichen Tonhöhen, die weit über den Platz schweben. Fasziniert bleibt Tabea stehen, lauscht dem Klangteppich, der aus einer anderen Sphäre zu kommen scheint.

Als Greg sie entdeckt, steht er auf und tritt auf sie zu. „Hallo." Sein Grinsen holt sie auf den Boden zurück. Er hält ihr einige Stöcke hin. „Hier, fürs Brot." Sie nimmt sie lächelnd, löst sich von der klingenden Schüssel, tritt ans Feuer. Sie dreht kleine Teigportionen auf die Stöcke und steckt die Spieße schräg in den Boden über die Flammen. Greg reicht ihr eine der Weinflaschen.

„Weingläser hab' ich keine, ich hoff', das stört dich nicht."

Sie schüttelt den Kopf und nimmt einen Schluck aus der Flasche.

„Mh, sehr gut! Da merk' ich erst, dass ich schon lang keinen guten Wein mehr getrunken hab'." Sie spürt dem herben Geschmack auf der Zunge nach. „Was ist das für ein Instrument?" Sie deutet mit dem Kopf auf die überdimensionale Schüssel.

„Kennst du nicht?" Greg dreht den Kopf in ihre Richtung, die Augen an den kleinen Mann geheftet. „Das ist ein Hang. Das Wort stammt aus einem Schweizer Dialekt und heißt auf Deutsch „Hand". Soll heißen, das Ding klopft man mit der Hand. Es wurde vor einigen Jahren von zwei Schweizern erfunden und wird in der Originalqualität ausschließlich in der Schweiz hergestellt. Heut bekommst du weltweit oftmals billige Kopien, die dem originalen Klang nie das Wasser reichen können."

Aufmerksam betrachtet Tabea die Hände des Mannes, die flink auf das Stahlblech klopfen. Elsie fällt mit der Konga ein. Tabea summt leise Harmonien zu den Hang-Klängen, wiegt den Oberkörper rhythmisch vor und zurück. Sorgfältig dreht sie die Spieße ein wenig um. Zaghaft breitet sich der Duft nach frisch gebackenem Brot aus. Allmählich wird ihr Summen lauter, sie öffnet den Mund, formt die Töne mit immer mehr Sicherheit.

Als sie die Brote erneut umdreht, bemerkt Tabea, das der Kreis ums Feuer größer geworden ist. Neben ihr sitzt Linda, die schlafende Luna auf dem Schoß. Daneben Nick, begleitet von Angelika. Zwei weitere Männer sitzen zwischen Elsie und Greg. Nick hält eine Gitarre auf dem Schoß, legt die Töne zwischen ihren Gesang und den Klang des Hang. Tabea schließt die Augen, lässt sich ausfüllen von der Kraft der Musik, die ihren Körper zum Schwingen bringt.

„Hey, dein Brot!" Linda stößt sie in die Seite.

Erschrocken öffnet Tabea die Augen. Rasch zieht sie zwei Stöcke vom Feuer. Der intensive Brotduft lässt ihr das Wasser im Mund zusammenlaufen.

„Was denn, das ist doch perfekt!" Sie hält Linda ein dampfendes Stockbrot unter die Nase.

Schnell weicht Linda zurück. „Ja, jetzt schon noch!" Sie grinst Tabea breit an.

Sie teilen das warme Brot, die zweite Weinflasche macht die Runde, von irgendwo her folgt eine dritte. Sie lauschen der Musik, summen mit. Tabakrauch mischt sich mit dem Rauch des Feuers. Tabea erkennt den Geruch von Nicks Tabak. Sie zieht, als die Zigarillo auf ihrer Runde bei ihr vorbeikommt. Wohlige Trägheit legt sich wie eine Decke über ihr Hirn. Der Rauch kribbelt in der Nase. Die Wärme des Feuers erhitzt die Gesichter. Glühende Wangen leuchten im rötlichen Schein, Augen blitzen auf. Hin und wieder legt sich ein Lachen über das Gemisch aus Worten und Klängen.

Schräg gegenüber sitzt Greg, die Haare in wildem Durcheinander um seinem Kopf. Er trägt einen weiten, grauen Pullover mit tiefem Ausschnitt, der durch schmale Bändel zusammengehalten wird. Auf seiner Brust leuchtet eine runde Muschel an einem Lederband. Schatten tanzen auf seinem Gesicht, es scheint Tabea, als spräche es zu ihr. Als seine Augen auf ihre treffen, zuckt sie zusammen. Ihr Atem geht schneller. Sie meint, seine Hände auf ihrer Haut zu spüren. Wie sie sachte über ihren nackten Bauch streichen, so sanft, dass sich ein feines Ziehen über ihre Haut ausbreitet. Ihre Füße werden feucht, die Hitze des Feuers durchdringt ihren Körper. Die Erinnerung an seinen Geruch wird lebendig, heftig zieht sie die Luft durch die Nase. Sie sieht ihn neben sich, spürt sein Gewicht auf sich. Ein leises Stöhnen entweicht ihr. Benommen steht sie auf, schwankt, sucht den Weg in die Dunkelheit. Langsam tastet sie sich zwischen den Büschen hindurch, versucht ihre Erregung zu kontrollieren.

Dicht neben ihr knackt ein Zweig im Gebüsch. Tabea zuckt zusammen.

„Tabea, bist du das? Entschuldige, ich wollt' dich nicht erschrecken." Bill steht vor ihr.

„Was tust du hier?" Ihre Stimme klingt heiser, ihre Augenlider zucken.

„Ich hab' die Musik gehört." Seine Worte vermischen sich mit den Klängen der Musik, seine Konturen mit den Bildern des Feuers.

Tabea stöhnt erneut auf, zieht Bill zu sich. Der metallene Geruch seiner Haut verdrängt den Rauchgeschmack, versetzt die Fasern ihres Körpers in Schwingung. Sie reibt ihren Unterleib an ihm, ergreift seinen Kopf mit ihren Händen, sucht mit den Lippen seinen Mund. Ihre Zunge umschlingt seine. Sie saugt daran, beißt sachte darauf, bis dumpfes Stöhnen durch seinen verschlossenen Mund dringt. Ihre Hände graben sich unter sein Hemd, sie zieht die Fingernägel über seinen Rücken. Er fasst sie an den Schultern, dreht sie um. Seine Hände gleiten unter ihr Shirt, legen sich auf ihre Brüste. Mit Daumen und Zeigefinger knetet er ihre Brustwarzen, entlockt ihr ein überraschtes Seufzen. Sie spürt den Druck seines Unterleibs an ihrem Steißbein. Seine Finger kneten rascher, drücken fester, ihre Brustwarzen schmerzen. Sie greift nach seiner rechten Hand, bewegt ihre Hüfte, führt seine Finger an ihre Hose.

Er öffnet den Knopf, schiebt sie ein wenig nach unten. Ohne Zögern berührt er sie zwischen den Beinen. Sie zuckt zusammen, kleine Explosionen lassen ihren Körper erbeben. Seine Finger dringen in sie ein. Sie legt ihre Hände darüber, presst seine Hand an ihr Schambein, reibt sich an seinen Fingern. Schmatzend dringt ihre Lust in die Dunkelheit der Nacht.

Sie spürt das Feuer zwischen ihren Beinen, Flammen, die an ihren Oberschenkeln lecken und sich in ihren Bauchraum ausbreiten. Rhythmisch, heftig spielt sie mit den Fingern in ihrem Körper, während die andere Hand zwischen Daumen und Zeigefinger die wunde Brustwarze festhält. Zu spät bemerkt sie den Schrei, der durch ihren Körper rast, sich aus ihrem Mund über die Äste der Büsche ergießt und weit über den großen Platz eilt.

Ihre Beine versagen, sie sackt zusammen. Die Muskeln ihres Körpers zucken unkontrolliert, ihr Unterkiefer klappert, sie beißt sich auf die Zunge. Der brennende Schmerz in ihrem Mund, vermischt mit Blutgeschmack, vermag das Feuer zu löschen, das ihren Körper vollständig erfasst hat. Sie schlingt die Arme um ihre Knie, wartet, bis das Zittern nachlässt. Feuchte Kälte legt sich wie ein Mantel um ihre verschwitzte Haut.

Als sich ihr Atem beruhigt hat, blickt sie sich um. Bill ist fort. Vorsichtig erhebt sie sich, macht einige unsichere Schritte in Richtung Bus. Sie kann sich nicht daran erinnern, wo ihre Schuhe sind. Leise schleicht sie durchs Gebüsch. Schatten bewegen sich um die Glut. Tabea schließt die Tür ihres Busses und fällt in einen tiefen Schlaf.

14

Am nächsten Mittag erwacht sie mit einem pelzigen Geschmack im Mund. Sie setzt sich auf, greift nach einer Wasserflasche. Mit jedem Schluck wird die Erinnerung an den vergangenen Abend klarer.

Ihr Brustkorb hebt und senkt sich rascher. Erschrocken bemerkt sie die Erregung, die durch die bloße Erinnerung an gestern Nacht von ihr Besitz ergreift. Wie kann das sein? Woher ist diese heftige, plötzliche Erregung gestern gekommen? Es muss mit dem Lagerfeuer zu tun haben. Wieder ist es ein Feuer gewesen, das diese unheimliche Energie in ihr heraufbeschworen hat, wie damals in der Nacht vor Paolos Ankunft. Wieder ist es eine Energie gewesen, die sie mit keinen Mitteln kontrollieren konnte, der sie machtlos ausgesetzt gewesen ist. Was passiert auf dieser Reise mit ihr? Wo führt sie hin? Ist diese unbekannte Leidenschaft ein Teil von ihr? Falls ja, wo ist sie bisher gewesen? Und wie soll sie dann künftig damit umgehen? Hinter ihren Augen baut sich ein Druck auf. Unwillkürlich streift sie mit der Hand über die Stirn. Er lässt sich nicht wegwischen.

Unruhig steigt Tabea aus dem Bett. Sie zieht sich an, kaut gedankenverloren ein Stück Brot. Ein Sonnenstrahl zwängt sich durch die geschlossenen Vorhänge, sie öffnet die Tür. Frische Meeresluft schlägt ihr entgegen. Tief atmet sie ein. Ihr Blick schweift zum Horizont, der so unendlich weit scheint. Schaumkronen blitzen weiß auf der blauen Fläche auf. Plötzlich fühlt sie sich klein. Unwichtig. Diese Einsicht entlastet, nimmt die Schärfe der Entscheidungen und Unzulänglichkeiten. Ein Lächeln breitet sich von innen heraus aus. Sie lässt die Tür offen, setzt Teewasser auf. Ein Poltern an der Buswand schreckt sie auf.

„Tabea? Morgen!" Lindas Kopf erscheint. „Wir fahren."

„Wart, ich komm'. Wie geht's Luna?" Sie übergießt einen Teebeutel mit kochendem Wasser.

„Sie ist wieder ganz gesund. Und Elsie hat mir von all ihren Wunderkugeln mitgegeben. Jetzt bin ich gegen alle Krankheiten gerüstet!" Linda kneift die Augen zusammen und boxt wild in die Luft. Tabea lacht auf. Amüsiert schaut sie zu, wie Linda immer rascher durch den Bus wirbelt und sich keuchend aufs zerwühlte Bett fallen lässt. Ihre Wangen schimmern rosig, die Nasenflügel beben leicht. Nach einer kurzen Pause richtet sie sich auf.

„Komm." Sie fasst Tabea an der Hand und zieht sie auf den Platz. Ein strenger Wind bläst Papiertaschentücher und leere Petflaschen vor sich her. Linda zurrt den Schal fester um den Kopf, Tabeas offene Haare strubbeln durcheinander. Die Tür des Busses, die sie offengelassen hat, schlägt hinter ihnen zu.

Vor Lindas Bus steht Nick. Er wirft Luna hoch in die Luft. Die Kleine jauchzt vor Vergnügen, das weiße Hemd flattert um ihren Körper.

„Komm, Luna, wir fahren."

Das Mädchen schlingt seine Arme um Nicks Hals. Der hagere Mann streicht ihr über den Rücken. Dann reicht er sie Linda auf den Beifahrersitz. Seine Hände zittern fast unmerklich. In seinem Augenwinkel glitzert eine Träne.

„Tschüss, ihr beiden, alles Gute!" Tabea drückt Linda fest, dann schließt sie die Tür. Mit lautem Hupen zieht ein Konvoi aus drei Bussen einen Kreis über den Platz. Tabea und Nick winken, bis der letzte Bus im Wald verschwunden ist.

Nick setzt sich auf den Boden, wühlt laut schniefend mit den Fingern im Sand. Tabea setzt sich hinter ihn, drückt ihre Schienbeine in seinen Rücken. Er lehnt sich an.

Ein Beben geht durch seinen Körper. Sie hört, wie er scharf die Luft einzieht. Seine Schultern erzittern. Eine Rastalocke löst sich aus seinem Turban, fällt in den Ausschnitt seines Hemdes. Sie spürt an ihren Beinen, wie sich seine Rückenmuskeln verhärten. Ein seltsames Geräusch dringt an ihr Ohr, das sie nicht sofort einordnen kann. Es ist ein langgezogener, dumpfer Ton, der von kurzen Atemstößen durchbrochen wird. Als er an Intensität zunimmt, erkennt sie ein leises, heftiges Schluchzen. Nicks Kopf fällt auf seine Brust, seine Arme klammern sich um die Knie. Seine Schultern zucken, immer mehr Locken fallen auf seinen Rücken.

Tabeas linker Fuß schläft ein. Reglos verharrt sie hinter Nick. Allmählich lässt das Zittern seines Körpers nach. Er sackt in sich zusammen, der Rücken wird weich. Schlaff hängen die Arme in seinen Schoß, spannungslos ziehen die Schultern den Kopf nach unten. Sein Atem geht gleichmäßig. Sie schließt die Augen und lässt sich auf den Rhythmus seines Atems ein. Sie spürt ihn an ihren Schienbeinen. Tief fließt die warme Luft in ihre Lungen, ihren Bauch, Sauerstoff schießt in die Beine. Ihr linker Fuß kribbelt. Sie bewegt die Zehen.

Der graue Hund erscheint aus dem Nichts, wedelt um Nick und Tabea herum. Seine Nase stupst Nicks Fuß, seine Zunge gleitet über die Wade.

Ein kaum spürbarer Ruck geht durch den schmalen Körper. Seine Hand holt den Tabak aus der Tasche. Die Finger zittern, als er ihr die Zigarillo reicht.

„Warum bist du nicht mitgefahren?" Ihre Frage klingt laut in der Stille des Mittags.

Er schweigt. Sie hört das Rauschen des Windes in den entfernten Kiefern und das der Wellen, die höher an den Strand schlagen als gewöhnlich. Nach der dritten Zigarillo steckt er den Tabak weg. Er steht auf und verschwindet wortlos im Gebüsch.

Tabea massiert ihren linken Fuß. Als der Schmerz nachlässt steht sie auf. Sie streckt den Rücken durch, wiegt den steifen Hals. Erst jetzt nimmt sie Gregs Augen wahr, die auf sie gerichtet sind. Er sitzt vor seinem Bus, Papier und den Kohlestift in der Hand.

Neugierig setzt sie sich neben ihn. Sie erkennt sich sofort hinter Nick. Erschrocken starrt sie auf sein Gesicht. Schmerzverzerrt, die Augen weit aufgerissen auf den Boden gerichtet, scheint er große innere Qualen zu durchleben. Unter Gregs geschickten Fingern ballt er die Hände zu Fäusten.

Als Greg den Stift zur Seite legt, fragt sie mit belegter Stimme: „Hast du ihn tatsächlich so erlebt?"

„Ich mal' nur, was ich seh'. Hat er sich anders angefühlt?" Sein Blick streift sie von der Seite.

Sie schüttelt den Kopf. „Aber von vorn wirkt er noch beängstigender." Vorsichtig streichen ihre Finger über die Kohlestriche. „Warum er wohl nicht mitgefahren ist?"

Als Greg nicht antwortet, spricht sie ihn direkt an: „Kennst du ihn?"

Er lächelt. „Du meinst, ob ich etwas über ihn weiß?"

Irritiert halten ihre Finger inne. „Ja, sag' ich doch." Ihre Stimme klingt ungeduldig.

„Etwas über einen Menschen zu wissen ist nicht dasselbe wie einen Menschen zu kennen", entgegnet Greg ruhig.

Tabea seufzt. „Du hast Recht. Also: Weißt du was über ihn?"

„Nein. Er ist sehr aufmerksam, aber er spricht nicht viel. Seine Augen stehen nie still. Dass er Luna liebt, weißt du selber."

„Kannst du dir vorstellen, warum er nicht mitgefahren ist?" Ihre Finger nehmen die Bewegung über die Zeichnung wieder auf.

„Ich versuch' nicht, mich in meine Mitmenschen hineinzudenken. Es ist anmaßend sich einzubilden, die inneren Motivationen anderer Menschen verstehen zu können." Greg kaut auf dem Ende seines Kohlestiftes herum.

Tabea steht auf, verschwindet in ihrem Bus und kommt gleich darauf zurück. Sie hält Greg eine Stange Süßholz hin. Überrascht blickt er sie an.

„Nun nimm schon. Deine letzte hab' ich dir ja schließlich weggekaut." Sie grinst. Sie meint, einen Hauch von Zärtlichkeit über sein Gesicht huschen zu sehen, bevor er zurückgrinst. Wortlos nimmt er den Stängel und schiebt ihn in den rechten Mundwinkel.

Tabea kneift die Augen zusammen und atmet tief durch, bevor sie das abgebrochene Gespräch wieder aufnimmt.

„Mich interessieren die Menschen, mit denen ich zu tun hab', aber trotzdem, auch wenn ich nicht in sie hineinschauen kann."

„Dann frag Nick selbst und nicht mich." Gelassen zieht Greg eine Augenbraue in die Höhe.

Ob er wohl jemals die Geduld verliert? Diese abgrundtiefe Ruhe, die er ausstrahlt, beeindruckt und verunsichert Tabea gleichermaßen. Sie zieht die Beine zum Bauch und umfasst die Knie.

„Das hab' ich schon." Schweigend kauen sie.

Die Zeichnung liegt vor ihnen auf dem Boden. Ein Windstoß bläst Sandkörner darauf. Greg hält das Blatt in die Höhe, schüttelt es sauber. Die Sonne scheint von hinten durch das Papier hindurch. Sofort wirken die Striche härter, die Szene gewinnt an Schärfe. Fasziniert betrachtet Tabea den Wirkungswandel.

„Warum verkaufst du diese Bilder nicht?"

Sein Blick trifft sie so abrupt, dass sie unwillkürlich zurückweicht. Sein Mund ist leicht geöffnet, in seinen Augen wechseln Fassungslosigkeit, Erschrecken und Ungläubigkeit. Als er den Mund schließt, sagt sie leise: „Ich hab' dich noch nie sprachlos erlebt."

Unverwandt blickt sie ihn an. Das Entsetzen weicht aus seinen Augen, sein Blick wird nachdenklich. Er wendet sich ab und steht auf. Langsam macht er einige Schritte von ihr weg, dreht sich um, läuft auf sie zu, geht wieder weg. Dann setzt er sich ihr gegenüber. Er öffnet den Mund, schließt ihn.

Sie lässt den Oberkörper auf den Boden sinken, verschränkt die Hände hinter dem Kopf. Mit den Augen verfolgt sie die Wolken, die in hohem Tempo über den Himmel jagen. Ein Wetterumschwung kündet sich an. Sie spürt Gregs Blick auf sich, kann den Weg der unbeständigen Augen fast nachfühlen. Der Boden strahlt seine Wärme auf sie ab, sie fühlt sich fest verankert, sicher. Seine Unruhe gleitet über sie hinweg. Nach einer Weile lässt sie ein Knurren in ihrem Magen aufstehen. Greg hantiert in seinem Bus.

Während Tabea in ihrer kleinen Küche Salat wäscht, fällt ihr Blick auf ihr Handy. Drei unbeantwortete Anrufe. Sie trocknet die Hände und nimmt das Telefon. Paolo. Alle Anrufe sind von ihm. Sie wählt seine Nummer. Während es klingelt, knetet sie ihre Finger.

„Sì?"

„Paolo!"

„Na endlich, Tabea, schön, dass du zurückrufst."

Sie seufzt auf. Tiefe Entspannung breitet sich in ihr aus. Seine Stimme wischt mühelos die Einsamkeit weg.

„Was ist?"

„Es tut gut, deine Stimme zu hören." Sie lächelt.

„Tabea, ich bekomm den Schauspielpreis der Stadt Berlin." Seine Worte scheinen durch den Hörer zu tanzen. Es dauert einige Sekunden, bis Paolos Nachricht Eingang in ihr Bewusstsein gefunden hat.

„Paolo! Ich freu' mich so für dich!" Ihre Stimme klingt warm, zärtlich. Er hat es also auch ohne sie geschafft. Ein Gedanke zuckt vom Kopf ins Herz. Ist ihre jahrelange Arbeit für ihn am Ende überflüssig oder schlimmer, vielleicht sogar hinderlich gewesen?

„Die Preisverleihung ist am 15. Mai. Ich wünsch' mir, dass du dabei bist."

Tabea lehnt sich an die Wand. Langsam sinkt ihre Hand in ihren Schoß. Sie dreht das Handy zwischen den Fingern. Berlin. Großstadt. Ihr erster Impuls ist Widerstand. Die Vorstellung, ihre Zelte hier abbrechen und in den Großstadttumult Berlins eintauchen zu müssen, jagt ihr Schauer über den Rücken.

„Tabea?" Paolos Stimme klingt gedämpft aus dem Handy auf ihren Beinen.

Sie hält es ans Ohr. „Ja."

„Kommst du?"

Sie schließt die Augen. Ihr Herz klopft rasch. Warum eigentlich Berlin? Er arbeitet doch in München?

„Warum Berlin?" Sie spürt, dass er stutzt.

Dann spricht er langsam: „Ich bin seit drei Monaten in Berlin. Kurz nach deiner Abreise hab' ich ein Engagement am Maxim Gorcki Theater bekommen. Hab' ich dir das nicht erzählt?" Seine Stimme klingt ehrlich erstaunt.

„Nein. Aber das ist ja auch nicht so wichtig." Ist es tatsächlich nicht. Theater bleibt Theater, egal ob in München oder Berlin. Die stechenden Augen zucken schemenhaft vor ihr vorbei. Eine leichte Übelkeit macht sich in ihrem Magen breit, sie stößt sauer auf.

„Warum ist es dir so wichtig, dass ich dabei bin?" Sie spricht langsam, mit Mühe bewegen sich die Worte über ihre Lippen.

Seine Antwort folgt prompt und lässt keine Zweifel offen: „Es ist ein besonderes Ereignis für mich, das ich mit dir teilen will."

Eine Woge der Liebe überrollt sie. Sie lächelt. „Ich komme."

„Danke, Tabea."

„Tschüss Paolo. Ich meld' mich wieder, sobald ich meinen Flug gebucht hab'."

„Ciao, carissima. Ich freu' mich!"

Ihr Lächeln erstarrt, als sie das Handy sinken lässt. Sie hat versprochen zurückzukehren. Auch wenn sie nur einige Tage in Berlin verbringen wird, es wird eine Rückkehr sein. Wird die Vergangenheit sie einholen? Die Vergangenheit, die in den letzten Wochen in weite Ferne gerückt ist, scheint plötzlich bedrohlich nah. Ihr fällt auf, dass sie vergessen hat Paolo zu fragen, wo die Feier stattfinden wird. Vielleicht in einem Kursaal und gar nicht in einem Theater. Doch es ist zu spät. Erinnerungsfetzen überschwemmen sie mit einer Wucht, die sie in die Knie zwingt. Langsam rutscht sie am Schrank entlang zu Boden.

In ihrem Kopf herrscht dumpfe Stille, unterbrochen von einem diffusen Flüstern an ihrem Ohr. Sie riecht Bohnerwachs, schwere, alte Polstersessel und den Duft eines herben Rasierwassers. Dunkelheit umgibt sie, lediglich ein schmaler Neonlichtstreifen fällt vom Korridor durch den Spalt der Tür. Die geflüsterten Worte werden deutlicher, doch bevor Tabea sie verstehen kann, verblasst die Erinnerung. Sie findet sich wieder in der Cafeteria des Theaters. Gedämpftes Licht, Klaviermusik aus den Lautsprechern, die asiatisch aussehende Bedienung hinter dem Tresen vor ihr. Parfümschwangere, warme Luft in der Nase reizt sie zum Niesen. Paolo steht wenige Meter von ihr entfernt, umgeben von Schauspielerinnen und anderen weiblichen Fans. Sein schwarzes Kraushaar klebt feucht auf der Stirn. Zwischen zwei Köpfen hindurch lächelt er sie an.

Abrupt steht Tabea auf. *Schluss, aus, genug. Berlin ist nicht München, und die Vergangenheit kehrt nicht zurück.* Mit dem Küchentuch trocknet sie sich das schweißnasse Gesicht. Energisch wendet sie sich wieder ihrem Salat zu. Die Blätter, die noch immer im Wasser liegen, sind prall und knacken, als sie sie auseinanderzupft. Sie schüttelt sie, dass die Tropfen fliegen, und schichtet sie gemeinsam mit Gurken- und Tomatenscheiben in eine Schüssel. Sie arbeitet konzentriert, sorgsam darauf bedacht, ihren Gedanken keine Möglichkeit zu geben, sich noch einmal selbständig zu machen.

Mit der Schüssel in der einen und einer Bierflasche in der anderen Hand setzt sie sich vor ihren Bus. Ein Knistern liegt in der Luft, sie fühlt eine Spannung, die ihre Härchen auf den Armen aufstellt. Die Wolken sind dichter geworden, Sonnenstrahlen blitzen silbern dazwischen hervor. Der Wind hat aufgefrischt, Sand wirbelt in Böen über den Boden. Es riecht nach Regen. Knackend zerbeißt Tabea ein Salatblatt.

Sie liebt die Stimmung vor einem Gewitter. Das Aufstauen sämtlicher Energien, bevor sie sich in Wetterleuchten und heftigen Regenschauern entladen. Sie fühlt sich aufgekratzt, voller Tatendrang. Am liebsten würde sie ins Wasser laufen und zwischen den gebündelten Sonnenstrahlen tauchen. Aber sie weiß, dass der Aufenthalt im Wasser bei Gewitter tödlich sein kann. Darum begnügt sie sich damit, ihren Salat zu essen und das rasch wechselnde Licht am Himmel sowie die Menschen auf dem Strand zu beobachten. Einige liegen schlafend im Sand, nicht ahnend, was sich da am Horizont zusammenbraut. Andere packen hektisch ihre Badetücher und Sonnencremes ein. Die Sonnenschirme sind schon lange verschwunden, der Wind hätte sie sonst weit über den Strand aufs Meer getragen. Ein Jeep rast über den Platz, hinterlässt eine Staubwolke.

„Idiot", murmelt Tabea und wischt den Schmutz von der Bierflasche. Eine Frau mit einem kleinen Jungen an der Hand läuft vorbei. Ihre Gedanken schweifen zu Linda. Hoffentlich hat sie Erfolg. Mit der nächsten Bö zieht sie die Bustür zu.

Auf dem Tisch steht die Kaffeemühle. Liebevoll streicht Tabea über den Trichter. Sie sucht einen Lappen, setzt sich aufs Bett. Sorgfältig reibt sie die Messingteile sauber bis sie blitzen. Draußen ist erstes Donnergrollen zu hören. Plötzlich wird es dunkel. Sie macht Licht und sucht nach einer Kerze. Die tanzenden Flammen bringen sie zurück in ihre Kindheit. Sie sitzt bei ihrer Großmutter, die dicke rote Kerze auf dem Tisch. Sie mahlt Kaffee, während die alte Frau mit rauer Stimme singt. Lieder vom Fernweh, von der Heimat, von Soldaten im Krieg, von der Liebe. Tabea schüttet Kaffeebohnen in den Trichter und achtet genau darauf, dass keine daneben fällt. Eine Melodie fällt ihr ein. Sie summt, während sie mahlt. Der Kaffeeduft vermischt sich mit dem Geruch von Lederpolitur und Veilchenduft, Großmutters bevorzugtem Gesichtswasser. In Erinnerungen schwelgend lauscht sie dem leisen Brodeln des Kaffees, das allmählich lauter wird. Darin vermischt sich das Prasseln des Regens, der mit voller Wucht über die Bucht hereinbricht.

Tabea liegt im Bett. In der Ferne ist vereinzelter Donner zu hören, hin und wieder zuckt ein Blitz. Der Regen hat nachgelassen. Sie findet keinen Schlaf. Ihre Gedanken wandern zu Paolo. *Ich schaff es nicht, nach einer Vorstellung alleine nach Hause zu gehen.'* Seine Worte damals am Strand. Ihr Atem beschleunigt sich, sie schlägt die Bettdecke zurück. Sie sieht ihn vor sich, verschwitzt von der Anstrengung des Schauspiels, mit roten Wangen und glücklichen Augen. Schon damals sind ihm Frauen nachgelaufen, nicht selten ist eine rote Rose in seiner Garderobe gestanden. Sie ist niemals eifersüchtig gewesen, hat sie doch jederzeit die tiefe Liebe gespürt, begleitet von unerschütterlichem Vertrauen.

Wie anders fühlt sich das alles nun aus der Distanz an. An Paolos Situation hat sich nicht viel verändert. Aber nun ist es nicht mehr sie selbst, die an seinen Emotionen teilhaben kann. Nun sind es andere. Wer sind diese Frauen? Oder ist es bloß eine? Wird sie sie kennenlernen, wenn sie nach Berlin fliegt? Was wird dann geschehen? Sie hasst Eifersuchtsszenen, erinnert sich mit Grauen an Bills Auftritt bei Paolos Besuch in der Bucht.

Paolo. Tabea sieht seine dunklen Augen vor sich, die schwarzen Augenbrauen. Er hat es geliebt, sie anzuschauen. Oft ist sie nackt vor ihm gelegen, während er ihren Körper betrachtet hat. Von allen Seiten, aus jedem Blickwinkel. Seine Blicke haben sie gestreichelt, gekitzelt, auf eine Art und Weise erregt, die sie nicht zu erklären vermag. Sie hört seine leise Stimme, die immer von Geheimnissen zu erzählen schien. Plötzlich stutzt sie. Die schwarzen Kraushaare werden länger, heller, verdichten sich zu einer wilden Mähne. Zwischen den weichen Lippen hängt ein brauner Stängel, der sich zuckend auf und ab bewegt. Graue Augen durchdringen sie. Sie spürt Feuchtigkeit zwischen ihren Beinen, ihre Brustwarzen richten sich auf. Unruhig dreht sie sich zur Seite.

Sie erschrickt, als es klopft. Im Dunkeln geht sie zur Tür. Es klopft erneut.

„Tabea, bist du noch wach?" Bill.

Sie öffnet. Die Umrisse seines nackten Oberkörpers sind schwach zu erkennen. Sie ergreift seinen Arm, zieht ihn herein und schließt die Tür. Feuchtes Haar streift ihre Schulter.

Unaufhaltsam breitet sich ein Kribbeln unter ihrem Bauchnabel aus. Mit beiden Händen umfasst sie seine kalte Taille. Sie meint Bratspeck zu riechen. Ihre Zunge sucht seine Brustwarze. Sie nimmt sie zwischen die Zähne, beißt sachte darauf. Bill stöhnt überrascht auf. Seine Finger wühlen in ihren Haaren.

Sie schiebt ihn durch die Dunkelheit an den Tisch, kniet nieder, zerrt seine Hose herunter. Mit bebender Brust spürt sie, wie die Erregung augenblicklich zwischen seine Beine schießt. Ihre Hände streichen über die weiche Haut, gierig atmet sie seinen Geruch ein. Ihre Finger spielen zwischen seinen Beinen. Sie berührt ihn mit der Zunge, kreist um die Spitze seines Penis', umfasst sie mit den Lippen. Sie nimmt ihn in ihrem Mund auf. Undeutliches Stöhnen schwebt über ihrem Kopf, sie spürt starkes Ziehen an ihren Haaren. Gleichzeitig meint sie die Wärme von Händen zu spüren, die zart über ihren Bauch streichen. So zart, dass sich alle Konzentration auf diese Berührung lenkt. Der Platz in ihrem Mund wird enger, ihre Zunge fährt über die zum Zerreißen gespannte Haut. Ihr Bauch unter den imaginären Händen vibriert.

Unvermittelt lässt Tabea von ihm ab. Bills unterdrückter Schrei verhallt in den dunklen Ecken ihres Busses. Sie legt sich rittlings auf den Tisch, spreizt die Beine, zieht ihn an sich heran. Ein Blitz schießt über den Bus, Bills Oberkörper leuchtet in seinem Licht auf. Ein gewaltiges Krachen lässt die Wände des Busses erzittern, Gläser klirren im Küchenschrank.

Tabea schließt die Augen. Die Luft ist zum Zerreißen gespannt, ein metallischer Geschmack legt sich auf ihre Zunge. Eine dumpfe Beklemmung um ihre Brust erschwert das Atmen. Es ist ihr, als würden lange Haare über ihr Gesicht streifen. Sie führt Bill, lässt ihn über ihrer Öffnung kreisen. Die kalte Oberfläche des Tisches wird wärmer, immer heftiger reibt ihr Rücken darüber bis er glüht. Ihre Hände liegen an Bills Hüfte, die Fingernägel graben sich in die noch immer kalte Haut. Spürt er ihre Hitze nicht? Warum lässt sie ihn so kalt? Vor ihrem inneren Auge erscheint Paolo. Tabea erschrickt. Als sein Gesicht näher kommt, erkennt sie, dass er lächelt. Er ist so nah, dass sie seinen Atem an ihrer Wange spürt. Seine Augen flackern. Tabeas Hände beginnen zu zittern.

Plötzlich spürt sie eine starke Dehnung zwischen den Beinen, ein unnatürlicher Laut dringt durch ihre zusammengebissenen Zähne. Bill packt sie bei den Handgelenken, drückt sie neben ihrem Kopf auf den Tisch. Sie reckt die Brüste in die Höhe, versucht seinen Körper mit ihren Brustwarzen zu berühren. Warum greift er nicht danach? Das tut er doch sonst immer. Paolo! Voller Begierde stöhnt sie auf.

Er riecht nach Kaffee und Schweiß. Wo ist der Geruch nach Bratspeck geblieben? Sie nimmt wahr, wie ihre Finger kalt werden. Der Druck seiner Hände auf ihren Handgelenken schmerzt. Er bewegt sich heftig in ihr, seine Stöße sind kurz und tief. Paolos Gesicht verblasst. Sie bewegt ihre Hüfte, umschlingt ihn mit ihren Beinen, reibt sich an ihm.

Sie spürt die Welle, die von tief unten heraufrollt, die zarten Berührungen auf ihrem Bauch wegspült und sich in einem heftigen Zucken über ihren Körper ausbreitet. Wie ein Pfeil schnellt Bill zurück, stößt sich an der Kochzeile. Sie rollt sich vom Tisch und lässt sich aufs Bett fallen.

Tabeas Körper vibriert. Ein süßer Geruch dringt in ihre Nase. Als Bills Keuchen nachlässt, dreht sie sich auf den Rücken. Ihre Augen mustern Bill. Im grellen Licht der Blitze, die unentwegt über den Himmel jagen, wirkt sein Körper drahtig, weiße Härchen leuchten auf seiner Brust. Seine Haare kleben feucht an der Stirn. Wie können sie vorhin ihr Gesicht gestreift haben? Irritiert stemmt sie die Ellbogen in die Matratze.

„Brauchst du was?" Ihre Stimme ist nicht mehr als ein heiseres Flüstern.

„Ein Glas Wasser." Bill räuspert sich.

Sie steht auf und reicht ihm die Flasche. Er trinkt, tastet nach seiner Hose. Der Regen prasselt erneut aufs Dach des Busses.

„Du gehst?" Überrascht fasst sie ihn am Oberarm.

„Ja." Seine Stimme klingt rau.

„Warum? Du wirst pitschenass." Tabea lehnt sich an den Tisch, streicht mit Fingern über seinen Arm.

„Vielleicht ist das gut so." Bill bückt sich und steigt schwankend in seine Hose.

Sie lacht auf, der Belag löst sich von ihren Stimmbändern. „Wozu soll das gut sein?"

„Um wieder einen klaren Kopf zu bekommen." Ratschend zieht er den Reißverschluss hinauf. Tabea legt die Hände auf seinen Hosenknopf.

„Bleib hier und schlaf, davon bekommst du auch einen klaren Kopf." Dunkel kriecht ihre Stimme in die Ecken des Busses.

Er macht einen Schritt auf sie zu. Sein Atem berührt ihr Gesicht.

„Tabea, spiel nicht mit mir."

Sie zuckt zusammen. Deutlich hört sie die Drohung in seinen Worten.

„Ich spiel nicht." Sie biegt den Kopf zurück. Ein weiterer Blitz erhellt den Bus, wirft sein weißes Licht auf ihre stolze Haltung. Bill umfasst ihre Taille, zieht sie an sich. Er drückt sie heftig, verharrt, vergräbt seinen Kopf in ihrem Haar. Sie spürt seine glühende Lende an ihrem Bauch. Genauso abrupt lässt er sie los. Sie taumelt, hält sich rasch am Tischrand fest. Er dreht sich um. Klackend fällt die Tür hinter Bill ins Schloss.

Tabea schlüpft unter ihre Decke. Bleierne Müdigkeit überfällt sie.

„Paolo, ich liebe dich", murmelt sie und ist gleich darauf eingeschlafen.

15

Nach einem frühen Morgenbad setzt sich Tabea in den feuchten Sand. Die Wassertropfen prickeln auf ihrer Haut. Ihr Magen fühlt sich an, als stünde er quer im Bauchraum. Bill hat ihr gedroht. Unmissverständlich. Sie kann sich zwar nicht so recht vorstellen, was diese Drohung bedeuten könnte, aber sie liegt lähmend auf ihren Gedanken. Unwillkürlich runzelt sie die Stirn. Es ist so verlockend gewesen, Bills Zuneigung zu nutzen, um lustvoll mit seinem Körper zu spielen, ohne sich um seine Bedürfnisse zu kümmern. Sie hat ihn zwar nicht verletzten wollen, aber irgendwie ist er einfach immer zur rechten Zeit bei ihr gewesen, wenn sie ein Ventil für ihr Verlangen gebraucht hat.

Sie muss vorsichtig sein. Das Eis, auf dem sie sich bewegt, ist dünn. Ihre Finger graben im Sand, das kratzende

Geräusch ihrer Nägel vermischt sich mit dem nahen Rauschen der Wellen.

Tabeas Augen schweifen über die Bucht. Die Wolken haben sich aufgelöst, die Sicht ist klar. Scharf zeichnen sich die Felsen vom Blau-Braun des Meeres ab. Das Wasser ist aufgewühlt vom nächtlichen Regen. Sandkörner im Wasser reflektieren die Sonnenstrahlen unter der Wasseroberfläche. Der Wind trägt den Duft feuchter Erde vom Wald herüber. Auf dem Stein inmitten der Brandung steht der Fischer, einen breitkrempigen Hut tief ins Gesicht gezogen. Mit ruhigen Bewegungen holt er die Angelrute ein, bestückt den Haken mit einem neuen Köder. Er führt die Rute über die Schulter und wirft. Tabea verfolgt den Weg des Köders, der in einem weiten Bogen über den Wellensaum in die bewegte See fliegt. Einer Statue gleich verharrt der Fischer auf dem Stein. Möwen fliegen kreischend über ihn hinweg. Die Spitze der Angelrute biegt sich. Mit einer raschen Bewegung dreht der Mann an der Kurbel. Ein Fisch springt übers Wasser, und wenige Sekunden später hält er in der Hand. Tabea beobachtet, wie er sorgfältig den Haken aus dem Fischmaul löst und das Tier in einen Eimer gleiten lässt.

Er verstaut Rute und Köderbox in einer großen Tasche, nimmt den Eimer in die andere Hand. Vorsichtig steigt er vom Stein, watet zurück zum Strand. Sein Schritt ist schlurfend, das linke Bein zieht er ein wenig nach. Vor Tabea bleibt er stehen. Er greift in den Eimer und reicht ihr einen Fisch. Sie blickt auf das zappelnde Tier, zuckt ein wenig hilflos mit den Schultern. Zarter Fischgeruch dringt in ihre Nase. Ein Lächeln huscht über das faltendurchzogene Gesicht des Mannes. Er tritt zur Seite, schlägt den Kopf des Tieres dreimal auf einen großen Stein und reicht es erneut Tabea. Sie schluckt, nimmt den leblosen Fischkörper zögernd entgegen. „Obrigada." Sie spürt die Genugtuung des

Fischers und lacht ihn zaghaft an. Er legt die Hand grüßend an die Hutkrempe, ergreift den Eimer und stapft durchs Gebüsch davon.

Nachdenklich betrachtet Tabea den Fisch in ihrer Hand. Das schlüpfrige Schuppenkleid glänzt silbern, wird zur Rückenflosse hin rötlich. Glasklar sind die Augen, sie scheinen sie anzublicken. Die Wärme ihrer Hand verdrängt die Kühle der Fischhaut.

„Huch, aua!" Tabea spürt einen heftigen Stoß in ihrem Rücken. Unsanft klammert sich jemand an ihre Schulter. Erschrocken blickt sie auf. Wirre Locken hängen in Angelikas Stirn und verdecken die Augen.

„Entschuldige. Hab' dich nicht gesehen", murmelt sie und richtet sich auf. Unbeholfen zuckt sie mit den Schultern, den Blick auf den toten Fisch in Tabeas Hand gerichtet. In ihren Augen liegt Angst.

„Was ist los?" Tabea rutscht zur Seite. Angelika lässt sich neben ihr nieder. Sie riecht nach Sommerfrische-Weichspüler. Der Saum ihres langen Strickmantels berührt den Sand. Die dunklen Locken sind leidlich zu einem Pferdeschwanz zusammengebunden, ihre sonnengebräunte Haut wirkt blass. Ein dezenter Grünschimmer liegt auf den Augenlidern, die langen Wimpern werfen dunkle Schatten über ihre Augen.

Ihre schlanken Finger mit den sorgfältig gefeilten Nägeln greifen unaufhörlich nach kleinen Muscheln, die über den Strand verteilt liegen, und werfen sie in die Wellen. Eine Möwe fliegt kreischend über sie hinweg.

„Hast du Kinder?" Angelikas Stimme klingt ungewöhnlich rau.

Ihre Frage trifft Tabea unerwartet. Sie runzelt die Stirn. „Nein." Weitere Muscheln fliegen ins Wasser. Tabea mustert Angelika von der Seite. „Warum?"

Angelikas Stimme wird leiser. „Ich habe Angst davor.“

Tabea rückt ein wenig näher, die Wellen klatschen an die Felsen am Rande der Bucht. „Angst wovor?“

„Vor der Geburt.“ Angelikas Blick ist starr auf die heranrollenden Wellen gerichtet.

Tabea spürt Ungeduld in sich aufsteigen. „Tut mir leid, Angelika, ich kapier‘ nicht, wovon du sprichst.“ Ein Ruck geht durch den Körper der Frau, sie dreht den Kopf zu Tabea. „Ich bin schwanger. Im achten Monat. Und ich weiß nicht, wie ich dieses Baby aus meinem Bauch herausbekommen soll.“ Hastig eilen die dünnen Worte über den Sand.

Sprachlos blickt Tabea Angelika an. Dann bricht sie in lautes Lachen aus. Als sie Ärger in Angelikas Blick wahrnimmt, versucht sie sich zu beruhigen. Ein wenig außer Atem sagt sie: „Ich denke nicht, dass du dir darüber Gedanken machen musst. Ich hab‘ zwar selber kein Kind geboren, aber unzählige Frauen vor dir haben es geschafft, also wird auch dein Körper wissen, was er zu tun hat.“

Angelika wendet sich ab und nimmt das Muschelwerfen wieder auf. Ihr Oberkörper wippt langsam vor und zurück. „Wahrscheinlich hast du Recht. Es ist nur...“ Sie blickt Tabea erneut an. „Ich kann das nicht kontrollieren. Ich kann das nicht planen. Ich kann mich nicht darauf vorbereiten. Ich habe keine Ahnung, was da auf mich zukommt.“ Sie spricht leise. Eine steile Falte durchteilt die hohe Stirn und kräuselt die Haut.

Neugierig betrachtet Tabea Angelika genauer. Ihre lange Strickjacke verbirgt den Bauch vollständig. „Sag mal, bin ich die Einzige, die nicht gemerkt hat, dass du schwanger bist?“

Angelika hält in ihrer Wurfbewegung inne und zuckt die Schultern. Eine schnelle Welle läuft vor ihnen auf den Sand.

Rasch steht Tabea auf, macht einige Schritte zurück. Angelika bleibt sitzen. Der Saum ihrer langen Strickjacke liegt im Wasser.

„Komm, das Wasser steigt, setzen wir uns auf die Steinmauer dort." Tabea reicht Angelika die Hand. Mit seltsamer Trägheit steht die große Frau auf, lässt sich zu einem der Steinkreise ziehen. Vorsichtig legt Tabea den Fisch in eine schattige Spalte zwischen zwei Steinen und setzt sich daneben.

Die Bewegung scheint Angelika zu beleben. Ihre Stimme klingt nun fest, die rauchgrauen Augen blicken klar. „Als ich gemerkt habe, dass ich schwanger bin, habe ich meinen Job in der Galerie gekündet und mir das Wohnmobil gekauft. Ich wollte nur noch raus aus München. Ich wollte in den Osten fahren, um das Baby abtreiben zu lassen. Der Vater ist ein One-Night-Stand, den ich nicht kenne. Ein Mann, der auf einer Vernissage der Galerie war." Ihre Worte sprudeln aus ihr heraus, ihre Finger spielen mit dem nassen Saum der Jacke, während ihr Blick zum Horizont schweift. Tabea meint, eine leichte Rötung auf Angelikas Wangen zu erkennen.

„Statt in den Osten bin ich in den Süden gefahren, ich weiß nicht, warum. Je länger ich unterwegs war, desto weniger war ich bereit, das Baby wieder herzugeben." Angelikas Hände schieben die Strickjacke zur Seite, streichen über einen kugelrunden Bauch. Fasziniert betrachtet Tabea die Frau vor sich. Angelikas Stimme klingt weich, als sie fortfährt. „An der französischen Küste bei Camaret-Sur-Mèr habe ich Nick mitgenommen. Er war per Autostopp unterwegs. Seine Anwesenheit hat mir gutgetan. Seine schweigsame, ruhige Art und die völlige Abwesenheit irgendwelcher sexueller Ambitionen." Sie hält inne, scheint innere Bilder aufzufangen. „Es gibt nur ein Bett im Wohnmobil, in dem wir nebeneinander geschlafen haben. Er hat mich kein einziges Mal berührt." Schweigend scheint sie darüber zu sinnieren. Dann gibt sie sich einen Ruck. „Er war wohl froh, ein Dach über dem Kopf zu haben. Er ist geblieben, und irgendwie sind wir hierhergekommen. Eine Zweckgemeinschaft, die gut funktioniert hat. Bis er Linda mit Luna getroffen hat." Ihre Stimme wird leise, zittert ein wenig. Mit einer Hand zieht sie kleine Steine aus der Mauer und schleudert sie auf den Boden. „Damals erst habe ich gemerkt, dass Nick wirklich lebendig ist. Plötzlich kann er lachen, er tobt mit Luna über den Strand. Und zu mir ist die Einsamkeit zurückgekehrt." In ihrer Stimme zerbricht etwas.

Sie macht einige Schritte in den Steinkreis hinein und dreht sich zu Tabea um. Zwischen heftigen Atemstößen presst sie hervor: „Als Nick gegangen ist, war ich wieder auf mich selbst zurückgeworfen. Und habe plötzlich gemerkt, dass das kleine Wesen in meinem Bauch gewachsen ist." Ihre Hände kreisen zitternd über den Bauch. Ihre Brust hebt sich, als sie tief einatmet. Stolz und schön und verletzlich zugleich steht sie vor Tabea.

Tabea windet sich. Sie fühlt sich von Angelikas heftigen Gefühlen überrollt. Ihr Blick bleibt an einem muschelbesetzten Lederarmband hängen, das um Angelikas Handgelenk liegt. Erleichtert, einen Themenwechsel vornehmen zu können, deutet sie darauf. „Das ist schön. Machst du die selber?"

Angelika nickt gedankenverloren. „Ja. Ich weiß nicht, was ich sonst tun soll." Ganz unvermittelt sinkt sie ein wenig in sich zusammen. Ihre Augen suchen Tabeas Blick. „Ich habe Angst. Ich weiß nicht, was ich bei der Geburt machen soll. Und was ich danach mit dem kleinen Menschen anfangen soll. Ich hatte doch noch nie ein Baby."

Gegen ihren Willen muss Tabea erneut lachen. Sie macht einen Schritt auf Angelika zu und legt ihr eine Hand auf die Schulter. „Ich auch nicht. Aber Linda. Warum gehst du nicht zu ihr und sprichst mit ihr?" An der Art, wie die Mundwinkel in Angelikas Gesicht zu zucken beginnen, erkennt Tabea ihren Missmut. „Linda mag mich nicht. Ich glaube nicht, dass ich mich mit ihr über solch intime Themen wie die Geburt austauschen möchte."

„Okay, dann geh zu Elsie." Auffordernd blickt Tabea Angelika an.

Sie zögert. Langsam sagt sie: „Warum nicht. Ich überlege es mir." Angelika zieht ihren Strickmantel wieder über den Bauch und hebt kurz die Hand. „Tschüss. Bis später." Tabea blickt ihr nach, wie sie zwischen den Wohnmobilen verschwindet. Für einen kurzen Moment schweifen ihre Gedanken zu Paolo und seinem großen Kinderwunsch. Sie kann sich noch immer nicht damit anfreunden.

Von hinten hört sie Schritte im Sand. Nick setzt sich neben sie auf den Boden. Sie steht auf, zieht den Fisch aus der Spalte und hält ihn ihm unter die Nase. „Ich weiß nicht, was ich damit tun soll."

„Ich helf' dir. Heut Abend." Seine Augen streifen das Schuppenkleid, das nun nur noch stumpf schimmert. Sie nickt. Er zieht seinen Tabak aus der Tasche und sie rauchen gemeinsam. Als er die Zigarillo ausdrückt, sagt er beiläufig: „Der Fisch muss gekühlt werden."

Greg steht verschlafen in seiner Tür, streckt sich und gähnt, als Tabea zu ihrem Bus zurück läuft.

„Kaffee?" ruft sie hinüber.

„Gern!" Er verschwindet hinter einem Busch.

Sie macht sich an ihrer Kaffeemühle zu schaffen, schüttet Kaffeebohnen in den Trichter, summt die Melodie ihrer

Großmutter. Mit zwei dampfenden Kaffeetassen setzt sie sich kurz darauf vor Gregs Bus.

Er erscheint, eine Schüssel in der Hand. Ein würziger Geruch steigt dampfend daraus auf.

„Was ist das?"

Greg hält ihr die Schüssel unter die Nase. Neugierig lugt Tabea hinein.

„Maisgries mit Karotten und Speckwürfeln. Isst du mit?"

„Warum nicht?" Sie ergreift eine der beiden Gabeln, die in der Schüssel stecken, und kostet. „Zwar ein wenig ungewohnt zum Frühstück, aber nicht schlecht."

Greg blickt sie von der Seite an. „Du rauchst gewöhnlich auch nicht vor dem Frühstück, oder?"

Sie spürt, wie Wärme in ihre Wangen steigt. Sie schweigt und kaut eine Karotte.

„Ich muss einen Flug nach Berlin buchen. Kennst du einen Ort, wo ich Internetzugang hab'?" Mit der Gabel schiebt sie den Rest des Essens in Gregs Richtung.

Greg nickt. „Ja." Er nippt an seiner Kaffeetasse.

„Verrätst du mir auch, wo das ist?"

„Ja." Beharrlich hält er an seiner Tasse fest.

„Und wo, bitte schön?" Sie knufft ihn in die Seite.

„Au, pass auf meinen Kaffee auf, fast hätte ich ihn verschüttet!" Er zuckt zusammen und stemmt mit gespielter Entrüstung die freie Hand in die Hüfte.

„Oh, tut mir leid, der gute, frisch gemahlene Kaffee!" Übertrieben bestürzt schlägt Tabea die Hände über dem Kopf zusammen.

Greg lacht laut heraus. „Der Kaffee ist wirklich klasse. Mahlst du ihn tatsächlich selbst?"

„Klar. Die Kaffeemühle hab' ich auf dem Flohmarkt erstanden. Sie erinnert mich an meine Großmutter."

„Darum ist der Kaffee so gut", sagt Greg sanft. Unwillkürlich heftet sich ihr Blick an sein Gesicht. Sie schweigt.
Trinkt einen Schluck Kaffee.

„Wo kann ich denn ins Internet?", nimmt sie das Gespräch wieder auf.

„Ich kann dich hinfahren. Im Gemeindezentrum im Dorf
hat es Computer mit Internetzugang. Die Preise dort sind
fair. Wann willst du fahren?"

„Ich dachte an heut Nachmittag."

„Gut. Was machst du in Berlin?" Seine Frage klingt bemüht gleichgültig. Er dreht den Kopf zur Seite, blickt sie an.

„Paolo hat den Berliner Schauspielpreis gewonnen. Die
Preisverleihung ist am 15. Mai. Er möchte, dass ich dann bei
ihm bin." Sie spürt Gregs Blick auf ihren Händen, die unruhig die Tasse drehen.

„Was belastet dich dabei?" Seine Frage erlöst sie von der
Spannung, die plötzlich wieder in ihr aufgekommen ist. Es
erstaunt sie nicht, dass er ihre Zweifel spürt.

Sie senkt den Kopf. Ihre Worte tropfen aus ihrem Mund.

„Mich beklemmt der Gedanke an die Frauen, mit denen er
zusammen war oder ist, seit ich fort bin."

Langsam hebt sie den Blick und sucht seine Augen. Sie
sprechen, ohne dass ein einziger Ton über seine Lippen
kommt. Bedrückt hört sie zu. Dann steht Greg auf. Mit einem Papier kommt er zurück und legt es in ihren Schoß.
Tabea fühlt sich, als ob ihr jemand einen Vorschlaghammer
über den Kopf zieht. Ihr Oberkörper schnellt zurück, rasch
schließt sie die Augen. Sie sucht Halt, stemmt die Hände
hinter sich in den Boden. Ihr Atem beschleunigt sich, sie
ringt um Fassung. Reglos verharrt sie, versucht die Erinnerung an die Szene zu verdrängen, die sie von dem Papier
angesprungen hat. Als ihre Hände zu schmerzen beginnen,
richtet sie sich auf, öffnet langsam die Augen. Greg sitzt ihr

gegenüber, blickt sie an. Ruhig, offen. Er verschwindet auch nicht, indem sie die Augen mehrmals öffnet und schließt.

„Ich dachte, du malst nur, was du siehst?" Der metallische Klang ihrer Stimme durchschneidet die Luft. Er zieht die linke Augenbraue ein wenig in die Höhe. Sie schüttelt den Kopf. „Es war dunkel, wir standen im Gebüsch. Du kannst uns unmöglich gesehen haben."

Sie nimmt wahr, wie sich sein Brustkorb ein wenig rascher hebt und senkt. Eine hauchdünne Spannung schwingt in seiner Stimme mit, als er sagt: „Ich hab' deinen Schrei gehört. Dieses Bild hab' ich nach meinem inneren Aug gemalt." Nach einer Pause fügt er hinzu: „Hab' ich das falsch gesehen?"

Sie zwingt sich, die Zeichnung genauer zu betrachten. Da steht unverkennbar Bill. Eine Hand hält ihr Bein auf der Höhe seiner Taille, die andere liegt an ihrem Rücken. Sie sind nackt. Sie hat den Oberkörper zurückgebeugt, bietet ihm ihre Brüste. Ihr Mund ist leicht geöffnet, seine Stöße spürbar, ihr Schrei hörbar.

Tabea streckt Greg die Zeichnung hin. Forsch sagt sie: „Es war nicht so." Sie senkt den Blick und ihre Lippen bilden einen schmalen Strich. Sie fährt mit der Zunge darüber, spürt, dass sie spröde sind. „Nur ähnlich."

Greg runzelt die Stirn. „Warum ärgert dich das?"

Sie lacht bitter auf, bohrt die Nägel in die Handballen. „Magst du es, wenn jemand deine Geheimnisse kennt? Jene Aspekte deines Seins, die du selbst nicht wahrhaben möchtest?" Aus ihren Augen schießen Blitze, als sie den Blick auf ihn richtet.

Beschwichtigend berührt er mit der Hand ihren Oberarm. Die feinen Härchen stellen sich sofort auf. Sie ist versucht, seine Hand abzuschütteln, aber als sich ein warmes Kribbeln ausbreitet, hält sie still.

„Warum ist deine Beziehung zu Bill etwas, das du nicht willst?" Er beobachtet die Falte zwischen ihren Augenbrauen, die sich tiefer und länger in die gebräunte Haut bohrt. Ihre Augen verengen sich zu schmalen Schlitzen. Seine Worte hallen in ihrem Kopf und versetzen die Gedanken in Schwingung. Sie ist unfähig, sie zu fassen, und schließt die Augen. Die zusammengepressten Lippen beginnen zu schmerzen. Hitze steigt in ihre Wangen. „Hast du Angst, dass du Paolo damit verletzt?"

Ihr Atem wird ruhiger, sie entspannt sich. Langsam sagt sie: „Nein. Nein, daran habe ich nie gedacht. Es ist höchstens..." Sie zögert. „Es war nicht Bill, mit dem ich an diesem Abend geschlafen hab'. Es war jemand anderes. Bill war nur gerade verfügbar. Ich will ihn nicht verletzen." Sie senkt die Augen und fischt einen Stein aus dem Sand.

„Dann lass die Finger von ihm." Greg steht auf, verkeilt die Hände ineinander, streckt die Arme hoch in die Luft. Mit einem tiefen Atemstoß lässt er sie wieder sinken.

Wut und Verzweiflung flammen in Tabea auf. „Und wenn die Person, nach der ich mich sehne, für mich nicht erreichbar ist? Was tu' ich dann?" Sie springt auf, stampft mit dem rechten Fuß auf den Sandboden. Herausfordernd blickt sie Greg nach, wie er im Bus verschwindet. Mit einer Stange Süßholz zwischen den Lippen lehnt er sich an die Wand seines Busses.

„Dann solltest deine sexuellen Bedürfnisse entweder selbst befriedigen oder die Energie umlenken." Gelassen kaut er. Sein Blick ist so offen, so ehrlich, so klar, dass sie ihn sprachlos anstarrt.

In ihrer Lende ziehen sich die Muskeln zusammen, Schweißperlen dringen auf ihre Stirn. Ihr Atem geht flach. „Weißt du was?" Ihre Stimme klingt leise, schneidend. „Ich glaub' dir nicht, dass du dich so im Griff hast, wie du tust.

Ich glaub' dir das nicht!" Sie schleudert ihm die Worte ins Gesicht, macht einige Schritte aufs Meer zu, kickt einen Stein vor sich her. Eine Eidechse huscht erschrocken unter einen Busch. Der bittere Geruch ihrer eigenen Verzweiflung widert Tabea an. Abrupt dreht sie sich um. „Kein Mensch, der wirklich lebt, kann sich so sehr selbstkasteien!" Wie Pistolenschüsse prallen die Worte an Gregs Bus. Mit aufgerissenen Augen starrt sie ihn an. Wirre Haarsträhnen stehen von seinem Kopf ab und berühren bei jeder Bewegung wippend die Stirn. Der knopflose Kragen seines Hemdes steht offen. Der Saum des Hemdes ist an der rechen Hüfte aus dem Hosenbund gerutscht, hängt ausgefranst auf das ausgebleichte Streifenmuster der weiten Pluderhose. Zwischen nackten Zehen glitzern Sandkörner.

„Du hast mir meine Frage noch nicht beantwortet." Gregs ruhige Stimme entzieht Tabea den Boden. Sie schwankt, stößt sich den Ellbogen am Busfenster. Verwirrt starrt sie auf den Sand an Gregs Füßen. Der Nagel des linken großen Zehs ist eingerissen.

„Welche Frage?" Ihre Augenlider zucken, unbeständig hetzt ihr Blick über sein Gesicht.

„Warum dich der Gedanke belastet, dass Paolo mit anderen Frauen schläft, während du fort bist." Die Süßholzstange bewegt sich gleichmäßig in seinem linken Mundwinkel.

Ein Luftzug fährt durch Tabeas Haare. Sie wischt sich den Schweiß von der Stirn. Sie spürt seine Augen auf ihren Wangen und hebt langsam den Blick. Kurze Wimpern umrahmen seine Iris, die im Sonnenlicht grün schimmert. Kleine braune Punkte scheinen darin zu tanzen. Der Himmel spiegelt sich im Schwarz seiner Pupille.

Ihre Wut verpufft. „Greg, ich kann dir keine Antwort geben. Ich muss darüber nachdenken." Ein Schauer fließt über ihren Rücken und lässt sie erzittern.

Er ergreift ihre Hand, drückt sie. „Tu das. Und lass dir Zeit." Der Schauer geht in ein heftiges Kribbeln über, das sich übers Rückenmark bis zu den Zahnwurzeln ausbreitet. Fest beißt Tabea die Zähne zusammen.

Über den Strand schlendert sie zu den Klippen. Behände klettert sie hinauf, immer höher, ohne Ziel. An einer Steilwand setzt sie sich und lehnt sich an den Stein. Die Wärme des Felsens dringt über den Rücken in ihren Körper ein und vermag die verkrampften Muskeln ein wenig zu entspannen. Es riecht nach trockenem Tang und Muscheln. Den Strand zieren einzelne wenige Sonnenschirme. Stille liegt über der Bucht, das Rauschen der Wellen dringt gedämpft an Tabeas Ohr.

In der Ruhe formen sich die Gedanken. Wie Luftblasen steigen die Gefühle an die Oberfläche ihres Bewusstseins, werden fassbar. Sie beginnt zu ordnen, zu differenzieren, zu verstehen. Erste Sätze entstehen. Gegen Mittag steigt sie zufrieden hinab in die Bucht.

„Greg?" Sie streckt ihren Kopf ins Dunkel seines Busses. Der Duft nach Weihrauch steigt in ihre Nase, sie niest.

„Du kommst pünktlich zum Mittagessen." Mit einem freundlichen Lächeln reicht ihr eine Schüssel Gurkensalat mit zwei Gabeln. Sie lässt sich vor dem Bus auf dem Boden nieder. Greg setzt sich zu ihr, zwei Scheiben Brot in der Hand. Sie essen schweigend. Die saftigen Gurkenscheiben platzen knackend zwischen Tabeas Zähnen, der Geschmack nach Dill breitet sich dezent in ihrem Mund aus.

Sie lässt ihre Gabel in die leere Schüssel fallen, streckt sich und holt tief Atem. „Ich will dir deine Frage beantworten." Gregs Augen wandern aufmerksam über ihr Gesicht. Sie wählt ihre Worte mit Sorgfalt. „Du hast mich gefragt, warum mich der Gedanke belastet, dass Paolo mit anderen Frauen schläft." Sie stellt die Schüssel auf den Boden. „Es ist nicht die Tatsache an sich, mit der ich zu kämpfen hab'. Jeder von uns ist selbst verantwortlich für seine Sexualität und dafür, dass er sexuelle Befriedigung findet. Ich kann nicht von Paolo erwarten, dass er sich's nur selbst besorgt, solange ich weg bin. Ich mach's ja auch nicht."

Sie hebt den Blick. Seine Augen drücken waches Interesse aus. Ermutigt fährt sie fort: „Mich belastet sein Wunsch, dass ich bei dieser Preisverleihung dabei sein soll." Der Gurkensalat stößt ihr plötzlich sauer auf. Sie erhebt sich, fährt sich unruhig mit den Fingern durch die Haare. „Ich weiß, wie Frauen ticken. Sie sind Meisterinnen darin, eigene Wahrheiten zu kreieren und darin zu leben, selbst wenn die Realität ganz anders aussieht. Wie ich Paolo kenn', hat er seine Beziehung zu mir sicher nicht verschwiegen, sonst würd' er mich nicht dabei haben wollen." Mit einem leisen Seufzen lässt sie sich an der Buswand entlang auf den Boden gleiten, zieht mit dem Fuß Kreise in den Sand. „Ich hab' Angst, dass sich die eine oder andere seiner Sexpartnerinnen verletzt fühlt, wenn ich auftauche. Ich mag keine Szenen, schon gar nicht, wenn's um meine Beziehung geht." Sie kneift die Augen zusammen und blickt Greg an. Er wartet.

„Ich weiß nicht, warum mich Paolo so unbedingt dabei haben will."

Greg runzelt die Stirn. „Hast du ihn nicht danach gefragt?"

„Doch. Er meinte, es sei ein wichtiger Moment für ihn, den er mit mir teilen wolle."

„Da hast du ja die Antwort auf deine Frage."

Sie schüttelt unzufrieden den Kopf. „Er braucht mich doch sonst auch nicht, warum gerade dann? Will er Zickenkrieg vermeiden? Oder Gerüchten entgegenwirken?"

Greg legt ihr eine Hand auf den Arm, drückt ihn leicht. „Tabea. Du versuchst schon wieder, dich in einen anderen Menschen hineinzudenken. Vergiss es. Du bist eine Frau, und bei allem weiblichen Einfühlungsvermögen wirst du dich niemals in einen Mann hineindenken können." Unter Gregs Hand zieht sich die Haut ihres Armes zusammen. „Und was deine Unsicherheit bezüglich möglicher Szenen betrifft: Stell dir alle möglichen und unmöglichen Situationen vor. Vielleicht entspannt dich das und du fühlst dich gewappnet. Außerdem", seine Stimme wird leiser, „bist du eine äußerst attraktive Frau. Du kannst deine Reize auch als Waffe benützen."

Gregs Gesichtszüge verschwimmen, der Platz beginnt sich zu drehen. Tabea schließt die Augen. Lässt seine Worte tief in ihr Bewusstsein sickern. Wärme breitet sich in ihr aus. Sie spürt das Gewicht seiner Hand auf ihrem Arm. Ein Finger zuckt. Sie spürt, wie ein Schweißtropfen am Haaransatz entlang über die rechte Schläfe rinnt.

Sie holt tief Luft und öffnet die Augen. „Zeigst du mir den Internetplatz?" Er nickt, zieht seine Hand zurück und erhebt sich. „Wir fahren auf meinem Motorrad."

Zurück in der Bucht, stößt Tabea in Gedanken versunken mit einem Mann zusammen. „Oh, sory." Sie blickt auf und erkennt Nick.

„Nichts passiert." Dunkle Ringe liegen unter seinen Augen, kurze Bartstoppeln stehen in seinem Gesicht. Die Haut wirkt blass, trotz der Bräune. „Soll ich dir mit dem Fisch helfen?"

„Gerne. Jetzt?"

Er zuckt die Schultern. „Bevor es dunkel ist."

„Ich hol' ihn."

„Bring ein scharfes Messer mit. Ich wart' am Fluss." Seine Stimme klingt müde.

Den Fisch in einer Schüssel, ein Messer in der Hand, schlendert sie zum Fluss. Nick kauert am Ufer. Er ergreift den Fisch. Mit raschen Bewegungen führt er das Messer über das Schuppenkleid. Schuppen fliegen in alle Richtungen. Der Fisch verliert seine Farbe. Grau liegt er in Nicks Hand. Der dreht ihn um, schneidet ihm mit einem geraden Schnitt den Bauch auf. Mit einer Hand holt er geschickt die Innereien heraus und wirft sie in den Fluss. Der dumpfe Geruch nach Blut zieht durch die Luft. Er hält das Tier ins Wasser, spült es aus, bis kein Blut mehr abfließt. Sorgfältig schiebt er das Messer hinter die Kiemen und trennt das Fleisch von den Gräten. Seine schlanken Finger arbeiten geschickt, führen das scharfe Messer sicher durch das zarte Fleisch. Das Filetstück legt er in die Schüssel, dreht den Fisch um, wiederholt den Vorgang auf der anderen Seite. Das Skelett wirft er in den Fluss. Es treib langsam aufs Meer zu. Nick wäscht das Messer ab, bevor er es Tabea reicht.

„Magst du mitessen?"

Er schüttelt den Kopf und holt den Tabak aus der Tasche. Nach der dritten gemeinsamen Zigarillo drückt er ihr den Beutel in die Hand. „Behalt ihn." Verständnislos blickt sie ihn an. „Ich hab' noch mehr", fügt er erklärend hinzu. Die dünnen Arme hängen schlaff an den hageren Schultern, das abgewetzte Hemd hält kaum am dünnen Körper. Nick steht auf, schlendert in Richtung Meer. Sein Rastaturban wippt leicht bei jedem Schritt.

Die Sonne ist untergegangen. Rot-violette Streifen laufen über den Himmel, der sich von hell- über dunkelblau zu grau verfärbt. Immer neue Farben nehmen die hohen Wolken an.

Tabea fröstelt. Sie zieht sich in ihren Bus zurück, verschließt die Tür.

Das Klopfgeräusch am Fenster vermischt sich mit den letzten Einschlafgedanken.

16

Nach dem Frühstück greift Tabea nach dem Handy. Sie wählt Paolos Nummer. Während sie wartet, zupft sie an den Fransen ihres Schals.

„Si?"

„Guten Morgen Paolo."

„Tabea!" Sie spürt, wie seine Freude durch den Hörer jagt.

„Paolo, ich lande am 12. um 16.45 in Berlin-Tegel."

„Tabea, du bist ein Schatz! Danke! Ich freu mich so sehr, dass du kommst!" Sie zögert. „Tabea? Was ist los?"

„Ach Paolo. Ich freu' mich auch sehr auf dich. Aber ich hab' Angst. Ich will keine Eifersuchtsszenen erleben müssen." Sie lehnt sich an die Wand, schweigt. Augenblicklich fühlt sie sich leichter.

„Du meinst, so wie in deinem Bus, als ich dich in der Bucht besucht hab'?" Sie hört, wie er seinen Schal lockert. Ein kratzendes Geräusch dringt an ihr Ohr.

„Ja."

„Ich versteh'." Ohne zu zögern spricht Paolo weiter. „Aber du brauchst dich nicht zu fürchten. Wir sind vorbereitet, gemeinsam. Wir kennen das Problem. Es ist gut, dass du einige Tage vorher anreist. So haben wir genügend Zeit. Ich weiß auch nicht, was auf uns zukommen wird. Frauen sind unberechenbar, wenn sie eifersüchtig werden." Tabea führt eine unwillige Handbewegung aus. Sie mag es nicht, mit anderen Frauen in einen Topf geworfen zu werden. Paolo fährt fort. „Aber ich bin sicher, dass wir das schaffen." Leise fügt er hinzu: „Ich glaub' an unsere Liebe."

Tabea spürt, wie eine Träne über ihre Wange läuft. Die Zweifel, die während der vergangenen Tage an ihr genagt haben, beginnen sich aufzulösen.

„Ich auch." Sie ist sich nicht sicher, ob Paolo ihr Flüstern verstanden hat.

„Bis bald, mein Liebling. Guten Flug – ich wart' auf dich." Mit diesem Versprechen im Ohr legt sie ihr Handy zur Seite. Sie fühlt sich leicht. Es ist nicht mehr allein ihr Problem. Es ist ihre gemeinsame Herausforderung, die sie als Paar annehmen werden. Als Paar, das sich sowohl ihrer persönlichen als auch ihrer gemeinsamen sexuellen Verantwortung bewusst ist.

Tabea summt ein Lied, während sie das Geschirr abwäscht. Sie spürt neue Kraft in sich. Sie hat Lust, selbst in eine Rolle zu schlüpfen. Gregs Worte fallen ihr ein: ‚Du bist eine äußerst attraktive Frau und kannst deine Reize auch als Waffe benützen.' Auf der Hitzewelle, die durch ihren Köper schießt, reiten klare Gedanken. *Ja, das werde ich tun. Ich werde als selbstbewusste Liebhaberin in Berlin aufkreuzen und euch alle in die Tasche stecken, ihr Tussis!* Ein lustvolles Lächeln breitet sich auf ihrem Gesicht aus. Schwungvoll hängt sie das Küchentuch an den Haken, stellt sich vor ihren Kleiderschrank, zieht ein Kleidungsstück nach dem anderen heraus, legt es wieder zur Seite. Das einzige Geeignete ist ihre Jeanshose. Sie ist hauteng, sitzt perfekt und betont ihre Figur. Alles andere wandert als untauglich zurück in den

Schrank. Tabea beschließt, zum Einkaufen nach Faro zu fahren.

Als ihr Blick durch den Bus wandert, seufzt sie. So kann sie nicht fahren. Es ist eine Weile her, seit sie zum letzten Mal aufgeräumt hat. Leere Bier- und Wasserflaschen türmen sich auf dem Beifahrersitz, Staubknäuel vermischt mit Brotkrümeln, Haaren und Sand drängen sich in sämtlichen Ecken des Busses, einer der scheußlichen Vorhänge hängt nur noch halb in der Schiene und die ehemals kräftigen Farben des Küchentuches werden von eintönigem Grau überlagert. Braune Kaffeeflecken und die schwarzen Krusten von daneben gekleckertem Eiweiß haften neben den Kochplatten, im Spülbecken drängen sich ein fettiger Topf, der Kaffeekocher, drei Messer, ein Glas voller Fingerabdrücke und ein Teller, auf dem sich die Rückstände drei verschiedener Gerichte ablesen lassen. Tabea stutzt, als ihr der abgestandene, muffige Geruch in ihrem Bus auffällt. Er ist so selbstverständlich geworden, dass sie ihn gar nicht mehr wahrgenommen hat.

Nach zwei Stunden Arbeit stehen vor dem roten Bus ein randvoller Abfallsack und ein Eimer mit Schmutzwasser. Der Duft nach Zitrone dringt aus der offenen Tür. Tabea trocknet sich die aufgequollenen Hände ab, ergreift den Abfallsack, bringt ihn zur Mülltonne. Mit einer Bierflasche in der Hand läuft sie zum Meer, setzt sich auf einen Stein. Durstig trinkt sie. Das kühle Bier prickelt durch ihre Kehle. Ihr Rücken schmerzt und knackt, als sie den Kopf zum Dehnen über die angezogenen Knie legt.

„Du fährst?"

Sie hat Nick nicht bemerkt. Er sitzt ein wenig zurückversetzt auf einem Stein.

„Ich muss für ein paar Tage nach Berlin. Am 17. bin ich wieder zurück."

Sein Blick schweift zum Horizont. Einige Rastas hängen über seinen Rücken. Seine Kleider wirken noch weiter als sonst. Langsam dreht er eine Zigarillo. Seine Hände zittern, der Tabak rutscht immer wieder vom Papier. Tabea streckt ihre Hand aus. Sein Blick streift sie kurz, dann legt er Filter, Papier und Tabak hinein.

Es ist die erste Zigarillo, die sie dreht. Geschickt drücken ihre Finger den Tabak zusammen, rollen fast gleichzeitig das Papier und klemmen den Filter ein. Mit der Zunge fährt sie über den glatten Rand des Papiers, drückt es fest. Lächelnd reicht sie ihm die Zigarillo.

Er starrt darauf, ohne sie anzuzünden. Dreht sie zwischen den Fingern. „Ich sollte wohl aufhören damit." Er gibt sie ihr zurück und steht auf. Seine hellen Augen fixieren ihren verständnislosen Blick, bevor sie sich abwenden. Tabea schaut ihm nach, wie er zwischen den Büschen verschwindet. In Gedanken versunken zündet sie den Tabak an, zieht. Der Wind nimmt den Rauch sofort mit, verwirbelt ihn und löst ihn auf.

Vor Gregs Bus bleibt Tabea stehen. „Greg?" Sie steckt den Kopf ins Halbdunkel durch die offene Tür. Durchdringender Essiggeruch schlägt ihr entgegen und treibt Tränen in ihre Augen. „Was ist denn hier los?" Sie hustet und reibt sich die Nase.

Greg liegt auf seinem Bett. Er richtet sich auf. „Kampf dem Kalk", grinst er. Tabea lächelt. Er wird ihr fehlen.

„Tschüss." Kurz und hart steht das Wort im düsteren Raum.

„Fährst du jetzt schon?" Verwirrt lässt er die Beine auf den Boden baumeln. Seine Augen wandern über ihr Gesicht und ihre Brust, bleiben auf einem dunklen Flecken auf ihrem Top hängen.

Sie zuckt die Schultern. „Ich weiß nicht. Vielleicht. Ich weiß, es sind noch vier Tage bis zum Abflug. Ich will noch in Faro einkaufen. Und ich nehm' nicht gern Abschied", fügt sie leise hinzu. Ihre Augen folgen seinem Blick auf ihr Shirt. „Oh, Tomatensoße." Sie grinst.

„Na, dann lass dich drücken." Er steht auf, umfasst sie an der Hüfte. Er zieht sie an sich, hält sie fest. Sie drückt den Kopf an seinen Hals, nimmt den Geruch nach Räucherstäbchen und Bratspeck in sich auf. Nie zuvor hätte sie gedacht, dass ihr der Geruch nach kaltem Fett einmal eine solche Gänsehaut über den Rücken jagen würde.

„Pass auf dich auf, Mädel. Und grüß' Paolo von mir." Gregs Stimme klingt ernst.

Sie löst sich aus seiner Umarmung. „Mach' ich. Und du halt' die Stellung, bis ich wieder hier bin." Sie dreht sich um und verschwindet durch den Perlenvorhang, ohne noch einmal zurückzublicken.

17

Zum vierten Mal öffnet Tabea die Kühlbox um zu schauen, ob sie auch wirklich leer ist. Zum vierten Mal kontrolliert sie die Sicherungen, vergewissert sich, dass der Gashahn zugedreht ist, dass alle Fenster verschlossen sind. Ihr Rollkoffer steht gepackt neben der Tür. Der Lederbeutel mit Nicks Tabak liegt in der Küchenschublade. Mit einem klackenden Geräusch schiebt sie die Schublade zu. Sie steigt aus dem Bus.

Ihr Blick schweift über die weite Lagune von Faro. Es ist Ebbe. Das Wasser ist zurückgegangen, mäandriert durch die morastige Landschaft. Störche stehen im Sumpf und picken mit ihren langen Schnäbeln Würmer. Flinke, kugelförmige Vögel springen in Gruppen übers Wasser, schwingen sich mit ihren kurzen Flügeln in die Luft. Es riecht nach Seegras. Tabea gibt sich einen Ruck. Sie schließt die Tür. Ihr Koffer holpert über das Kopfsteinpflaster der Altstadt. Es ist warm. Sie schwitzt in ihrer langen Jeans. Als sie am Busbahnhof ankommt, rinnt ihr der Schweiß in den Ausschnitt.

Am Flughafen lässt sie sich von unzähligen anderen Reisenden durch die Sicherheitskontrolle schieben und schlendert durch die Zollfrei-Geschäfte. Erst jetzt fällt ihr ein, dass sie Paolo eigentlich etwas von der Algarve hätte mitbringen können. Hier möchte sie nichts kaufen. Die Ware ist teuer und hat mit den Sachen aus den kleinen portugiesischen Dörfern nichts gemein. Unzufrieden lässt sie den Gedanken wieder fallen.

35 Minuten bis zum Boarding. Sie schiebt ihren Koffer ans Ende einer der Sitzreihen beim Gate, setzt sich auf einen harten Plastikstuhl. Ein älterer Mann schräg gegenüber blickt ihr unverwandt in den tiefen Ausschnitt. Auch die Augen des jungen Typen, der ständig mit einer Frau schmust, hängen zwischen ihren Brüsten. Sie senkt grinsend den Kopf. Das Top und der Spitzen-BH scheinen ihre Wirkung nicht zu verfehlen.

Die Klimaanlage im Flugzeug läuft auf Hochtouren. Tabea wickelt sich in ihre Strickjacke, lehnt den Kopf ans Fenster. Als das Flugzeug startet, reicht ihr Blick weit über die portugiesische Küste. Vor ihrem inneren Auge sieht sie die Menschen, die sie liebgewonnen hat. Dennis. Greg. Elsie. Linda. Nick. Bill. Auch er gehört irgendwie dazu, obwohl sich ihr Magen sofort ein klein wenig zusammenzieht, als sie an ihn denkt.

Sie erwacht, als der Pilot durch die Lautsprecher den Sinkflug ankündigt. Ihr Puls beschleunigt sich. Keine Stunde trennt sie mehr von Paolo. Ihre Gedanken sind bereits in Berlin. Wo er wohl wohnt? Als sie Deutschland verlassen hat, ist er in ihrer gemeinsamen Wohnung in München geblieben. Ihr fällt auf, dass sie nicht weiß, ob er ihre Möbel mitgenommen hat. Sie erinnert sich auch nicht mehr daran, für welche Rolle er den Schauspielpreis erhält. Oder hat er ihr das gar nicht erzählt? Sie seufzt. Vielleicht hat diese Reise ja doch etwas Gutes.

TEIL II

18

Tabea starrt auf das Häusergewirr Berlins. Die Konturen verschwimmen, das Grau der Straßen vermischt sich mit dem Dunkelgrün der üppigen Wälder. Auf der Oberfläche des Wannsees spiegelt sich die Sonne. Ihr Kopf lehnt am Fenster des Flugzeugs, das sich unerbittlich höher schraubt. Bilder der Preisverleihung drängen herauf. Ihr Magen kehrt sich um, sie würgt, presst die Lippen aufeinander, bis sie schmerzen. Ihre Hände werden feucht. *Nie wieder. Nie wieder Theater. Wie konnte ich so naiv sein und die ganze Vergangenheit ausblenden? Wie konnte ich alles vergessen, was ich in München mit Paolo und dem Theater erlebt habe? Wie konnte ich meinen, in Berlin sei alles anders? Berlin ist genauso wie München. Die Theaterwelt ist überall gleich.* Eine Träne rinnt über ihre Wangen. Erst eine, eine zweite, dann immer mehr. Verzweifelt ballt sie die Fäuste, versucht, sich irgendwo festzuhalten. Unerbittlich streckt die Einsamkeit ihre kalten Finger nach ihr aus. Ein bitterer Geschmack drängt in ihren Mund, sie schluckt.

Sie wird nicht mehr zu Paolo zurückkehren, nicht mehr in Kontakt kommen mit dem Theater. Sie hat es sich geschworen, als sie während der Preisverleihung in der dritten Loge gesessen ist. Sie muss es ihm nur noch mitteilen.

Sie liebt Paolo und ist dennoch unfähig, mit ihm zusammenzuleben. Sie fühlt sich elend, eine Gefangene in sich selbst. Sie verspürt den immensen Drang zu schreien. Mühsam beherrscht sie sich, drückt ihre Strickjacke vors Gesicht. Sie nimmt Paolos Geruch in sich auf, der an seinem T-Shirt haftet. Er hat es ihr mitgegeben, da sie es im Eifer ihrer Vorbereitungen vor einer Woche versäumt hat, gewöhnliche Kleider einzupacken. Heute Morgen ist ihr überhaupt nicht mehr nach erotischem Outfit zumute gewesen. Erschöpft schläft sie ein, das Gesicht in den tränenfeuchten Stoff der Jacke gedrückt.

Faro begrüßt Tabea mit Sonne, Wärme und Seewind, der sanft über ihr Gesicht streicht. Sie füllt ihre Lungen mit der salzigen Luft bis sie das Gefühl befällt, entweder platzen oder davonfliegen zu müssen. Vom öffentlich Bus lässt sie sich ins Stadtzentrum schaukeln, zieht ihren Koffer über das holprige Kopfsteinpflaster der Altstadt und spürt eine zaghafte Freude am klappernden Geräusch der Räder auf den runden Steinen. Als sie vor ihrem Bus steht kommt es ihr vor wie eine Ewigkeit, seit sie den Schüssel im Schloss zuletzt gedreht hat. Dabei ist es nur sechs Tage her.

In dem Moment, in dem sie den Bus betritt, wird die Trauer ein wenig leichter. Sie ist wieder zuhause. Der vertraute Geruch nach Kaffee und Waschmittel hüllt sie ein. Den Koffer schiebt sie unters Bett. Liebevoll betrachtet sie die Kaffeemühle, streicht zärtlich über den Knauf. Sie öffnet die Küchenschublade, nimmt Nicks Lederbeutel in die Hand. Auf der Parkplatzmauer zieht sie eines der dünnen Papiere aus dem Briefchen, streut Tabak darauf, legt einen Filter ein und bringt die Zigarillo vorsichtig in Form.

Während sie raucht, verflüchtigt sich die Trauer ein wenig mehr. Der Druck im Magen lässt nach. Es ist richtig gewesen zurückzukommen. Sie denkt an Nick, an Greg. Den Gedanken an Bill verdrängt sie. Noch immer nagen Schuldgefühle an ihr, wenn sie an die letzten beiden Begegnungen mit ihm denkt.

Bei der Erinnerung an die Bucht ergreift sie Unruhe. Sie drückt den Zigarillostummel an der Mauer aus, wirft ihn in einen Abfalleimer auf dem Parkplatz. Es fühlt sich gut an, wieder hinter dem Steuer ihres Busses zu sitzen. Gefühlvoll drücken ihre Füße die Pedale, der Motor heult auf. Tabea bemerkt, dass sie lächelt. Dieses Geräusch liebt sie. Sie schaltet die Musik ein. Eric Claptons „*Tears in Heaven*" begleiten sie auf der Fahrt in Richtung Lagos.

Als der Bus um die letzte Kurve rollt und sich die Bucht mit dem Meer vor Tabea ausbreitet, vermischt sich die Trauer mit einem tiefen Glücksgefühl. Ja, genau das ist es, genau hier gehört sie hin – wenigstens für den Augenblick. Hier, zwischen all die anderen Busse, zu all den anderen Menschen, die aus ihrem früheren Leben geflohen sind. Hier, zwischen Meer und Klippen, zwischen Sand und Salz, zwischen Sturm und brütende Hitze.

Fieberhaft suchen ihre Augen den Platz ab und bleiben für den Bruchteil einer Sekunde an einer bestimmten Stelle hängen. Ihr Herzschlag setzt aus, bevor er heftig zu rasen beginnt. Ihre Hände umklammern das glatte Leder des Steuerrades, während sie langsam auf den Bus mit den bunten Bildern zufährt.

Sie parkt auf ihrem alten Platz, der leer geblieben ist. Bevor sie aussteigt, versorgt sie Strickjacke und Jeanshose weit hinten im Schrank. In Jogginghosen und Paolos Shirt läuft sie zu Greg. Er sitzt vor seinem Bus und steht auf, als sie kommt.

Schweigend umarmt sie ihn, drückt ihr Gesicht fest an seinen Hals. Sie schließt die Augen und lässt sich von seinem vertrauten Duft einhüllen. Er hält sie. Wartet, bis ihr Atem ruhiger fließt. Seine Hände fahren sanft streichelnd über ihren Rücken. Durch den Stoff hindurch spürt sie seine kurzen Nägel auf der Haut.

Mit gesenktem Blick löst sie sich von ihm.

„Magst du?" Er reicht ihr einen Süßholzstängel.

„Immer." Lächelnd nimmt sie und kaut.

Sie setzen sich auf den Boden. Tabea füllt beide Hände mit Sand, lässt ihn langsam zwischen den Fingern hindurch rieseln. Sie ist bereit, Greg alles zu erzählen, ihm von Berlin, Paolo, der Preisverleihung zu berichten.

Sie spürt, wie sein Blick über ihr Gesicht wandert, fühlt seine Augen auf ihrem Hals. Erschöpfung legt sich über ihre Glieder, ihre Gedanken ziehen enge Kreise in ihrem Kopf. Sie fährt sich mit den Händen durch die Haare. Ihre Lippen fühlen sich geschwollen an.

Anfangs ist Gregs Schweigen schwer zu ertragen. Sie konzentriert sich aufs Kauen. Allmählich kommen ihre Gedanken zur Ruhe. Trauer und Angst bekommen die Möglichkeit, sich aufzulösen. Sie atmet tief ein.

Als ihr Rücken zu schmerzen beginnt und sich ihre Füße taub anfühlen, steht sie auf.

„Ich liebe dich für deine Fähigkeit zu schweigen." Ernst lächelt sie den Mann mit den unergründlichen Augen an.

19

Tabea schläft tief und traumlos. Sie wacht erst auf, als ihre Glieder steif sind vom Liegen. Ihr Blick wandert aus dem

Fenster über den Strand. Am Himmel jagen sich dunkle Wolken, ein böiger Wind bläst über die Wasseroberfläche. Sie öffnet die Tür und lässt warme Luft hereinwirbeln. Sie riecht nach Staub, Metall und verbranntem Holz.

Ihr Blick bleibt an einem Menschen hängen, der zum Meer läuft. Nick, unverkennbar. Sein Gang drückt Unsicherheit aus, leicht schwankend nähert er sich dem Wasser.

Tabea erinnert sich an die dunklen Augenringe, die vielen Zigarillos und den traurigen Blick, seit Linda mit Luna fortgefahren ist.

Aufmerksam beobachtet sie Nick. Ihre Hände krallen sich am Türrahmen fest. Er ist am Wellensaum angelangt und schreitet ohne zu zögern weiter, in seiner kurzen Hose, dem weiten Hemd. Das Wasser umspült seine Knöchel, seine Knie, seine Hüfte.

Dann schwimmt er. Tabeas Herz klopf rascher. Sie schlüpft in ihr Bikini und verlässt den Bus.

Der Strand ist menschenleer. Ihr Schritt wird schneller, sie rennt. Ihre Fußsohlen fliegen über den feuchten Sand, der Wind pfeift in ihren Ohren. Das Wasser ist noch kühl, morgens gegen Mitte Mai. Für einen Moment bleibt ihr Atem stehen, als ihre Beine ins Meer stürmen. Sie wirft sich in die Brandungswellen, krault gegen den Wind. Ihre Haut zieht sich zusammen, fühlt sich zu eng an. Mit kräftigen Bewegungen verdrängt sie die Wassermassen vor sich. Gischt spritzt in ihr Gesicht.

Im Auf und Ab der Wellen behält sie Nick angestrengt im Aug. Die Distanz zwischen ihnen nimmt ab. Das Grau der Wolken vermischt sich mit dem Grau des Meeres, der Horizont verschwimmt.

Plötzlich ragt dunkel der Felsen vor Tabea auf, hinter dem die Strömung beginnt. Nick schwimmt geradewegs darauf zu.

„Nick!" Ihre Stimme wird vom Wind fortgetragen. „Nick!" Sie ruft lauter, sein Name geht im Rauschen der Wellen unter. Ihre Arme schlagen rascher ins Wasser, gleichmäßig, wie von selbst. „Nick! Nicht weiter!" Sie weiß nicht, ob er sie hört, ob er sie hören will. Er ist nur noch wenige Züge von ihr entfernt. Seine Bewegungen wirken unkoordiniert, hin und wieder verschwindet sein Kopf für einige Sekunden unter Wasser.

Die Welt um Tabea verstummt. Ihre Hand berührt ein Bein, verliert es wieder. Sein Kopf taucht auf, sie schiebt sich nach vorne, greift nach seiner Hand. Aus den Augenwinkeln sieht sie die Klippen näher als je zuvor. Die Wellen klatschen schäumend an die Felsen. Panik ergreift sie. Sie taucht mit offenen Augen, sieht Nicks Arm vor sich, packt zu. Sie stößt sich nach oben, zieht ihn mit sich, eine Welle reißt sie nach unten, wirft sie wieder nach oben. Verzweifelt graben sich ihre Finger in Nicks Oberarm. Sie schluckt Wasser, ringt nach Luft. Ihre Augen brennen. Gurgelnd und rauschend hält das Meer sie gefangen.

Der Versuch, auf dem Rücken zu schwimmen, misslingt. Sie zerrt sich Nicks Arm über die Schulter und kämpft mit aller Kraft gegen die Strömung.

Da hilft ihr die Flut. Eine hohe Welle hebt sie hoch und schiebt sie fort vom Felsen.

Salzwasser brennt in ihrer Nase, eine Haarsträhne legt sich über ihre Augen. Verzweifelt kämpft sich Tabea vorwärts, den kraftlosen Körper Nicks wie ein lebendiger Sack über der Schulter. Ein stechender Schmerz breitet sich im Oberarm aus. Sie schluckt erneut Wasser, taucht wieder auf und schnappt nach Luft. Mechanisch teilt ihre Hand das Wasser, stoßen ihre Beine vorwärts. Der Salzgeschmack liegt metallisch auf ihrer Zunge.

Endlich lässt das Tosen der Wellen in ihren Ohren nach. Sie ist sicher. Sie spürt nur noch die gleichmäßig schiebende und ziehende Bewegung der Wellen, der gefährlichen Strömung ist sie entkommen.

Sie legt sich auf den Rücken, dreht Nick ebenfalls, zieht seinen Kopf auf ihre Brust. Ihr Bikini ist auf den Bauch gerutscht. Für einige Sekunden schließt sie die Augen, entspannt ihre Beine. Dann schiebt sie sich rückwärts zum Ufer hin. Ihr Kopf hämmert, dunkle Flecken ziehen über ihr Blickfeld.

Als sie Boden unter ihren Füßen erwartet, richtet sie sich auf, zieht sich Nick wieder über die Schulter und kämpft sich aus dem Wasser auf den Strand. Sie stolpert und fällt gemeinsam mit dem leblosen Körper zu Boden. Ihre Schulter prallt auf dem Sand auf. Sie ignoriert den Schmerz, der sich über ihren Rücken ausbreitet, und richtet sich auf. Sie zerrt das offene Hemd auf Nicks Brust zur Seite. Unvermittelt beginnt sie mit der Herzmassage.

„Greg! Greg!" Tabea schreit so laut sie kann, keuchend. Der Wind trägt ihren Ruf mit sich fort. Eine Welle wirft sich über Nick. „Greg!"

Sie hört seine raschen Schritte im Sand, bevor sie ihn sieht. Als er neben ihr steht, blickt sie auf.

Er bückt sich, greift unter Nicks Schultern und zieht ihn einige Meter den Strand hinauf. Wortlos kniet er nieder, drückt den kalten Brustkorb in rhythmischen Stößen zusammen.

Tabea lässt sich neben Nicks Kopf nieder. Nach dreißig Stößen berührt sie Gregs Arm.

„Wart." Sie hebt Nicks Kinn ein wenig an, öffnet seinen Mund, presst ihre Lippen darauf. Er riecht nach Alkohol und Tabak. Seine Bartstoppeln pieken an ihren erhitzten Wangen. Sie verspürt einen heftigen Brechreiz und schluckt hastig. Kurz und heftig bläst sie ihm ihren Atem in den Mund. Flüchtig berührt Greg ihre nackte Brust. Sie zuckt zusammen, zieht den Bikini an seinen Platz. Er führt die Herzmassage fort. Sie arbeiten abwechselnd, schweigend.

Nach der dritten Beatmungseinheit erbricht Nick. Ein Gemisch aus Salzwasser und Alkohol ergießt sich über Tabeas Oberschenkel. Greg zieht den kraftlosen Oberkörper in die Höhe, sie stützt ihn von hinten. Nicks Augen bleiben geschlossen, während Greg seinen Puls fühlt.

„Schwach, aber er schlägt." Er lächelt sie an.

„Wir bringen ihn in meinen Bus. Er ist unterkühlt, braucht dringend einen warmen Tee und eine dicke Decke. Ich wasch' mich kurz. Bleib bei ihm." Krächzend dringen die Worte aus ihrem Mund. Er nickt, die Hand an Nicks Hals.

Stolpernd kehrt Tabea aus dem Meer zurück. Eine Bö jagt über den Strand, Sandkörner prasseln an ihre Beine. Zitternd schiebt sie ihre Hände unter Nicks kalten Körper.

Greg kniet auf der anderen Seite. Seine Haare berühren ihre nasse Stirn. Sie blickt auf. Eine dünne Linie markiert seinen Mund, sein Atem trifft stoßweise auf ihre Brust. Er hebt den Kopf, blickt sie fragend an.

Ächzend erheben sie sich, tragen Nick langsam zu Tabeas Bus. Gregs Haare fliegen im Wind. Heftiges Zittern erfasst Tabeas ganzen Körper. Angestrengt konzentriert sie sich darauf, Nick nicht fallen zu lassen.

Im Bus legen sie ihn aufs Bett. Erleichtert zieht sie ihre Hände unter seinem Rücken hervor.

Während Greg Nick die nassen Kleider vom Leib zieht, streift sie ihr Bikini ab. Sie reibt sich mit einem Handtuch trocken. Der raue Stoff kratzt auf ihrer Haut, die in kurzer

Zeit rot glüht. Sie greift nach Paolos Shirt und ihrer Pyjamahose.

Greg wickelt Nick in ihre große Daunendecke. Er steht auf.

„Ich hol' Elsie."

„Kannst du Angelika informieren?"

Er nickt.

Draußen grollt leise der Donner. Tabea setzt Teewasser auf und lässt sich auf den Beifahrersitz fallen. Ihre Augen flimmern. Langsam lässt das Zittern ihrer Hände nach. Sie erhebt sich, gießt das sprudelnde Wasser in die Thermoskanne. Schemenhaft erscheint der Felsen vor ihrem inneren Auge, in ihren Ohren tobt die Brandung. Ein Beben erfasst sie.

Der Duft nach Ingwer steigt aus der offenen Kanne und erfüllt den Bus. Energisch zieht sie eine Tasse aus dem Küchenschrank, füllt Tee ein.

Sie setzt sich neben Nick. Sein hageres Gesicht schimmert weiß im gedämpften Licht der Deckenlampe. Die Farbe seiner Lippen ist verblichen, die Nase wirft Schatten auf die eingefallenen Wangen. Rastas liegen wie ein Heiligenschein um seinen Kopf und tränken das Kissen mit Meerwasser.

Er könnte genauso gut tot sein.

Elsie betritt den Bus. Vor Tabea bleibt sie stehen, legt ihr eine Hand auf die Schulter. Tabea flößt Nick warmen Tee ein. Sie hält seinen Kopf ein wenig in die Höhe, lässt die Flüssigkeit in den halbgeöffneten Mund fließen. Er schluckt. Vorsichtig lässt sie ihn aufs Kissen zurücksinken. Sie steht auf und macht Platz für Elsie.

Die alte Frau setzt sich neben Nick. Ihre knochige Hand ergreift sein Handgelenk, fühlt seinen Puls. Die andere Hand hebt sich dunkel von seiner Stirn ab.

Die Tür geht auf und Greg und Angelika treten ein. Die große, schlanke Frau lehnt sich an den Tisch. Ein dunkler Schatten liegt auf ihrem sorgfältig geschminkten Gesicht.

Elsie dreht sich zur Seite, ohne Nick loszulassen. „Was wisst ihr über Nick?"

Tabea schweigt. Sie möchte vermeiden, sich in Gregs Anwesenheit wieder in einen Menschen hineinzudenken.

Greg räuspert sich. „Ich hab' ihn als sehr ausgeglichenen Menschen erlebt, solange Linda mit Luna hier war. Den Moment des Abschieds erlebte er mit großen psychischen Schmerzen. Warte." Er geht nach draußen und kommt gleich darauf mit dem Bild, das er von Nick gemalt hat, zurück. „Hier."

Nachdenklich betrachtet Elsie die Zeichnung.

Angelika blickt ihr über die Schulter. „Er hat Luna heiß und innig geliebt. Er war glücklich. Nach ihrer Abreise hat er sich vollkommen von mir zurückgezogen. Er..." Angelika zögert. „Ich hatte kein Verhältnis mit ihm. Wir sind uns nie körperlich nahe gekommen." Sie streift ein muschelbesetztes Lederarmband von ihrem Handgelenk, zwirbelt die Bändelenden. „Nach Lunas Abreise hat er meine Nähe überhaupt nicht mehr ertragen. Er war kaum mehr in meinem Wohnmobil." Angelika blickt Elsie offen an.

„Er hat danach deutlich mehr als vorher geraucht", erinnert sich Tabea. „Hin und wieder hat er sich zu mir gesetzt, mit mir geraucht, hat mir geholfen, einen Fisch auszunehmen." Sie blickt auf das schmale Gesicht in ihrem Bett. Die Augen auf Greg gerichtet, fügt sie leise hinzu: „Auf mich hat er den Eindruck gemacht, als ob er den Boden unter den Füßen verloren hätte und verzweifelt nach Halt suchte."

Elsie öffnet ihr Etui mit den homöopathischen Arzneien, zieht ein Glasröhrchen heraus, lässt etwas davon in Nicks Mundwinkel fallen.

„Was gibst du ihm?" fragt Tabea.

„Ignatia. Eine Arznei, die bei schweren Verlusten und großer Trauer hilfreich ist."

„Ich wusste nicht, dass Homöopathie auch bei psychischen Problemen hilft", wundert sich Tabea.

Elsie wischt einige Schweißperlen von Nicks Stirn. „Kann er vorerst hierbleiben, Tabea? Er sollte in den nächsten Stunden rund um die Uhr betreut werden. Er muss wieder zu Kräften kommen. Vielleicht wird er psychische Unterstützung benötigen."

Tabea zögert und schaut zu Angelika.

Die große Frau nickt: „Er hat deine Nähe gesucht, Tabea. Ich finde es gut, wenn er hier bleiben kann." Sie blickt Tabea aufmunternd an.

Tabea zuckt hilflos mit den Schultern. „Er hat kaum ein Wort mit mir gesprochen, ich kenn' Nick nicht. Ich weiß nicht, was ich sagen soll, wenn er aufwacht. Ich bin dieser Verantwortung nicht gewachsen." Sie fährt sich mit der Hand durchs Haar und blickt hilfesuchend zu Elsie.

„Nick bleibt hier. Er ist hier im Moment am besten aufgehoben." Gregs Worte klingen bestimmt. Tabea wagt nicht zu widersprechen.

Als alle gegangen sind, schenkt sie sich Tee ein. Der Donner grollt lauter, über dem Meer zucken Blitze.

Sie erschrickt, als es klopft.

Greg betritt den Bus. „Hier, iss." Er hält ihr eine Schüssel Buchweizen mit gekochten Apfelstücken hin.

Sie lächelt. Erst jetzt bemerkt sie Hunger und Erschöpfung. „Danke." Ihre Zunge ist rau vom Salzwasser, das sie geschluckt hat, und fühlt sich klumpig an. In Zeitlupe schiebt sie Apfelstückchen im Mund hin und her. Der Geruch des Buchweizens verursacht Übelkeit. Trotzdem zwingt sie sich, die Schüssel leer zu essen. Ihr Magen rebelliert, rasch trinkt sie Tee.

„Komm rüber, wenn du Hilfe brauchst." Ernst blickt Greg sie an. Mit der Schüssel in der Hand geht er.

Ihre Augenlider werden schwer. Sie schiebt Nick zur Wand und legt sich neben ihn.

Tabea erwacht, als sie eine Hand auf ihrer Stirn spürt. „Nein, sie hat kein Fieber. Sie ist wohl nur erschöpft." Elsie. Sie sitzt neben Tabea.

Nach wirren Träumen begreift Tabea nicht gleich, was passiert ist. Als sie Nick neben sich atmen hört, kehrt die Erinnerung zurück. Ihre Arme und Beine fühlen sich an wie Blei. Die rechte Schulter schmerzt. Unter leisem Stöhnen setzt sie sich auf.

Nicks Augen sind geschlossen, die Farbe ist in sein Gesicht zurückgekehrt. Sein Atem geht gleichmäßig.

„Wie geht es dir?" Ruhig blickt Elsie sie an.

Tabea zieht die Augenbrauen in die Höhe. „Ich hab' Hunger."

„Das ist gut."

Tabea nimmt Greg wahr, der in der Nähe der Tür am Tisch sitzt. Er hält ein Messer in der Hand und schneidet Gurken.

„Lust auf Gurkensalat mit Brot?"

Sie nickt, steht auf und streckt sich. Sämtliche Muskeln fühlen sich an, als ob tausend Nadeln darin stecken würden. Vorsichtig kreist sie die schmerzende Schulter, bis sich Wärme über ihren Nacken ausbreitet. Ihre Haare sind getrocknet und hängen salzverkrustet neben ihrem Gesicht. Ihr Blick schweift aus dem Fenster.

„Wie spät ist es? Ich hab' das Gefühl, den ganzen Tag verschlafen zu haben."

Das Gewitter ist weitergezogen, der Sand um ihren Bus herum ist nass. Ein rötlicher Schimmer sucht sich dicht über dem Horizont seinen Weg durch die Wolkendecke, die sich zögerlich aufzulösen beginnt.

„Fast acht. Du hast tatsächlich lange geschlafen. Hier, der Salat ist fertig." Greg schiebt ihr einen Teller hin. Tabea setzt sich ihm gegenüber.

Elsie beugt sich über Nick, legt ihre Hand auf seine Stirn. „Er hat Fieber. Tabea, gibst du mir bitte dein Fieberthermometer?"

Überrascht blickt Tabea auf und schluckt einen Mundvoll Gurkensalat hinunter. „Wozu brauchst du es?"

Elsie lächelt. „Die Situation hier ist anders als bei Kindern. Nick war seit Längerem körperlich geschwächt, hat seinen Körper mit zu viel Tabak und Alkohol malträtiert. Sein Immunsystem würde einen zu hohen Fieberschub vielleicht nicht verkraften. Darum müssen wir das Fieber unter Kontrolle behalten. Höher als 39°C darf es nicht steigen."

Tabea steht auf, kramt nach dem Thermometer. Elsie hebt die Bettdecke ein wenig in die Höhe, schiebt es Nick unter die Achsel.

„38.6°C. Das ist in Ordnung. Kannst du jede Stunde das Fieber messen? Wenn es über 39°C steigt, hol mich bitte." Elsie erhebt sich langsam. Tiefe Falten zeichnen bizarre Muster auf ihr Gesicht.

Tabea blickt ihr nach. „Jedes Mal, wenn ich mit Elsie zu tun hab', fühl' ich mich klein." Nachdenklich schaut sie Greg an.

Er lächelt. „Ich mich auch."

„Du? Du hast doch mindestens so viel Lebenserfahrung wie Elsie." Verblüfft betrachtet sie das sonnengebräunte Gesicht. Die blonden Haare stehen in alle Richtungen ab.

Er schüttelt den Kopf. „Ich weiß nicht viel über sie, aber ich glaube, dass sie sehr viel durchgemacht hat."

„Seit wann ist sie hier?"

„Ich weiß es nicht. Ihr Bus stand bereits auf seinem Platz, als ich hier ankam." Er gähnt. „Bis morgen, Tabea."

„Schlaf gut!" Eigentlich hätte sie ihn gerne gebeten, bei ihr zu bleiben. Sie fürchtet den Moment, wenn Nick erwacht. Sie fürchtet sich vor seiner Reaktion, vor Vorwürfen. Immerhin ist er absichtlich ins Wasser gegangen. Wie wird er reagieren, wenn ihm bewusst wird, dass er lebt?

Sie ergreift ihr Handy und stellt den Wecker auf 45 Minuten. Nächstes Mal Fiebermessen. Sie setzt sich neben Nick aufs Bett, lehnt sich mit dem Rücken an die Wand.

Leise beginnt sie zu sprechen. „Nick, es tut mir leid, dass ich mich in dein Leben eingemischt hab'. Vielleicht hätt' ich es nicht tun sollen. Ich hab's mir nicht überlegt. Mein Körper hat einfach reagiert, als ich dich ins Wasser laufen sah. Du hast mich vor einiger Zeit die universelle Liebe spüren lassen. Warum hast du den Glauben daran verloren?"

Die Frage verklingt im Raum.

Seine Brust hebt und senkt sich regelmäßig, die Gesichtszüge sind entspannt.

Sie friert, zieht die Bettdecke ein wenig zu sich, schließt die Augen. Wie groß die Gefahr gewesen ist, in der sie sich befunden hat, kann sie noch nicht richtig fassen. Zu groß ist die Erschöpfung, zu dominant sind der schmerzende Körper, die Sorge um Nick. Wenngleich sie ihn kaum kennt, fühlt sie sich auf seltsame Weise mit ihm verbunden. Wenn sie an Seelenverwandtschaft glauben würde, wäre sie wohl seelenverwandt mit ihm. Sie glaubt nicht daran. Eher an die Einsamkeit, die sie miteinander verbindet.

Tabea seufzt. Ihre Gedanken schweifen zu Paolo. Wie weit weg sich Berlin anfühlt! Sie hat die Welt des Theaters, der Erotik eingetauscht gegen die Welt der Wildnis, der Freiheit, der Einsamkeit. Der Kontrast zwischen der Eleganz der Preisverleihung und dem Überlebenskampf im Meer könnte kaum größer sein.

Paolo lächelt ihr zu, durch die vielen Menschen im Theater hindurch. Plötzlich werden seine dunklen Haare heller, seine Augen verengen sich zu Schlitzen. Ein Schauer rieselt über Tabeas Rücken.

Rasch öffnet sie die Augen. Sie sitzt auf ihrem Bett. Beruhigt atmet sie ein.

Als der Wecker klingelt, misst sie erneut Fieber. Nicks Temperatur ist konstant. Erleichtert löscht sie das Licht und legt sich wieder hin.

Es klopft. Vorsichtig steigt Tabea aus dem Bett, knipst das Licht bei der Küche an und kneift geblendet die Augen zusammen. Leise öffnet sie die Tür. Der weiße Lichtstrahl fällt auf Bills kraftvolle Statur. Überrascht tritt sie zur Seite und lässt ihn einsteigen. Zögernd schließt sie die Tür.

„Hallo, Tabea." Seine volle Stimme durchdringt ihren Körper, sie schaudert. „Wo warst du?" Seine Augen suchen ihren Blick.

„In Berlin."

Schatten bewegen sich auf seiner Stirn. „Ich hatte Angst, du kämst nicht mehr zurück." Seine leisen Worte huschen durch den Bus. Er legt seine Hände an ihre Hüfte, zieht sie an sich. Sie stutzt und meint den Duft seines Massageöls zu riechen. Sanft, aber bestimmt stemmt sie die Arme gegen seine Brust.

„Es tut mir Leid, Bill, dass ich dir nichts davon erzählt hab'. Ich hab' nicht dran gedacht." Fast unmerklich zuckt er zusammen. Rasch fügt sie hinzu: „Es war für mich klar, dass ich wieder zurückkommen würde. Ich nehm' nicht gern Abschied."

„Ich hab' dich vermisst." Sein Mund ist nahe an ihrem. Sie biegt den Kopf zurück und spürt seine warmen Lippen an ihrem Hals.

„Bitte, Bill, ich bin sehr müde. Ich will schlafen." Sie versucht seinen Küssen auszuweichen.

„Ich will auch schlafen, mit dir." Seine Hände streichen über ihren Rücken, schieben ihr T-Shirt hinauf, gleiten darunter. Eine Hitzewelle läuft über ihre Haut.

„Bill, lass mich, ich mag nicht." Sie stößt ihn von sich. Lächelnd lehnt er sich an den Tisch. Seine Augen gleiten über ihren Körper. Er öffnet seinen Mund, und langsam leckt seine Zunge über seine Lippen.

„Ich komm' morgen bei dir vorbei. Bitte geh jetzt." Tabea legt die Hand auf den Türgriff. Bill ergreift ihren Arm, bevor sie die Klinke hinunterdrücken kann. Er steht hinter ihr, presst seine Hände auf ihre Brüste und drückt sie fest an sich. Sie spürt seine Erregung hart an ihrem Steißbein. Langsam reibt er sich an ihr, während sich seine Handflächen um ihren Brüsten öffnen und schließen.

„Ich kann jetzt nicht gehen, Tabea. Ich brauch' dich. Jetzt. Mein Körper schreit nach dir." Rau dringen seine Worte an ihr Ohr. Seine Hände haben ihr T-Shirt hinaufgeschoben und massieren ihre nackten Brüste. Die Finger drücken die Brustwarzen fest zusammen. Vor Schmerz stöhnt Tabea auf und bereut es sogleich, weil sie spürt, dass Bills Erregung augenblicklich zunimmt. Geräuschvoll gleitet sein heißer Atem über ihr Ohr. Seine Hände sind überall, reiben über ihren Bauch, ihre Brust, umfassen ihren Hals, schieben sich in ihre Hose. Plötzlich spürt sie, wie die leichte Pyjamahose zu Boden fällt. Ein Luftzug stellt die feinen Härchen an ihren Oberschenkeln auf.

Sie packt Bills Handgelenke.

„Bill!" In ihrer Stimme schwingt Panik. Sie spürt, wie sich eine kalte Hand um ihren Hals legt und das Atmen erschwert.

Bill entreißt sich ihren Griffen, öffnet seine Hose. „Ich liebe dich, Tabea. Ich kann nicht bis morgen warten." Blitzschnell dreht er sie zu sich um, drückt ihren Oberkörper auf den Tisch und hält ihre Handgelenke fest. Ihr Atem stockt, als ihre Haut die kalte Tischplatte berührt.

„Lass mich los, lass mich sofort los!" Tabea keucht, windet sich, versucht ihn abzuschütteln. Sie spürt Bills Kraft, mit der er sie wie ein Kleinkind zu bändigen vermag. Der eiserne Griff um ihre Handgelenke verstärkt sich. Ein schmerzhaftes Gefühl der Machtlosigkeit kriecht durch ihren Körper und lähmt ihre Gedanken. Ihre Muskeln zucken unkontrolliert, willkürlich zieht sie den Kopf in die Höhe, um ihn gleich darauf wieder auf den Tisch fallen zu lassen. Ein dumpfer Schmerz jagt durch ihre Stirn, sie beißt sich auf die Unterlippe. Mit dem Überlebenswillen eines Tieres versucht sie Bill mit ihren Beinen fortzustoßen, ihre Hände zu bewegen.

Erregt drückt er ihre Beine auseinander. Seine Haut schimmert silbern. Sie riecht seine Lust und würgt. Panisch hebt und senkt sie ihr Becken, um ihn daran zu hindern, in sie einzudringen.

Sie hat keine Chance. Es kommt ihr vor, als entzünde jemand ein Feuer zwischen ihren Beinen, das sie langsam und unaufhaltsam verschlingt. Bill stößt tief, unablässig fordernd. Ihre Oberschenkel klatschen aufeinander. Keuchend legt sich sein Atem über ihr Gesicht, Schweiß tropft auf ihre Stirn und läuft brennend in ihr linkes Aug.

In ihrem Körper zerspringt etwas, splittert wie Glas in unzählige Teile. Ihr Widerstand ist gebrochen. Ihre Muskeln erschlaffen, sie presst die Augenlider fest aufeinander und hält die Luft an. Rhythmisch schleift ihr Körper über den Tisch, die Schürfwunden an ihrem Rücken nimmt sie nur durch einen Schleier wahr.

Lustvolle Laute dringen aus der Tiefe von Bills Körper, ergießen sich über Tabea und vermischen sich mit ihrem Schluchzen.

Im Heck des Busses raschelt eine Bettdecke.

Bill erstarrt. Hastig durchsuchen seine Augen die Dunkelheit. Aus den Augenwinkeln erkennt Tabea die Umrisse von Nicks Oberkörper. Sein Blick ist auf Bill gerichtet. „Tabea." Seine Stimme versagt.

Bill lässt Tabea so plötzlich los, dass sie zusammengekrümmt auf den Boden rollt. Ihr Kopf schlägt an das Tischbein. Bill ergreift seine Hose, steigt hinein und stürzt aus dem Bus. Die Tür knallt zu.

Zurück bleibt dumpfe Stille.

Tabea spürt, wie die Kälte des Bodens in ihren Körper dringt. Das T-Shirt muss verrutscht sein, ein Luftzug streift ihre linke Schulter. Ihren Unterleib kann sie nicht erfühlen, nur ein Zucken im rechten Unterschenkel. Sie gleitet ab in schweigende Dunkelheit.

Sie weiß nicht sofort, wo sie sich befindet, als sie die Augen aufschlägt. Ihr Blick stößt auf undefinierbare Körper aus verschiedenen Grautönen. Trockener Staub kitzelt ihre Nase, sie niest. Ein stechender Schmerz zieht von ihrer Schulter über ihren Rücken. Sie spürt das warme Gewicht einer Decke über sich. Ein zischendes Geräusch dringt an ihr Ohr.

Der Wasserkocher.

Mit Wucht überrollt sie die Erinnerung, sie stöhnt laut auf und schließt gehetzt die Augen. Sie liegt auf dem Boden vor ihrem Bett, unter dem sich ihr Koffer, eine Kiste Bier und der Sack mit der Schmutzwäsche befinden.

Plötzlich nimmt sie Wärme auf ihrer Schulter wahr. Die Wärme einer menschlichen Hand.

„Fass mich nicht an!" Die Worte kommen hell krächzend, panisch. Die Hand löst sich von ihr, sie vernimmt das Rascheln von Stoff.

„Ich stell' dir eine Tasse Tee hier auf den Tisch." Elsies ernste Stimme klingt dumpf an Tabeas Ohr. Sie hört, wie die Bustür geöffnet wird. Feuchte Meeresluft mit einem intensiven Geruch nach herben Blüten strömt herein. Sie verharrt reglos. Die Tür wird mit einem leisen Klacken zugezogen. Durch die Wand des Busses vernimmt sie Elsies Stimme.

„Sexualität hat viele Gesichter. Wir sollten regelmäßig nach ihr schauen." Knirschende Schritte entfernen sich.

Die Stille lastet schwer auf Tabea. Jede Faser ihres Körpers schmerzt. Der kalte Fußboden drückt hart gegen ihre Schulter, die Hüfte.

Wo ist Nick? Ihre Gedanken sind träge, schwerfällig. Sie friert. Unfähig, sich in irgendeiner Hinsicht zu bewegen, schläft sie erneut ein.

Es ist schon hell, als sie zum zweiten Mal erwacht. Fest presst sie die Augen zusammen. *Bloß nie wieder aufstehen.* Dann stutzt sie. Sie öffnet erneut die Augen und bemerkt, dass sie auf ihrem Bett liegt. *Wer hat mich hochgehoben?* Elsie kann es nicht gewesen sein. Nick auch nicht. Wo ist er überhaupt?

Greg. Greg muss sie auf dem Boden gefunden haben. Tabeas Herz beginnt zu rasen. Wenn er da gewesen ist, dann weiß er, was passiert ist. Wahrscheinlich ist Nick zu ihm gegangen, nachdem Bill fortgegangen ist. Die Erkenntnis beruhigt und verunsichert sie gleichermaßen.

Der unangenehme Druck auf ihre Blase treibt sie aus dem Bett. Um keinen Preis will sie den Bus verlassen. Sie zieht einen Kochtopf aus der Schublade, zögert. Dann entleert sie sich in den Topf. Angewidert legt sie den Deckel darauf, schiebt beides unters Bett. Rasch schlüpft sie zurück unter die Decke.

In den folgenden Stunden pendelt sie zwischen Wachen und Schlafen. Bewegungslos und mit geschlossenen Augen ignoriert sie Greg und Elsie, die abwechselnd vorbeikommen.

Im Schutz der Dunkelheit schleicht sie hinter den nächsten Busch, entleert den Kochtopf.

Allmählich entschwindet ihr Gefühl für Zeit. Wie lange liegt sie schon im Bett? Wann hat sie zum letzten Mal etwas gegessen, getrunken? Sie weiß es nicht. Eine seltsame Gleichgültigkeit ergreift von ihr Besitz.

Plötzlich zuckt sie zusammen. Eine Hand berührt sie am Rücken, streicht über ihre Schulter.

„Hau ab, fass mich nicht an!" Krächzend durchbrechen die Worte die Stille im Bus. Ungerührt bewegt sich die Hand weiter auf ihrem Rücken. Tabea beginnt zu schwitzen. Ihr Herz klopft bis zum Hals, ihre Kehle fühlt sich zugeschnürt an. „Hau ab", flüstert sie kraftlos.

„Nein, Tabea. Ich geh' nicht." Gregs Stimme. „Ich geh' erst, wenn du was getrunken und gegessen hast."

„Bitte geh." Ihre Worte klingen flehend. Die streichende Bewegung auf ihrem Rücken löst Unruhe in ihr aus. Mühevoll setzt sie sich auf, taumelt, schlägt mit dem Kopf an die Wand. Sie schließt die Augen und versucht ruhig zu atmen. Ihr Mund ist trocken. Die Sonnenstrahlen dringen gedämpft durch die geschlossenen Vorhänge und tauchen den Raum in ein dunkelgoldenes Licht.

„Tabea." Erschrocken öffnet sie die Augen. Gregs Mund ist direkt vor ihrem Gesicht. Sie dreht den Kopf von ihm fort. Seine Stimme klingt ernst. „Du hast dich selbst in Gefahr gebracht, um das Leben eines anderen Menschen zu retten. Jetzt bist du dabei, dein eigenes Leben wegzuwerfen." Ein kaum hörbares Beben erschüttert seine Stimme.

Angestrengt starrt sie auf die Streifen der Bettdecke. Die Stille dröhnt in ihren Ohren. „Wo ist Nick?"

„In meinem Bus."

„Warum?"

Er schweigt. Sie vergräbt ihren Kopf in der Decke.

„Hier." Er hält ihr Elsies kalten Tee hin. Sie lässt die Decke sinken, ergreift wortlos die Tasse. Der bittere Geschmack im Mund beginnt sich aufzulösen. Ihr Magen krampft sich zusammen, sie krümmt sich.

„Hunger?"

Sie nickt. Er sucht in den Küchenschränken nach Essbarem. Mit zwei Scheiben Brot, Käse und einer Banane kommt er zum Bett zurück.

Sie isst schweigend. Aus ihrem Bauch erklingt lautes Gerumpel. „Wie geht es Nick?" Sie blickt an ihm vorbei zum Fenster.

„Das Fieber ist weg, er kommt langsam wieder zu Kräften."

„Das ist gut."

„Wie geht es dir?"

Ihr Atem beschleunigt sich, sie hält mit Kauen inne. *Was weiß er?* Flüchtig lässt sie ihre Augen über sein Gesicht gleiten. Aufmerksam blickt er sie an. Rasch senkt sie den Blick. Der Brei in ihrem Mund wird warm. Angestrengt schluckt sie ihn hinunter.

„Was weißt du?" Sie fixiert ihre Hände, die ineinander verknotet auf der Decke liegen. Die Knöchel treten weiß hervor.

„Was ist passiert?" Er lehnt sich an den Tisch.

Sie schließt die Augen, öffnet sie sofort wieder. Bills Gesicht verblasst. „Gibt's noch Brot?"

Greg reicht ihr die letzte Scheibe. Sie kaut, bis kein Krümel mehr spürbar ist. Mühsam schluckt sie, starrt ins Leere.

„Ich komm' nachher wieder." Greg geht zur Tür.

Als sie alleine ist, steht Tabea auf. Trotz der Wärme im Bus erträgt sie ihre Shorts nicht. Sie versteckt sich in der weiten Baumwollhose und Paolos T-Shirt. Als sein Duft ihre Nase streift, hält sie inne, schließt die Augen. Tränen drängen machtvoll an die Oberfläche. Von seinen Armen umschlungen sein, den Kopf dicht an seinen Hals gepresst. Nichts wünscht sie sich sehnlicher.

Ihre Augen streifen durch den Bus, gehetzt, auf der Suche nach etwas, das Halt gibt. Sie finden ihn in der Kaffeemühle. Sie legt die Hand auf den Knauf und dreht langsam die Kurbel. Das Geräusch der Kaffeebohnen, die zermahlen werden, fehlt. Es befinden sich keine Bohnen im Trichter. Ihre Hand führt die Kurbel unaufhörlich, gleichmäßig. Das Brennen zwischen den Beinen lässt nach. Leise reiben die Mahlsteine aufeinander. Die Bewegung ihrer Hand ergreift den Arm, den Oberkörper. Sie schwingt, die Augen geschlossen, versunken im reibenden Geräusch der Steine, in der runden Bewegung ihres Körpers. Ihr Kopf ist leer, die Gedanken schweigen. Bilder ziehen vor ihrem inneren Auge vorbei. Bilder aus ihrer Kindheit. Aus ihrer ferneren und näheren Vergangenheit. Kinderlachen dringt an ihr Ohr.

Tabea zuckt zusammen, als es an der Tür klopft. Unwillkürlich drückt sie den Knauf der Kaffeemühle fester. Angespannt beobachtet sie die Tür, die sich langsam öffnet.

Ein Kopf voller Rastas erscheint. „Linda!" Tabea lässt den Knauf los.

Die junge Frau tritt auf sie zu. „Hi. Da bin ich wieder." In ihrem Lachen klingen Spott, Enttäuschung und zugleich Freude. Tabea legt ihre Arme um die festen Schultern, drückt sie an sich, nimmt den Geruch abgestandener Wäsche und saurem Schweiß in sich auf.

Linda löst sich aus der unerwarteten Umarmung. Aufmerksam forschen ihre Augen in Tabeas Gesicht. Tabea weicht ihrem Blick aus.

„Was ist los?"

Nervös streicht sich Tabea eine Haarsträhne aus dem Gesicht, dreht den Kopf zum Fenster. „Was meinst du?" fragt sie, ein wenig zu scharf.

Linda zuckt die Schultern, schiebt sich eine Rastalocke hinters Ohr. „Die Typen in der Bucht sind alle noch da, aber irgendwas ist anders als vorher. Und du siehst beschissen aus."

Tabea zuckt zusammen. Sie ärgert sich über Lindas Worte, gleichzeitig ist sie ihr dankbar für ihre Offenheit.

„Hast du Nick getroffen?"

„Ne. Weißt du, wo er ist?"

Tabea setzt sich auf ihr Bett, schlägt die Beine übereinander. Sie spricht, ohne Linda anzusehen.

„Seit eurer Abreise hat Nick viel geraucht und zu viel getrunken. Vor ein paar Tagen ist er ins Wasser gegangen, immer weiter, bis zur Strömung. Ich hab' ihn wieder rausgeholt. Jetzt ist er in Gregs Bus." Ihr Blick streift Linda.

Sie massiert unruhig ihre Zehen. „Vielleicht hätten wir nicht gehen sollen. War 'ne bescheuerte Idee von mir", murmelt sie.

„Warum seid ihr zurückgekommen?"

Sie zuckt die Schultern. „Die Farmbesitzer sind voll spießig. Hatten wohl alle Schiss, dass wir ihre halbkaputten Hütten plündern." Zwischen Lindas Augen bildet sich eine Falte auf dem sonst stets fröhlichen Gesicht.

„Was macht ihr nun?"

„Weiß nicht." Die Falte vertieft sich.

Tabeas Lächeln kommt aus ihrem tiefsten Innern. „Es ist schön, dass ihr wieder hier seid", sagt sie leise.

Eine Träne blitzt in Lindas Augenwinkel. „Ich geh' zu Luna."

Tabea liegt auf ihrem Bett, starrt zum Möwenposter. Ihr Kopf ist leer, ihre Augenlider werden schwer. Sie fällt in einen unruhigen Schlaf, aus dem sie verschwitzt und verspannt aufwacht. Langsam steht sie auf.

Sie streift Paolos T-Shirt und die Hose ab. Nackt steht sie vor dem Wandspiegel. Sie betrachtet ihre ungleichen Brüste. Ein langes, schwarzes Haar steht unterhalb der rechten Brustwarze. Der Leberfleck neben dem Bauchnabel ist nicht weiter gewachsen.

Sie legt die Hände auf den Bauch, fährt über die weiche Haut. An der linken Seite der breiten Hüfte sind längliche Eindrücke auf der Haut zu sehen, die Falten der Bettdecke. Ihre Finger streichen sanft darüber. Die Haut um den schmalen Streifen ihrer Schamhaare ist gerötet. Über dem rechten Knie, auf dem kräftigen Oberschenkel, der ihr immer zu dick vorgekommen ist, klebt ein ovaler blauer Fleck.

Plötzlich spürt sie das Blut in den Adern pulsieren. Das ist ihr Körper. Der Körper, den sie kennt und liebt. Er ist derselbe wie in Berlin, derselbe wie vor einem Jahr, bevor sie zu ihrer Reise aufgebrochen ist. Er ist nicht übersät mit Narben, erzählt keine Geschichten. Er ist einfach da, vertraut und schön. Dankbare Erleichterung breitet sich in ihr aus.

Sie zieht sich an. In Paolos T-Shirt und einer blauen Baumwollhose mit roten Blumen öffnet sie die Tür und bleibt auf der Treppe stehen. Aufmerksam lässt sie ihren Blick durch die Bucht schweifen. Lindas Bus steht in der Nähe von Elsies Wohnmobil. Luna klettert auf Elsies Korbsessel herum. Von Linda und Elsie ist nichts zu sehen. Der Strand ist leer. Die Sonne steht tief. Ihre Strahlen zeichnen einen breiten, golden glitzernden Streifen auf die Wasseroberfläche.

Sorgfältig steigt Tabea aus dem Bus und zieht die Tür wieder zu. Sie geht an einem großen, weißen Wohnmobil vorbei zum Wasser. Der Himmel färbt sich zartrosa. Vereinzelte Kugelwolken scheinen das Abendlicht in sich aufzusaugen, treiben hell leuchtend über den Himmel. Die schroffen Konturen der Klippen zeichnen sich noch schärfer als tagsüber von der rotbraun schimmernden Felswand ab.

Tief füllt sie ihre Lungen mit der salzigen Meeresluft, in die sich der Geruch von Seetang mischt. Sie setzt sich auf einen Stein, gräbt die nackten Füße in den feuchten Sand.

Das Glitzern auf den Wellen verblasst, hellgelb steht die Sonne auf dem Horizont. Der Himmel wechselt zu orange. Die Zeit bleibt für einen kurzen Moment stehen, während die Sonne im Meer versinkt.

Tabea hört Schritte hinter sich im Sand. Sie kennt den leicht schlurfenden Schritt, dreht sich nicht um. Leise keuchend lässt sich Nick neben ihr nieder. Eine Weile sitzen sie schweigend. Tabea zieht den Lederbeutel aus der Hosentasche, dreht eine Zigarillo, zündet sie an, zieht, reicht sie ihm.

Er schüttelt den Kopf. „Du bist noch zu schwach zum Rauchen."

Der klare, bestimmte Klang seiner Stimme lässt sie innehalten. Sie zieht die Augenbrauen in die Höhe. Ihr Blick streift ihn von der Seite. Sein Körper scheint noch ausgemergelter als bisher zu sein, die Haare hängen dumpf auf die Schultern, aber auf den eingefallenen Wangen liegt ein rosiger Schimmer. Sie drückt die Zigarillo in den Sand.

„Wie geht's dir?" Sie stellt die Frage, ohne ernsthaft eine Antwort zu erwarten.

„Mein Körper ist schwach, aber in meinem Innern spür' ich eine Kraft, die ich noch nie gespürt hab'."

Verblüfft starrt Tabea ihn an. Sie kann sich nicht erinnern, Nick jemals einen solch langen Satz sprechen gehört zu haben. Seine hellen Augen blitzen, seine Wangen scheinen noch ein wenig rosiger zu werden. Plötzlich schüttelt ihn ein heftiger Husten. Er lehnt sich an Tabea. „Danke, dass du mir geholfen hast." Ein neuer Hustenanfall erstickt den Satz.

„Komm, ich bring dich zu Greg."

Er schüttelt den Kopf, hustet erneut. „Zu Linda." Sie hilft ihm beim Aufstehen. Er legt seinen rechten Arm über ihre Schulter. Langsam schreiten sie über den Strand zu Lindas Bus. Aus den Augenwinkeln nimmt Tabea Greg wahr, der im Halbdunkel vor seinem Bus sitzt. Sie hält den Blick gesenkt, konzentriert sich darauf, nicht zu stolpern.

„Nick!" Lunas helle Stimme schallt über den Platz. Das Mädchen stürmt auf den schlanken Mann zu, nimmt ihn an der Hand und zieht ihn mit sich. Nick dreht sich zu Tabea um. Seine Augen suchen ihren Blick. Sie weicht aus. Reglos bleibt sie stehen und schaut dem ungleichen Paar nach. Nick stolpert beim ungestümen Gezogenwerden. Luna hält sofort an. „Pass auf, Nick!" Die Ernsthaftigkeit in ihrer Stimme straft jeden Lügen, der meint, kleine Kinder verstünden nichts vom Leben. Ein klein wenig langsamer zieht Luna Nick in den Bus.

Tabea zuckt zusammen, als sie eine Hand auf ihrer Schulter spürt. Ihr Atem stockt, ihre Muskeln verkrampfen sich.

„Du solltest dich schonen."

Ihre Augen huschen über den Boden. Sie spürt Gregs Atem an ihrer Wange.

„Es war Bill." Ihre hastigen Worte verpuffen in der Dämmerung. Langsam lehnt sie den Kopf an seine Schulter. „Bitte, halt mich fest." Ihr Flüstern sucht sich einen Weg zwischen den Locken in sein Ohr. Sie spürt einen Arm an ihrem Rücken, eine Hand an ihrem Hinterkopf. Sanft zieht er sie an sich.

Lautlos drängen Tränen aus ihren Augen, rinnen über ihre Wangen auf sein Hemd. Ihre Brust zieht sich zusammen, bis die Lungen schmerzen. Ein lautes Schluchzen entspannt sie. Unbeweglich halten sie seine Hände. Sekunde um Sekunde hüllt die Dunkelheit sie ein.

Sie hebt den Kopf, holt tief Luft. Gregs Hände streichen über Schulter und Rücken, während sie sich aufrichtet. Sie meint, einen kleinen Funken aus seinen Augen springen zu sehen, als ihr Blick sein Gesicht streift. Unwillkürlich lächelt sie.

Zögernd geht sie auf ihren Bus zu. Gregs lauter Pfiff lässt sie erzittern. Zwischen den Büschen erscheint ein Hund.

„Geh. Diego wird auf dich aufpassen."

Erleichtert schließt Tabea die Tür.

20

Nach siebzehn Stunden Dauerschlaf fühlt sich Tabea so ausgeruht wie lange nicht mehr. Sie blickt aufs Meer. Gerne würde sie schwimmen, aber die hohe Dünung wirft die Wellen weit hinauf auf den Strand. Ein kräftiger Wind treibt die

Gischt über die Bucht. Die Sonne schafft es nur hin und wieder, ihre Strahlen zwischen die Wolkenfelder hindurch zu zwängen.

Greg sitzt vor seinem Bus. Vor ihm liegen einige bunte Bilder. Von den über dreißig, die sich Tabea vor vielen Wochen angeschaut hat, ist kaum eine Handvoll übriggeblieben. Sie bleibt vor ihm stehen.

Aufmerksam erforschen seine Augen ihr Gesicht. „Wie geht es dir?"

Sie fixiert seine Bilder. „Du solltest wieder malen."

„Hm."

„Warum tust du es nicht? Deine Bilder gefallen den Menschen."

Greg nimmt ein Bild in die Hand, fährt mit dem Finger über die Farbe. „Es ist lange her, seit ich sie gemalt hab'. Ich kann das heute nicht mehr."

Tabea runzelt verständnislos die Stirn. „Versteh' ich nicht."

Greg seufzt. „Kunst ist etwas, das von innen heraus geschieht. Du kannst sie nicht erzwingen. Die Lebensphase, in der diese Bilder entstanden sind, ist vorbei."

„Okay. Aber vielleicht entstehen neue, ebenso farbenfrohe Bilder, wenn du jetzt den Pinsel zur Hand nimmst?"

Zweifelnd schüttelt er den Kopf. Seine blonden Locken fliegen um sein Gesicht. „Ich wüsste nicht, was ich mit den Farben anfangen sollte. Sie müssen eine Aufgabe haben, einen Zweck erfüllen, damit sie wirken. So wirken, dass die Menschen sich angesprochen fühlen."

„Hm."

Er hält ihr einen Pinsel hin. „Hier. Mal du."

Abwehrend hebt sie die Hände. „Nein, ich kann das nicht."

Er lächelt. „Siehst du. So einfach ist das nicht mit der Farbe."

Langsam dreht sie sich um. Ihr Blick schweift über den Platz. Auf den Stufen vor ihrem Wohnmobil sitzt Angelika. Tabea geht auf sie zu. „Hallo, Angelika. Stör' ich?" Auf einer Decke neben ihr liegen dunkelbraune Lederschnüre und unzählige kleine Muscheln und Steine. Die große Frau schüttelt den Kopf. „Nein. Hallo Tabea." Tabea setzt sich im Schneidersitz vor die Ansammlung an Bastelmaterial. Geschickt knoten Angelikas lange Finger einen kleinen weißen Stein in zwei Lederschnüre. Sie drehen die Schnüre, verweben sie ineinander, greifen nach einer Muschel. Fasziniert beobachtet Tabea, wie sich Steine und Muscheln mit den Lederschnüren zu einem Armband zusammenfügen.

„Woher kannst du das?" Neugierig schaut sie Angelika an. Ohne die Augen von ihrer Arbeit zu nehmen, sagt Angelika: „Das hat mich meine Großmutter gelehrt. Sie hat nicht, wie alle anderen Frauen ihres Alters, Babysocken und Topflappen gestrickt, sondern Kunsthandwerk aus Leder, Holz und Ton gefertigt. Ich war als Kind oft bei ihr und durfte mit all ihren Kostbarkeiten experimentieren." Versonnen hält sie mit Knüpfen inne, lehnt den Rücken an die geschlossene Tür. Ein Lächeln spielt um ihre Mundwinkel. „Gemeinsam haben wir die verrücktesten Kunstwerke gemacht, mit denen wir dann unsere Familie beglückten." Ihre Augen glänzen, die Worte fliegen schwerelos über den Platz. „Das Beste war ein Gartentor aus krummen Ästen. Wir haben sie mit Lederstreifen zusammengebunden und mit der Handsäge in Form geschnitten. In der Mitte des Tores haben wir aus Ton einen Teller in Form eines Tannenzapfens befestigt, auf den der Name unserer Familie eingelassen war. Das Tor war das

Schönste im ganzen Dorf." Sie lacht. Schön sieht sie aus mit den strahlenden Augen.

„Dann hast du deine Liebe für Kunst wohl von deiner Großmutter geerbt." Tabea lächelt.

„Ja, ganz klar. Mein Vater war Arzt und meine Mutter Hausfrau. Sie konnten nie etwas mit meiner Kunstbesessenheit anfangen." Sie wirft den Kopf in den Nacken, dass die langen Locken fliegen. „Als meine Oma starb, hat sie mir in ihrem Testament ihre gesamte Werkstatt hinterlassen. Diese Lederschnüre sind ein Teil ihres Erbes." Sie deutet mit dem Kopf auf die Decke.

Tabea nimmt eine Schnur in die Hand. „Ist das gewöhnliches Leder?" Sie führt die Schnur zur Nase, riecht daran.

Angelika schüttelt den Kopf. „Es ist gewachstes Ziegenleder. Das ist geschmeidig und leicht und trotzdem robust."

Tabea fährt mit dem Zeigefinger über die glänzende Lederschnur. Sie kneift die Augen zusammen. „Hast du auch Häute hier?"

Angelika schaut sie interessiert an. „Wofür?"

Tabea lächelt. „Ich liebe Elsies Konga. Gerne würde ich mir selbst eine Trommel bauen."

„Trommeln ist was Wunderschönes!" Angelikas Wangen röten sich. Begeistert wirbeln ihre Hände durch die Luft. „Ja, ich hab' Rinderhaut hier, genügend für Trommeln für die ganze Bucht!"

„Komm, lass uns welche bauen. Ich würd' das wahnsinnig gerne tun!" Tabea ahnt, dass die unmittelbare Kraft der Trommelschläge ihr helfen kann, ihre Verletzungen zu verarbeiten.

Angelika lacht. „Sehr gerne, Tabea. Meine eigene Trommel habe ich in München gelassen, aber, ehrlich gesagt, fehlt sie mir. Ich möchte aber gerne noch ein wenig zuwarten mit dem Trommelbau."

Ihre Hände liegen auf ihrem Bauch. Überrascht beobachtet Tabea, wie sie von innen heraus bewegt werden. „Ist das das Baby?"

„Ja."

„Hast du noch immer Angst vor der Geburt?" Forschend blickt sie in die Augen der großen Frau. Der Lidschatten wechselt von innen nach außen von dunkelblau zu türkis.

Angelika zuckt die Schultern. „Irgendwann ist sie vorbei. Ich versuche, nicht daran zu denken."

Tabea lächelt. Sie gähnt, streckt die Arme über den Kopf. „Ich fahr' einkaufen. Brauchst du was?"

Nachdenklich zieht Angelika die Oberlippe zur Nase. „Ich hab' Heißhunger auf diese Lakritzdinger von Haribo. Diese bunten mit Erdbeer-, Zitrone-, Schokolade- oder Kokosgeschmack und einer Schicht Lakritz. Kennst du die?"

„Klar! Die gibt's in dem kleinen Tante-Emma-Laden in Almadena. Wie viel soll ich mitbringen? Ein Kilo?" Verschmitzt grinst sie Angelika an.

„Um Himmels Willen, ich hab' jetzt schon das Gefühl, mein Bauch müsse demnächst platzen!"

„Wart' nur, nach der Geburt hast du plötzlich wieder ganz viel Platz in deinem Bauch! Ich werde jedenfalls vorsorgen." Grinsend läuft sie zu ihrem Bus. Erleichtert bemerkt sie, dass das Leben weitergeht. Dass sie nicht an Bill zerbrochen ist. Dass sie Freude, Anteilnahme, Zuneigung und Begeisterung noch immer spüren kann. Die Lebendigkeit kehrt zurück.

21

„Hi Tabea, kommst du mit?"
Tabea klemmt eine Wäscheklammer auf den nassen Kissenbezug und dreht den Kopf. „Hallo, Linda. Wohin?"
„Wir wandern in die übernächste Bucht. Dort steigt heut Abend 'ne geile Party."
Tabea zieht ein Shirt aus dem Eimer, wringt es aus, klemmt es auf die Leine. „Wo übernachtet ihr?"
Linda zuckt die Schultern. „Keine Ahnung. Entweder feiern wir bis morgen und pennen draußen, oder wir kommen wieder zurück."
Tabea staunt über die Unbekümmertheit in Lindas Worten. Obwohl sie selbst nun seit vielen Monaten vollkommen frei unterwegs ist, ist ihr dieses Maß an Gedankenfreiheit noch immer fremd. „Wer geht mit?" Ein BH fällt in den Sand. Sie nimmt ihn auf, schüttelt ihn den Staub ab und hängt ihn auf.
„Luna und Nick und ein paar Kumpels." Tabea steckt die letzte Wäscheklammer an die Baumwollhose.
„Angelika?"
Linda lacht auf. „Ne, die doch nicht!"
Tabea bückt sich, nimmt den Eimer in die Hand.
„Ja, ich komm' mit. Bin gleich soweit."
Linda stahlt und steckt sich eine Rastalocke hinters Ohr. „Nimm was zu Trinken und zu Essen mit. Und 'ne Decke oder 'nen Schlafsack."

„Es ist schön hier oben." Tabea lässt den Blick über die glitzernde Meeresoberfläche gleiten, die weit unter ihnen liegt. Über die karge Hochebene streift der Wind, spielt mit den dürren, trockenen Zweigen der Disteln. Es riecht nach trockener Erde. Eine Eidechse huscht über den schmalen Pfad. Die Luft flimmert.

„Ich hab' Durst!" Luna bleibt stehen und stemmt die kleinen Fäuste in die Hüfte. Ihr buntes Kopftuch leuchtet in der Sonne.

„Hier, nimm." Nick hält ihr eine Flasche Wasser hin. Sie trinkt gierig, Wasser rinnt ihr aus den Mundwinkeln. Nick nimmt ihr die Flasche ab. Zärtlich wischt er ihren Mund trocken und nimmt sie an die Hand.

Tabea lächelt unwillkürlich. Sie hängt sich bei Linda ein, die neben ihr läuft. „Nick liebt Luna", sagt sie zu ihr.

„Ja."

Tabea wirft ihr einen Blick zu. „Wie stehst du zu Nick?"

Linda zuckt mit den Schultern. „Er liebt Luna. Alles andere ist wurscht. Wir alle lieben das Leben, und über diese Liebe sind wir miteinander verbunden." Mit einer heftigen Handbewegung wischt sie sich den Schweiß von der Stirn.

„Nick wollte sein Leben beenden", wirft Tabea ein.

„Vielleicht."

„Warum vielleicht?"

„Hast du ihn danach gefragt?"

Irritiert zieht Tabea ihren Arm zurück. Sie schüttelt den Kopf. „Irgendwie war das für mich nie eine Frage."

„Er ist geschwommen und in die Strömung geraten. Kann jedem passieren. Warum denkst du, dass er sich den Gong geben wollte? Dann hätt' er sich vom Fischer-Felsen werfen können, wär' schneller und einfacher gewesen." Linda spricht hastig, ihre Stimme klingt schrill.

Tabea schüttelt sich. Gänsehaut kriecht über ihren Rücken. „Es ist nur – ich kann mit ihm nicht sprechen, er antwortet nicht."

Ein Lächeln erscheint auf Lindas Gesicht. „Klar antwortet Nick. Du verstehst bloß seine Antworten nicht."

Schweigend stapfen sie weiter.

Mit den letzten Sonnenstrahlen erreichen sie die Bucht. Trommelschläge sind zu hören lange bevor die bunten Zelte sichtbar werden, die über die ganze Bucht verstreut sind. Beim steilen Abstieg über die Klippen fällt Tabeas Blick auf ein verwittertes Schild: *No camping.* Sie lächelt. Schön, dass es immer wieder Menschen gibt, die Grenzen überschreiten.

Am Rande der Bucht, an einer windgeschützten Stelle, sind zwei Männer damit beschäftigt, einen großen Holzhaufen für ein Lagerfeuer aufzuschichten. Vor einem schäbigen, blauen Zelt in der Nähe sitzt ein alter, buckliger Mann. Dunkle Hände mit schwarzen Fingernägeln schlagen unentwegt eine kleine Trommel.

Linda steuert auf ein oranges Zelt zu, neben dem eine junge Frau mit Baby auf dem Arm steht.

„Hi. Ich bin Linda. Das ist Luna." Die Kleine klebt an ihrem Bein, sichtlich eingeschüchtert durch die vielen fremden Menschen.

„Hi. Wir sind Nati und Otto." Das kleine Bündel auf ihrem Arm öffnet kurz die Augen, als ob es seinen Namen verstanden hätte.

„Süß! Wie alt ist er?"

„Fünf Monate."

Tabea dreht sich um, schlendert zum Holzhaufen, der unermüdlich wächst. Auf Geschichten über Kleinkinder hat sie keine Lust. Nick hat sich zu einem blonden jungen Mann mit Surfbrett gesetzt.

„Kann ich helfen?"

Ein kräftiger Mann mit schwarzem Vollbart mustert sie, während er Holz auf den Stapel legt. Sein nackter Oberkörper ist mit Tätowierungen übersät. In seinen Augen mit engen Pupillen liegt ein unnatürlicher Glanz.

„Dort drüben zwischen den Bäumen findest du trocknes Holz." Die dunkle Bassstimme verstärkt sein mächtiges Aussehen. Sein Kopf deutet in Richtung einer kleinen Baumgruppe. Tabea geht auf die Bäume zu. Neben dürren Ästen liegen armdicke, sorgfältig geschnittene Baumstämme. Zögernd bleibt sie davor stehen. „Nimm." Der Mann ist unbemerkt neben sie getreten, bückt sich, lädt sich das Holz auf die kräftigen Arme. Der Geruch nach Haschisch steigt Tabea in die Nase. Schweißperlen glitzern zwischen seinen Brusthaaren. „Darum kümmert sich hier keiner. Wir haben es für unsere Lagerfeuer gehackt."

Er stapft zurück in Richtung Lagerplatz. Tabea blickt ihm nach. Ein langer Zopf aus Haaren, Lederbändern und Federn hängt über seinem Rücken. Eine knielange Hose sitzt ein wenig tief und offenbart eine graue Unterhose mit blauem Gummibund. Sie nimmt so viel Holz, wie sie tragen kann.

„Hier. Wir werden es zum Nachlegen brauchen." Der Bärtige zeigt auf einen kleineren Holzstapel ein wenig abseits. Tabea wirft die Scheite darauf, setzt sich auf einen Stein. Ihr Blick trifft Nicks helle Augen, die unbeständig über den Platz gleiten.

Die Sonne ist untergegangen, die Dämmerung verschluckt die letzten Farben des Tages. Erste zaghafte Flammen werfen ein flackerndes Licht auf die Menschen. Weißer Rauch steigt auf und hüllt die Gemeinschaft ein.

Neben Tabea setzt sich ein Mann mit Gitarre. Er zupft ein wenig an den Seiten, stimmt sein Instrument. Dann nimmt er den Rhythmus des Trommlers auf, spielt verschiedene Akkorde. Der Bärtige bläst kräftig in die Flammen, die sogleich hell auflodern. Der Rauch beißt in Tabeas Nase, sie niest und schüttelt sich. Eine Gruppe laut lachender und plaudernder Männer und Frauen erscheint aus dem Halbdunkel. Eine Frau zieht eine Trompete aus einer Hülle, ein Mann packt ein Saxophon aus einem Koffer. Der Bärtige geht auf die Gruppe zu, legt einen Arm um die Schultern der Frau, drückt sie, begrüßt den Mann mit Handschlag.

Tabeas Magen knurrt. Aus ihrem Rucksack kramt sie eine Plastikbox mit Oliven und Fetakäse hervor. Ein etwas schräger Trompetenstoß dringt an ihr Ohr, vermischt mit Babygeschrei. Klein-Otto will nicht schlafen. Ein Windstoß fährt ins Feuer, die Flammen lodern auf. Der herbe Geruch des Feuers verfängt sich in Tabeas Haaren.

„Ich hab' dich hier noch nie gesehen." Der Bärtige steht neben ihr.

„Mein Bus steht in einer anderen Bucht." Sie kaut.

„Bist du schon länger unterwegs?"

Sie schluckt, antwortet: „Seit neun Monaten. Und du?" Sie mag es nicht, ausgefragt zu werden.

Der Bärtige macht eine wegwerfende Handbewegung. „Ich bin ein Reisender durch das Leben."

Eine solch poetische Antwort hätte sie ihm nicht zugetraut. „Das sind wir doch alle."

„Nur wissen das die Meisten nicht."

Das Saxophon setzt ein. Begleitet von der Gitarre erklingt eine schräge Version von „*Versuchs mal mit Gemütlichkeit*" aus dem Dschungelbuch. Irgendwer unterstützt die Trommel mit einer Rassel. Eine unsichtbare Schwingung flirrt durch die Luft, Tabea fühlt sie auf ihrer Haut. Kribbelnde Wärme läuft über ihre Arme.

Sorgfältig verstaut sie die Plastikbox in ihrem Rucksack, holt ein Stück Brot hervor. Sie lehnt sich an den kleinen Holzstapel. Der Bärtige hält ihr eine Chouricão hin. Sie beißt von der portugiesischen Wurst ab, gibt sie zurück. Eine korpulente Frau in weitem Rock und kurzem Top löst sich aus einem Menschengrüppchen und tanzt zur Musik. Lange, schwarze Haare fliegen um ihr Gesicht. Das Knistern des verbrennenden Holzes vermischt sich mit den immer schneller werdenden Rhythmen.

Tabea zieht den Lederbeutel aus ihrer Hosentasche, raucht.

„Darf ich?" Der Bärtige zeigt auf die Zigarillo. Sie reicht sie ihm, er zieht. Nicks Augen blitzen hinter ihm auf.

„Magst du?" Sie nimmt die angebotene Bierflasche. Der Handrücken des Mannes ist ebenso behaart wie seine Brust und sein Rücken. Eine schmale Mondsichel steigt über den Felsen auf. Tabea legt den Kopf in den Nacken. Der Polarstern steht direkt über ihr. Deutlich sind der große und der kleine Bär zu erkennen, die zahllosen Sterne der Milchstraße.

Ihr rechter Fuß beginnt zu kribbeln. Sie streift die Sandale ab, massiert die Zehen.

„Eingeschlafen?" Der Bärtige blickt auf ihren Fuß. Sie nickt, während sie den Fußballen knetet. „Wo übernachtest du?" Er wirft die Frage in eine kurze Pause zwischen zwei Takten. Sie blickt ihn von der Seite an. Schatten spielen in seinem Gesicht.

„Dort, beim Feuer. Ich hab' meinen Schlafsack dabei."

„Komm zu mir. Ich hab' Platz in meinem Zelt."

Kalter Schweiß perlt auf Tabeas Stirn. Ihr Herz schlägt rascher. Die Flammen wirbeln schneller durcheinander. Heftige Übelkeit erfasst sie, sie würgt, schluckt. Sie dreht sich um und stützt sich mit den Händen auf dem Holzstapel ab.

„Ist alles in Ordnung, Tabea?" Sie hört Nicks Stimme neben sich und spürt seine Hand auf der linken Schulter. Aus seinen Augen schießt ein scharfer Blick zum Bärtigen. Ihr Atem geht heftig. Sie stützt den Kopf in die Hände, ihre Beine drohen zu versagen. Nick packt sie fest bei den Schultern und führt sie aus dem Lichtkreis ins Dunkel. Sie schwankt, fängt sich wieder. Langsam lässt er sie auf den

Boden sinken. Sie legt sich in den Sand und schließt die Augen. Schweiß dringt aus allen Poren. Sie zerrt am Reißverschluss ihrer Jacke, wischt sich mit dem Ärmel über die Stirn.

Nick kauert neben ihr. „Hier." Er drückt ihr einen Apfel in die Hand. Knackend platzt die Apfelhaut, als sie hineinbeißt. Saft spritzt auf ihre Wangen. Frische Süße füllt ihren Mund. Ihr Atem wird ruhiger. „Besser?" Nick wischt ihr mit der Hand über die Stirn.

Sie kaut. „Ein wenig. Hast du Wasser?" Sie legt den Apfelstil neben sich und öffnet die Augen. Die Sterne am Himmel tanzen ein wenig. Er reicht ihr eine kleine Plastikflasche. Sie dreht den Kopf zur Seite, trinkt ein paar Schluck im Liegen, schüttet sich Wasser übers Gesicht. „Ich hab' nur ein Bier getrunken und eine Zigarillo geraucht, aber ich fühl' mich wie mit einer Überdosis Alkohol." Ihre Stimme klingt rau, die Zunge fühlt sich schwer an.

„Manchmal geht der Körper andere Wege als der Verstand." Nicks Augen huschen über ihr Gesicht.

Tabea versucht sein Gesicht zu fixieren, was ihr nicht gelingt. Immer wieder richtet sie ihre Augen neu aus. „War das bei dir so, als du ins Wasser gegangen bist?"

Er dreht ein Stöckchen zwischen den Fingern. „Ich wollt' nur zum Strand, aber meine Beine sind immer weitergelaufen."

Sie stemmt die Ellbogen in den Sand, stützt den Oberkörper auf. Ihr Kopf dröhnt.

Das Stöckchen zeichnet kleine Kreise in den Sand. „Ich bin als Kind zum letzten Mal geschwommen. Mit Freunden. Ich war zwölf. Als ich letzte Woche das Wasser um meine Füße gespürt hab', konnte ich nicht anders. Ich musste schwimmen. Ich hab' gefühlt, dass mein Körper schwach war, aber ich musste weiterschwimmen." Seine leisen Worte werden von einem besonders schrillen Trompetenton erschlagen.

Tabea setzt sich auf, schlingt die Arme um die Knie. „Warum bist du so lange nicht mehr geschwommen?" Nick wendet seinen Kopf zum Feuer. Sein Blick eilt über die tanzenden Menschen, kehrt zurück zu Tabea, streift ihre Augen. „Weißt du, dass deine Augen nie stillstehen?" fragt sie lächelnd.

Unvermittelt bleiben sie an ihrer Nasenspitze hängen. Aufmerksam wandern sie über ihre Wangen zu den Lippen, kehren über die Nase hinauf zu den Augen. Ein Schauer ergreift Tabea, als sich sein Blick in ihre Augen versenkt. Das Feuer hinter ihm scheint durch seine Augen in ihren Körper zu gelangen. Sie fühlt, wie eine große Wärme sie durchflutet.

„Als Kind hab' ich Angst gehabt vor meinem Vater und vor den anderen Männern unseres Clans. Allen Jungen ist es so ergangen. Im Wald und im Wasser waren wir sicher. Mit zwölf bin ich abgehaun. Hab' geklaut, um zu überleben. Die Augen müssen überall sein, wenn man nicht erwischt werden will." Er senkt den Kopf. „Ich bin nie mehr geschwommen, weil ich Angst gehabt hab' vor der Erinnerung." Reglos verharrt er neben ihr. Sie schweigen.

Tabea fröstelt, zieht den Reißverschluss hoch. „Ich geh' zurück."

Nick steht auf und reicht ihr die Hand. Sie zieht sich hinauf. Das Gewicht ihres Rucksacks bringt sie aus dem Gleichgewicht. Sie stolpert. Rasch packt er sie am Arm. „Bist du sicher, dass du nicht hierbleiben willst? Wir können uns auch dort drüben unter die Sträucher legen." Er zeigt auf eine Strauchgruppe hinter ihnen. Sie schüttelt den Kopf. Langsam beginnt sie den Aufstieg. Nick bleibt dicht hinter ihr. Das flaue Gefühl im Magen verstärkt sich zu einer latenten Übelkeit. Sie bleibt stehen, holt tief Luft. Vorsichtig tastet sie sich durch die Dunkelheit. Immer wieder rutschen ihre Füße von den Steinen ab, mit den Händen hält sie sich an Sträuchern und Büschen am Wegrand fest. Ein Dorn bohrt sich in ihren rechten Handballen. Die Mondsichel steht vor ihnen auf der Hügelkuppe. Eine Fledermaus fliegt dicht über sie hinweg. Die Musik verhallt.

Als sie die Hochebene erreichen, bleibt Tabea stehen. Ihr Atem geht schwer, sie kauert sich auf den Boden. Stille breitet sich aus. Nick verschwindet in der Dunkelheit. Tabeas Hände zittern. Sie stützt sie auf dem Boden ab. Die trockene Erde ist kalt.

Steine knirschen unter Nicks leichtem Schritt. Erneut packt er sie an den Schultern. „Komm." Sanft zieht er sie vom Weg fort. Schemenhaft erkennt sie eine kleine Kiefer und einige Büsche. „Wir bleiben hier." Nick hebt ihr den Rucksack vom Rücken, stellt ihn auf den Boden.

Tabea setzt sich. Ihr Kopf fällt auf die Brust. Sie schluckt. Mühsam öffnet sie die Kordel des Rucksacks, holt ihren Schlafsack heraus. Es gelingt ihr nicht, hineinzusteigen. Sie lässt sich auf das Stoffbündel sinken. Ihre Augen fallen zu.

Nick schiebt ihre Beine in die Öffnung des Schlafsacks, zieht ihn über ihre Hüfte. Er deckt sich neben ihr mit einer dünnen Wolldecke zu.

„Lass mich los! Nein! Nein! Neeeeiin!" Tabea schlägt mit der Faust auf den Boden.

„Tabea. Ruhig. Du bist sicher."

Sie schreckt hoch. Kalte Luft umhüllt sie. Eine Hand liegt auf ihrer Schulter. „Nick." Ihre Augen durchforsten die Dunkelheit. Der Mond ist verschwunden. Dumpfe Stille liegt über der Hochebene. Ihr Herzschlag wird ruhiger. Kälte sticht in ihren Knochen. Sie sucht die Öffnung ihres Schlafsacks, verkriecht sich tief im feuchten Stoff.

Sie erwacht von einem Kitzeln auf der Hand. Im ersten grauen Tageslicht erkennt sie eine Spinne, die über ihren Handballen krabbelt. Als sie die Armbeuge erreicht, bläst sie sie weg. Diffus nimmt sie einen Druck auf ihre Blase wahr. Sie lässt die Augenlider zufallen. Bilder der vergangenen Nacht tauchen auf. Die lodernden Flammen des Lagerfeuers. Die kräftige Erscheinung des Bärtigen. Erste Gedanken formen sich. Was wäre geschehen, wenn Nick nicht bei ihr gewesen wäre? Die Flammen verwandeln sich in überdimensionale Kronleuchter eines Theatersaals. Vor das Gesicht des Bärtigen schiebt sich ein glattrasierter, blasser Kopf. Stechender Blick. Tabeas Körper erbebt. Rasch öffnet sie die Augen.

Millionen kleiner Tropfen glitzern in den dürren Grashalmen. Feinste Spinnenfäden leuchten zwischen den Sträuchern. In der feuchtigkeitsschwangeren Luft liegt der zarte Duft nach süßen Blüten, vermischt sich mit dem Rauchgeruch in ihren Haaren.

Nicks Arm liegt auf ihrer Taille. Sie spürt seinen warmen Atem an ihrem Hals.

Schritte. Leise, hastig, näherkommend. Dicht vor Tabeas Gesicht erscheint eine schnüffelnde Hundenase.

„Diego! Was tust du denn hier?" Sie krault den Kopf des struppigen Hundes und spürt den Staub auf ihrer Handfläche.

„Greg wird ihn geschickt haben", sagt Nick leise. Der Hund lässt sich in einiger Entfernung nieder, legt den Kopf auf die Pfoten.

„Wo ist Linda?" Tabea runzelt die Stirn.

„Sie wird bei Nati geblieben sein. Um Linda brauchst du dir keine Sorgen zu machen." Nick räuspert sich.

Der Druck auf Tabeas Blase nimmt zu. Geräuschvoll atmet sie ein. Nick zieht seinen Arm zurück, sie setzt sich auf. Rastas haben sich aus seinem Turban gelöst, umrahmen sein schmales Gesicht. Seine Augen ruhen auf Diego. Tabea steht auf. Die Außenseite ihres Schlafsacks ist nass. Sie hängt ihn über einen Busch und verschwindet dahinter.

„Weißt du, dass Angelika schwanger ist?" Sie sitzt neben Nick am Rande des Weges, den Blick auf die spiegelnde Wasserfläche tief unter sich gerichtet. Sie kaut eine Banane.

Nick holt aus, wirft seine Bananenschale über die Klippen und nickt. „Warum fragst du mich?" Seine Augen sind zusammengekniffen.

Sie zuckt die Schultern. „Weiß nicht." Sorgfältig zieht sie eine Faser der Schale vom Fruchtfleisch. „Hat sie mit dir darüber gesprochen?"

Ungeduldig steht Nick auf. „Lass mich in Ruhe mit deinen Fragen." Abrupt dreht er sich um und stapft zum Rastplatz zurück.

Erschrocken blickt ihm Tabea nach. Langsam zermalmt sie den letzten Rest Banane zwischen den Zähnen, wirft die Schale über die Klippen. Sie bleibt an einem hervorstehenden Felsen hängen. Pfeilartig schießt eine Möwe aus dem Nichts hervor, schnappt sich die Schale, kreist zweimal über Tabea und verschwindet über der Hochebene.

Tabea zuckt zusammen, als sich Nick neben ihr niederlässt. Seine Bewegungen sind so leise wie die einer Katze.

„Sorry. Wollt' dich nicht so anfahren." Mit dem Fuß stößt er ein Steinchen in den Abgrund. Das raschelnde Geräusch einer kleinen Schotterlawine hallt zwischen den Felsen, Staub wirbelt auf. Sie blickt ihn von der Seite an. Seine Augenbrauen sind zusammengezogen. „Ich werde nie Kinder zeugen können." Seine Worte dringen gepresst zwischen

schmalen Lippen hervor. Reglos starrt er auf die Wasseroberfläche, die sich zartrosa färbt.

Tabea hält den Atem an. Ihre Gedanken beginnen zu wirbeln. Angestrengt versucht sie, sie zu ordnen. „Warum
nicht?"

„Ich bin HIV positiv."

Ein Segelschiff erscheint am Horizont. Tabea streift einen
Wassertropfen von einem Grashalm. Sie spürt der zaghaften
Wärme nach, welche die Sonne auf ihre Hand schickt. Sie ist
unfähig, die Ungeheuerlichkeit von Nicks Aussage zu erfas-
sen. Leise fragt sie: „Hast du deshalb Angst vor Sex?"

Es geht blitzschnell. Sie spürt einen Stich im Rücken, bevor sie mit dem Hinterkopf auf dem Boden aufschlägt. Ein
harter Griff umfasst ihr Handgelenk, reißt es in die Höhe.
Etwas Kaltes, Weiches drückt sich in ihre Hand.

„Hier, willst du ihn ficken? Willst du?" Er reibt seinen
Penis in ihrer Hand. Tabea starrt ihn an. „Oder willst du,
dass ich ihn in deine Möse stecke? Hier?" Er reißt ihr die
Baumwollhose von den Beinen, setzt sich auf sie, bewegt
seinen Unterleib so heftig, dass sie aufschreit. „Nein, du
willst es nicht. Keine will das. *Ich* hab' keine Angst vor Sex,
aber *ihr*!" Messerscharf bohren sich seine Worte in ihr Gesicht.

Sie liegt reglos, ohne Widerstand. Schwer spürt sie Nicks
Gewicht auf ihrem Unterkörper, die kalte Luft an ihren nack-
ten Beinen. Ihr Rücken brennt, der Kopf hämmert. Der
Schmerz, der aus Nick herausbricht, raubt ihr jegliche Kraft.
Ihre Kehle ist trocken, sie schluckt, ringt nach Atem. Mit der
Zunge fährt sie über die spröden Lippen. In seinen hellen
Augen spiegeln sich Erregung und Ekel, während er seine
Hüfte rasch vor und zurück bewegt.

Plötzlich bricht er zusammen. Sein Kopf fällt auf ihre
Brust, Rastas bedecken ihr Gesicht, ihre Augen. Der Geruch

nach Lagerfeuer, Schweiß und abgestandener Wäsche dringt in ihre Nase. Ein Zucken erfasst seinen Körper, sie legt die Hände auf seinen Rücken.

Reglos bleibt sie liegen. Nicks Atem geht rasch, ein unterdrücktes Schluchzen vermischt sich mit heftigem Schniefen. Sie biegt den Kopf ein wenig zur Seite, ihr Hinterkopf schmerzt.

Abrupt richtet sich Nick auf. Ohne sie anzuschauen erhebt er sich, greift nach seinem Rucksack und dreht sich um. Tabea zieht die Hose hoch und setzt sich auf.

„Nick, warte! Nick! Nick!"

Behände springt er über den schmalen Weg in Richtung Bucht, dicht gefolgt von Diego. Tabea springt auf, zwängt sich in den Rucksack und stürmt hinter ihnen her. Ihr Kopf fühlt sich an, als würde darin eine Bombe ticken. Der Rucksack schlägt auf ihren Rücken. Angestrengt versucht sie, Nick nicht aus den Augen zu verlieren. Die dornigen Sträucher zerkratzen ihre Beine. Sie erreicht die Kante der Hochebene. Der Weg fällt steil ab. Flink springt Nick über die Steine. Er schlägt den Weg in den Wald ein. „Nick, warte!" Sie wirft den Rucksack weg, um schneller vorwärts zu kommen. Ihr Hals ist trocken, röchelnd ringt sie nach Luft. Staubiger Sand rutscht unter ihrem Fuß weg, sie stolpert, fängt sich wieder. Schweiß brennt in ihren Augen. „Nick!"

Der Riemen der Sandale verfängt sich im Ästegewirr eines Strauches. Ein scharfer Schmerz durchsticht ihr linkes Fußgelenk. Ihr Schrei wird von den Felswänden der Bucht zurückgeworfen. Sie stürzt auf den Bauch. Nick schlägt einen Haken und verschwindet im Wald. „Nick, bleib stehen! Bitte bleib stehen!" Heftiges Keuchen erstickt ihre Worte. Ihre Stirn berührt die staubige Erde.

„Du kannst wohl nie genug bekommen." Spucke landet dicht neben ihrem Gesicht. Tabea hebt den Kopf. Die tiefe

Verachtung in Bills Blick trifft sie wie ein Schlag. Angestrengt stemmt sie die Hände auf den Boden und richtet sich auf. Paolos Shirt ist über der Schulter zerrissen. Mit zusammengebissenen Zähnen versucht sie, den Fuß aus dem Gebüsch zu ziehen. Der Schmerz raubt ihr den Atem.

Bill packt sie am Arm und reißt sie in die Höhe.

„Au!" Tränen schießen in ihre Augen. „Lass mich los, Bill. Lass mich sofort los." Ein drohender Unterton liegt in ihrer Stimme.

„Mit diesem Fuß kommst du nicht weit." Spöttisch zeigt er mit dem Kinn auf ihren linken Fuß. Aus einer tiefen Schnittwunde rinnt Blut. Die Haut um den Knöchel ist angeschwollen.

„Lass mich los." Ihre Augen sind zu schmalen Schlitzen verengt, die Hände zu Fäusten geballt.

„Vielleicht hättest du es verdient, hier zu verbluten." Seine Augen dringen tief in sie ein. Zitternd wendet sie den Blick ab. „Aber ich bin zu schwach, um dich krepieren zu lassen."

Er packt sie am anderen Arm und zieht sie wie einen Sack auf seinen Rücken. Katzengleich wehrt sich Tabea. Ihre Zähne bohren sich in seinen Hals, die Fäuste trommeln unablässig auf seine nackte Brust.

Greg springt auf, als er Bill erblickt.

„Hier." Bill lässt Tabea vor Greg auf den Boden fallen. Leise wimmernd krümmt sie sich zusammen. Verschwommen beobachtet sie die Männer aus den Augenwinkeln.

Bill dreht sich um. Greg ergreift seinen Arm. „Bill." Langsam wendet Bill seinen Kopf. Greg wartet, bis sich ihre Blicke treffen. „Danke." Misstrauisch verengen sich Bills Augen. „Dass du Tabea hergebracht hast."

Bill hebt den Kopf. Seine Augen forschen in Gregs Gesicht. Er nickt.

„Du solltest die Wunde desinfizieren." Greg deutet auf Bills Hals. Tabeas Zähne haben vier blutende Risse hinterlassen.

„Was ist passiert?" Elsie tritt neben Greg und berührt Bill am Oberarm. Er wirft ihr einen leeren Blick zu. Ein einsamer Windstoß fährt durch sein Haar. Abrupt wendet er sich ab, stapft durch die Büsche davon.

Reglos liegt Tabea auf dem Boden. Ihr Kopf dröhnt, das Blut pulsiert laut in ihren Ohren. Der Schmerz in ihrem Fuß betäubt ihre Sinne, ihr Atem geht flach. „Weißt du, was passiert ist?" Elsies Worte dringen aus weiter Ferne an ihr Ohr. Dann verstummt die Welt.

Tabea zuckt zusammen. Ihr linkes Bein fühlt sich eiskalt an. „Tabea? Hörst du mich?" Greg beugt sich über ihr Gesicht. Sie öffnet die Augen, versucht sich aufzusetzen. „Bleib liegen." Sanft drückt er sie zurück auf die Decke.

„Ich will aufsitzen." Überrascht von der Klarheit ihrer Worte stützt er sie. Angelika steht mit einem halbleeren Eimer Wasser neben ihr.

Tabea blickt sich um. Sie sitzt auf einer Decke im Schatten hinter Elsies Wohnmobil. Ihre Augen richten sich auf ihren Fuß. „Ist es schlimm?"

Elsie zieht die Augenbrauen in die Höhe. „Der Schnitt ist tief. Wahrscheinlich ist der Fuß verstaucht. Wie hast du dich verletzt?"

„Ich bin mit der Sandale an einem Dornenstrauch hängengeblieben und gestolpert."

„Tut dir sonst was weh?" Aufmerksam beobachtet Elsie Tabea.

„Der Kopf. Ich bin auf den Hinterkopf gefallen."
Greg ertastet eine große Beule.

„Vielleicht eine Gehirnerschütterung. Auf jeden Fall tust du gut daran, dich ein paar Tage ins Bett zu legen. Mund auf!" Elsie lässt ihr Globuli auf die Zunge fallen. „Staphisagria. Damit sich die Wundränder rasch zusammenziehen."

„Ist Nick hier?"

Die Anspannung in Tabeas Tonfall lässt Greg aufhorchen. „Ich hab' ihn nicht gesehen." Unruhig kratzt sie Blut von ihrem Bein. „Und Diego?"

„Stimmt." Greg runzelt die Stirn. „Ich hatte Diego ausgeschickt, um dich zu suchen."

Tabea wirft ihm einen raschen Blick zu. Ein flüchtiges Lächeln huscht über ihr Gesicht. „Ist er noch nicht zurückgekehrt?" Greg schüttelt den Kopf. Seine Finger kneten seine Unterlippe. „Dann ist er bei Nick." Ein erleichterter Seufzer entweicht Tabea.

Greg fixiert sie mit seinen Augen. „Sollten wir etwas wissen, Tabea?" Seine Stimme klingt besorgt.

„Bitte hol mich, wenn Diego zurückkommt." Fast unhörbar murmelt sie: „Wir müssen Nick finden." Greg sucht ihren Blick, ihre Augen weichen aus. An ihrem Fuß prangt ein dicker Verband. Sie winkelt ihre Beine an und versucht aufzustehen. Angelika greift ihr unter die Arme. Vorsichtig stellt Tabea den verletzten Fuß ab und zieht ihn sofort wieder hinauf.

Lächelnd schüttelt Elsie den Kopf. „Du solltet ihn in den nächsten Tage weder belasten noch nach unten hängen lassen."

Links und rechts von Greg und Angelika gestützt, humpelt Tabea zu ihrem Bus. Die Sonne brennt inzwischen ungehindert vom stahlblauen Himmel. Schweißtropfen laufen über ihren Hals.

„Soll ich dir einen Tee kochen?" Ohne ihre Antwort abzuwarten hantiert Greg in der Küche. Angelika drückt Tabea aufs Bett. Sie setzt sich ihr gegenüber.

„Tabea. Was ist mit Nick?"

Tabea versucht dem forschenden Blick auszuweichen.

„Bitte schau mich an." Angelikas Worte sind bestimmt. Tabea gehorcht widerwillig. Sie blickt der großen Frau direkt in die Augen. Mit fester Stimme sagt sie:

„Weißt du, dass Nick HIV positiv ist?"

Angelika zuckt zusammen. Aus den Augenwinkeln nimmt Tabea wahr, dass Greg in seiner Bewegung innehält.

„Ich hab' einen Fehler gemacht." Tabea trommelt mit den Fingern auf den Tisch. Abrupt dreht sich Greg um.

„Ich war nicht sehr diplomatisch zu ihm." Sie senkt den Blick. „Ich glaub', ich hab' ihn verletzt."

Greg stellt drei Teetassen auf den Tisch.

„Er ist weggerannt. In den Wald. Als ich ihn einholen wollte, bin ich in dem Dornenbusch hängengeblieben." Das kratzende Geräusch eines rührenden Löffels durchbricht die Stille. Angelika starrt auf den Tisch. Ihre Hand hält den Löffel in der Tasse umklammert.

Tabeas Blick hängt im Möwenbild. Die Schmerzen am Fuß haben nachgelassen. Die Sonne brennt auf das Dach des Busses, die Luft steht.

Wohin Nick wohl gerannt ist? Ob er zurückkommen wird? Sie bereut, Greg und Angelika von seiner Infektion erzählt zu haben. Aber der Druck der beiden ist groß gewesen. Lügen ist nicht in Frage gekommen. Entweder Wahrheit oder Schweigen. Fürs Schweigen hat sie zu wenig Kraft gehabt. Ihre Gedanken werden träge. Sie schließt die Augen.

Als sie erwacht, ringt sie nach Luft. Nassgeschwitzt liegt sie auf ihrem Bett. Das Thermometer zeigt 38°C Innentemperatur. Sie humpelt zur Tür, stößt sie auf und atmet tief ein. Schwüle Hitze riecht nach fauligem Fisch und flimmert über dem hellen Sand. Mit einem Glas Wasser und einer Tüte Lakritz setzt sie sich in den Sand, lehnt sich an ein Rad ihres Busses.

Linda steht bei Greg, Luna auf der Hüfte. Er blickt zu Tabea, sein Kopf weist in ihre Richtung. Linda dreht sich um.

„Hi Tabea. Ist das dein Rucksack?" Linda tritt auf sie zu und hält ihr den Rucksack hin.

Tabea nickt. „Danke." Sie steckt sich ein Erdbeer-Lakritz in den Mund.

„Er ist dort oben neben dem Weg gelegen. Hast du ihn verloren?" Ihr Blick fällt auf den Verband an Tabeas Fuß. „Was hast du mit deinem Fuß gemacht?" Linda setzt sich ihr gegenüber. Luna läuft in Richtung Meer.

„Bin auf dem Rückweg gestolpert. Ist wohl verstaucht. Magst du auch?" Sie hält Linda die Tüte hin.

Linda greift hinein und holt eine Handvoll Lakritz heraus. „Danke." Genüsslich kaut sie die klebrigen Süßigkeiten. Tabea legt den Kopf in den Nacken, verfolgt den Flug einer Möwe.

„Wann seid ihr zurückgekommen?"

„Gerade eben. Wir haben bei Nati geschlafen. Und du?"

„Irgendwo auf der Ebene."

„Allein?" Lindas Augen suchen Luna. Das Mädchen ist bei Greg angekommen. Es klettert auf seinem Schoß herum und versucht, seine Haare zu fangen.

„Mmh."

Lindas Augen hängen an Luna.

„Ich denke, ich stell' den Bus in die andere Bucht." Sie lehnt sich nach hinten, stützt sich mit den Händen im Sand ab. „Mit einer anderen Mutter quatschen zu können ist voll cool." Tabea wirft ihr einen Blick zu. Eine steile Falte steht zwischen ihren Augen. Die Einsamkeit scheint auch vor Linda nicht Halt zu machen, trotz Luna. „Weißt du, wo Nick ist?" Tabea schüttelt den Kopf. „Ich will ihn fragen, ob er mitkommt."

Tabea schluckt. Ihre Handflächen werden feucht. Der Gedanke, dass Nick mit Linda weiterfahren könnte, beunruhigt sie. Es wird ihr bewusst, dass sie nie daran gezweifelt hat, dass er zurückkommen wird, dass sie mit ihm über den Vorfall auf der Ebene sprechen kann.

Linda steht auf. „Ciao, bis später!" Leichten Schrittes läuft sie zu Greg. Ihre orangefarbene Pluderhose mit Blümchenmuster flattert um ihre Beine.

Tabeas Kopf brummt. Ihre Glieder sind schwer, der Fuß schmerzt. Sie steigt in den Bus und verschließt die Tür. Die Sonne steht knapp über dem Horizont, als sie einschläft.

22

Das erste Klingeln des Handys hört sie nicht. Auch das zweite vermag sie nicht aus ihrem Schlaf zu holen. Als gegen Mittag die Temperatur im Bus steigt, schreckt sie auf. Ihre Hand tastet nach dem Handy.

„Ja?"

„Hallo Tabea."

„Paolo!"

„Alles in Ordnung bei dir?"

Verschlafen versucht sie zu antworten. Die vergangenen Tage ziehen im Zeitraffer an ihr vorbei. „Ja." Sie zögert. „Der Alltag plätschert vor sich hin. Und bei dir?"

Schweigen.

„Paolo?"

„Alfred hat mich rausgeschmissen."

Der Bus beginnt sich zu drehen. Glattrasiert und blass schiebt sich ein Gesicht vor ihr inneres Aug. Stechender Blick. Eine Hand drückt ihren Kopf nach unten, immer tiefer. Ihre Lippen berühren Haut, straff gespannt, heiß. Sie riecht nach herbem Aftershave. Ihr Magen dreht sich um.

„Tabea?" Sie schluckt, ringt nach Atem. „Ja. Ich bin hier." Schweigen. „Weißt du – weißt du, warum?" Mit großer Mühe stößt sie die Worte über die Lippen.

„Nein. Das ist es, was mich umtreibt. Ich hab' nie ein Problem mit Alfred gehabt. Er hat sich stets als fairer und umsichtiger Intendant verhalten. Aber die Kündigung war seltsam. Er hat was gesagt wie: Manchmal muss man die Rechnung für jemand anderen bezahlen. Ich verstehe nicht, was er damit meint."

Mit Wucht überrollt sie die Erinnerung an die Preisverleihung. Deutlich hört sie die drängende Stimme dicht an ihrem Ohr, die Stimme, drohend und grell, die ihr die Worte eingetrichtert hat, die sie nie mehr vergessen wird. ‚Blas ihn, oder dein Freund fliegt raus!' Unwillkürlich presst sie die Lippen aufeinander. Sie hat den Mund geöffnet, damals in der Loge – und zugebissen.

Sie wischt sich Schweiß von der Stirn. Ihre Stimme klingt belegt. Mit großer Mühe unterdrückt sie den stärker werdenden Brechreiz. „Paolo, ich muss aufhören. Linda wartet auf mich. Sie braucht meine Hilfe wegen Luna." Ihr Atem geht stoßweise, ihre Hand zittert.

„Paolo?"

„Ja. Dann – dann ruf' ich später an."

„Warte." Sie starrt auf ihre Zehen. „Was wirst du nun tun?"

Ein pfeifendes Geräusch dringt durchs Handy. „Ich weiß nicht. Ich muss verstehen, was da passiert ist."

„Ruf mich an, wenn ich dir helfen kann." Sie bemüht sich ruhig zu klingen.

„Danke, Tabea. Ciao."

Das Handy fliegt in eine Ecke des Bettes. Tabea stürmt aus dem Bus und läuft aufs Meer zu. Das Ziehen im Fuß ignoriert sie. Sie rennt weiter, bis die Wellen ihre Hüfte umspülen. Würgend erbricht sie sich in den Schaum der Wellen. Sie taumelt zur Seite, fängt sich wieder. Mit den Händen schöpft sie Wasser, spritzt es sich ins Gesicht, lässt es über ihre Brust laufen. Das glattrasierte Gesicht verblasst. Der Geruch nach Aftershave hält sich hartnäckig.

„Wie geht's deinem Fuß?" Greg sitzt vor seinem Bus, als Tabea vom Meer zurückkommt. Die nassen Kleider kleben an ihrem Körper.

Überrascht schaut sie hinunter. „Oh, gut. Vielleicht sollte ich einen trockenen Verband anlegen."

„Du bist blass." Sie kann seinen Augen nicht entkommen. „Kaffee?"

„Ja, bitte." Mit einem tiefen Seufzer setzt sie sich in den Sand. Langsam wickelt sie den Verband auf, entfernt die Kompresse. Zum Vorschein kommt ein blaugrün gefärbter, stark geschwollener Knöchel. Die Wunde sieht ein wenig blass aus, ist aber trocken.

„Hier." Dankbar nimmt sie die Tasse entgegen. Greg legt ihr ein Handtuch über die nassen Schultern. Seine Augen ruhen auf ihrem Gesicht. Die warme Flüssigkeit rinnt durch ihre Kehle, der bittere Geschmack legt sich auf ihre Zunge. Sie dreht die Tasse zwischen den Fingern.

„Paolo hat seinen Job verloren." Der Versuch, den Satz belanglos klingen zu lassen, misslingt gründlich.

Greg richtet sich auf. „So kurz nachdem er den Schauspielpreis erhalten hat?" Er kneift die Augen zusammen. „Weißt du, warum?"

Sie hebt den Kopf. Ihre Blicke treffen sich. Ihr Atem geht rascher, sie drückt Wasser aus dem Verband. „Weil ich seinem Intendanten nicht den Schwanz geblasen hab'?" Das glattrasierte Gesicht droht sie zu erdrücken. Unwillkürlich weicht sie zurück.

„Das ist nicht wahr, oder?" In Gregs Augen wechseln Fassungslosigkeit, Ekel und Wut. Instinktiv ballt er die Fäuste.

Sie zuckt die Schultern und schließt die Augen. „Als ich nach Berlin gereist bin, war ich nur darauf bedacht, irgendwelche Konkurrentinnen auszustechen." Sie öffnet die Augen, trinkt einen Schluck Kaffee. „Ich hab' mir keine Sekunde lang überlegt, wie ich in den erotischen Outfits auf männliche Anwesende wirken würde."

„Ach, Tabea." Greg steht auf und setzt sich neben sie. Sie lehnt den Kopf an seine Schulter. Der vertraute Geruch nach Bratspeck und Räucherstäbchen siegt über das Aftershave. Er legt einen Arm um ihre Schulter.

„Es tut mir leid, wenn ich dich mit meinen Ideen in Schwierigkeiten gebracht hab'." Seine Hand streicht über ihren Oberarm.

„Vergiss es, Greg." Sie richtet sich auf. „Es gibt eben auch Arschlöcher auf der Welt." Ihre Augen suchen den Horizont.

Er steht auf und kommt mit einem Süßholzstängel zurück. Kauend setzt er sich neben sie.

„Ist Diego zurückgekommen?" Sie blickt ihn von der Seite an. Eine blonde Locke schaukelt vor seiner Stirn, verfängt sich in buschigen Augenbrauen. Er schüttelt den Kopf. „Aber das ist nicht ungewöhnlich. Diego ist mir zugelaufen. Manchmal ist er tagelang fort, dann kommt er wieder und schlägt sich den Bauch voll." Greg lächelt, spuckt ein Stück zerkautes Süßholz neben sich. Seine Augen heften sich an Tabea. „Machst du dir Sorgen um Nick?"

Sie zieht ein Knie an die Brust und umschlingt es mit den Armen. „Nein, Sorgen ist das falsche Wort." Nachdenklich wippt sie vor und zurück. „Es ist mehr... Ich hab' das Gefühl, das Thema ist nicht abgeschlossen. Er ist weggerannt und hat mich in der Luft hängenlassen. Verstehst du, was ich meine?" Fragend blickt sie ihn an.

Er nickt langsam. Dann richtet er sich auf, streckt seinen Rücken durch. „Nick ist so frei wie ein Vogel. Wenn er es so empfindet wie du, wird er zurückkommen."

„Und wenn nicht?" Ängstlich schaut sie ihn an.

Er zuckt die Schultern. „Dann ist es gut so."

23

Der dumpfe Druck über ihren Augen verflüchtigt sich, während Tabea am frühen Morgen Kaffee mahlt. Vorsichtig schnüffelt sie, aber nur der Duft der Kaffeebohnen dringt in ihre Nase. Erleichtert atmet sie auf. Die Fenster des Busses stehen offen. ‚Ich seh' die unendliche Schönheit'. Sie lächelt. Der monotone, repetitive Stil des Reggaes hat etwas Beruhigendes.

Kurz darauf tritt sie mit zwei dampfenden Kaffeetassen auf den Platz. Die Tür zu Gregs Bus steht offen. „Greg?"

„Mh, das duftet!" Greg tritt aus dem Bus, ergreift eine Tasse, schnuppert. Gemeinsam schlendern sie über den Strand. Sie hängt sich an Gregs Arm ein. Das Gehen schmerzt noch ein wenig. Zaghaft beginnt sich das morgendliche Grau des Meeres aufzulösen. Ein Blauschimmer schleicht über die Wellen. Tabea leckt sich Salz von den Lippen.

Auf dem Stein in der Brandung steht der Fischer. Ein Schwarm Möwen umkreist ihn. Ihre Rufe klingen wie kollektives Gelächter. Er muss Fisch in seinem Eimer haben.

Jemand schreitet langsam über den Strand. Tabea erkennt die hochgewachsene Gestalt Angelikas. Ein wenig außer Atem bleibt sie vor Greg und Tabea stehen.

„Guten Morgen." Ihr Gesicht ist ungeschminkt. Die Augenlider wirken aufgequollen. „Tabea, kannst du bitte mitkommen?" Der Hauch eines Zitterns liegt in ihrer Stimme.

„Klar." Sie leert ihre Tasse in einem Zug.

Greg nimmt sie ihr aus der Hand. „Ich stell' sie in deinen Bus."

„Danke." Sie lächelt ihm zu.

Tabea hängt sich bei Angelika ein. Sie gehen langsam. Plötzlich bleibt Angelika stehen und krümmt sich.

„Was ist los?"

Sie schüttelt den Kopf. „Ich weiß nicht." Sie richtet sich auf. Unsicherheit liegt in ihrem Blick. „Sind das Wehen?"

Tabea zuckt die Schultern. „Keine Ahnung. Lass uns zu Elsie gehen."

Elsie steht mit der Gießkanne in der Hand vor ihrem Wohnmobil. Ihre aufmerksamen Augen haben die beiden Frauen bereits erspäht. „Geht es los?"

Angelika öffnet den Mund, schließt ihn wieder. An der Verblüffung in ihren Augen erkennt Tabea, dass sie bisher nicht mit der alten Frau über ihre Schwangerschaft gesprochen hat.

„Ich weiß nicht." Sie krümmt sich erneut. Angestrengt versucht sie ihren Atem unter Kontrolle zu halten.

„Setz dich." Elsie deutet mit der Hand auf den Korbsessel, als sich Angelika wieder aufrichtet. Zögernd betrachtet sie den Stuhl. „Ist es dir im Stehen wohler?" Angelika nickt.

„Hast du dir überlegt, wo du dein Kind zur Welt bringen willst?" Die große Frau reißt die Augen auf. Tabea lacht laut auf. Die Mischung aus Verzweiflung und Staunen in Angelikas Gesicht ist zu komisch. „Ich weiß nicht einmal, wie ich dieses Kind da rausbringen soll, geschweige denn wo."

Beruhigend legt ihr Elsie die Hand auf den Arm. „Das kommt ganz von allein." Sie blickt in Angelikas Gesicht, das sich vor Schmerz zu einer breiten Grimasse verzieht.

„Die Wehen kommen regelmäßig. Geht in deinen Bus. Ich komm gleich nach." Sanft schiebt sie Angelika in Richtung ihres Wohnmobils.

Der Raum ist hell und geräumig und riecht nach Pfefferminz. Warum, kann Tabea nicht erkennen. Ihre Augen bleiben an einer Bilderflut hängen, die sich über die Wände ergießt. Neben einigen Landschaftsmalereien Monets dominieren Kunstdrucke Andy Warhols. Seine „100 cans" prangen großformatig neben „Double Elvis" und Hund „Maurice" an einer bodenhohen Schrankwand. Einige kleinere Werke zeitgenössischer Künstler, die Tabea nicht kennt, zieren die Küchenschränkchen aus hellem Buchenholz. Angelikas Leidenschaft ist offensichtlich.

„Magst du was trinken?" Angelika bemüht sich um Fassung, während sie auf die Küchenzeile zugeht.

Tabea kommt aus dem Grinsen nicht mehr heraus. „Mensch, Angelika. Du steckst mitten in der Geburt! Konzentrier dich auf dein Baby! Ich werd' schon ein Glas finden, wenn ich Durst hab'." Ihre Augen wandern zum Heck des Busses. Über einem breiten Bett liegt eine Steppdecke in Türkis und Hellblau, darauf thront ein Berg bunter Kissen in verschiedenen Größen. Vor dem Alkoven über der Fahrerkabine hängt ein großmaschiges Netz, hinter dem sich Papiersäcke und Kartonschachteln drängen.

Die nächste Wehe zwingt Angelika in die Knie. Sie kauert auf dem Boden, die Hände zu Fäusten geballt.

„Entspann dich, Mädel." Elsie steht neben ihr, einen Stapel dunkler Tücher in der Hand. „Hier, setz dich." Sie zieht einen Stuhl vom Tisch, stützt Angelika. „Nein, anders rum." Rittlings lässt sich Angelika auf den Stuhl sinken. Mit den Armen stützt sie sich an der Rückenlehne ab. Elsie legt die Hände an den unteren Rückenbereich. Mit kraftvollen Bewegungen massiert sie die verspannten Muskeln. Angelika stöhnt auf.

„Ja, gut so. Vergiss die Welt um dich herum. Atme tief ein, schick den Atem zu deinem Kind. Es braucht deine Unterstützung."

Das anfangs zaghafte Stöhnen wird lauter. Angelika lässt den Kopf vornüber hängen. Ihre langen Haare fließen über ihre Schultern. Dunkle Flecken zeichnen sich auf ihrem Shirt ab.

„Ziehst du bitte die Rollos runter, Tabea? Es ist zu hell." Elsies Kopf deutet zu den großzügigen Fenstern, an denen weiße Ziervorhänge mit Blumenmotiven hängen. Angelika atmet hörbar auf, als Tabea nicht nur das gleißende Sonnenlicht, sondern auch die Hitze aussperrt. Das gedämpfte Licht umhüllt sie und schenkt Geborgenheit.

Tabea setzt sich unter Monets „Seerosen" auf eine lange Bank an der Wand des Wohnmobils und beobachtet Elsie. „Woher hast du dein medizinisches Wissen?"

Elsie blickt kurz auf. Ihr Brustkorb hebt und senkt sich rasch, während die Hände unaufhörlich kräftig von Angelikas unterem Rippenbogen zum Gesäß streichen. „Ich war fünfzehn, als ich in ein Lazarett geschickt wurde. Das war 1944. Die Welle der verwundeten Soldaten riss nicht ab. Es mangelte an Fachkräften. Wir Mädchen wurden überall eingesetzt." Sie hält inne, lässt eine Wehe vorbeiziehen. Eine silberne Haarsträhne hat sich aus dem Haarband gelöst, sie schiebt sie hinters Ohr. „Medikamente waren so gut wie alle aufgebraucht. Die Ärzte wussten nicht mehr weiter. Da wurde das Wissen der Frauen wichtig." Sie nimmt die Massage wieder auf. „Im Lazarett lernte ich die Homöopathie kennen. Ohne sie wären viele Soldaten an ihren Verletzungen gestorben." Kleine Schweißperlen stehen auf ihrer Stirn.

Tabea steht auf und tritt an ein Fenster. Elsie schüttelt den Kopf.

„Bitte lass es zu. Wenn es uns zu heiß wird, ist es für das Baby richtig."

Tabea stutzt, nimmt die Hände von den Klappgriffen und setzt sich zurück auf die Bank.

„Und Geburtshilfe?" Ihre Augen hängen an Elsies Lippen.

„Die Krankenhäuser waren zerbombt. Die Frauen kamen zu uns. Wir hatten nicht viele Möglichkeiten, um ihnen zu helfen. Es gab keine PDA und keinen Kaiserschnitt. Ich lernte, dem Körper der Frauen zu vertrauen." Ihre Wangen leuchten rot, sie fährt sich mit dem Handrücken über die Stirn. Sie richtet sich auf und reicht Angelika ein Glas Wasser.

„Hast du Kinder?"

Elsie lehnt sich an die Küchenzeile. Das leicht röchelnde Geräusch ihres Atems erfüllt das Wohnmobil. Ihre Augen ruhen auf Tabea.

„Während der Befreiung 1945 hat mich ein russischer Soldat geschwängert. Von ihm habe ich eine Tochter."

Tabea schluckt. Hitze schießt in ihren Kopf, und gleich darauf spürt sie, wie sie erblasst. Sie lehnt den Kopf an die Wand. Elsie muss sechzehn gewesen sein. Ihre Zunge klebt am Gaumen.

„Gibst du mir auch ein Glas Wasser?" Krächzend vermischt sich ihre Frage mit Angelikas lautem Stöhnen. Tabea trinkt mit geschlossenen Augen. Bilder und Gedanken drehen sich mit atemberaubender Geschwindigkeit. Sie spürt Bills Hände auf ihren Brüsten, sieht einen großen Mann in Uniform, der sich über ein junges Mädchen beugt. Sie reißt die Augen auf. Elsies spricht weiter.

„Durch die 68er-Bewegung hab' ich Zugang zu meiner Sexualität gefunden. Aus dieser Zeit stammen zwei Söhne."

Angelika richtet sich auf. Unruhig schreitet sie die Länge des Wohnmobils ab. Elsie greift ihr unter die Arme, als sie schwankt. „Tabea, hol..."

„Wasser?" Froh um die Ablenkung steht Tabea auf. Mit einem Eimer in der Hand verlässt sie den Bus und kneift die Augen zusammen, als sie auf den sonnenüberfluteten Platz tritt. Hitze schlägt ihr entgegen. In Gedanken versunken schreitet sie auf den Fluss zu und stößt mit einer Frau zusammen. Sie hebt den Blick. Linda.

„Was ist bei Angelika los?"

„Warum?"

Linda zögert. „Naja – ich habe noch nie irgendwelche Geräusche aus ihrem Bus gehört." Sie scharrt mit dem Fuß im Sand. „Vor allem kein Stöhnen", fügt sie leise hinzu.

„Kennst du dieses Stöhnen nicht?" fragt Tabea lächelnd.

Ruckartig hebt Linda den Kopf. Erinnerungen scheinen vor ihrem inneren Auge vorbeizuziehen. „Aber..." Sie schüttelt den Kopf.

„Angelika bringt ihr Kind zur Welt." Ihre Blicke treffen sich. Verwirrung, Ungläubigkeit und Betroffenheit wechseln rasch in Lindas Augen. Sie öffnet den Mund.

„Ich – sie war immer so abweisend."

„Bis später!" Tabea schwenkt den Eimer und läuft zum Fluss. Linda hockt sich auf den Boden.

„Tabea, endlich!" Elsie nimmt ihr den Eimer aus der Hand. Sie taucht ein Tuch hinein, wringt es aus, legt es auf Angelikas Stirn. Geblendet vom Sonnenlicht sieht Tabea zuerst nichts. Dann gewöhnen sich ihre Augen allmählich an die Dämmerstimmung im Raum. Angelika liegt seitlich auf dem Bett, über dem Stuhl hängen ihre Kleider. Ihr Atem geht heftig, Schweißperlen stehen auf ihrer Stirn. Ein rauer, unmenschlich klingender Schrei dringt aus der Tiefe ihres Körpers. Sie wirft den Kopf zurück, klammert sich ans Bettlaken. Elsie zieht Tabea ans Fußende des Bettes und drückt sie auf die Matratze. Sie legt ihr Angelikas rechtes Knie über die Schulter.

„Bleib so."

Tabea starrt zwischen Angelikas Beine. Zwischen dem gelockten Schamhaar erscheint etwas Dunkles, Rundes, das gleich darauf wieder verschwindet. Ein undefinierbarer, aber nicht unangenehmer Geruch breitet sich aus.

„Gut so, Angelika, mach weiter. Du hast es fast geschafft. Weiter so, gut!" Der Singsang von Elsies Stimme vermischt sich mit Angelikas Schreien.

„Da, da ist ein Kopf, ich seh' den Kopf!" Tabeas Stimme überschlägt sich.

Stille legt sich über die drei Frauen. Angelika schließt die Augen. Ihre Brust hebt und senkt sich rasch. Ihre Hände ruhen gefaltet über ihrem Bauch, der seltsam unförmig neben ihrem Körper aus der Matratze zu liegen scheint. Lautlos steigt Elsie aus dem Bus. Mit den dunklen Handtüchern kommt sie wieder. Angelikas Finger krallen sich tief in die Matratze. Sie drückt den Kopf ins Kissen. Ihr Körper bäumt sich auf. Von weit her formt sich ein heiserer Schrei, allumfassend, durchdringend.

Tabea starrt auf das Bündel in ihren Händen. Glitschig, warm, mit durchsichtig-milchigem Schleim überzogen. Unzählige schwarze Haare kleben an dem kleinen Kopf. Eine klitzekleine Nase. Blasse Lippen. Winzige Händchen öffnen und schließen sich. Die runzlige Haut leuchtet krebsrot.

Elsie nimmt ihr das Baby ab. Vorsichtig legt sie es Angelika in den Arm. Mit den sonnengewärmten Tüchern deckt sie Mutter und Sohn zu.

Schützend hält sich Tabea eine Hand vor die Augen, als sie aus dem Halbdunkel des Wohnmobils tritt. Schwüle Hitze flimmert über den Platz. In der Ferne rauscht das Meer. Aus dem Schatten eines Busses löst sich eine Gestalt. Linda tritt auf Tabea zu.

Tabea lächelt. „Geh rein."

„Meinst du?" Unsicher dreht Linda an einer Rastalocke. Tabea schiebt sie in Richtung Wohnmobil. Sie möchte alleine sein.

In einem weiten Bogen humpelt sie zwischen Büschen hindurch auf die Klippen zu, klettert über die Felsen, zieht den verletzten Fuß nach. Im Schatten zweier großer Felsblöcke lässt sie sich nieder. Sie zieht ihr Top aus, trocknet damit die verschwitzte Stirn. Unter ihr gluckert das Wasser zwischen den Steinen. Einige schwarze Krebse fliehen erschrocken zwischen die Felsen.

Ihr Blick fällt auf ihre Hände. Klein und glitschig und leicht ist dieser neue Mensch gewesen. Zum ersten Mal in ihrem Leben hat Tabea den zaghaften Wunsch nach einem eigenen Kind verspürt. Paolo sehnt sich nach Kindern, seit sie ihn kennt. Er stammt aus einer italienischen Großfamilie, Kinder sind für ihn die einzige Selbstverständlichkeit im Leben gewesen. Bis er mit ihr zusammengekommen ist. Sie hat sich immer vehement gegen eigene Kinder gewehrt. Sie hat ihr Leben selbst bestimmen, sich keinen fremden Rhythmus, fremde Bedürfnisse diktieren lassen wollen. Paolo. Anfangs hat er unter ihrer Ablehnung gelitten. Inzwischen hat er sich mit der Situation arrangiert. Wie würde er reagieren, wenn er ihre augenblicklichen Emotionen kennen würde?

Ein Zwicken am linken kleinen Zeh holt sie aus ihren Gedanken. Ein Krebs sitzt neben ihr. Erschrocken zieht sie ihren Fuß zurück. Der Krebs verschwindet lautlos. Sie streckt sich, sucht eine andere Position auf den harten Steinen.

Elsies Gesicht taucht im Geiste vor ihr auf. Sie spürt ein unangenehmes Ziehen in der Magengegend. Elsies Geschichte hat die Erlebnisse mit Bill aus der Verdrängung gezerrt. Scham steigt in ihr auf. Wie verletzt sie sich gefühlt hat, als er in jener Nacht mit ihr hat schlafen wollen. Sie hat sich eine Vergewaltigung eingeredet. Vor dem Hintergrund von Elsies Vergangenheit erscheinen ihr ihre eigenen Erlebnisse plötzlich harmlos.

Sie steht auf und zieht ihr Top über den Kopf. Vorsichtig steigt sie über die Steine auf den Strand. In ihrem Bus holt sie die Schweißmaske. Sie folgt dem Flusslauf in den Wald, nimmt den Weg auf die kleine Anhöhe. Der herbe Duft nach Harz und Kiefernnadeln liegt in der Luft.

Ihre Finger kribbeln, als Bills Wohnmobil zwischen den Bäumen auftaucht. Abrupt bleibt sie stehen. Bill sitzt auf einem der Plastikstühle, eine Bierflasche in der Hand. Seine Augen fixieren sie sofort. Unsicher geht sie weiter. Sie versucht, das Zittern ihrer Hände zu verbergen, als sie vor ihm stehen bleibt. Kälte liegt in seinem Blick. Sie schweigt. Ihre Augen wandern über sein schlohweißes Haar, die breiten Schultern, die kräftigen Oberarme, die muskulöse Brust. Ein Vogel zwitschert über ihnen im Geäst.

„Was willst du?" Seine Stimme klingt schneidend.

Leise antwortet sie: „Schweißen?"

Bill ringt sichtlich um Fassung. Sein Gesicht drückt Misstrauen, Ärger und Unverständnis aus. Langsam erhebt er sich. Schreitet auf die Werkbank zu. Bückt sich, zieht eine Maske hervor.

Tabea folgt ihm. Sie sucht zwei schmale Stahlstücke, legt sie auf den Tisch. Bill schließt das Schweißgerät an, bereitet die Elektrode vor. Biergeruch vermischt mit Schweiß dringt in ihre Nase. Bill blickt sie an. Ruhig steht sie vor ihm, ihre Maske auf dem Kopf, den Sichtschutz hochgeschoben. Er hebt die Hände, stülpt sich die Maske über. Mit dem Rücken zu ihm stellt sie sich vor die Werkbank. Ihre rechte Hand umfasst die Elektrode. Sie wartet. Ein Vogel flattert aus dem Gebüsch auf. Schweißtropfen rinnen über ihre Schläfen, tropfen auf die Schultern.

Rasch dreht sich Tabea um, als sie ein dumpfes Geräusch neben sich auf dem Tisch vernimmt. Sie starrt auf Bills Maske.

„Ich kann das nicht, Tabea." Seine Stimme klingt rau und tief. Sie hört, wie sich Bills Schritte von der Werkbank entfernen.

Ihre Maske fühlt sich plötzlich schwer an. Langsam nimmt sie sie ab, stellt sie neben Bills. Ihre Augen suchen ihn. Er sitzt wieder auf dem Stuhl unter der Kiefer, die Bierflasche in der Hand. Leise knirschen ihre Schritte im Sand, als sie auf ihn zugeht. Tiefe Röte überzieht ihre Wangen. Ihre Augen wandern von Steinchen zu Steinchen. Sie spürt seinen Blick auf sich ruhen.

Tabea hebt die Augen, als sie vor ihm steht. Sein Blick ist leer. Er scheint durch sie hindurch zu schauen. Ein Windzug fährt durch das weiße Haar. Sie schluckt. Vorsichtig berührt sie die Blutkrusten an seinem Hals.

„Ich wollt' dich nie verletzen." Ihre Worte sind kaum mehr als ein Flüstern. „Es tut mir so leid, Bill."

Eine Träne zittert in ihrem Augenwinkel, als sie über den schmalen Pfad durch den Wald zu ihrem Bus stolpert.

Als sie zwischen den Büschen auf den großen Platz tritt, stößt sie mit Elsie zusammen. Rasch wischt sie sich über die Augen. Elsies scharfer Blick wandert über ihr Gesicht hinunter zum verletzten Fuß, wieder hinauf zu ihren Augen.

„Komm." Sie ergreift Tabeas Hand und zieht sie langsam hinter sich her. Vor ihrem Wohnmobil drückt sie sie sanft in den großen Korbsessel, steigt die Stufen hinauf und verschwindet im Innern des Fahrzeugs.

Tabea lehnt den Kopf zurück, schließt die Augen. Ihr Körper hängt entspannt im Sessel, die Fingerspitzen berühren den Boden. *Warum hab' ich nicht mit ihm gesprochen? Ihm offen gesagt, was ich will und was nicht?* Unwillig schüttelt sie den Kopf. Sie kennt die Antwort. Die Auseinandersetzung mit ihm wäre anstrengend gewesen und sie zweifelt daran, ob er sie verstanden hätte. Sie hat ihn nie so nah an sich heranlassen wollen, hätte früher auf Distanz gehen sollen. Sie hat nicht mehr rückgängig machen können, was geschehen ist.

Mit einem tiefen Atemzug öffnet sie die Augen. Vor ihr sitzt Elsie auf dem Boden, die Beine verschränkt, eine große

Tasse in der Hand. „Hier." Sie reicht sie Tabea. Tabea schnüffelt, trinkt langsam den warmen Pfefferminztee. Frische verdrängt den schalen Geschmack in ihrem Mund.

Elsies Hand umfasst ihren Fuß und hebt ihn an. „Die Schnittwunde heilt gut, aber die Schwellung um den Knöchel ist noch zu groß. Ich werde dir nochmal eine Arnika-Kompresse anlegen."

Sie lässt den Fuß sinken. In ihrem Schoß liegt eine Kompresse. Sie zieht den Korken aus einer kleinen Glasflasche neben sich, tränkt die Kompresse und legt sie um Tabeas Fußgelenk. Geschickt bindet sie einen Verband darüber.

Tabea lächelt. „Danke. Was würde ich bloß ohne dich tun?" Zärtlichkeit schwingt in ihrer Stimme.

Elsies Augen leuchten kurz auf, fixieren dann Tabeas Gesicht. „Geht's wieder besser?"

Tabea nickt langsam, gräbt den rechten Daumennagel in die Kuppe des Mittelfingers. „Ich hab' wohl einen Menschen verloren, den ich liebgewonnen hab'."

Elsie schweigt, schwingt den Oberkörper langsam vor und zurück. Sie kneift die Augen zusammen. „Bill?"

Tabea nickt und starrt auf den Sand vor Elsies Unterschenkeln. Sie trinkt den Tee aus, gibt Elsie die Tasse zurück. Beim Aufstehen stützt sie sich auf die Armlehnen des Korbsessels.

„Tschüss, Elise."

Die alte Frau lächelt ihr zu.

Unruhig dreht sich Tabea von einer Seite auf die andere. Das Bett fühlt sich härter an als gewöhnlich. Sie schiebt die Bettdecke weg, legt sich auf den Rücken, starrt an die Decke. Es ist dunkel im Bus. Sie schließt die Augen, dreht sich erneut auf die Seite. Das Rauschen der Wellen dringt gedämpft durch die geöffneten Fenster. Sie versucht, ihren Atem dem gleichmäßigen Rhythmus der Wellen anzupassen. Sie fröstelt, zieht die Bettdecke hinauf und riecht den schwachen Duft des Waschmittels. Ein Käuzchenschrei durchbricht das Meeresrauschen. Sie dreht sich auf den Rücken.

Verärgert steht sie auf. Ihr Geist ist müde, aber der Körper findet keinen Schlaf. Sie trinkt ein Glas Wasser, tritt ans Fenster. Die Nacht ist schwarz. Nicht der kleinste Silberstreifen verrät den Übergang vom Strand zum Wasser. Es riecht nach Meeresluft.

Ein Rascheln dringt aus einem Gebüsch. Sie spürt einen Schatten vorbeihuschen. Einen schlanken Schatten in der schwarzen Nacht. Er lässt sie stutzen. Sie lehnt sich aus dem offenen Fenster.

„Nick?" Helle Augen blitzen in der Dunkelheit auf. „Nick!" Sie knipst das Licht in der Küche an, öffnet die Tür und tritt zur Seite. Ihr Blut pulsiert im Hals. Er duckt sich, tritt ein und bringt den Geruch der feuchten Nacht in den Bus. Neben der Tür bleibt er stehen. Seine Kleider sind staubbedeckt. Dunkle Ringe liegen unter seinen Augen.

„Tabea." Seine Augen fixieren ihr Gesicht. Ihr Atem beschleunigt sich. Er spricht langsam. „Ich weiß, es gibt keine Entschuldigung für das, was ich dir zugemutet hab'." Sie schluckt. Das Zittern in seiner Stimme verschwindet. „Es tut mir leid." Er lehnt den Kopf an die Tür. „Ich hab' nicht gedacht, dass ich jemals so viel Vertrauen zu einem Menschen haben könnte." Die Traurigkeit, die so lange Zeit in seinen Augen verhaftet gewesen ist, ist fort. Etwas Leichtes, vielleicht sogar Übermütiges liegt in seinem Blick. Sein Turban hat sich aufgelöst, die langen Rastas liegen über seinem Rücken.

Ohne ihre Augen von seinem Blick zu lösen, zieht Tabea die Luft ein. Ihre Nasenlöcher blähen sich auf.

„Ja."

Eine kleine Bewegung seines Kopfes verrät sein Unverständnis. „Ja? Was, ja?"

„Du hast mir an jenem Morgen Fragen gestellt. Ich möchte sie dir beantworten: Ja."

Ihre Augen halten ihn fest, während sie ihr Shirt abstreift. Mit der Leichtigkeit einer Tänzerin steigt sie aus der Hose. Nackt steht sie vor ihm.

Ein Beben erfasst seinen Körper. Seine Augen sind an ihre Brustwarzen geheftet, die fest und rund auf den Brüsten stehen. Sie macht einen Schritt auf ihn zu, nimmt seinen Kopf in ihre Hände. Langsam beugt er sich nach vorne. Seine Zunge berührt die dunkle Haut, kreist um die kleine Knospe. Spielerisch knabbert er daran, saugt. Sie spürt die kalte Haut seiner Hände auf ihrem Rücken. Sein Kopf reibt zwischen ihren Brüsten. Ihre Finger schieben sich unter sein Hemd. Sanft berührt sie seine Haut, fährt über die Wirbelsäule hinauf, wieder hinunter. Sie nimmt Gänsehaut wahr, als sie ihn mit den Nägeln krault.

Er hebt den Kopf. Sein Atem streift ihr Gesicht. Er riecht nach Lagerfeuer und Schweiß. Seine Bartstoppeln kitzeln ihre Wange. Ihre Finger schieben das Hemd hinauf, ziehen es über seinen Kopf. Ihre Lippen berühren die helle Haut der Brust, die sich unter der zärtlichen Berührung zusammenzieht. Nick lehnt sich mit dem Rücken an die Tür, schließt die Augen.

Tabea öffnet den Knopf seiner Hose. Langsam schiebt sie sie hinunter. Sie kniet nieder, atmet seinen Geruch ein. Ihre Hände streichen über die zarten Innenseiten der Oberschenkel, ihre Finger suchen die faltige Haut zwischen den Beinen. Sanft streichen ihre Fingerspitzen den Falten entlang. Nick spreizt die Beine ein wenig, stöhnt auf. Ihre Hand umfasst seinen Penis und massiert ihn vorsichtig.

Plötzlich spürt sie seine Hände auf ihrem Kopf.

„Tabea." Sein Atem geht leise keuchend. „Tabea. Ich will das allein machen."

Lächelnd steht sie auf. Seine Augen funkeln, ein kräftiges Rot färbt die hohen Wangen. Sie schlüpft in ihre Kleider und tritt leise ins Freie.

Draußen stößt sie mit Greg zusammen. „Hoppla!" Keuchend bleibt sie stehen. Fest presst sie die Zähne aufeinander, um das Kribbeln in den Zahnwurzeln zu vertreiben.

„Nichts passiert." Er hält sie an den Schultern fest.

„Geh mir aus dem Weg, Greg, sonst vergreif' ich mich an dir." Dunkel verfängt sich ihre leise Stimme in seinen Haaren.

Sein Mund liegt dicht an ihrem Hals. „Vielleicht wünsch' ich mir das?"

Sie macht einen Schritt zurück, sucht seine Augen, die in der Dunkelheit verborgen bleiben. „Was hast du gesagt?"

Er lässt sie los und macht schweigend einen Schritt zur Seite.

Der Mond erscheint hinter einer Wolke. Sie läuft über den Strand, lässt ihre Kleider auf einen Stein fallen. Die Dunkelheit des Meeres nimmt sie auf. Prickelnd umschließt das kühle Wasser ihre heiße Haut. Sie taucht, genießt das Gefühl der Schwerelosigkeit. Gleichmäßig plätschern die Wellen neben ihren Ohren.

Mit einer raschen Bewegung streift sie die Wassertropfen von ihren Armen, als sie vor den Stein tritt. Mit den Kleidern in der Hand humpelt sie auf ihren Bus zu. Das Ziehen im Fuß ist stärker geworden.

Nick kommt ihr entgegen. Sie bleibt stehen. In seinem Gesicht liegt tiefe Befriedigung, ein Hauch von Glück. Schweigend drückt er Tabea an sich. Hält sie fest.

„Danke, Tabea. Du hast mir den Respekt vor meinem Körper zurückgegeben." Der entspannte, warme Klang seiner Stimme hüllt sie ein. Durch ihre nassen Haare suchen seine leisen Worte den Weg in ihr Ohr. Sie erwidert seinen Druck.

Tabea blickt ihm nach, bis ihn die Dunkelheit verschluckt. Leise schließt Greg die Tür seines Busses.

24

Als sich der erste Lichtschimmer in den Bus schleicht, steht Tabea auf. Ihre Knochen schmerzen, die Muskeln sind hart.

Barfuß läuft sie über den Strand. Feucht und kalt drückt sich der Sand zwischen ihre Zehen. Den Verband hat sie im Bus gelassen, zu umständlich ist ihr das ständige Aus- und Anziehen.

Sie schlägt den Weg zur Hochebene ein. Die Luft riecht herb. Vorsichtig setzt sie ihre Füße zwischen Steine und Wurzeln der dornigen Sträucher, die sich immer deutlicher vom hellen Sandboden abheben. Ein zaghaftes Rosa breitet sich über den Himmel aus.

Tabea läuft zur Ruine. Als stille Zeugen einer vergangenen Zeit ragen die halb verfallenen Mauern in den Morgenhimmel. Vom Dach ist nichts mehr zu sehen. Im Innern der rechtwinklig angeordneten Mauern wächst ein Feigenbaum. Tabea kickt eine zerdrückte Bierdose weg, die laut scheppernd an der Mauer aufschlägt. Der Geruch von Urin liegt in der Luft. Ihre Augen suchen die Mauern ab, erspähen einen Teil einer ausgefransten Wolldecke hinter einem Gestrüpp. Sie dreht sich um und verlässt den Innenhof.

Die ersten Sonnenstrahlen treffen auf die Oberkante der Mauern. Rasch breitet sich das Licht über die Steinwände aus. Tabea lässt sich auf den Boden sinken, lehnt sich an die Mauer. Ihr Blick schweift zum Horizont. Das Rosa des Himmels wird heller, spiegelt sich in den Weiten des Atlantiks. Sie schließt die Augen und spürt die Wärme auf ihrem Gesicht. Ihre Gedanken schweifen von Angelika zu Bill, dann zu Nick und bleiben bei Greg hängen, bevor sie einschläft.

Als Tabea erwacht, steht die Sonne hoch am Himmel. Ihr Kopf glüht, der Mund ist trocken. Leichter Schwindel erfasst sie, als sie aufsteht. Sie lehnt sich an die Mauer. Eine Eidechse huscht vor ihren Füßen vorbei, verschwindet in einer Mauerspalte. Langsam steigt sie hinab in die Bucht. Den Schmerz in ihrem Fuß ignoriert sie mit schlechtem Gewissen.

Einzelne bunte Sonnenschirme verteilen sich über den Strand. Eine Gruppe Menschen tummelt sich bei den Steinkreisen. Als Tabea näher kommt, erkennt sie Lunas Lachen. Die Kleine sitzt im Sand. Vor ihr steht Nick. Er jongliert gekonnt mit vier Bällen. Jedes Mal, wenn ein Ball in den Sand fällt, klatscht Luna begeistert in die Hände. Ihr Lachen wirkt ansteckend. Tabea lächelt vor sich hin.

„Hi, Tabea. Wo kommst du denn her?" Linda zieht eine Augenbraue in die Höhe, als sie Tabeas erhitztes Gesicht erblickt.

Tabea zuckt die Schultern. „Von dort oben." Sie deutet mit der Hand zur Hochebene.

„Bist du wahnsinnig? Mit *dem* Fuß?" Linda starrt auf das blaugrüne, dicke Etwas, das anstelle eines wohlgeformten Fußes an Tabeas linkem Unterschenkel baumelt. Tabea zuckt grinsend die Schultern. Linda seufzt.

„Du siehst aus, als ob du eine Abkühlung gebrauchen könntest. Kommst du mit ins Wasser?" Bevor Tabea antworten kann, steht Linda in der Unterhose vor ihr. Tabea zögert.

„Komm, zier dich nicht!"

Tabea bemerkt den leichten Spott in Lindas Stimme. Sie zieht ihr Shirt über den Kopf, öffnet den BH und steigt aus der Hose. Linda fasst sie am Oberarm und stützt sie so umfassend, dass Tabea das Gefühl hat, über den Strand zu fliegen. Auf dem Weg zum Wasser blickt sie sich verstohlen um. Nick und Luna sind in ihr Ballspiel vertieft. Außer einigen Touristen ist niemand zu sehen. Erleichtert folgt sie Linda über den Strand.

„Huch, das Wasser ist aber kalt heute!" Erschrocken zieht Tabea den Fuß zurück.

„Quatsch! Du warst bloß zu lang in der Sonne!" Linda stürzt sich in die Wellen, dreht sich auf den Rücken und strampelt mit den Beinen.

Tabea quietscht, als sich ein Schwall Meerwasser über ihren Oberkörper ergießt. „Na warte, das kriegst du zurück!" Lachend stürmt sie ins Wasser, krault auf Linda zu.

Bevor sie Lindas Bein zu fassen bekommt, ist Linda verschwunden. Suchend blickt sich Tabea um. Sie schaukelt in den kurzen Wellen, die wild um sie herumtanzen. Plötzlich vernimmt sie dicht hinter sich ein lautes Prusten. Lindas Rastakopf taucht auf und verschwindet sofort wieder. Diesmal ist Tabea schneller. Sie taucht ab, öffnet die Augen, ergreift Lindas Fuß und zieht kräftig daran. Gedämpft hört sie einen überraschten Ausruf. Sie lässt los, stößt sich mit den Beinen kräftig nach oben. Ein Stich durchzuckt ihr Fußgelenk.

Prustend taucht Linda vor Tabea auf. „Pause!", keucht sie.

„Einverstanden!"

Langsam schwimmen die beiden Frauen zum Stand. Das Wasser streichelt über Tabeas nackte Brüste. Sie spürt, wie sich ihre Brustwarzen zusammenziehen.

„Das Meer ist unruhig, irgendwo tobt ein Unwetter." Lindas Augen schweifen über den wolkenlosen Himmel.

„Meinst du?" Zweifelnd folgt Tabea ihrem Blick. Linda taucht unter einer Welle hindurch. „Ja. Das Meer ist den Wolken oft voraus."

Tabea spürt Sand unter ihren Füßen, richtet sich auf. „Kennst du dich aus?"

Linda nickt, streift sich das Wasser von den Armen, während sie durch die flachen Brandungswellen schlendern. „Als Kind war ich oft mit meinen Alten in Spanien. Sie haben ein Ferienhaus in Galizien."

„Nicht schlecht." Tabea legt sich auf den Rücken. „Au, ist der Sand heiß!" Sie bleibt liegen und wartet, bis der Schmerz nachlässt.

Linda schüttelt ihre Rastas. Wassertropfen stieben glitzernd in alle Richtungen. „Meine Alten haben Ferienhäuser auf der halben Welt." Sie setzt sich neben Tabea in den Sand. Tabea entgeht die Verachtung in Lindas Stimme nicht.

„Warum unterstützen dich deine Eltern denn nicht, wenn sie so viel Geld haben?"

„Ha, meinst du, die wollen eine Tochter, die die Schule abgebrochen hat, auf Parties rumhängt, mit fremden Typen pennt und dann nicht mal abtreibt? Damit können sie bei ihren Freunden doch nicht angeben!" Linda spuckt in den Sand. „Jedenfalls finanzieren sie mich wieder, wenn ich zurückkomm', brav die Schulbank drück, 'ne ordentliche Ausbildung mach und den Job annehm', den sie mir besorgen. Darauf hab' ich überhaupt keinen Bock!" Sie schüttelt sich so heftig, dass sie das Gleichgewicht verliert. Neben Tabea bleibt sie liegen. „Da penn' ich lieber unter freiem

Himmel, schnorr zwischendurch mit Luna an einer Straßenecke und ess', was ich in die Finger bekomm. Selbst wenn's hin und wieder aus der Tonne kommt."

„Aus welcher Tonne?" Tabea runzelt die Stirn.

„Na, aus dem Abfallcontainer."

Tabea dreht sich zu Linda. „Du holst Essen aus dem Abfall?" Ungläubig starrt sie in die großen, grauen Augen.

Ungerührt betrachtet Linda die Wolken. „Du glaubst gar nicht, was die Leute alles wegschmeißen. Damit kann man die geilsten Menus kochen."

„Bäah!" Tabea schüttelt sich. „Das kann's doch aber wirklich nicht sein, oder?"

„Was würdest du tun, wenn du kein Geld zum Shoppen hättest?" Lindas Blick bohrt sich in Tabeas. Gleichmut wechselt sich ab mit Resignation.

„Na, ihr beiden, wie wär's mit einem Mittagessen? Wir für unseren Teil sind sehr hungrig!" Nick tritt mit Luna neben sie.

„Oh ja, Essen!" Linda springt auf. Nick umfasst ihre Taille, drückt sie an sich. Tabea stemmt sich in die Höhe, ergreift ihre Kleider. So richtig Appetit hat sie nicht, obwohl sie heute noch nichts gegessen hat.

„Bist du das, Tabea? Oder ist das eine sonnenhungrige Touristin?" Greg schlendert auf sie zu.

„Ich bin mir nicht ganz sicher..." Schuldbewusst blickt sie auf ihre geröteten Arme und Beine. „Ich bin in der Sonne eingeschlafen."

Greg lächelt. „Steht dir gut."

„Was? Der Sonnenbrand?"

„Nein, dein Outfit." Sein Ton klingt unbefangen.

Tabeas Atem beschleunigt sich, sie wirft ihm einen Blick zu. Seine Augen wandern über ihre Brüste. Sie streift sich ihr Shirt über, räuspert sich.

„Isst du auch mit uns zu Mittag?"

„Klar." Nebeneinander schlendern sie zu den Bussen. Der heiße Sand brennt unter Tabeas nackten Fußsohlen. Angestrengt versucht sie, sich den Schmerz im linken Fuß nicht anmerken zu lassen. Aber Gregs Gedanken schweifen in eine andere Richtung.

„Hast du mit Nick geschlafen?" Sein Blick trifft sie von der Seite. Tabea schüttelt den Kopf. „Du weißt, dass man sich auch über Oralverkehr anstecken kann?"

Sie lacht belustigt auf. „Ja."

Als seine Augen nicht von ihrem Gesicht weichen, knufft sie ihn in die Seite. Greg macht einen raschen Schritt zurück. „He!"

„Warum zerbrichst du dir meinen Kopf? Ich bin nicht blöd, ich hab' mich nicht infiziert." Sie fängt seinen erleichterten Blick auf und freut sich darüber.

„Hach, so lässt sich's leben!" Zufrieden lehnt sich Tabea an die kleine Steinmauer. Die abgeknabberten Reste eines Maiskolbens liegen neben ihr im Sand. Auf einem kleinen portugiesischen Holzkohlegrill brutzeln die letzten Stücke Auberginen.

„Magst du?" Greg hält ihr eine Weinflasche hin.

„Wein? Jetzt?"

Er zuckt die Schultern. „Warum nicht?"

Sie nimmt die Flasche. „Du hast Recht. Man muss die Feste feiern wie sie fallen." Sie nimmt einen großen Schluck, schmeckt den säuerlich-herben Geschmack auf ihrer Zunge.

Ein kleiner Ball fällt vor ihre Füße. Sie nimmt ihn auf, wirft ihn Nick zu. „Hier, fang!"

Blitzschnell dreht sich Nick um die eigene Achse, fängt den Ball geschickt hinter seinem Rücken auf.

„Woher kannst du das?" Bewundernd beobachtet Tabea, wie Nick scheinbar mühelos die Bälle in der Luft herumwirbelt. Als er einen nach dem andern auf seinem Rücken auffängt, klatschen Linda und Greg begeistert Beifall. Nick verbeugt sich tief, lässt die Bälle über seinen Nacken in den Sand kullern. Er setzt sich auf eine Steinmauer, nimmt die Gitarre, die an der Wand lehnt, und zupft einige Harmonien. „Ich hab' eine Weile lang als Straßenkünstler Geld verdient. Wir waren zu viert. Einer hat Saxophon gespielt, einer Klarinette, Eva und ich haben jongliert, ich hab' Gitarre gespielt und gesungen. Wir haben Shows gemacht mit Bällen, brennenden Reifen, Keulen." Er unterbricht sein Spiel, wirft Luna einen Ball zu. Das Mädchen rennt hinter ihm her, als er aus dem Steinkreis über den Sand rollt.

„Warum habt ihr aufgehört?" Linda stochert in der Glut.

Nick zuckt die Schultern, zupft die Saiten. „Alles ist irgendwann vorbei. Wolf und Nando zogen gemeinsam weiter, Eva kehrte zurück nach Deutschland. Ich traf Angelika." Sanft schwingen die Klänge der Gitarre in der warmen Luft. Nicks schlanke Finger zupfen behutsam die Saiten. Der Ärmel seines Hemdes streift über das glänzende Holz des Instruments. Seine Rastas stecken wieder in einem imposanten Turban fest. Seine nackten Füße klopfen rhythmisch auf den Boden.

„Wie geht's Angelika?" Greg blickt in die Runde.

Linda lächelt. „Gut." Sie nimmt von Luna den Ball entgegen, wirft ihn ihr erneut zu. „Sie ist voll krass verknallt in ihren Sohn." Ihr Lächeln vertieft sich. „Ich hätt' nie gedacht, dass sie es schafft, sich mal nicht zu schminken. Ohne diese Kriegsbemalung ist sie viel besser drauf."

Eine Bö fegt über den Strand, treibt den Sand kniehoch vor sich her. Tabeas Augen schweifen in den Himmel. „Ich denke, du hast Recht, Linda." Wolkenhaufen durchbrechen das helle Blau. „Da zieht ein Unwetter auf."

Greg steht auf. „Wer nimmt die letzte Aubergine?"

„Magst du?" Nick schaut Linda fragend an.

„Komm, wir teilen."

Greg schüttet Wasser auf die glühenden Kohlen. Zischend steigt weißer Rauch auf. Diego springt erschrocken zur Seite.

Auf dem Weg zu den Bussen hakt sich Linda bei Tabea ein.

„Danke, Tabea."

„Wofür?"

Linda scharrt mit dem Fuß im Sand. „Dass du – dass du mit Nick gepennt hast. Find ich total cool."

Tabea zieht ihren Arm zurück und macht einen Schritt zur Seite. „Ich hab' nicht mit Nick geschlafen." Ihre Augen verengen sich.

Beschwichtigend hebt Linda die Hand. „Okay, okay. Aber du – du hast..." Sie schiebt sich eine Rastalocke hinters Ohr.

„Ach was!" Unwirsch hängt sie sich wieder bei Tabea ein. „Jedenfalls pennt er jetzt mit mir." Mit großen Schritten geht sie auf die Busse zu. Tabea stolpert neben ihr her.

„Dafür danke." Linda hält an, drückt Tabea einen Kuss auf die Wange.

„Aber du weißt, dass er..."

„...HIV ist? Mach dir keinen Kopf!" Grinsend springt sie davon. Verwirrt bleibt Tabea stehen. Sie fasst sich mit der Hand an die Stelle, auf der Lindas Kuss klebt.

Schwanzwedelnd erscheint Diego. „Hallo, Diego, du Guter!" Sie krault den Hund am Hals.

„Kommst du mit rein?" Greg steht an der Tür zu seinem Bus.

Tabea wendet sich zu ihm. Sie schüttelt den Kopf. „Ich will bei Angelika vorbeischauen." Sie blickt in den Himmel. „Meinst du, es wird regnen?"

Greg schüttelt den Kopf. „Ich denk' nicht. Die Wolken sind zu hoch oben."

„Hoffentlich. Eine Fensterdichtung an meinem Bus hat sich in Krümel aufgelöst." Seufzend senkt sie den Blick.

Greg zieht die Augenbrauen in die Höhe. „Oh, unangenehm. Der nächste Baumarkt ist zwischen Lagos und Portimão, dort bekommst du neue Dichtungen."

Tabea nickt. „Das wird mein nächstes Projekt."

„Sag mir, wann du fährst, ich komm' mit." Sie sucht seinen Blick. In der unergründlichen Tiefe seiner Augen vermeint sie, einen Hauch von Sehnsucht zu erkennen. „Ich brauch' neue Farben. Einige meiner alten sind eingetrocknet."

„Ach so." Sie legt den Kopf in den Nacken, verfolgt erneut die Wolken.

Fast hätte sie den kleinen Schatten vor ihrer Tür übersehen, als Tabea nach Einbruch der Dämmerung aus Angelikas Wohnmobil zurückkehrt. Ihr Fuß stößt an etwas Hartes. Sie bückt sich, verharrt einen Augenblick, die Hand auf dem Boden. Langsam richtet sie sich auf.

In der Hand hält sie die Frau mit den Brüsten.

Tabea zieht die Bustür zu, stellt die Figur auf den Tisch. Aus dem Küchenschrank zieht sie eine Flasche Grappa. Ihr Blick ruht auf der Frau, während der Schnaps ihre Kehle hinunterbrennt. Sie ergreift die Figur, hält sie ins Licht der kleinen Leselampe. Schwer wiegt der Stahl in ihrer Hand. Sachte fährt sie mit dem Finger über die Schweißnähte.

Eine Träne tropft auf das Dreieck der linken Brust. Behutsam platziert sie die Frau neben der Kaffeemühle. Weitere

Tränen laufen über ihre Wangen. Sie löscht das Licht und zieht sich die Bettdecke über den Kopf. Gedämpft geistert ihr Schluchzen durch den Bus.

25

Tabea erwacht von einem lauten Krachen. Es klingt nah, wiederholt sich regelmäßig. Sie setzt sich im Bett auf. Das Licht ist ungewöhnlich. Ein gelblicher Schimmer fällt durchs offene Fenster. Sie zieht sich an und verlässt den Bus.

Gregs Tür steht offen. Eine schwarze Wolkenwand liegt auf dem Horizont. Das Meer brodelt dunkel. Leuchtend gelbe Sonnenstrahlen werfen unwirkliche Zeichnungen auf Wolken und Wasser. Der Himmel über der Bucht ist blau. Die Luft riecht so aufdringlich nach Metall und Salz, dass Tabea irritiert innehält.

Die erste Reihe am Rande des kleinen Abhangs, an dem der Strand beginnt, ist leer. Die teuren Wohnmobile sind fort. Tabea macht Greg in der Nähe des Abhangs aus. Sie läuft auf ihn zu.

Der breite Strand ist fast vollständig verschwunden. Über den Steinen, auf denen Tabea oft gesessen ist, brechen sich rund zwei Meter hohe Wellen. Ungehindert donnern sie über den Sand, laufen am Abhang aus.

„Mann, ist das geil!" Lindas Stimme schreit dicht neben Tabeas Ohr. Luna klammert sich an Lindas Hals, Nicks Arm liegt auf ihrer Schulter. Hinter Elsie erscheint Angelika. Das Baby trägt sie in einem Tuch an ihren Körper gebunden, von der Strickjacke bedeckt.

Tabea lässt den Blick übers Meer gleiten. Weiße Schaumkronen tanzen auf der schwarzen Fläche, böiger Wind treibt die Gischt vor sich her. Der Stein des Fischers ist im wilden Wasser versunken. Ein Schwarm Möwen kreist über die Felsen, stürzt sich in die Fluten, taucht kreischend wieder auf.

Das Tosen des Meeres dröhnt in Tabeas Kopf. Sie löst sich aus der Gruppe und geht zurück auf den großen Platz. Die anderen folgen ihr. Im Schutz der Busse suchen sie nach Worten. Diego drängt sich mit eingezogenem Schwanz zwischen ihren Beinen.

„Das ist Wahnsinn! So hab' ich das Meer noch nie gesehen!" Lindas Augen leuchten. Luna klettert auf Nicks Arm.

„Der Wasserspiegel ist mindestens zwei Meter höher als sonst bei Flut!" Greg fährt sich mit der Hand durch die Haare.

„Habt ihr das hier schon mal erlebt?" Tabea blickt fragend in die Runde.

Elsie schüttelt den Kopf. „Nein. Klar, das Meer brodelt immer mal wieder, das Wasser ist auch schon bis zur Mitte des Strandes gestiegen, aber so hoch war es noch nie, seit ich hier bin."

„Ich hab' gar nicht mitbekommen, wann die Spießer alle abgehauen sind." Linda deutet mit dem Kopf zur Anhöhe.

Diego stellt die Ohren auf. Sein Kopf zuckt kurz, dann läuft er in Richtung Wald. Gregs Blick folgt ihm.

„Paolo!" Sein Ausruf fällt zwischen zwei Brecher. Bevor Tabea zum Wald schauen kann, bleiben ihre Augen an Angelika hängen. Die Farbe weicht aus dem bereits wieder sorgfältig geschminkten Gesicht. Ihre Hände legen sich über ihr Baby in der Strickjacke, sie weicht einen Schritt zurück. Die Augen sind starr auf einen Punkt in Richtung Wald gerichtet.

Tabea wendet den Kopf. Sie spürt das Blut in ihren Ohren pochen. Zwischen den Büschen kommt Paolos gedrungene Gestalt auf sie zu. Auf dem Rücken trägt er einen großen Rucksack. Seine Augen suchen die Gruppe ab, auf die er zuschreitet. Plötzlich verlangsamt er seinen Schritt. Angelikas Blick scheint ihn festzunageln. Wenige Meter vor dem großen Platz bleibt er stehen. Schnelle Blicke fliegen umher. Das Krachen der Wellen verstummt. Tabeas Augen fixieren Paolos Hände, die an einer Wölbung auf seinem Bauch liegen. Ein kleiner, dunkler Haarschopf lugt darüber hervor. Eine unsichtbare Hand drückt Tabeas Kehle zu. Sie ringt nach Atem. Ein bitterer Geschmack brennt durch ihre Speiseröhre in den Mund. Ihre Muskeln werden hart, Schweiß bricht aus allen Poren. Ihre Beine fühlen sich schwammig an, als sie auf Paolo zugeht.

„Hallo. Was ist das?" Ihre Stimme bricht, sie räuspert sich. Paolo dreht den Kopf in ihre Richtung, aber seine Augen gleiten auf Angelikas Hände, welche die Strickjacke unwillkürlich fester zuziehen.

„Hallo, Tabea." Sein Blick landet zwischen ihren Augen, er fährt sich mit der Hand durch die kurzen Kraushaare. Sie spürt die Unsicherheit in seiner Stimme. Er streckt die Arme aus. Sie weicht einen Schritt zurück, starrt auf das Haarbüschel vor Paolos Brust. Sie hat das Gefühl zu ersticken. Mühevoll schluckt sie. *Das kann nicht sein. Das ist ein Irrtum, irgendwas anderes, das hat nichts mit mir zu tun.*

„Paolo, was ist das?" Ihre gepressten Worte jagen über den Platz.

„Komm, Tabea, lass uns in deinen Bus gehen." Paolo fasst sie am Oberarm. Sein Gesicht ist direkt vor ihrem, sein Bart berührt ihr Kinn. Sie atmet seinen vertrauten Geruch ein.

Ihre Haltung versteift sich. „Was ist das? Sag mir verdammt nochmal, was das ist!" In ihren Worten schwingt Panik.

Er hebt den Kopf, blickt ihr gerade in die Augen. „Tabea, ich – ich..." Seine Schultern straffen sich. „Das ist mein Sohn."

Seine leisen Worte dröhnen in Tabeas Ohren. Ihre Beine versagen, sie kauert sich auf den Boden. Hastig wühlen ihre Hände im Sand. Sandkörner graben sich unter ihre Fingernägel, ihre Zähne bohren sich in die Unterlippe, bis sich ihr Mund mit Blut füllt.

Mein Sohn. Mein Sohn. Mein Sohn. Paolos Worte hämmern in ihrem Kopf, als ob sie sich ins Bewusstsein schlagen müssten. Heftige Übelkeit erfasst sie, sie würgt, spuckt Blut in den Sand.

„Tabea, bist du okay?" Gregs Stimme erklingt nahe an ihrem Ohr, sie spürt seine Hand auf ihrer Schulter.

Langsam steht sie auf, macht einen Schritt auf Paolo zu. Seine dunklen Augen mustern sie aufmerksam.

Sie schüttelt den Kopf. „Das ist nicht wahr, oder? Du machst einen Scherz mit mir, richtig? Das ist nicht dein Kind. Hab' ich Recht, das ist nicht dein Kind!" Sie schleudert ihm ihre Worte ins Gesicht, fasst ihn an den Schultern, schüttelt ihn.

Beschwichtigend hebt er die Hände, legt sie an ihren Hals. „Tabea, komm, ich erklär' dir alles."

Ihr Blick ist starr auf den Haarschopf gerichtet. Die Gedanken verdichten sich, bäumen sich auf und flüchten, wenn sie danach greifen will. Sie spürt, wie sie nahe daran ist, die Besinnung zu verlieren. Ihre Stimme klingt schrill.

„Das ist nicht dein Kind. Du bist hergekommen, weil du mit Alfred gesprochen hast. Du weißt, dass du deinen Job verloren hast, weil ich ihm nicht den Schwanz geblasen hab'." Ihre Worte überschlagen sich, sie keucht. Weiße Blitze zucken vor ihren Augen. Paolo packt ihre Schultern. Mit sanftem Druck will er sie zu ihrem Bus schieben. Sie schüttelt ihn ab.

Angeekelt spuckt sie vor ihm auf den Boden. Ihre Stimme schwillt an. „Darum bist du hier. Weil du mit Alfred gesprochen hast, darum!"

„Tabea, hör auf!" In Paolos Stimme schwingt ein drohender Unterton. Er packt sie erneut an den Schultern, sie reißt sich los.

„Nein, ich hör nicht auf! Ich hab' München verlassen, weil ich diesen Theatersumpf nicht mehr ertragen konnte. Weil ich genug davon hatte, mit deinen diversen Intendanten ins Bett zu gehen, damit du deine Rollen bekommst!"

Eine Welle kracht über die Anhöhe. Wasser läuft auf den Platz. Aus Angelikas Strickjacke dringt ein Wimmern.

Tabea ballt die Fäuste, ihre Augen funkeln. Paolo fängt ihr Handgelenk in der Luft ab, bevor die Faust an seiner Stirn aufschlägt.

„Tabea, lass das!" Vehement stößt er sie zurück. Sie schwankt, stürzt nach hinten. Greg fängt sie auf, hält sie fest. „Das ist nicht dein Kind!" Sie windet sich, bis sie sein vertrauter Geruch umfängt. Leise stöhnt sie auf, lässt wimmernd den Kopf an Gregs Schulter fallen.

Angelika sackt in sich zusammen. Sie starrt auf Tabea, auf Paolo, auf Tabea. Nick und Linda nehmen sie in die Mitte und schieben sie zu ihrem Wohnmobil.

Paolo starrt auf seine Faust. Langsam öffnet er die Finger, streckt sie. Er hebt den Kopf. Greg und Tabea verharren reglos. Die Augen der Männer treffen sich.

„Tee?" Elsies Hand berührt sanft Paolos Schulter. Er zuckt zusammen, nickt. Langsam trottet er neben ihr her zu ihrem Wohnmobil.

Vorsichtig bewegt Greg seinen Fuß. Tabea setzt sich auf. Diego kriecht unter dem Bus hervor, legt seinen Kopf auf ihren Oberschenkel. Gedankenverloren krault sie das struppige Fell.

Greg steht auf und verschwindet in seinem Bus. Tabea zieht Nicks Lederbeutel aus der Tasche, dreht sich eine Zigarillo. Sie legt den Kopf in den Nacken, beobachtet Paolo durch die Rauchfäden hindurch. Er sitzt vor Elsies Wohnmobil, dreht eine Tasse in der Hand und starrt auf den Boden.

„Hier." Greg hält ihr eine Tasse Kaffee hin. Sie raucht weiter. Er stellt die Tasse vor ihr auf den Boden, setzt sich ihr gegenüber. Sie nimmt seinen Blick auf ihrer Stirn, ihrer Nase, ihrem Mund wahr. Die Zigarillo erlischt. Sie drückt sie in den Sand.

Paolo erhebt sich und geht auf Angelikas Wohnmobil zu. Ihre Blicke treffen sich. Heftig atmet Tabea aus. Sie nimmt die Tasse, trinkt. Mit der Zunge fängt sie einen Tropfen auf, der sich aus ihrem Mundwinkel stiehlt.

Langsam schüttelt sie den Kopf. „Das ist mir zu viel, Greg. Ich pack' das alles nicht."

Greg streckt die Arme aus und ergreift ihre Hände. Sie mustert ihn. Zum ersten Mal nimmt sie die kleinen Lachfältchen wahr, die einen Halbkreis um seine Augenwinkel bilden. Sie beugt sich nach vorne, führt ihre Hand langsam zu seinem Gesicht. Mit dem Zeigefinger berührt sie vorsichtig die kleinen Falten. Greg schließt die Augen.

„Nein, aufmachen." Er öffnet, lächelt. „Ja, genau so! Bleib so!" Ihre Finger streichen über die Haut zwischen den Fältchen. „Schön." Plötzlich schlägt sie sich mit einer raschen Handbewegung an die Wange. Eine Mücke klebt an ihrer Hand. „Mistvieh."

Greg grinst. „Dass du schlagfreudig bist, weiß ich ja. Aber dass du dich selbst schlägst, ist mir neu."

„Sei vorsichtig, wenn du nicht auch was abbekommen magst!" Sie versucht zu lächeln, hebt halbherzig die Faust. Rasch weicht Greg zurück und lässt den Oberkörper in den Sand fallen.

Tabea steht auf. Gregs Augen sind geschlossen. „Bis später." Er lächelt.

Sie geht auf ihren Bus zu. Als sie die Hand an den Türgriff legt, hört sie Schritte. Sie spürt Paolo hinter sich. Seine Hand berührt ihren Arm.

„Darf ich reinkommen?" Seine Worte kommen stoßweise. Tabea schüttelt den Kopf. Als er ihren Arm nicht loslässt, steigt sie die Stufen hinunter und dreht sich zu ihm um.

„Seit wann rauchst du?" Eine Sonnenbrille verdeckt seine Augen.

Sie zuckt die Schultern. „Ist das wichtig?" Ihre Stimme klingt rau.

Der Haarschopf an seiner Brust ist fort. Eine Welle bricht sich an der Anhöhe, schwappt auf den Platz. Paolo streicht ihr eine Haarsträhne aus dem Gesicht. Sie dreht sich weg, geht auf den Wald zu. Seine Hand hält noch immer ihren Arm.

Wortlos steigen sie den Pfad auf die Hochebene hinauf. Das Tosen des Meeres verklingt in der schwülen Hitze der Steppe. Tabea setzt sich auf einen Stein. Sie fühlt sich leer. Paolo blickt sich um. Die Luft flimmert über der Ruine. Mit dem Fuß schiebt er ein Stöckchen zur Seite und lässt sich auf dem Boden nieder.

„Warum hast du mir nicht gesagt, dass du kommst?" Sie mustert ihn von der Seite. Schwarze Locken kleben an seiner Stirn.

„Ich hab' zigmal versucht, dich anzurufen. Du hast nie abgenommen." Paolo schiebt seine Sonnenbrille auf die Stirn. Forschend schaut er sie an.

„Oh." Sie wendet den Blick ab, ergreift das Stöckchen. Angestrengt versucht sie sich daran zu erinnern, wo sie ihr Handy zuletzt hingelegt hat. Es muss noch in der Ecke im Bett liegen. Sie hat die Anrufe nicht gehört.

„Woher kennst du Angelika?" Sie lässt ihre Augen übers Meer schweifen. Er streift ihr Gesicht, starrt auf ihre Hände.

„Ist das wichtig?" Seine Stimme klingt belegt. Sie zuckt die Schultern. Mit dem Stöckchen zeichnet sie eine Spirale in den Sand. Sein Blick verharrt auf ihren Händen. Sie lauscht seinem raschen Atem.

„Was ist das für ein Kind, das du dabei hast?" Sie zieht einen dicken Strich durch die harmonische Form im Sand.

Abrupt blickt Paolo auf. Seine Augenbrauen sind zusammengezogen, sein Blick ist direkt. Sie blickt in diese dunklen Augen, in denen sie so oft versunken ist, erkennt die Umrisse der Pupille, die schwache Schattierung der Iris.

„Tabea. Das ist mein Sohn."

„Und? Warum ist er hier? Wo ist seine Mutter? Warum bist du hier?" Sie atmet flach, zieht die Kreise der Spirale erneut nach.

Paolo räuspert sich, steht auf. „Was willst du hören? Dass sie ihn nicht will? Dass sie ihn mir vor die Tür gestellt hat mit den Worten: Hier, dein Sohn? Dass ich keine Ahnung hab', was ich nun tun soll?" Paolos verzweifelter Ruf verhallt in der Stille der Ebene.

Sie legt den Kopf zwischen die Knie, schließt die Augen. Ihre Gefühle scheinen sich hinter einem dichten Vorhang zu verstecken, sie vermag sie nicht zu greifen. Steine knirschen. Paolos Schluchzen dringt an ihr Ohr.

„Wo ist er jetzt?"

Er atmet heftig ein. „Bei Linda."

Tabea blickt auf. Die tiefe Verzweiflung in Paolos Gesicht kennt sie bisher nur aus seinen Rollen. Sie zieht die Nase kraus.

„Wie konnte das passieren?" Ihre leisen Worte fliegen mit einem Windstoß davon. Süßer Blütenduft streift flüchtig ihre Nase.

Er setzt sich neben sie. Sein rechter Zeigefinger fährt über die Knöchel seiner linken Hand, gleitet über die Finger, berührt die Nägel, kehrt auf den Handrücken zurück.

„Nachdem du weggefahren bist, hab' ich mich gefühlt wie tot." Er schweigt. „Es war, als ob du mein Leben mitgenommen hättest." Seine Augen huschen über ihr Gesicht.

Sie hält den Atem an. In der Ferne rauscht das Meer. Eine Eidechse lugt hinter einem Stein hervor, bleibt reglos sitzen. Das grelle Sonnenlicht schmerzt in Tabeas Augen.

Paolo schluckt. „Ich konnte mit der plötzlichen Einsamkeit nicht umgehen. Irgendwie war ich wie in einem Rausch, stand vollkommen neben mir. Ich hab' eine Weile gebraucht, bis ich verstanden hab', dass ich dich nicht einfach so durch andere Frauen ersetzen kann." Er senkt den Blick, scharrt mit dem linken Fuß im Sand. „Aber da war es schon zu spät."

Tabea umfasst seinen Kopf, zerwühlt mit den Händen sein Kraushaar, küsst seine Stirn. Er legt die Hände an ihren Rücken und hält sie fest. Erfolglos versucht sie, den Kloss im Hals hinunterzuschlucken.

Sie richtet sich auf. „Hast du mit Alfred gesprochen?" Sie spürt, wie das Blut in ihren Kopf schießt.

Seine Finger berühren ihre Wangen. „Ja. Warum hast du mir nichts davon erzählt?" Sein Flüstern hallt in ihrem Kopf. Sie füllt ihre Lungen mit Luft, atmet langsam aus.

„Es hat mich verletzt." Sie sucht nach Worten. Paolo ergreift ihre Hand, drückt sie. Tabeas Kehle zieht sich zusammen, sie japst nach Luft. „Er hat bereits in München versucht, mich ins Bett zu bekommen."

Er kneift die Augen zusammen. „Es gibt kaum eine Frau, mit der er nicht im Bett war."

Sie nickt. „Ich weiß. Ich mag ihn nicht." Sie zieht ihre Hand zurück, dreht eine Zigarillo, raucht. Ihr Blick schweift über die Klippe. „Mein Verhältnis zu den Männern, auf die ich mich eingelassen hab', war immer respektvoll. Ich hatte Lust auf die Männer. Und es hat sich gut angefühlt, wenn sie süchtig nach mir wurden." Sie lehnt sich zurück, lächelt.

Dann drückt sie die Zigarillo im Sand aus und steht auf. „Ich wusste nicht, dass Alfred auch in Berlin ist."

Paolo zuckt zusammen. „Er ist als Intendant ans Maxim Gorcki geholt worden und hat mich mitgenommen."

Tabea kickt einen Stein über den Abgrund. Der Stein rollt über Gestrüpp, reißt Sand und Erde mit. Eine kleine Gerölllawine wirbelt ins Wasser.

Paolo stößt heftig die Luft aus und schließt die Augen. Er schlingt die Arme um seine Knie, vergräbt den Kopf in den Ellenbogen.

Sie raucht. Möwen fliegen laut krächzend über die Ebene, stürzen sich hinab in die Fluten. Nach der vierten Zigarillo wirft sie den Lederbeutel über die Klippen.

Er steht auf. Die Heftigkeit, mit der er sie an sich zieht, erschreckt Tabea. Er drückt den Kopf an ihren Hals, hastig streichen seine Hände über ihren Bauch, schieben ihr Shirt hinauf, berühren die Haut. Sie dreht sich um, stolpert, fällt rückwärts ins trockene Gras. Das Gewicht seines Körpers drückt sie auf die Erde. Er bebt, seine Lippen suchen ihren Mund, seine Hände wühlen unter ihrem Shirt. Blitzschnell zieht sie ihr Knie in die Höhe. Sein Schrei verliert sich in der Weite der Ebene. Er rollt sich zur Seite.

Sie steht auf, klopft sich den Staub von den Kleidern. Paolo bleibt liegen. Sie kniet sich neben ihn, fährt mit der Hand durch sein Kraushaar.

„Ich liebe dich."

Leise keuchend setzt er sich auf, drückt sich die Hände zwischen die Beine. „Aber manchmal reicht Liebe alleine nicht aus, um in einer Beziehung glücklich zu sein. Meinst du das?" Sein bitteres Lachen geht in Stöhnen über.

Sie setzt sich ihm gegenüber und schüttelt den Kopf. Eine tiefe Falte durchzieht ihre Stirn. „In den ersten Monaten meiner Reise hab' ich das Theater verdrängt. Hab' versucht, nur unsere Beziehung zu sehen." Sie räuspert sich, kaut auf ihrer Unterlippe, die sofort aufplatzt. Mit dem Handrücken wischt sie das Blut weg. Ihre Nasenflügel beben. Ihre Augen fühlen sich heiß an, sie blinzelt die Tränen weg. „Dabei weiß ich, dass es dich ohne Theater nicht gibt."

Paolo blickt auf. „Ich hab das nicht gewusst. Dass dich das belastet."

„Was?"

Er zögert, knetet seine Finger. „Die Bettgeschichten mit meinen Intendanten."

Sie stößt laut die Luft aus. „Es hat mir auch lange wirklich nichts ausgemacht. Im Gegenteil, ich hatte Spaß daran. Und es hat mir gut getan, dass ich dir dadurch hin und wieder helfen konnte." Sie hebt die Hand, wickelt eine seiner schwarzen Locken um ihren Zeigefinger. „Vielleicht wäre es auch noch länger gegangen, wenn Alfred nicht aufgetaucht wäre. In seiner Gegenwart fühlte ich mich dreckig. Er sah mich wohl als Allgemeingut an." Die Locke schnellt zurück.

Traurig schüttelt er den Kopf. „Wenn du früher gesprochen hättest, hätten wir das rechtzeitig ändern können."

Sie schüttelt den Kopf. „Meinen Ruf bin ich nicht mehr losgeworden." Ihre leisen Worte schweben über ihren Köpfen. Sie steht auf, tritt auf ihn zu, legt ihre Arme um seinen Hals.

„Wir haben uns für eine Richtung entschieden und zu spät gemerkt, dass wir in einer Einbahnstraße gelandet sind." Ihre Stirn berührt sein Kraushaar. Ihre Augen versenken sich ineinander. Die gemeinsamen Jahre der Liebe, des Begehrens, des Verstehens, des Kämpfens spiegeln sich in ihren Blicken. Sie lehnt den Kopf an seine Schulter, er legt den Arm um sie. Gemeinsam lauschen sie dem entfernten Rauschen der Wellen.

Tabeas Gesicht glüht, als sie den Schatten des Waldes erreichen. Sie lehnt sich an einen Baumstamm. Paolo betrachtet sie. Heftig zerrt er am Kragen seines Hemdes. Dann nimmt er ihre Hand.

Sie betreten die Bucht. Tabea legt die Hände auf seine Schultern. Seine Arme umfassen ihre Taille. „Alles Gute, Paolo." Sie lächelt. Er nickt, drückt seinen Kopf ein letztes Mal an ihren Hals. Leise verschwindet Tabea im Gebüsch.

Als sie hinter dem Busch hervortritt, stößt sie auf Greg. Ihre Augen brennen, die Lider fühlen sich dick an, das Blut pulsiert in ihren Wangen.

Schweigend nimmt er sie in den Arm. Ihr Körper erzittert, heftiges Schluchzen dringt gedämpft zwischen seinen Haaren hervor. Ihre Tränen tropfen auf seine Schulter.

Diego taucht zwischen Schilfhalmen auf. Seine Nase stupst an ihr Bein. Er wendet den Kopf, als sich eine Möwe auf einem Stein niederlässt. Wie ein Pfeil schießt er auf sie zu, jagt hinter ihr her über den Platz, verschwindet über die Felsen.

Tabea richtet sich auf, atmet tief ein. Zärtlich streicht Greg mit der Hand über ihre Wangen, trocknet ihr Gesicht.

„Kaffee?"

„Nein. Whisky." Ein gequältes Lächeln huscht über ihr Gesicht.

„Komm." Greg schiebt sie zu seinem Bus. Sie lehnt sich mit dem Rücken an das heiße Blech.

„Hier." Aus der Tür reicht er ihr eine Flasche. Sie dreht sie in den Händen, zieht den Korken ab, nimmt einen großen Schluck. Ihre Kehle brennt. Sie öffnet den Mund, atmet langsam aus. Der Geruch des Alkohols steigt in ihre Nase.

Eine große Frauengestalt kommt auf Gregs Bus zu. Tabea bückt sich, stellt die Flasche unter den Bus. Als Angelika vor ihr stehen bleibt, richtet sie sich auf.

Unsicherheit liegt in Angelikas Blick. „Tabea. Ich wusste das nicht." Tabea runzelt die Stirn, das Denken strengt sie an.

„Was?" Sie schiebt sich Haare aus dem Gesicht.

„Dass du mit Paolo zusammen bist." Sie verfolgt den Flug einer Möwe, die schwerelos über ihnen kreist.

Tabea zuckt die Schultern. „Ist ja jetzt eh egal." Als sie Unverständnis in Angelikas Augen wahrnimmt, ergänzt sie: „Ist vorbei, Vergangenheit."

Angelika schluckt. Tabea bückt sich, greift nach der Flasche, öffnet sie, hält sie Angelika hin. „Hier. Whisky."

Ohne zu zögern trinkt Angelika. Sie schüttelt sich. Tabea trinkt erneut, lehnt sich an den Bus und atmet tief ein.

Zaghaft zieht Angelika etwas aus der Tasche ihrer Strickjacke, hält es Tabea hin. In ihrer Hand liegt ein filigran geknöpftes Lederarmband. Wortlos nimmt es Tabea. Kleine, schillernde Muscheln sind sorgfältig mit den dünnen Lederbändeln verwoben. Dunkel- und hellbraune Streifen wechseln sich ab.

Angelika dreht sich um.

„Pass auf dich auf." Tabeas leise Worte eilen hinter ihr her. Sie blickt ihr nach, wie sie zu ihrem Wohnmobil läuft. Durch den Schleier ihrer Tränen sieht sie Paolo. Mit einem kleinen Bündel auf dem Arm tritt er in den Sonnenschein.

Greg nimmt ihr die Whisky-Flasche aus der Hand. Ihr Ärger verfliegt, als sie Besorgnis in seinen Augen erkennt. Sie lächelt schief.

„Ich bin okay. Mach dir keine Sorgen." Träge wälzt ihre Zunge die Worte im Mund. Langsam geht sie auf ihren Bus zu, die Hand fest um das Lederarmband geschlossen.

26

Angelikas Wohnmobil ist fort. Tabea tastet nach dem Lederarmband in der Tasche ihrer Shorts. Beruhigt atmet sie auf, als ihre Hand über die kleinen Muscheln fährt.

Barfuß läuft sie über den Strand. Das Wasser hat sich zurückgezogen, nur die zahlreichen Zweige und Rindenstücke, die über den ganzen Strand verteilt liegen, zeugen vom vergangenen Spektakel. Die Luft ist erfüllt vom Geruch feuchten Holzes.

Sie klettert über die Felsen. Plötzlich entdeckt sie einen kleinen Flecken Sand, einige Quadratmeter groß. Bei Flut ist er vollständig mit Wasser bedeckt, aber jetzt, bei Ebbe, bildet er einen kleinen, geschützten Strand. Sie läuft über die Steine auf den kleinen Strand zu. Ihr Fuß schmerzt, als sie in den Sand springt. Die Nachmittagssonne brennt auf den schattenlosen Platz. Sie streift ihr Top über den Kopf, schlüpft aus den Shorts. BH und Slip legt sie daneben.

Eilig lässt sie den heißen Sand hinter sich, stürmt humpelnd in die flachen Wellen. Sie watet weit hinaus, bis der Meeresgrund abrupt abfällt. Sie taucht, spürt dem Wasser an ihrem Körper nach. Das Meer ist aufgewühlt, Tabea sieht keine Armlänge weit. Nach einer kurzen Strecke kehrt sie um. Sie ist vorsichtig geworden, seit sie von der Strömung in der Bucht weiß.

Sie legt sich in den feuchten Sand in der Nähe des Wellensaums. Wassertropfen glitzern auf ihrer Haut. Die warmen Sonnenstrahlen entspannen Muskeln und Geist. Sie schließt die Augen.

Tabea dreht den Kopf, als sie ein Geräusch auf den Felsen hört. Greg springt in den Sand. Ihr Atem beschleunigt sich, ihre Brustwarzen richten sich auf. Rasch dreht sie sich auf den Bauch, um ihre Erregung zu verbergen.

Er setzt sich neben sie. Tabea spürt seinen Blick auf ihrem Rücken. „Wie geht's dir?"

„Mh." Sie rollt sich zur Seite und setzt sich auf.

Er ist nackt. Heißes Kribbeln jagt von ihrem Schambein aufwärts bis in die Zahnwurzeln. Rasch lenkt sie die Augen zum Horizont. Tiefblau geht das Meer in den Himmel über. Sie schlingt die Arme um die Knie. *Was hat Greg gefragt?* Der Horizont beginnt zu schwanken. Sie schließt die Augen. *Ach ja, er will wissen, wie's mir geht. Wie geht's mir?* Wenn das so einfach wäre. Sie räuspert sich.

„Ich weiß nicht recht. Ich bin erleichtert, dass es vorbei ist." Mit dem Zeigefinger tastet sie über ihre geschwollene Unterlippe. In ihrer Nase breitet sich ein Kribbeln aus, Speichel füllt den Mund. Sie schluckt. „Und ich bin traurig, dass er weg ist." Sie vertreibt eine Fliege von ihrem rechten Schienbein. „Ich hätt' mich aus der Theaterszene raushalten sollen. Die Premieren besuchen, fertig. So, wie das andere Partnerinnen auch machen." Verbissen knetet sie ihre Finger.

„Dann wärst du Paolo nie so nah gekommen."

„Schon. Aber vielleicht waren wir uns zu nah?"

„Vielleicht. Kommst du mit ins Wasser? Nicht, dass du dir wieder einen Sonnenbrand holst." Er grinst.

„Klar." Sie richtet sich auf, fährt sich mit den Händen durch die Haare. Er hält ihr die Hand hin, zieht sie hoch. Sie kann die Energie spüren, die zwischen ihren Körpern pulsiert. Erregt beobachtet sie, wie sich Gregs Brusthärchen aufstellen. Mühsam widersteht sie der Versuchung, ihre Hand an seine Brust zu legen und die Härchen mit den Fingern zu zwirbeln. Angestrengt heftet sie ihren Blick an seinen Hals, nagelt ihn an seinem Kehlkopf fest, damit er nicht zwischen seine Beine gleitet. Greg wendet sich dem Wasser zu.

Sie löst ihren Blick von seinem Hals. „Warte." Sie holt ihre Shorts, zieht Angelikas Armband aus der Hosentasche. „Kannst du das bitte zuknöpfen?" Sie hält ihm ihr rechtes Handgelenk hin. Schweigend knotet er das Band fest. Sie dreht den Arm, betrachtet es von allen Seiten. Zufrieden nickt sie.

Ihr Atem bewegt die Löckchen auf seiner Brust. Scheinbar unbeabsichtigt berührt sie mit der Hand die Haare, streift eine Brustwarze, die sich sofort zusammenzieht. Greg legt eine Hand auf ihren Rücken und schiebt sie sanft zum Wasser. Wie durch einen Nebel schreitet sie stoisch durch die kleinen Brandungswellen, spürt das Wasser an ihren Knien, zwischen den Oberschenkeln, an ihren Schamhaaren. Es umspielt ihre Pobacken, ihren Bauch. Sie hält den Atem an, breitet die Arme aus und wirft sich prustend in die tanzenden Wellen.

Als sie auftaucht, sucht sie Greg. Er steht bis zur Hüfte im Wasser. Seine Augen weichen keinen Augenblick lang von ihr. Ein versonnenes Lächeln liegt auf seinem Gesicht.

„Nun komm schon, du Feigling!" Tabea schwimmt auf ihn zu, strampelt mit den Beinen und spritzt ihn nass.

„Hey, na warte!" Drohend hebt er die Hand, stürzt sich auf Tabea. Geschickt weicht sie aus, krault einige Züge vorwärts. Sie dreht sich auf den Rücken, lässt ihn näher kommen.

„Uff, ich bin schon lange nicht mehr geschwommen!" Keuchend erreicht er sie. Sie lacht, dreht sich einmal um die eigene Achse, schwimmt unter ihm hindurch und taucht auf der anderen Seite wieder auf.

„Komm, du Fisch, lass uns zurückschwimmen." Seine Hand berührt ihren Arm.

„Einverstanden. Schaffst du das allein, oder muss ich dich abschleppen?" Neckisch spritzt sie ihm Wasser ins Gesicht. Ohne eine Antwort abzuwarten, schwimmt sie zum Ufer.

Sie liegt bereits bäuchlings im Sand, den Kopf auf die Seite gelegt, als er sich neben sie setzt. Sein Atem geht rasch. Die eigenwilligen Haare kleben in seinem Gesicht.

Tabea setzt sich auf. Mit dem Zeigefinger schiebt sie Strähne um Strähne hinter seine Ohren. Ihre Fingerspitzen gleiten über seine Augenbrauen. Er schließt die Augen. Sie zieht die kleinen Fältchen auf seinen Lidern nach, berührt die zuckenden Wimpern, die geröteten Wangen, die zarte Haut der Lippen. Gänsehaut überzieht ihren Rücken.

Sie räuspert sich, gräbt mit der Hand im Sand. „Greg, sorry, das geht nicht."

Seine Augen bleiben geschlossen. „Bitte, mach weiter, Tabea." Seine Worte drängen über die Lippen. Er schiebt ihr seinen Kopf entgegen. Das Kribbeln breitet sich bis in ihre Fingerspitzen aus. Zentimeter um Zentimeter nähert sich ihr

Mund seinen Lippen. Seufzend schließt sie die Augen, als sie aufeinandertreffen. Ihre Lippen prickeln, lösen sich, um unmittelbar darauf wieder zusammenzukommen. Sie drückt seinen Oberkörper in den Sand, legt sich auf ihn. Seine Hände umfassen ihren Kopf, wühlen heftig in ihren Haaren. Ihre Zungen umschließen sich, erforschen sich. Er schmeckt nach Kaffee, seine Zähne stehen in ungeordneten Reihen. Die raue Oberfläche seiner Zunge kitzelt ihren Gaumen. Sie spürt einen starken Druck auf ihrem Schambein, spreizt die Beine und nimmt ihn in sich auf. Seine Hände gleiten an ihre Hüfte, bewegen sie sanft. Millionen kleinster Explosionen ziehen sich über ihre Haut. Sie setzt sich auf, massiert ihn immer rascher zwischen ihren Beinen. Ihre Brüste stehen aufrecht, ragen gen Himmel. Ein Zucken läuft über seinen Körper, sie lässt sich auf ihn fallen.

Tabea nimmt seinen vertrauten Geruch in sich auf, vergräbt ihr Gesicht in seinen Haaren. Langsam lässt sie sich neben ihn in den Sand gleiten. Eine Hand streicht über ihren Rücken, die andere umfasst ihr Knie, das über seinen Beinen liegt. Sie drückt einen Ellbogen auf den Boden, stützt den Kopf auf die Hand. Sie betrachtet seinen Körper. Schmale Schultern, die Haut des Oberkörpers schimmert hell. Ihre Hand streicht über seinen weichen Bauch.

Lächelnd öffnet er die Augen. „Weißt du, wie sehr ich mich nach deinen Berührungen gesehnt hab'?" Eine feine Vibration in seiner Stimme lässt sie erschaudern.

„Nein." Sie verliert sich in der unergründlichen Tiefe seiner Augen. „Was wird denn nun aus deiner künstlerischen Energie?"

Sein Seufzen kommt aus ganzem Herzen. „Jetzt kann sie endlich wieder fließen." Sie beugt sich über ihn, verschließt seinen Mund mit ihren Lippen. Eine braune Strähne fällt auf seine Stirn.

Sie hebt den Kopf. „Und aus der Kraft der Erinnerung?"

Ein Lächeln spielt um seine Mundwinkel. „Du hast meine Worte in dir getragen."

Sie setzt sich auf. Ihr Blick schweift über die blendende Wasseroberfläche. Sie kneift die Augen zusammen. „Diese Worte waren eine Geißel für mich."

Greg stemmt den Oberkörper in die Höhe. Eine Welle schwappt über ihre Füße. „Die Kraft der Erinnerung ist der Macht der Gegenwart gewichen. Auch daraus kann man schöpfen"

„Warum jetzt so plötzlich?"

„Du und Paolo, ihr habt zusammengehört."

„Ich liebe ihn noch immer."

„Ich weiß. Aber du hast dich für ein Leben ohne ihn entschieden. Ein Leben, in dem es nun einen Platz für mich gibt. Nicht nur als dein Liebhaber."

Er hebt eine Hand, berührt ihre Brustwarze. Sie zuckt zusammen, richtet sich auf. Seine Finger umkreisen die Warze, drücken sie sanft zusammen. Ihr lustvolles Stöhnen findet eine Reaktion zwischen seinen Beinen. Sie legt die Hand darauf, spürt das Blut durch die Adern pulsieren. Sie schließt ihre Hand, hält ihn fest.

Unerbittlich erobert sich die Flut den kleinen Strand zurück. Tabea und Greg klettern über die Felsen. Als die Bucht auftaucht, lassen sie sich auf einem flachen Stein nieder.

Auf dem großen Platz lodert ein Feuer. Elsies Trommelschläge finden den Weg über die Klippen, begleitet von Lunas Lachen.

Ein schwarzer Krebs mit feuerroten Beinen krabbelt gemächlich an einem Stein hinunter, verschwindet in der gurgelnden Tiefe. Der Himmel leuchtet orangerot auf, als die Sonne im Meer versinkt.

Dank

Die Frau im Bus ist mein erster Roman. Da ich aber nicht in der Erotik-Schublade landen wollte, habe ich mir mit der Veröffentlichung Zeit gelassen, weiter geschrieben und die beiden späteren Werke *Das stille Lied des Sturms* und *Barfuss im Schnee* zuerst herausgegeben. Denn wenngleich ich mit Romanschreiben begonnen habe, weil meine Suche nach tiefgründiger erotischer Literatur erfolglos war, ist mir rasch klar geworden, dass meine schriftstellerischen Interessen vielfältiger sind und sich nicht auf den Erotikbereich beschränken lassen.

Die Frau im Bus ist der Roman, bei dem ich am meisten gelernt habe. Ich hatte zwar bereits ein Sachbuch und einen Erfahrungsbericht veröffentlicht, aber wie man einen Roman schreibt, davon hatte ich keine Ahnung. Und so begann mein Weg über Schreibratgeber, Testleser bis hin zum Schreibcoach. Jeder Schritt hat mich weiter gebracht, und dafür möchte ich mich an dieser Stelle bedanken.

Mein größter Dank geht an meinen Lebenspartner Michael Berndonner. Er hat mich ermuntert, aus der Kurzgeschichte, die *Die Frau im Bus* zuerst war, einen Roman zu machen. Er ist mein kritischer Sparringpartner und hält mir den Rücken frei, wenn ich in einer heißen Phase der Schreiberei stecke oder viel Zeit fürs Korrigieren brauche. Er glaubt an mich und unterstützt mich – dafür danke!

Danken möchte ich auch meinen kritischen Testlesern Ute und Valentin, die sich ganz tief auf meinen Text eingelassen und mir seitenlanges Feedback gegeben haben. Und Sylvia, die selbst einige Zeit lang im Bus gelebt und meine Geschichte auf Realitätstauglichkeit überprüft hat.

Ein herzliches Dankeschön geht an meinen Schreibcoach Rainer Wekwerth, der die Gabe besitzt, in Texte zu kriechen, Schwächen des Autors heraus zu spüren und sie verständlich mitzuteilen. Seine Kritik hat meine schriftstellerische Entwicklung kräftig vorangebracht.

Auch möchte ich allen Freunden danken, die mich immer wieder zum Weiterschreiben motiviert haben und daran glauben, dass mein Traum, vom Schreiben leben zu können, eines Tages wahr wird.

Danke allen Lesern meiner Bücher – für euer Interesse an meinen Geschichten und für euer Feedback in Form von Rezensionen.

Corina Lendfers, Februar 2018

Über die Autorin

Corina Lendfers, Kulturmanagerin und Staatswissenschaftlerin, wurde 1979 in der Schweiz geboren. Sie ist Mutter von sechs Kindern und lebt mit ihrer Familie seit 2013 auf ihrem Segelschiff PINUT, zurzeit in der Karibik.

Von Corina Lendfers ist bisher erschienen:

Tina hat ihr Baby im siebten Schwangerschaftsmonat verloren. Sie flieht vor dem eigenen Schmerz, der Trauer ihres Freundes Alexander und den Selbstvorwürfen in die Almhütte ihrer Großeltern. Sie hofft, in der Abgeschiedenheit den Verlust ihres Kindes überwinden und ein neues Leben beginnen zu können.

Ihr Plan scheint aufzugehen – bis Riccardo auftaucht. Ein extrovertierter Extremsportler, der die friedliche Idylle in der Blockhütte gefährdet.

Barfuss im Schnee; 2017, BoD: Nordersted.

Seit ihr Freund sie vor sechs Monaten verlassen hat, sitzt Kim mit ihrem Segelboot auf den Kapverdischen Inseln in Afrika fest. Über einsame Stunden tröstet sie sich mit dem Einhandsegler Günter hinweg, der aber nicht bereit ist, sie auf ihrem Weg in die Karibik zu begleiten. Als Philipp im Hafen auftaucht, schöpft Kim neue Hoffnung auf einen Mitsegler.

Doch der ängstliche Universitätsprofessor hat andere Pläne. Von seinem Bruder Herbert hat er ein Segelboot geerbt, das er so rasch wie möglich wieder loswerden will. Er merkt jedoch bald, dass er es in Afrika nicht verkaufen kann. Zu allem Übel taucht auch noch Herberts achtzehnjährige Tochter Billy bei ihm auf, die sich fest vorgenommen hat, die Verkaufspläne ihres Onkels zu durchkreuzen.

Als Philipp Kim dazu überredet, die Yacht nach Spanien zu den Kanaren zu segeln, begeben sie sich auf eine gefährliche Reise, auf der Wind und Wellen nicht unbedingt die größte Herausforderung darstellen.

Das stille Lied des Sturms; 2017, BoD: Nordersted.

308

Unkonventionell, experimentierfreudig, fröhlich und bunt: eine Blauwasserfamilie der besonderen Art!

Ein Schweizer Paar mit fünf Kindern (und dem Bordhund Guia) lebt seinen unorthodoxen Traum und zieht nach Portugal auf sein Segelschiff. Ein neues Leben auf $42m^2$. Auch wenn Michael immer mal wieder zum Geldverdienen zurück in die Schweiz muss und Corina sich währenddessen darum kümmert, dass an Bord alles läuft und funktioniert – inklusive Erziehung der Zwei- bis Neunjährigen. Gemeinsam lassen sie sich selbst dann nicht unterkriegen, als sie 22 (!) Löcher im alten Stahlrumpf, den sie ihr Zuhause nennen, entdecken.

Vierzig Fuss für vierzehn Füsse – Familienleben unter Segeln; 2017, Delius Klasing Verlag: Bielefeld.

Schwangerschaft, Geburt und Stillzeit sind Naturwunder, die ihren eigenen, jahrtausendealten bewährten Gesetzmäßigkeiten folgen. Es gibt nur einen geeigneten Weg, damit richtig umzugehen: loslassen, geschehen lassen, vertrauen. Dieser Ratgeber zeigt den Weg dorthin auf, den Weg durch eine natürliche, selbstbestimmte Schwangerschaft, eine kraftvolle Geburt und eine harmonische Stillzeit.

Im Zentrum des Buches steht die Hausgeburt mit der Spezialsituation der Alleingeburt. Entscheidungsgrundlagen für oder gegen eine Hausgeburt/Alleingeburt werden ausführlich erläutert, ebenso die praktische Vorbereitung und Durchführung der Hausgeburt sowie einige elementare Aspekte im Umgang mit dem Neugeborenen wie Stillen, Schlafen, Tragen, Babymassage.

Hausgeburt – Alleingeburt - natürlich, kraftvoll & selbstbestimmt durch Schwangerschaft, Geburt & Stillzeit; 2. Auflage 2018, BoD: Nordersted.